일러두기
하나. 옮긴이 주의 경우 괄호 안에 '옮긴이' 표기를 별도로 하였습니다.
둘. 원문에서 이탤릭체 혹은 대문자로 표시된 부분은 고딕체 혹은 작은 따옴표로 구분하여 표기하였습니다.

민감한 진실

JOHN LE CARRÉ

A DELICATE TRUTH

존 르 카레 장편소설 | 유소영 옮김

RHK
알에이치코리아

VJC를 위하여
아무리 혹독한 겨울도 봄의 성장을 빼앗지는 못합니다.
— 존 던

차 례

진실을 말하는 사람은 언젠가 밝혀지게 되어 있다.
— 오스카 와일드

I

야생동물작전

영국령 지브롤터의 특색 없는 호텔 2층에서 유연하고 민첩한 50대 후반의 남자 한 사람이 초조하게 침실을 서성이고 있었다. 상냥하고 점잖은 영국적 얼굴 윤곽에는 인내의 한도에 다다른 짜증의 기색이 내비쳤다. 책벌레처럼 앞으로 굽은 상체와 성큼성큼 내딛는 걸음걸이, 부스스하게 헝클어져서 뼈가 툭 튀어나온 손등을 휘둘러 가끔 쓸어 넘겨야 하는 희끗희끗한 앞머리로 보건대 심란한 학자라고 짐작할 수도 있을 것이다. 아무리 상상력을 발휘한다 해도, 그가 따분한 외무성 책상 앞에 처박혀 있다가 극히 민감한 일급 기밀 임무를 띠고 파견된 중간 간부급 영국 공무원이라고 생각할 사람은 분명 그리 많지 않을 것이다.

그가 혼자 여러 번 고집스럽게, 때로 소리 내어 반복하고 있는 자신의 이름은 폴이었고, 성은 — 그리 기억하기 어렵지는 않았다 — 앤더슨이었다. 호텔 방의 텔레비전을 켜면 '환영합니다. 폴 앤더슨 씨. 로드 넬슨 바에서 사은의 뜻으로 준비한 저녁 식전 아페리티프를 즐기는 건 어떠신지요!'라는 인사 말이 흘러나왔다. 물음표가 보다 적절할 자리에 찍힌 느낌표가 끊임없이 그의 원칙주의적인 신경을 거슬렀다. 그는 흰 타월 천으로 된 호텔 욕실 가운을 입고 있었고, 애써 오지 않는 잠을 청했을 때나 단 한 번 손님이 뜸한 시간에 옥상으로 슬그머니 올라가 길 건너 3층 수영장의 소독약 냄새가 흘러들어오는 식당에서 혼자 식사를 했을 때만 제외하고는 방에 틀어박힌 뒤 계속 이 차림이었다. 객실의 다른 많은 물건들과 마찬가지로 가운 역시 그의 긴 다리에는 너무 짧았고, 찌든 담배 냄새와 라벤더향 공기정화제 냄새를 풍겼다.

서성거리는 동안, 그는 공직생활의 관행상 제약받던 감정을 자기 자신에게 표출했다. 그의 표정은 한순간 솔직한 당혹감으로 찌그러졌다가, 다음 순간 격자무늬 벽지에 고정된 전신거울 앞에서 노려보았다. 이따금 그는 안도, 혹은 권고의 의미로 자기 자신을 향해 말했다. 소리 내어? 갈색 말 등 위에 올라탄 젊은 여왕님의 컬러사진 외에 아무도 듣는 사람 없는 빈 방에 처박혀 있는데 무슨 상관인가?

플라스틱으로 덮인 탁자 위에는 도착 즉시 사망 선고를 내린 클럽 샌드위치의 잔해와 미지근한 코카콜라 병이 놓여 있었다. 어려운 일이긴 했지만, 그는 이 방에 들어온 뒤로 술을 금하고 있었다. 어떤 손님보다 더 혐오하게 된 침대는 여섯 명이 잘 수 있을 정도로 컸으나 누워서 몸을 죽 펴면 허리가 작살나도록 아팠다. 침대에는 선명한 진홍색 모조 실크 이불이 덮여 있었고, 그 이불 위에는 최고도로 암호화되었다고 확인받은 휴대전화가 결백한 척 놓여 있었다. 그는 그런 문제를 별로 신뢰하지 않지만, 믿을 수밖에 없었다. 전화 옆을 지나칠 때마다 비난과 기다림, 좌절감이 섞인 시선이 그 위에 고정되었다.

"유감스럽지만, 폴, 임무 동안에는 작전 목적 외에 외부 연결이 단절될 거라는 점을 알려드립니다." 그가 직접 지명한 작전 지휘관 엘리엇의 까다로운 남아프리카 억양이 경고했다. "혹 부재중 가족에게 불운한 위기가 생기면 외무부 복지과로 연락하라고 전해뒀으며, 거기서 당신한테 연락이 갈 겁니다. 무슨 말인지 알겠습니까, 폴?"

알아, 엘리엇. 조금씩, 알아가고 있어.

방 한쪽 끝의 커다란 전망 창으로 손을 뻗으며, 폴은 지저분한 망사 커튼 너머로 전설적인 지브롤터 바위산을 노려보았고, 누렇게 주름투성이인 바위산도 멀리서 화난 미망인처럼 이쪽을 마주 쏘아보았다. 습관과 조급함으로 그는 다시 한 번 익숙하지 않은 손목시계를 흘끗 보고 녹색 숫자를 침대 옆 라디오 시계와 대조해보았다. 사랑하는 아내가 죽은 친척 아주머니들 중 한 사람에게 물려받은 자산으로, 스물다섯 번째 결혼기념일에 선물한 금제 까르띠에 대신, 검은 숫자 반이 달린 우그러진 철제 손목시계였다.

아니, 잠깐! 폴에게는 아내가 없잖아! 폴 앤더슨은 아내도, 딸도 없다. 폴 앤더슨은 은둔자다!

"그걸 찰 수는 없잖아요, 폴, 안 그래요?" 히스로 공항 근처 교외에 있는 붉은 벽돌 빌라에서 비슷한 또래의 어머니 같은 풍모의 여자가 자매 같은 동료와 함께 복장을 골라주면서 말한 것이 아주 오래전의 옛날 일 같았다. "멋진 이니셜도 새겨져 있네. 결혼한 사람에게서 슬쩍 했다고 말할 수는 없잖아요, 폴?"

좋은 말상대가 되기로 작정하고 농담을 주고받으면서, 그는 여자가

'폴'이라고 적은 라벨을 금시계에 붙인 뒤 결혼반지와 함께 금고에 넣고 한동안 잠가두는 것을 바라보았다.

도대체 내가 어쩌다 이런 쥐구멍에 처박히게 되었을까?

내가 뛰어내렸나? 누가 밀었나? 양쪽 다였던가?

축복받은 단조로운 생활에서 빠져나와 어쩌다 영국 식민지 돌산 위의 외로운 감옥으로 오기까지의 믿기지 않는 여정을 좁은 방 안을 거닐며 정확히 다시 더듬어보자.

"그래, 불쌍한 아내분은 어떻게 지내요?" 건실한 시민들이 모두 집으로 돌아가는 어느 금요일 저녁, 무슨 이유인지는 알 수 없지만 지금은 '인력자원실'이라는 거창한 명칭이 붙은 인사과의 늙은 얼음 여왕이 아무 설명 없이 고층 사무실로 그를 불러 물었다. 두 사람은 오랜 앙숙이었다. 둘 사이에 공통점이 있다면, 이제 동년배가 거의 남지 않았다는 허전한 기분 정도일 것이다.

"고맙습니다, 오드리. 다행히 불쌍하진 않아요." 그는 생명을 위협하는 이런 만남에서 늘 사용하곤 하는 경박한 말투로 대꾸했다. "소중하지 불쌍하진 않습니다. 확연히 차도가 있어요. 그쪽은요? 아주 건강하시겠지요?"

"그럼 혼자 놔둬도 되겠네요." 오드리는 친절한 인사말을 무시하고 말했다.

"아니, 그게 무슨! 무슨 뜻이죠?" 폴은 애써 유쾌한 농담조를 유지하며 말했다.

"이런 뜻에서요. 아주 쾌적한 기후로 4일간, 혹은 5일간 극비 해외여행을 떠날 기회가 있는데, 관심 있어요?"

"음, 그런 거라면 관심이 없을 수 없겠지요. 다 자란 딸 오드리가 같이 지내고 있으니 시기도 더 이상 좋을 수 없습니다. 내 딸은 하필 의사예요." 그는 자부심이 가득한 말투로 덧붙였지만, 오드리는 그의 딸이 이룬 성취에 대해서는 아무 관심을 보이지 않았다.

"그게 뭔지도 모르겠고, 알 필요도 없을 것 같고요." 얼음 여왕은 그가 묻지도 않은 질문에 대답했다. "혹시 들어봤을지 모르겠는데, 위층에 퀸이라는 젊고 활동적인 차관이 있어요. 지금 즉시 만나고 싶어하세요. 그쪽 외진 예비 병참과까지 소식이 안 갔을까 봐 덧붙이자면, 최근 국방성에서 옮겨오신 분이죠 — 적극적으로 추천한 건 아니지만, 마침 계셔서."

도대체 무슨 소리야? 당연히 들어봤지. 신문도 안 읽을 거라고 생각하나? 〈뉴스나이트〉도 본다. 흔히 퍼기라고 불리는 퍼거스 퀸 의원은 스코틀랜드 출신의 논쟁가였고 신노동당의 자칭 문제적 지식인이었다. 텔레비전에서는 목소리가 높고 호전적이었으며 불안한 존재였다. 무엇보다 자신이 화이트홀 관료조직의 민중적 재앙이라고 자부하고 있었다 — 멀리서 볼 때는 찬사를 보낼 만한 특성이었지만, 화이트홀 관료 입장에서 볼 때는 마음이 놓일 리가 없었다.

"지금? 당장 가란 말입니까, 오드리?"

"'즉시'라고 하셨으니 그렇게 이해해야겠지요."

차관실은 직원들이 한참 전 퇴근하고 비어 있었다. 개인 집무실로 이어지는 강철처럼 단단한 마호가니 문은 약간 열려 있었다. 노크하고 기다릴까? 노크하고 문을 밀까? 양쪽 다 조금씩 하니, 목소리가 들려왔다. "그냥 서 있지 마시오. 들어와서 문을 닫으시오." 그는 들어갔다.

정력적인 젊은 의원은 상체에 욱여넣은 짙은 청색 디너재킷 차림이었다. 그는 붉은 종잇조각을 불쏘시개로 잔뜩 집어넣은 대리석 벽난로 앞에 서서 휴대전화를 귀에 대고 있었다. 텔레비전에서 봤을 때와 마찬가지로 실물 역시 다부지고 목이 굵었으며 짧게 친 연한 적갈색 머리, 권투 선수의 얼굴, 재빠르고 탐욕스러운 눈빛의 소유자였다.

그의 등 뒤에는 타이츠 차림의 18세기 제국 건설자의 3.5미터 높이 초상화가 걸려 있었다(프랑스 혁명 당시의 영국 총리 윌리엄 피트를 말하는 것―옮긴이). 긴장감 때문에 오히려 짓궂은 기분이 들었는지, 서로 너무나 다른 두 사람을 비교하지 않을 수 없었다. 퀸은 국민의 편에 선 인물이라는 입장을 완강하게 견지하고 있었지만, 둘 다 비죽 내민 입매에는 특권층 특유의 불만이 가득했다. 둘 다 한쪽 다리에 몸무게를 싣고 다른 한쪽 다리에 힘을 뺀 채 굽히고 있었다. 이 저돌적인 젊은 의원은 적대국 프랑스에 보복 작전을 펼칠 것인가? 신노동당의 이름으로 울부짖는 군중의 어리석음을 꾸짖을 것인가? 둘 다 아니었다. 그는 휴대전화에 대고 냉랭하게 "내가 다시 전화하지, 브래드"라고 말한 뒤 성큼성큼 걸어가 문을 잠그고 획 돌아섰다.

"노련한 외무부 직원이라고 들었소. 맞습니까?" 그는 상대를 머리부터 발끝까지 훑어보더니 최악의 우려가 현실로 나타났다는 듯 글래스고 억양으로 추궁하듯 물었다. "인사과 기록에 따르면, 무슨 뜻인지 모르겠으나 '차가운 머리', '20년간 해외 활동', '극히 신중, 쉽게 평정을 잃지 않음', 인상적인 기록이었소. 여기서 듣는 내용을 내가 다 믿는 건 아니겠으나."

"너그러운 표현입니다." 그는 말했다.

"현재 외출 금지 중. 본진에 머무르고 있다. 뒷방에서 휴식. 아내의 건강 때문에 활동이 제한된 상태. 맞습니까?"

"겨우 지난 몇 년간입니다, 의원님." — '뒷방에서 휴식'이라는 표현은 달갑지 않았다. —"다행히 현재는 여행이 가능한 상황입니다."

"그리고 현재 업무는? 뭐더라?"

자신이 맡고 있는 수많은 필수불가결한 책임들을 강조해서 대답하려 했으나, 의원은 조급하게 말을 잘랐다.

"좋아. 내 질문은 이거요. 비밀 정보 업무에 직접적인 경험이 있습니까? 당신 개인적으로?" 그는 마치 덜 개인적인 '당신'이 한 사람 더 있기라도 하다는 듯 덧붙였다.

"구체적으로 어떤 분야에 대한 직접적인 경험을 말씀하시는지요, 의원님?"

"첩보 말이지 뭡니까."

"유감이지만 소비자일 뿐이었습니다. 이따금. 결과물에 대한. 입수 활동 쪽은 아닙니다."

"아무도 내게 친절하게 예를 들어주지 않은 그 '해외 활동'을 할 때에도 마찬가지였습니까?"

"본인의 해외 배치는 대체로 경제적, 상업적 직책, 혹은 영사관 업무였습니다." 위협을 느낄 때 곧잘 사용하는 구식 단어 표현이 튀어나왔다. "물론 이런저런 기밀 보고서를 입수하기도 했습니다만, 아주 고급 기밀은 아니었습니다. 그게 답니다."

한데 넓은 얼굴에 안도감 비슷한 미소가 스치는 것으로 보아, 의원은 첩보 경험이 없다는 이 정보에 순간 고무된 것 같았다.

"하지만 믿을 만한 일손이라는 거군. 그렇지? 경험은 없을지 몰라도, 믿을 만한 인력."

"음, 전 그렇게 생각하고 싶습니다." 소심한 대답.

"CT 경험은 있습니까?"

"네?"

"반테러 말입니다! 경험이 있소, 없소?" 백치를 상대하는 듯한 말투.

"없습니다, 의원님."

"하지만 관심은 있겠지?"

"정확히 무엇에 대한 관심 말씀입니까?"

"국가의 안녕 말입니다! 어디에 있건, 우리 국민의 안전. 역경의 시대에 있어 우리의 핵심 가치. 달리 표현하자면, 우리의 유산." 반-토리 성토조의 언어 사용. "설마 테러리스트에게 세계를 산산조각낼 권리가 있다는 등의 생각을 남몰래 품고 있는 나약한 리버럴은 아닐 거 아니오."

"아니요, 의원님. 그런 쪽은 절대 아니라고 말씀드릴 수 있습니다." 그는 중얼거렸다.

그러나 의원은 그의 당혹감을 이해하기는커녕 한술 더 떴다.

"그렇다면 우리 영토를 공격하려는 음모를 꾸미는 테러리스트를 무장해제하는 극히 민감한 임무를 맡긴다 해도, 결코 거부하지는 않을 거라고 믿겠습니다."

"그럴 리가요. 당연히……."

"당연히 뭡니까?"

"영광입니다. 명예입니다. 자랑스럽습니다. 하지만 한편 놀라운 것도 사실입니다."

"놀랍다니요?" 모욕이라도 당한 말투.

"음, 내가 할 질문은 아닙니다만, 왜 접니까, 의원님? 외무성에는 원하시는 임무에 경력이 많은 인력이 있습니다만."

국민의 정치가 퍼거슨은 야회용 넥타이 위로 공격적으로 턱을 내밀더니 목 뒤쪽의 두툼한 살집 사이로 넥타이 끈을 드러내며 유리창을 향해 돌아서서 석양 아래 호스가드 퍼레이드의 금빛 자갈을 바라보았다.

"앞으로 한평생 이러한 반테러 작전이 진행되었다는 사실은 물론 그런 작전이 기획되었다는 사실조차 드러나는 어떠한 말이나 행동, 기타 조치를 취하지 못한다는 조건이 있다 해도, 그 역시 괜찮으시겠소?"

"의원님, 의원님이 제가 적임자라고 생각하신다면 임무가 무엇이든 영광스럽게 받겠습니다. 영구히 절대 극비사항을 지킨다는 맹세도 하겠습니다." 그는 충성심이 노골적으로 시험당하는 모욕감에 약간 핏대를 올리며 답했다.

사진기자들의 촬영이 끝나기를 짜증스럽게 기다리듯, 퀸은 처칠풍으로 어깨를 웅크린 채 창문 앞에 그대로 서 있었다.

"협상해야 할 '다리'가 있소." 그는 생각에 잠겨 심각하게 말했다. "이를 위해 동의를 받아내야 하는 핵심 인사들이 있고." 황소 같은 머리가 다우닝 가 쪽을 가리켰다. "동의를 받아낸 뒤에—만일 받아낸다면 그 뒤에—당신에게 연락이 갈 거요. 그다음에는 적절한 때에 당신이 지상에서 내 눈과 귀가 되어주어야 하오. 적당히 둘러대는 보고 따위 말고. 외무성 특유의 애매한 장난 말고. 난 그런 것은 필요 없소. 그냥 당신 눈에 보이는 그대로 정확히 말해주면 되는 거요. 차가운 눈으로, 경험 많은 프로의 눈에 보이는 그대로. 아시겠소?"

"알겠습니다. 잘 들었고, 정확히 무슨 말씀인지 이해했습니다." 자신의 목소리가 저 멀리 구름 위에서 들리는 것 같았다.

"집안에 폴이라는 이름이 있소?"

"네?"

"그것참! 간단한 질문 아닌가. 집안에 폴이라는 이름을 가진 사람이 없느냐? 그렇다, 아니다. 형제나 아버지 중에."

"없습니다. 폴은 없습니다."

"폴린은? 여성 이름 중에. 폴렛이라든가."

"전혀 없습니다."

"앤더슨은? 앤더슨도 주위에 없소? 결혼 전 이름이라든가."

"제가 아는 한 없습니다, 의원님."

"그럼 적당한 가명이겠군. 신체상태. 험한 지형에서 걸어 다니거나 하면 일반인처럼 무릎이 풀린다든가 하진 않소?"

"저는 잘 걷습니다. 정원 손질도 열심히 합니다만." 다시 구름 위에서 들려오는 듯한 자신의 목소리.

"엘리엇이라는 사람의 연락을 기다리시오. 엘리엇이 가장 먼저 접촉할 거요."

"엘리엇은 이름입니까, 성입니까?" 그는 미치광이를 어르듯 물었다.

"내가 어떻게 아나? 그는 '윤리적 결과'라는 조직의 보호하에 극비로 활동하고 있소. 전문가 말로는 그 계통에 새로 등장한 얼굴인데 최고와 어깨를 나란히 한다고 들었소."

"실례합니다만 의원님, 정확히 무슨 계통을 말씀하시는지?"

"방위사업체. 어디 계셨나? 요즘 가장 잘나가는 분야인데. 아시는지 몰라도 전쟁은 기업화됐어. 상비군은 쓸모없소. 간부만 많고, 장비는 부족하고, 육군 20명에 준장 한 사람, 돈만 많이 들지. 못 믿겠거든 국방성에서 2년만 있어보시오."

"아, 그렇군요, 의원님." 영국군을 완전히 매도하는 발언은 놀라웠지만, 그래도 비위는 맞춰야 했다.

"집을 내놓았다고 들었소. 그렇소? 해로우였던가?"

"해로우 맞습니다." 이제 놀라움을 넘어선 단계였다. "해로우 북쪽입니다."

"경제적인 문제요?"

"아, 절대 그런 건 아닙니다." 잠시라도 화제가 현실로 돌아온 것이 고마울 지경이었다. "모은 돈이 약간 있고, 아내도 시골 부동산을 포함해서 적당히 상속받았습니다. 시장 상황이 좋을 때 현재 집을 팔고 좀 작은 곳에서 살다가 이사할 생각입니다."

"엘리엇이 해로우의 당신 집을 사겠다고 제안할 거요. 윤리니 뭐니 하는 단체 소속이라는 건 안 밝히고. 부동산 중개업소에서 광고를 봤다, 밖에서 집을 봤는데 괜찮아 보이더라, 한데 의논하고 싶은 문제가 있다고 할 거요. 만나고 싶은 시간과 장소를 제안할 거요. 그가 제안하는 대로 하시오. 그쪽은 원래 그런 식으로 한다는군. 다른 질문 있소?" 언제 질문을 하기는 했나?

"그동안에는 평소대로 행동하시오. 아무에게도 말하지 말고. 외무성에도, 집에도. 아시겠소?"

모르겠어, 전혀 모르겠다고. 그래도 그는 어리둥절한 상태로 열심히 모두 다 '알겠다'고 답했고, 금요일 밤마다 들르는 팰맬 클럽에 들른 뒤 어떻게 집까지 돌아왔는지 또렷한 기억은 없었다.

아내와 딸이 옆방에서 즐겁게 수다를 떠는 동안, 폴 앤더슨으로 간택된 그는 계속 '윤리적 결과'를 검색했다. '텍사스 주 휴스턴에 위치한 (주)윤리적 결과를 찾으십니까?' 다른 정보가 없었기에, 그는 '예'를 선택했다.

우리 윤리적 결과에서는 탁월한 자격을 갖춘 국제정치 정책가들이 새로운 국제적 팀을 이루어 주요 기업 및 국가에 혁신적인 최첨단 위험 평가 분석을 제공합니다. 우리 윤리적 결과는 청렴과 기밀, 최신 사이버 기술을 자랑합니다. 밀착경호, 인질협상 작전도 즉시 대응 가능합니다. 비밀 개인 문의를 주시면 말런이 답변하겠습니다.

이메일 주소와 사서함 번호도 역시 텍사스 주 휴스턴에 있었다. 말런의 비밀 개인 문의 무료 전화번호가 적혀 있었다. 간부, 직원, 상담원, 혹은 탁월한 자격을 갖춘 국제정치 정책가의 이름도 없었다. 이름이든 성이든, 엘리엇이라는 이름도 없었다. 윤리적 결과의 모기업은 정유, 밀, 목재, 정육, 부동산 개발, 기타 비영리사업을 추진하는 다국적 기업 스펜서 하디 지주회사였다. 이 기업은 선교재단, 신학교, 선교사업 등도 후원하고 있었다.

윤리적 결과에 대한 보다 상세한 정보를 원하시면 인식번호를 입력하라고 되어 있었다. 인식번호 같은 것도 없었고 뒷조사한다는 꺼림칙한 기분 때문에, 그는 검색을 중단했다.

일주일이 지났다. 아침마다 식사를 하고, 사무실에서 온종일 시간을 보내다가, 저녁에 퇴근할 때마다, 그는 지시대로 평소와 전혀 다를 바 없이 생활하며 오지도 오지 않을지도 모를, 어느 예상치 못할 순간에 올지도 모를 전화를 기다렸다. 어느 날 이른 새벽 아내가 약 기운에 잠들어 있는 동안 체크 셔츠와 코듀로이 바지 차림으로 주방에서 간밤의 저녁 설거지를 하며 뒷마당 청소를 해야겠다고 생각하는데, 바로 그 순간이 찾아왔다. 전화벨이 울려 수화기를 들고 기분 좋게 '여보세요'라고 응답하니, 부동산 가게 유리창에서 광고를 봤는데 집을 사는 데 관심이 있다는 엘리엇이라는 사람의 전화였던 것이다.

단지 이름은 엘리엇이 아니라 남아프리카 억양의 '일리엇'이었다.

엘리엇이 (주)윤리적 결과 소속의 남다른 자격을 갖춘 신규 국제정치정책가팀 소속일까? 그럴 수도 있지만, 확실하지는 않았다. 패딩턴 스트리트 가든스의 좁은 뒷길에 위치한 휑한 사무실에는 남자 둘이 앉아 있었고, 엘리엇은 단정한 주일용 정장, 작은 낙하산 무늬가 찍힌 줄무늬 넥타이 차림이었다. 매니큐어를 칠한 왼손의 가장 통통한 세 손가락에 카발라풍의 반지를 끼고 있었다. 두상은 반질반질하고, 올리브색 피부에는 곰보 자국이 있었으며, 부담스러울 정도로 근육질이었다. 손님을 장난스럽게 바라보다 옆으로 미끄러져 지저분한 벽으로 향하는 시선은 무심했다. 영어 화법은 너무나 정교해서 문법과 발음 시험이라도 치르는 것 같았다.

갓 발행된 영국 여권을 서랍에서 꺼내며, 엘리엇은 엄지를 핥고 페이지를 펄럭거리며 넘겼다.

"마닐라, 싱가포르, 두바이. 당신이 통계학 회의에 참석한 도시 목록입니다. 이해하겠지요, 폴?"

이해할 수 있었다.

"혹시 비행기 옆자리에 귀찮은 사람이 앉아서 지브롤터에 왜 가느냐고 묻거든, 그냥 통계학 회의에 간다고 하면 되는 겁니다. 그러고 그냥 당신 일이나 알아서 하라고 하세요. 지브롤터는 인터넷 도박망과 강력한 연계가 있는 곳이고, 그중 불법도 많아요. 도박업자들은 부하들이 떠벌이는 걸 좋아하지 않습니다. 아주 솔직히 묻겠는데, 폴, 혹시 이 위장 신원에 걱정되는 점이 있습니까?"

"음, 딱 한 가지 있습니다, 엘리엇." 그는 잠시 생각한 뒤 말했다.

"말해봐요, 폴. 뭐든지."

"영국인으로서, 그것도 외교관으로 오래 일한 처지에, 주요 영연방 국가에 가짜 영국인으로 입국한다는 게…… 글쎄요. 좀." 그는 말을 골랐다. "좀 찜찜하지요, 솔직히."

엘리엇의 작고 둥근 눈이 그를 향하더니 깜빡이지 않고 가만히 쳐다보았다.

"그냥 실명으로 가면 안 될 게 있느냐는 겁니다. 눈에 띄지 않게 조용히 움직이라는 건 알겠어요. 하지만 예상치 못하게 내가 아는 사람, 혹은 나를 아는 사람과 마주치게 되면, 최소한 내가 나라는 건 밝힐 수 있어야 하지 않겠습니까? 내 행세를…… 이상한…….."

"정확히 뭐가 이상하다는 거죠, 폴?"

"이상한 폴 앤더슨이라는 통계학자 행세 말고 말입니다. 내가 누군지 확실히 아는 사람이 그런 엉터리 이야기를 어떻게 믿겠소? 솔직히 말이오, 엘리엇." 얼굴이 약간 달아올랐지만 억누를 수가 없었다. "지브롤터에는 영국 군대가 대규모로 주둔하고 있습니다. 외무부 인력이나 도청망도 상당하고. 특수부대 훈련소도 있어요. 생각지도 못했던 사람을 갑자기 만나, 오랜만에 만난 친구처럼 얼싸안기라도 하면, 그럼 끝장나는 겁니다. 게다가 내가 통계학에 대해 뭘 압니까? 이건 다 말이 안 돼요. 당신의 전문성에 대해 뭐라고 하는 건 아닙니다, 엘리엇. 필요한 일이라면 나도 뭐든지 할 거고. 단지 물어보는 겁니다."

"걱정되는 건 그게 답니까, 폴?" 엘리엇은 배려하듯 물었다.

"물론입니다. 당연하지요. 확실하게 해두려는 겁니다." 뱉고 나니 후회스러웠지만, 말이 안 되는 소리를 납득할 수는 없지 않을까.

엘리엇은 입술을 축이며 이맛살을 찌푸리더니 또박또박 끊어지는 영어로 다음과 같이 답했다.

"당신이 영국 여권을 치켜들고 철저히 조용하게 지내면, 지브롤터의 그 누구도 당신이 누구인지 개뿔 신경도 안 쓸 거라는 건 확실합니다. 단지 최악의 상황이 발생하면 결국 좆 되는 건 당신이니까, 내 입장에서 그 점은 당연히 고려해야 하는 의무가 되겠습니다. 전문가라 자처하는 본인이 예측하지 못한 방식으로 작전이 무위로 돌아가는 상황을 가정해봅시다. 내부에 공모자가 있나? 그들은 자문할 겁니다. 호텔 방에서 밤낮 책이나 읽는 이 학자풍 한량은 도대체 누구지? 이것도 궁금하겠죠. 기껏해야 골프장만 한 식민지 안 어딘가에 이 앤더슨이라는 자가 있을까? 이런 상황이 발생하면, 장담하지만 당신은 실명으로 돌아다니지 않은 걸 다행으로 생각하게 될 겁니다. 만족했어요, 폴?" 그래, 만족했다, 엘리엇. 더 이상 만족할 수가 없어. 뭐가 뭔지도 모르겠고 이게 다 꿈만 같지만, 어쨌든 알겠다고. 하지만 엘리엇이 약간 불쾌해 보이기도 했고, 지금부터 들을 자세한 설명이 불편한 상태로 시작될 것 같아서, 그는 사교적인 대화를 시도했다.

"한데 당신은 전문가로서 이 작전에서 어떤 역할을 맡고 있는지 물어봐도 되겠습니까, 엘리엇?"

엘리엇은 목사가 설교하듯 독실한 말투로 대꾸했다.

"그 질문은 대단히 감사합니다, 폴. 나는 전사입니다. 그게 내 인생이죠. 주로 아프리카 대륙에서 벌어진 크고 작은 전쟁에서 싸웠습니다. 그 와중에 전설적인, 이상한 사람은 아니고, 정보력을 가진 사람을 만났습니다. 전 세계에 깔린 정보망에서 들어오는 정보를 오로지 민주적 원칙과 자유의 확산이라는 목표로 사용하는 사람이지요. 지금부터 설명할 '야생동물작전'이 바로 그의 머리에서 나온 작품입니다."

엘리엇의 자부심 가득한 말을 들으니 뻔한, 약간은 아부로 들리는 질문이 튀어나왔다.

"그럼, 엘리엇, 그 대단한 분의 성함을 물어도 될까요?"

"폴, 당신은 이제 영원한 한가족입니다. 극비이지만 당신에게라면 말씀드리죠. '윤리적 결과'의 설립자이자 배후는 제이 크리스핀이라는 분입니다."

그는 택시를 타고 해로우로 돌아왔다.

엘리엇은 말했다. "지금부터 모든 영수증을 보관하세요." 그는 기사에게 요금을 지불하고 영수증을 받았다.

구글에서 제이 크리스핀을 검색해보았다.

열아홉 살, 데본 주 페인튼에서 사는 제이. 웨이트리스.

1900년 쇼어디치에서 출생한 J. 크리스핀. 베니어 제조인.

모델, 배우, 음악가, 댄서 오디션을 보러 다니는 제이 크리스핀.

그러나 윤리적 결과의 배후이자 '야생동물작전'의 기획가 제이 크리스핀은 찾을 수가 없었다.

이제 자신을 폴이라고 불러야 하는 남자는 감옥 같은 호텔의 커다란 창문에 다시 붙어 서서 멍하니 피곤한 상태로 욕설을 내뱉고 있었다. 빌어먹을, 한 번 더. 그러고 나니 욕설이 침대 위 휴대전화를 향해 구멍을 뚫듯 속사포처럼 쏟아져 나왔고 "제발 울려라, 썩을 놈아, 울려라"라는 말이 튀어나왔다. 한데 그 순간 상상 속인지 현실인지, 같은 휴대전화가 짜증스럽게 띠리링 띠리링 띠리리링 그를 향해 울려왔다.

그는 자기 귀를 의심하며 창문 앞에서 얼어붙었다. 턱수염이 난 뚱뚱한 옆방 그리스인이 샤워를 하며 노래를 부르는 소리. 위층의 음란한 연인. 남자는 신음했고, 여자는 괴성을 질렀다. 헛것이 들린 게다.

그저 푹 잠든 뒤 눈을 뜨면 모든 것이 끝나 있었으면 하는 바람이었다. 그는 침대 옆으로 다가가 암호화된 휴대전화를 귀에 갖다 댔지만, 묘한 보안의식 때문에 먼저 입을 열지는 않았다.

"폴? 듣고 있어요, 폴? 저예요. 커스티. 기억하세요?"

실물은 본 적도 없는 파트타임 개인 관리인 커스티. 그녀에 대해 아는 거라고는 목소리뿐이었다. 당돌하고, 고압적이고, 나머지는 죄다 상상 속의 인물. 때로 호주 억양이 묻어 나오는 것 같기도 했다—엘리엇의 남아프리카 억양과 쌍둥이처럼. 때로 이런 목소리의 소유자는 어떤 몸을 하고 있을까 궁금하기도 했고, 과연 몸이 있을까 하는 생각이 들기도 했다.

이미 그 목소리에서는 날카로운, 무슨 일이 있다는 징조를 느낄 수 있었다.

"괜찮으세요, 폴?"

"좋습니다, 커스티. 그쪽도 괜찮겠지요?"

"밤새 관리에 들어가겠습니다. 올빼미 준비됐나요?"

폴 앤더슨의 취미는 조류학이라는 밑도 끝도 없는 설정 탓이었다.

"새 소식 전하겠습니다. 출동입니다. 오늘 밤. 로즈마리아는 5시간 전에 지브롤터로 출항했어요. 알라딘은 오늘 밤 퀸스웨이 부두 차이니스에 승객들 파티 예약을 했고요. 알라딘은 승객들을 내려놓고 출발할 겁니다. 펀터와의 밀회는 23시 30분으로 확인됐습니다. 정확히 21시에 호텔로 데리러 가겠습니다. 정각 9시. 됐습니까?"

"젭과 언제 합류합니까?"

"곧 만나요, 폴." 젭이라는 이름이 거론될 때마다 그녀의 목소리는 더욱 뾰족해졌다. "다 준비되어 있어요. 당신 친구 젭이 기다리고 있을 겁니다. 조류 관찰에 적합한 복장을 하세요. 체크아웃은 하지 말고. 알겠죠?"

모두 이틀 전에 합의된 내용이었다.

"여권과 지갑을 갖고 오세요. 소지품은 잘 꾸리되 객실에 놓아두세요. 열쇠는 늦게 돌아올 것처럼 데스크에 맡겨두세요. 로비에서 어슬렁거리다 관광객들 눈에 띄지 않게 호텔 계단에 서 있는 게 좋겠죠?"

"그러죠. 그렇게 하겠습니다. 좋은 생각이군요."

이 점도 합의한 내용이었다.

"반짝거리는 새 청색 도요타 밴을 찾으세요. 조수석 쪽 앞 창문에 '회의'라고 붉은 표지판이 달려 있을 겁니다."

도착한 뒤 세 번째로 그녀는 서로 시계를 정확히 일치시키자고 했고, 쿼츠 시계의 시대에 그럴 필요가 있을까 싶었지만 그는 자기도 모르게 침대 옆 시계를 맞추고 있었다. 1시간 52분 남았다.

그녀는 전화를 끊었다. 그는 다시 혼자 남았다. 이건 정말 나일까? 그래, 맞다. 멀쩡한 두 손이 달려 있고, 손바닥에서 땀이 축축이 배어 나오고 있었다.

그는 재소자처럼 당혹스러운 눈으로 주위를 둘러보며 그간 집 노릇을 했던 독방을 둘러보았다. 가져왔지만 한 줄도 읽을 수 없었던 책들. 프랑스 대혁명에 대한 사이먼 샤마의 책. 몬테피오레의 예루살렘 역사서. 상황이 좋았더라면 두 권 다 벌써 읽어치웠을 것이다. 시선이 숙적에게로 향했다. 오줌 냄새가 풍기는 의자. 간밤에 잠을 이룰 수 없어 그 의자에 절반쯤 엉덩이를 걸치고 앉아 있었다. 마지막으로 앉아볼까? 〈댐버스터스〉를 다시 볼까? 전쟁의 신을 소환해서 전사의 심장을 단련하려면 로렌스 올리비에의 〈헨리 5세〉가 더 낫지 않을까? 바티칸에서 검열한 소프트 포르노나 보고 늙은 몸에 힘을 돋울까?

삐걱대는 옷장을 열어젖히고, 그는 여행 스티커가 잔뜩 붙은 폴 앤더슨의 바퀴 달린 녹색 가방을 꺼내 떠돌이 새 애호가 통계학자라는 엉터리 정체성을 증명할 쓰레기들을 넣기 시작했다. 그런 뒤 침대에 앉아 결정적인 순간에 전원이 꺼지지 않을까 하는 두려움에 휴대전화가 충전되는 모습만 망연히 지켜보았다.

엘리베이터 안에서 녹색 블레이저 차림의 중년 부부가 혹시 리버풀에서 왔느냐고 물었다. 아니, 그렇지 않습니다. 그럼 단체 여행객들과 같이 왔느냐? 아니요. 무슨 단체 말씀입니까? 하지만 그의 오만한 말투와 독특한 활동복 차림에 짐작이 갔는지, 그들은 더 이상 말을 걸지 않았다.

1층에 도착한 그는 웅성거리며 활력 넘치는 사람들에 둘러싸였다. 녹색 리본과 풍선 사이로 세인트 패트릭의 날을 알리는 네온사인이 깜빡였다. 아일랜드 민속음악이 아코디언에서 울려 퍼졌다. 녹색 기네스 모자를 쓴 남녀가 춤을 추고 있었다. 보닛을 삐딱하게 쓴 여자가 취해서 그의 머리를 잡고 입술에 키스하더니 귀여운 녀석이라고 불렀다.

연신 사과의 말을 내뱉으며 인파를 뚫고 호텔 계단으로 나와 보니, 투숙객 몇 명이 모여 서서 차를 기다리고 있었다. 그는 심호흡하고 기름내가 섞인 항구의 냄새를 들이마셨다. 머리 위에는 지중해의 별이 빛나고 있었다. 옷차림은 지시대로였다. 튼튼한 부츠, 파카 잊지 마요, 폴. 밤의 지중해는 춥습니다. 파카 가슴 안주머니에는 단단히 암호화된 휴대전화가 들어 있었다. 전화가 왼쪽 젖꼭지를 누르는 무게가 느껴졌다. 그래도 정말 제자리에 있는지 손가락으로 더듬어보지 않을 수 없었다.

연이어 도착하는 자동차들 사이로 반짝이는 도요타가 나타났다. 청색이었고, 조수석 앞 유리창에 '회의'라고 적힌 표지판이 붙어 있었다. 앞자리에 흰 얼굴 두 개가 보였다. 운전사는 안경을 쓴 젊은 남자. 땅딸막하고 야무진 여자가 뱃사람처럼 뛰어내리며 옆문을 열었다.

"당신이 아서, 맞죠?" 그녀가 호주 억양으로 물었다.

"아뇨, 폴입니다."

"아, 맞아, 폴이지! 죄송해요. 아서는 다음 차례지. 저는 커스티예요. 반갑습니다, 폴. 타세요!"

미리 약속한 인사 방식. 전형적인 연출 과다였지만, 상관없었다. 그는 차에 타서 뒷자리에 혼자 앉았다. 옆문이 닫히고, 도요타는 흰 정문 기둥 사이를 지나 포석이 깔린 도로로 나섰다.

"이쪽은 한시예요." 커스티는 등받이 너머로 말을 건넸다. "한시도 일원이에요." 늘 주의 깊게. "그렇지, 한시? 그게 이 사람 좌우명이에요. 이분한테 인사하지, 한시?"

"잘 오셨습니다, 폴." 늘 주의 깊은 한시는 고개를 돌리지 않고 말했다. 미국 억양 같기도 하고 독일 억양 같기도 했다. 기업화된 전쟁.

차는 높은 돌벽 사이를 지났고, 어딜 보나 술 마시는 풍경과 소리로 가득 차 있었다. 지나치는 술집에서는 재즈 음악이 쿵쿵 울렸고, 야외 탁자에서 면세 주류를 들이켜는 뚱뚱한 영국 부부, 문신 가게 안의 바지를 골반에 걸친 얼룩덜룩한 헐벗은 상체, 60년대 헤어스타일을 선보이는 이발소, 유모차를 끄는 납작한 유대인 모자를 쓴 늙은 남자. 그레이하운드와 플라멩코 댄서, 예수와 그의 사도 상을 파는 박물 가게.

커스티는 고개를 돌려 지나치는 가로등 불빛에 비치는 그를 관찰했다. 윤곽이 또렷하고 각진 얼굴은 호주의 오지에서 생긴 주근깨투성이였다. 챙 모자 안으로 밀어 넣은 짧고 검은 머리칼. 화장기는 없었고, 시선에는 아무 감정도 드러나지 않았다. 뒤돌아보는 턱은 팔뚝에 묻고 있었다. 부피 있는 퀼트 재킷 차림이라 몸매는 알아볼 수 없었다.

"물건은 다 방에 두고 왔지요, 폴? 말씀드렸듯이?"

"다 꾸려서 뒀습니다."

"새 관련 책도?"

"네."

차는 빨래가 널린 어두운 골목으로 접어들었다. 낡은 셔터, 군데군데 부서진 회벽, '영국인 꺼져!'라는 그라피티. 차는 다시 도시의 불빛으로 나왔다.

"체크아웃도 안 했죠? 혹시 실수로라도?"

"로비가 혼잡했습니다. 하고 싶어도 못 했어요."

"객실 열쇠는?" 아차, 주머니 안에 있구나. 바보가 된 기분이었다. 그는 그녀가 벌리는 손바닥 위에 열쇠를 내려놓았다. 그녀는 열쇠를 한시에게 건넸다.

"우린 시내를 둘러보는 겁니다. 당신 눈으로 직접 확인할 수 있게 엘리엇이 시내 지리를 직접 보여주라고 했어요."

"그러죠."

"지금 어퍼락으로 가는 중인데, 도중에 퀸스웨이 항구가 보일 겁니다. 저기, 저게 로즈마리아예요. 한 시간 전에 도착했습니다. 보여요?"

"네."

"알라딘이 늘 정박하는 곳은 저기예요. 저쪽이 그의 개인 통로고요. 그 외에는 아무도 사용할 수 없어요. 식민지 안에 부동산 지분을 많이 갖고 있죠. 그는 아직 배에 있고, 손님들은 중국 식당 파티 준비를 하느라 코에 분을 찍어 바르고 있을 거예요. 늦게 나올 겁니다. 다들 로즈마리아를 보면 눈을 커다랗게 뜨니까, 마음 놓고 봐도 돼요. 편안한 태도로. 3천만 달러짜리 수퍼요트를 느긋하게 감상하지 말란 법은 없으니까요."

추적의 흥분? 혹은 감옥에서 탈출했다는 안도감? 혹은 꿈도 꾸지 못했던 방식으로 국가에 봉사하게 됐다는 기대감 자체 때문에? 이유가 무엇이든, 수세기에 걸친 영국 제국주의의 결과물을 바라보고 있노라니 애국적인 열정이 가슴을 가득 채웠다. 위대한 제독과 장군들의 동상, 화포, 보루, 요새, 수비병들에게 가장 가까운 방공호로 대피하라는 공습경보 표지판, 총독 관저 밖에서 총검을 겨누고 경비를 서는 구르카풍 전사들, 헐렁한 영국 제복 차림의 경찰들, 그는 이 모든 것의 후계자였다. 우아한 스페인식 외관 안에 자리 잡은 피시 앤드 치프스 가게조차 향수로 다가왔다.

대포가 언뜻 지나쳤고, 전쟁기념관도 보였다. 하나는 영국, 하나는 미국. '오션 빌리지에 오신 것을 환영합니다', 지옥의 계곡처럼 자리 잡은 아파트 단지의 파도를 막는 파란 유리창 발코니. 차는 정문과 경비실이 딸린 개인 도로로 들어섰지만, 경비는 보이지 않았다. 흰 돛대, 환영식 준비로 양탄자가 깔린 착륙장, 줄지은 패션 가게와 알라딘이 연회를 예약한 중국 식당.

그리고 바다에는 장엄한 로즈마리아 호가 불을 환히 밝히고 있었다. 중간 갑판의 창문들은 불이 꺼져 있었다. 위층 바의 유리창은 환했다. 빈 탁자 사이로 덩치 큰 남자들이 돌아다니고 있었다. 금칠한 요트 사다리 밑에는 날렵한 모터보트가 나란히 정박해 있었고, 흰 제복 차림의 선원 둘이 알라딘과 손님들을 육지로 실어 나를 준비를 했다.

"알라딘은 레바논 국적을 취득한 폴란드계 혼혈입니다." 엘리엇이 패딩턴의 작은 방에서 설명했다. "알라딘은 나도 개인적으로 건드리고 싶지 않은 사람이에요. 지구상에서 대적할 자가 없는, 원리 원칙 없는 살인 용병이고 국제사회 최악의 쓰레기들과 밀접한 관계를 맺고 있어요. 내가 알기로 그의 목표물 중 최고가 맨패드입니다."

맨패드, 엘리엇? "마지막으로 알아본 게 스무 기. 최첨단이라 아주 튼튼하고 아주 치명적입니다."

엘리엇은 잘난 척 미소 지으며 약 올리듯 시선을 보냈다.

"맨패드는 약어인데, 기본적으로 휴대용 방공망이라고 생각하면 됩니다. 무기로서 맨패드는 아이들도 다룰 수 있을 정도로 가볍습니다. 비무장 항공기를 추락시키고 싶다면 가장 먼저 생각날 물건이지요. 그런 게 저런 살인마들의 사고방식입니다."

"한데 알라딘이 그걸 갖고 있다는 겁니까, 엘리엇? 맨패드를? 지금? 이 밤에? 로즈마리아 호에?" 아무것도 모르는 백치처럼 물어야 엘리엇은 흡족해하는 것 같았다.

"우리 지도자의 믿을 만한 정보통에 따르면, 지하세계에서 유통되는 최첨단 대전차 로켓 화기, 최고의 자동소총 등의 무기 판매 목록 중에 문제의 맨패드가 들어 있습니다. 유명한 아랍 우화에서처럼, 알라딘은 제 보물을 사막에 숨겨놓고 있습니다. 그래서 그런 별명이 붙은 거지요. 입찰자들 중 누군가 계약에 합의를 하면 소재를 밝힐 텐데, 이번 경우 바로 그 낙찰자가 펀터입니다. 알라딘과 펀터가 만나는 목적이 무엇이냐, 바로 계약 조건을 협상하려는 겁니다. 지불 방식은 금으로 얼마나 할 것이냐, 물건을 인도하기 전에 사전 시찰 절차는 어떻게 할 것이냐."

도요타는 항구를 떠나 야자수와 팬지가 우거진 풀밭으로 우회하고 있었다.

"소년 소녀, 모두 제자리에 있다." 커스티는 휴대전화를 통해 억양 없는 목소리로 보고했다.

소년 소녀? 어디? 내가 뭘 못 봤나? 그는 물었다.

"4인 1조로 된 감시조 두 팀이 식당에서 알라딘 파티를 기다리고 있어요. 두 사람은 지나치는 커플. 혹시 그가 파티에서 몰래 자리를 비울 때를 대비해서 택시 한 대, 자전거 두 대." 그녀는 주의 산만한 어린아이에게 가르치듯 대답했다.

긴장된 침묵이 흘렀다. 내가 작전에 거추장스럽다고 생각하겠지. 뭐 하나 아는 게 없는 낙하산 인사라고 생각할 거야.

"그럼 나는 젭과 언제 만납니까?" 그는 다시 한 번 물었다.

"말했듯이 당신 친구 젭은 약속된 장소에서 예정된 시각에 기다리고 있을 거예요."

"그 사람 때문에 내가 여기 온 거 아닙니까." 욱하고 뭔가 치밀면서 목소리가 지나치게 크게 나왔다. "젭과 일행이 내 신호 없이는 들어갈 수 없다면서요. 처음부터 그렇게 알고 있었는데요."

"우리도 알고 있어요, 고맙습니다, 폴. 엘리엇도 알고 있고요. 당신과 당신 친구 젭이 빨리 만나 이야기를 나눌수록, 우리도 더 빨리 이 작전에서 물러나서 집으로 돌아갈 수 있어요. 알겠습니까?"

그는 젭이 필요했다. 동료가 필요했다.

교통은 뜸해졌다. 이쪽의 나무는 키가 작았고, 하늘은 더 넓었다. 관광지가 하나둘 지나쳐 갔다. 세인트버나드 교회, 이브라임 알 이브라임 모스크, 희게 불을 밝힌 뾰족탑. 레이디 오브 유럽 성지, 모두 기름때 묻은 호텔 안내서를 멍하니 넘겨본 터라 기억에 있는 것들이었다. 바다에는 불을 밝힌 화물선 함대가 정박해 있었다. "선원들이 우리 윤리적 결과 모선에서 작전을 지휘할 겁니다." 엘리엇은 말했다.

하늘이 사라졌다. 이 터널은 터널이 아니었다. 발굴 중지된 탄광이었다. 방공호였다. 삐딱한 대들보, 대충 쌓아올린 시멘트 블록, 노출된 암벽. 네온사인이 줄지어 천장에 매달려 있었고, 흰 표지판이 도로변으로 나란히 달렸다. 검은 전선 장식. '낙석 주의'라는 표지판. 팬 도로, 갈색 물웅덩이, 어디로 이어지는지 모를 철문. 펀터도 오늘 이 길을 지났을까? 스무 기의 맨패드 중 하나를 지니고 어느 문간 뒤에 도사리고 있는 걸까? "펀터는 그냥 고위층이 아닙니다. 폴. 제이 크리스핀의 표현을 빌리자면, 펀터는 성층권 영역이에요." 엘리엇은 말했다.

다른 세계로 이어지는 통로 같은 기둥이 전방으로 다가왔고, 그들은 탄광에서 빠져나와 다시 절벽을 뚫은 도로로 나왔다. 강한 바람이 차체를 흔들었고, 반달이 앞 유리창 위쪽에 나타났다. 도요타는 덜컹거리며 도로변에 걸쳐 달렸다. 발아래로 해안 정착지의 불빛이 보였다. 그 너머는 스페인의 암흑 같은 산맥이었다. 바다에는 아까 본 화물선 함대가 꼼짝도 않고 정박해 있었다.

"헤드라이트 꺼." 커스티는 명령했다.

한시는 헤드라이트를 껐다.

"시동 <u>끄고.</u>"

도요타는 부서지는 콘크리트 위에서 은밀한 바퀴 소리를 내며 굴렀다. 정면에서 붉은 조명이 두 번 깜빡이더니 좀 더 가까이에서 세 번째로 깜빡였다.

"이제 멈춰."

차는 멈췄다. 커스티가 옆문을 밀어 열자 차가운 바람이 밀려들어 오고 바다 쪽에서 엔진 소음이 들려왔다. 계곡 건너편에는 달빛에 젖은 구름이 골짜기에서 피어오른 포연처럼 암반을 휘감고 있었다. 차 한 대가 헤드라이트 불빛을 흩날리며 등 뒤 터널에서 나오더니 더 깊은 어둠을 남기고 언덕을 내려갔다.

"폴, 당신 친구는 여기 있어요."

친구가 보이지 않아, 그는 열린 문밖으로 나갔다. 커스티는 얼른 꺼지라는 듯이 앞좌석 의자 등받이를 끌어당겼다. 땅에 발을 디디자 잠들지 못하는 갈매기 울음소리와 귀뚜라미 소리가 들려왔다. 장갑 낀 두 손이 어둠 속에서 뻗어 나오더니 그를 잡아주었다. 손 뒤로는 젖혀 쓴 방한모 밑으로 페인트칠한 얼굴이 번들거리는 작은 몸집의 젭이 있었다. 이마에는 키클롭스의 눈 같은 조명등을 달고 있었다.

"다시 만나서 반가워, 폴. 이게 맞는지 한번 대보지." 그는 부드러운 웨일스 억양으로 중얼거렸다.

"나도 정말 반갑군, 젭." 그는 얼른 대답하며 고글을 받아 들고 젭의 손을 잡았다. 그가 기억하는 젭이었다. 단단하고, 침착하고, 굽실거리지 않는 젭.

"호텔은 괜찮았나, 폴?"

"형편없는 교도소였지. 자네는?"

"어디 얼굴 좀 보자고. 있을 것 다 있는 아파트였지. 내가 밟는 곳만 밟고 따라와. 천천히, 조심조심. 낙석이 보이면 고개를 숙이라고."

농담하나? 그는 어쨌든 미소 지었다. 임무를 마친 도요타는 언덕을 따라 내려가고 있었다. 그는 고글을 썼고, 세상은 녹색으로 변했다. 바람결에 빗물이 날아와 고글 옆면에 벌레처럼 부딪혔다. 젭은 이마에 쓴 광부 조명으로 길을 밝히며 앞장서서 언덕을 따라 내려가고 있었다. 그가 밟는 곳 외에 길은 없었다. 나는 아버지와 같이 사냥터에서 가시금작화 덤불을 헤치고 있는 거야. 한데 이 언덕에는 가시금작화는 없고, 그저 발목에 휘감기는 뻣뻣한 모래 풀뿐이었다. 네가 앞장서야 할 사람도 있고, 그냥 따라가면 되는 사람도 있어, 라고 퇴역 장군이었던 아버지는 말하곤 했다. 젭이라면 그냥 따라가면 된다.

땅이 평평해졌다. 바람은 잠잠해지는가 싶더니 다시 세졌고, 땅 역시 다시 오르막으로 바뀌었다. 머리 위에서 헬리콥터 엔진 소리가 들렸다. "크리스핀이 미국식으로 정찰을 할 겁니다." 엘리엇이 기업적 자부심을 내보이며 말했다. "당신이 알 필요도 없을 정도로 전체를 조망할 거예요, 폴. 극히 정교한 장비를 동원할 거고, 정찰 목적으로 프레데터 드론을 사용할 정도의 예산도 있어요."

오르막은 가팔라졌고, 땅에는 낙석과 바람에 실려 온 모래가 섞여 있었다. 볼트, 금속막대기 조각, 닻이 발에 걸렸다. 한 번은 — 하지만 물론 젭이 미리 알려주려고 기다리고 있었다 — 바닥에 깔린 철망을 기어 넘어가기도 했다.

"여기는 고비야, 폴. 도마뱀이 자넬 물진 않아. 지브롤터 도마뱀은. 여기서는 도마뱀을 스킹크라고 부르지. 이유는 나도 몰라. 자넨 가족이 있었지?" 폴은 엉겁결에 그렇다고 답했다. "가족은 어떻게 되지, 폴? 실례가 안 된다면."

"아내, 딸 하나." 그는 거친 숨 사이로 대답했다. "딸은 의사야." 이런, 지금 내가 폴이라는 걸 잊어버렸다. 뭐 어때? "자넨, 젭?"

"멋진 아내, 아들 하나. 다음 주에 다섯 살이 돼. 멋진 놈이지. 자네 딸처럼."

등 뒤 터널에서 차 한 대가 나타났다. 그는 몸을 얼른 숙였지만, 젭은 헉 소리가 날 정도로 단단한 손아귀로 그를 일으켜 세웠다.

"움직이지 않으면 아무도 우릴 못 봐, 저기." 그는 편안한 웨일스 억양으로 설명했다. "저긴 100미터 위쪽이고 아주 가팔라. 하지만 당신은 별문제 없겠지? 조금만 가로지르면 집에 가는 거야. 남자 셋, 그리고 나뿐이야." 어색해할 것 없다는 듯한 말투였다.

경사는 과연 급했다. 덤불과 미끄러운 모래가 깔려 있었고, 철망 하나를 더 넘어야 했다. 발을 헛디딜까 봐 젭이 장갑 낀 손을 내밀었지만, 그는 헛디디지 않았다. 어느 순간 그들은 도착했다. 전투복과 헤드셋 차림의 세 남자가 방수포 위에서 양철 컵으로 뭔가를 마시며 토요일 오후 축구 경기를 시청하듯 컴퓨터 스크린을 바라보고 있었다. 그중 한 사람은 다른 두 사람보다 유독 컸다.

뒤쪽은 쇠 골격에 짠 철망으로 덮여 있었다. 벽에는 나뭇잎과 덤불이 붙어 있었다. 젭이 알려주지 않았다면 겨우 몇 미터 거리인데도 모르고 지나쳤을 것이다. 컴퓨터 스크린은 파이프 끝에 고정되어 있었다. 스크린을 보려면 파이프 안을 들여다보아야 했다. 지붕을 통해 구름에 가린 별 몇 개가 반짝였다. 그가 한 번도 본 적이 없는 무기류 위로 달빛이 몇 줄기 흘러들었다. 장비 네 꾸러미가 한쪽 벽을 따라 늘어서 있었다.

"이쪽은 폴이야, 친구들. 정부에서 오신 분." 바람 소리를 뚫고 젭의 목소리가 들려왔다.

한 사람씩 돌아보더니 가죽 장갑을 벗고 손을 지나치게 꽉 쥐며 자기 소개를 했다.

"돈이에요. 리츠 호텔에 오신 걸 환영합니다, 폴."

"앤디예요."

"쇼티입니다. 안녕하세요, 폴. 잘 올라오셨습니까?"

다른 사람들보다 30센티미터는 더 커서 쇼티인가? 그렇겠지? 젭은 차 한 잔을 건넸다. 연유를 타서 달았다. 가로 방향으로 벽에 난 정찰 구멍을 나뭇잎이 감싸고 있었다. 컴퓨터 파이프가 그 밑에 달려 있어서 언덕 아래 해안선부터 바다까지 훤히 내려다볼 수 있었다. 왼쪽으로 스페인의 칠흑 같은 산맥이 더 거대하고 가깝게 보였다. 젭은 왼쪽 화면을 보라고 손짓했다. 숨겨놓은 카메라에서 송출되는 영상이 흘러가고 있었다. 부두, 중국 식당, 로즈마리아. 중국 식당 안을 비추는 흔들리는 핸드헬드 카메라 영상. 1층 카메라. 유리창 앞 긴 테이블 한쪽 끝에서 찍는 화면이었다. 선장풍 재킷 차림에 머리를 완벽하게 다듬은 쉰 살의 위압적인 뚱뚱한 남자가 동료 파티객을 향해 손짓하고 있었다. 그 오른쪽에는 그 나이의 절반밖에 안 되는 갈색 머리칼의 여자가 뚱하게 앉아 있었다. 드러낸 어깨, 과시하듯 밀어 올린 젖가슴, 다이아몬드 목걸이, 아래로 내려뜨린 입가.

"알라딘은 성질이 급해요, 폴." 쇼티가 알려주었다. "처음에는 수석 웨이터한테 로브스터가 없다고 영어로 시비를 걸더군요. 지금 여자친구한테는 아랍어로. 그는 폴란드인이에요. 여자 하는 짓을 보면 싸대기를 갈기지 않은 게 이상하죠. 집에 온 것 같지, 젭?"

"잠깐 여기 와봐, 폴."

젭의 손이 어깨를 잡았고, 그는 중앙 스크린 쪽으로 크게 한 걸음 옮겼다. 공중에서 찍은 영상과 지상 영상이 번갈아 떴다. 크리스핀의 작전 예산으로 거뜬히 사용할 수 있다던 프레데터 드론 영상일까? 아니면 아까 머리 위에서 들린 헬리콥터에서 찍었을까? 비막이 판이 달린 흰 집들이 절벽 가장자리에 나란히 자리 잡고 있었다. 집마다 중앙 계단이 해안가로 이어지고 있었다. 계단 밑은 좁은 초승달 모양의 모래밭이었다. 돌이 덮인 해안 끝은 들쭉날쭉한 절벽이었다. 오렌지색 가로등. 모여 있는 집에서 해안도로로 이어지는 철길이 보였다. 불이 켜진 집은 없었다. 커튼도 보이지 않았다.

같은 집들이 정찰구를 통해 보였다.

"철거 예정지야, 폴." 젭이 귓가에서 설명했다. "쿠웨이트 회사가 카지노 건물과 모스크를 지을 계획이야. 그래서 집이 비어 있어. 알라딘은 그 쿠웨이트 회사 임원이야. 그가 손님들에게 말하는 바에 따르면, 오늘 밤 개발회사 사람과 비밀회의를 가진다고 해. 아주 수익이 괜찮은 사업이라고. 여자친구 말로는 수익을 나눠 갖자는데, 알라딘 같은 사람이 이렇게 입이 쌀 줄은 몰랐지만, 어쨌든 그렇군."

"과시하는 거지. 전형적인 폴란드인이야." 쇼티가 설명했다.

"헌터는 그럼 지금 집에 있나?" 폴이 물었다.

"있다 해도 우린 못 봤어, 폴. 그렇게 말해두자고." 젭은 여전히 침착하고 용의주도한 대화투로 말했다. "밖에서도 안 보였고, 안은 볼 수가 없어. 기회가 없었다고 들었어. 스무 채 집을 죄다 정탐할 수는 없잖아? 오늘 이 장비로? 어쩌면 저 중 한 집에 숨어 있다가 비밀 회동차 다른 집으로 넘어갈지도 모르지. 우린 몰라, 아직까지는. 알카에다 조직원을 상대할 때는 상대를 알기까지 그냥 기다리며 때를 지켜보는 거지."

비슷한 수수께끼의 인물에 대한 엘리엇의 설명이 떠올랐다.

"펀터는 탁월한 지하드 전사 정도로 생각하면 될 겁니다. 휴대전화부터 아무 문제가 없어 보이는 이메일까지 모든 전자통신 장비를 피하죠. 펀터는 한 번에 한 명씩, 직접 배달원을 사용하고 절대 같은 인물을 두 번 쓰지 않습니다."

"어디에서 공격해올지 몰라요, 폴." 쇼티는 그를 약 올리려는 듯 설명했다. "저쪽 산에서 올 수도 있고, 작은 배로 스페인 해안에서 올 수도 있고. 원한다면 물 위를 걸을 수도 있다지 아마. 맞지, 젭?"

젭은 건조하게 고개를 끄덕였다. 젭과 쇼티는 각각 팀에서 가장 작고, 가장 큰 사람이었다. 양극단의 인력이랄까.

"혹은 해양경비대 코앞을 지나 모로코에서 몰래 들어올 수도 있겠지. 안 그래, 젭? 혹은 아르마니 슈트를 입고 스위스 여권을 손에 든 채 비행기 특등석으로 올 수도 있고. 개인 리어제트를 빌려 들어오거나. 솔직히 나라면 그렇게 하겠어. 스페셜 메뉴를 시켜놓고 미니스커트 차림의 끝내주는 승무원 시중을 받으면서 말이야. 우리 멋진 최고급 소식통에 따르면, 펀터는 난로에 넣고 때울 만큼 돈이 많은데. 안 그래, 젭?" 바다 쪽에서 볼 때, 밤하늘을 배경으로 한 칠흑 같은 테라스는 날카로운 돌들이 펼쳐진 해변과 거친 파도가 출렁이는 검은 바다 때문에 접근이 불가능해 보였다.

"보트 팀에는 몇 명이나 있지? 엘리엇은 확실히 모르는 것 같던데."

"여덟 명으로 줄였어요." 쇼티가 젭의 어깨 너머로 대답했다. "일행이 펀터와 같이 모선으로 돌아갈 때는 아홉 명. 희망사항이죠." 그는 비꼬듯 덧붙였다.

"상대는 비무장 상태일 겁니다, 폴." 엘리엇은 말했다. "진짜 나쁜 놈 둘 사이에서는 그게 일종의 신뢰죠. 총도, 경호원도 없어요. 몰래 들어가서, 낚아채서, 몰래 나올 겁니다. 작전은 없었던 거예요. 젭의 동료들이 육상 쪽에서 밀어줄 거고, 윤리적 결과는 바다에서 당겨줄 겁니다."

그는 젭과 다시 나란히 서서 정찰구를 통해 불을 밝힌 화물선단을 바라보다가 다시 중앙 스크린을 보았다. 한 선박이 동료 선박에서 약간 떨어져 있었다. 선미에는 파나마 국기가 달려 있었다. 갑판의 기중기 사이로 무슨 그림자 같은 것이 오가고 있었다. 물 위에 구명보트가 매달려 있었고, 두 사람이 타고 있었다. 두 사람을 바라보는데 암호화된 휴대전화에서 멍청한 멜로디가 울리기 시작했다. 젭은 얼른 전화를 뺏더니 소리를 죽이고 다시 넘겨주었다.

"폴? 맞습니까?"

"폴입니다."

"이쪽은 나인입니다. 들립니까? 나인. 들린다고 대답해보세요."

"난 나인으로 불러주시오." 의원은 성경 속의 예언자처럼 엄숙하게 말했다. "알파는 안 돼, 알파는 목표 건물이오. 브라보는 우리 위치로 써야 하니까 안 되고. 난 나인, 그게 지휘관의 암호명이고, 난 특별히 암호화된 휴대전화로 PRR, 즉 개인 역할 무선통신(Personal Role Radio)망을 통해 그쪽 작전팀과 교신하겠소."

"아주 또렷이 잘 들립니다, 나인."

"작전 위치에 있나? 그렇소? 지금부터 대답은 짧게 하시오."

"도착했습니다. 보고 듣고 있습니다."

"좋아, 그럼 지금 있는 곳에서 뭐가 보이는지 정확히 말해주시오."

"언덕 아래로 집을 똑바로 내려다보고 있습니다. 더 좋을 수 없는 위치입니다."

"거기엔 누가 있지?"

"젭, 그의 동료 세 사람, 저, 이렇게 있습니다."

잠시 침묵. 멀리서 남성의 나지막한 목소리.

다시 의원이 돌아왔다.

"알라딘이 왜 아직 차이니스를 떠나지 않았는지 짐작 가는 데라도 있나?"

"늦게 식사를 시작했습니다. 이제 일어설 때가 된 것 같습니다. 들은 건 그것뿐입니다."

"아직 펀터는 눈에 띄지 않고? 그건 확실한가? 그렇소?"

"아직 보이지 않습니다. 확실합니다. 네."

"아무리 먼 곳이라도 조금이라도 기미가 보이면, 아무리 작은 단서라도, 비슷한 형체라도……."

다시 침묵. PRR 교신이 혼선된 건가, 아니면 퀸인가?

"……즉각 알려주시오. 아시겠소? 우리도 거기서 보는 것을 모두 보고 있지만, 그렇게 또렷하지가 않아. 그쪽은 육안으로 볼 수 있으니까. 알겠지?" 다시 대답이 지연되는 것이 짜증스러운 것 같았다. "육안으로, 빌어먹을."

"알겠습니다. 육안으로 보이는 것. 이쪽은 직접 보니까요."

돈이 이쪽을 보라는 듯 그의 팔을 건드렸다.

도시 중심가에서 승합차 한 대가 밤거리를 이리저리 누비고 있었다. 지붕에는 택시 표지판이 달려 있었고, 뒷자리에는 손님 한 사람이 타고 있었다. 보는 순간 엘리엇이 절대 건드리지 않겠다던, 뚱뚱한, 아주 들뜬 알라딘이라는 것을 알아볼 수 있었다. 그는 휴대전화를 귀에 대고 차이니스 식당에서처럼 빈손으로 커다랗게 손짓하고 있었다.

따라가던 카메라가 옆으로 비켜나더니 시야가 흔들렸다. 스크린이 꺼졌다. 주위에 둥근 후광을 비추며 승합차를 포착한 헬리콥터 화면이 대신 떴다. 따라가던 지상 카메라가 되돌아왔다. 깜빡이는 전화 표시가 스크린 왼쪽 귀 구석에 떴다. 젭은 폴에게 이어폰을 건넸다. 폴란드 남자 한 사람이 상대에게 말하고 있었다. 그들은 번갈아 대화를 나누며 웃고 있었다. 알라딘의 왼손이 승합차 뒤 유리창에서 인형극처럼 비쳤다. 폴란드 남자의 유쾌한 목소리가 사라지고 여자 통역관의 냉정한 목소리가 들려오기 시작했다.

"알라딘은 바르샤바에 있는 동생 조셉과 이야기하고 있습니다." 여성 음성은 경멸하듯 말했다. "음란한 대화입니다. 배에 있던 알라딘의 여자친구에 대해 이야기하고 있습니다. 이름은 이멜다. 입이 너무 싸다. 곧 차버릴 거다. 요셉은 베이루트에 가야 합니다. 알라딘이 바르샤바에서 베이루트까지 여행비를 대줄 거다. 요셉이 베이루트에 도착하면, 알라딘이 얼마든지 여자를 소개해주겠다고 합니다. 지금 알라딘은 특별한 친구를 만나러 가는 중입니다. 특별한 비밀 친구다. 이 친구를 아주 사랑한다. 그 여자가 이멜다를 대신할 거다. 뚱하지고 않고 성격도 드세지 않고 젖가슴이 예쁘다. 지브롤터에 아파트를 사줄 생각이다. 세금에도 좋다. 알라딘은 이제 끊겠다고 합니다. 특별한 비밀 친구가 기다린다. 여자가 날 아주 많이 원한다. 발가벗고 문을 열어줄 거다. 알라딘이 그렇게 지시해두었다고 합니다. 안녕, 조셉."

일동은 잠시 당혹감에 휩싸였다. 돈이 입을 열었다.

"여자랑 잘 시간 자체가 없을 텐데." 그는 화난 듯 속삭였다. "아무리 그라도."

똑같이 화난 듯한 앤디의 목소리가 뒤를 이었다.

"택시가 이상한 길로 돌았어. 어디로, 뭣 때문에 가는 거야?"

"여자랑 잘 시간은 언제든지 있어." 쇼티가 단호하게 말했다. "보리스 베커가 벽장 안의 새를 공으로 때려 맞출 수 있다면, 알라딘은 맨패드를 친구 펀터에게 팔러 가는 길에 여자랑 얼마든지 잘 수 있다고. 논리적인 이야기야."

최소한 그건 사실이었다. 승합차는 터널을 향해 오른쪽으로 돌지 않고 왼쪽으로 꺾더니 다시 도심으로 향했다.

"우리가 추적 중인 걸 알아낸 거야." 앤디는 낙심한 목소리로 중얼거렸다. "젠장."

"그냥 생각이 바뀌었을 수도 있지." 돈이 말했다.

"이건 생각이란 게 없어. 색골이야. 그냥 아랫도리 문제라고." 쇼티가 말했다.

스크린은 회색으로 바뀌더니 하얗게 변했다가 장례식처럼 까맣게 변했다.

일시적 전파 차단

모든 시선이 부드러운 웨일스 억양으로 가슴에 단 마이크에 중얼거리는 젭에게 향했다.

"무슨 짓을 한 거야, 엘리엇? 알라딘은 너무 뚱뚱해서 놓칠 수가 없을 줄 알았는데."

잠시 교신이 지연되더니 돈의 통신기에서 잡음이 흘러나왔다. 엘리엇의 투덜거리는 남아프리카 억양이 낮고 빠르게 흘러나왔다.

"지하 주차장이 있는 아파트 단지가 두 개 있어. 우리가 보기에, 그는 주차장으로 들어가서 반대편 주차장으로 나왔어. 지금 수색 중이야."

"그럼 추적당하고 있다는 걸 알고 있는 거로군." 젭이 말했다. "골치 아픈데, 엘리엇. 안 그래?"

"알고 있을 수도 있고, 습관일 수도 있어. 귀찮게 굴지 마, 제발."

"작전이 새어 나갔으면 우린 철수야, 엘리엇. 상대가 우리 존재를 알고 있다면, 함정에 우리 발로 걸어 들어갈 수는 없어. 그런 일 예전에 겪어봤다고. 이제 너무 늦었어."

전파음. 대답은 없었다. 젭은 다시 말했다.

"혹시 택시에 추적기를 붙일 생각은 안 했나, 엘리엇? 차를 바꿔 탔을 수도 있어. 그런 사례를 한두 번 들어봤다고."

"입 닥쳐."

쇼티는 젭의 동료이자 변호인으로서 발끈해서 마이크를 껐다.

"이 일이 끝나면 엘리엇하고 이야기해야겠어." 그는 세상을 향해 선언했다. "아주 좋게, 이성적으로, 조용히 저 멍청한 남아프리카 주둥이에 엿을 쑤셔 박아줘야지. 사실이 그렇잖아, 안 그래, 젭?"

"그러든지, 쇼티." 젭은 조용히 말했다. "그러든지 말든지. 일단 좀 닥쳐줘."

화면이 다시 살아났다. 밤의 도로에는 자동차들이 지나다니고 있었지만, 길을 벗어난 승합차는 보이지 않았다. 휴대전화가 다시 울렸다.

"우리가 못 보는 게 혹시 보이나, 폴?" 추궁하는 음성.

"뭘 보고 계시는지 모르겠습니다, 나인. 알라딘은 동생과 통화한 뒤, 방향을 바꿨습니다. 여기는 다들 이유를 모르는 상태입니다."

"우리도 마찬가지야. 믿어도 돼."

우리? 당신과 나, 또 누구? 에잇? 텐? 당신 귀에 속삭이는 건 누구야? 나하고 통화하는 동안 쪽지를 전해주는 사람은? 작전을 변경해서 다시 시작하려고? 기업형 투사이자 정보제공자 제이 크리스핀인가?

"폴?"

"네, 나인."

"그쪽은 직접 보고 있잖나. 지금 바로 상황을 전해줘. 당장."

"알라딘이 우리가 미행 중인 것을 눈치챈 게 아닌가 하는 게 문제인 것 같습니다." 잠시 생각한 뒤 덧붙였다. "아니면 정말 펀터와의 약속 대신 여기 생긴 새 여자친구를 만나러 가는 거든가." 스스로의 자신감이 점점 놀라웠다.

다시 잡음. 소리가 사라졌다. 이번에도 그 조언자다. 끊겼다.

"폴?"

"네, 나인."

"기다리게. 잠깐. 여기 이야기해야 할 사람들이 있어."

폴은 기다렸다. 사람들? 사람이 아니라?

"좋아! 문제 해결." 퀸의 목소리가 다시 또렷하게 돌아왔다. "알라딘은 남자든 여자든 누구랑 자러 가는 게 아니오. 반복 말하지만 아니오. 이건 확인된 사실이오. 알아듣겠소?" 대답을 기다리지 않았다. "방금 들은 통화는 일반전화로 펀터와 만날 약속을 잡은 암호요. 통화 상대는 동

45

생이 아니라, 펀터의 중개인이오." 다시 조언자와 대화하는 동안 정적.
"좋아. 연락망. 연락망이라고 하지." 최종 단어 선택.

선은 다시 끊겼다. 계속 조언을? 혹시 이 PRR 통신망이 소문만큼 그렇게 품질이 좋지 않은 건가?

"폴?"

"나인?"

"아까 그 통화 내용은 알라딘이 펀터에게 약속대로 가는 중이라는 걸 전한 거요. 미리 신호한 것. 정보통에게서 직접 들었소. 젭에게 전해주시오."

젭에게 이 말을 전하는데, 돈이 팔을 다시 치켜들었다.

"2번 스크린. 7번 집. 바다 쪽 카메라. 1층 왼쪽 유리창에 불이 들어왔다."

"이쪽이야, 폴." 젭이 말했다.

젭은 돈 옆에 쭈그리고 앉았다. 그도 그들 뒤에서 머리 둘 사이로 밖을 내다보았다. 처음에는 어느 불을 말하는지 알아볼 수가 없었다. 1층 창문에는 온통 불빛이 반짝이고 있었지만, 모두 유리창에 반사된 정박한 함선의 불빛이었다. 고글을 벗고 시야를 최대한 넓히자, 7번 집 1층 유리창의 불빛 리플레이 화면을 볼 수 있었다.

음산한 핀라이트, 촛불처럼 위를 가리킨 불빛이 방을 돌아다니고 있었다. 조명을 든 것은 유령 같은 흰 팔뚝이었다. 내륙 쪽 카메라가 받았다. 역시 불빛이 있었다. 나트륨 등에 오렌지색으로 비친 팔뚝이 도로를 따라 움직이고 있었다.

"그럼 지금 안에 있는 거군, 그렇지?" 돈이 처음 입을 열었다. "7번 집.

1층. 전기가 없으니 플래시를 들고." 하지만 묘하게 자신 없는 목소리.

"오필리아 같군." 학자 쇼티가 말했다. "빌어먹을 나이트가운 차림으로. 지중해에 투신이라도 하려나."

젭은 은신처 지붕이 허락하는 한 최대한 똑바로 서 있었다. 그는 방한모를 벗고 스카프처럼 뒤로 내렸다. 음산한 녹색 불빛 안에서 페인트 칠한 얼굴이 갑자기 30년은 늙어 보였다.

"좋아, 엘리엇, 우리도 봤다. 맞아, 확실해. 사람이 있어. 한데 누구인지는 다른 문제야."

사운드 시스템이 정말 작동이 안 되나? 이어폰 너머로 엘리엇의 공격적인 목소리가 들려왔다.

"젭? 젭, 당신이 필요해. 듣고 있나?"

"듣고 있어, 엘리엇."

남아프리카 억양은 이제 아주 강한 설교조였다.

"1분 전 나는 정확히 즉각 작전 준비 지시를 받았어. 정찰망도 도심에서 끌어내서 알파에 집중하라는 지시를 받았어. 알파에 접근하는 작전은 정차 중인 밴에서 지휘할 거야. 그에 따라 하산해서 작전 개시해."

"누가 우리한테 지시했지, 엘리엇?"

"이게 전투 작전이었어. 육상팀과 지상팀이 합류한다. 빌어먹을, 젭, 지시 잊었나?"

"내가 받은 지시는 당신이 잘 알고 있잖아, 엘리엇. 처음부터 똑같았어. 찾아내고, 위치 확인하고, 접는다. 우리는 펀터를 찾은 게 아니라 불빛을 봤어. 펀터를 찾을 때까지는 위치 확인한 게 아니고, 지금 PID 따위는 못 했다고."

PID? 이니셜을 싫어했지만, 곧 깨달을 수 있었다. 확실한 신원 확인 (Positive Identification).

"그러니 작전도 끝난 게 아니고 합류 따윈 없어." 젭은 엘리엇에게 평정한 억양으로 계속 말했다. "내가 동의할 때까지는 없어. 어둠 속에서 서로를 향해 총질할 수는 없다고. 알았다고 말해. 엘리엇, 내가 방금 한 말 들었나?"

대답은 없었고, 퀸의 급박한 목소리가 흘러나왔다.

"폴? 7번 집 안의 불빛. 봤나? 육안으로 확인했나?"

"네. 확인했습니다. 육안으로."

"한 번?"

"두 번 봤지만, 또렷하지는 않았습니다."

"그게 펀터요. 펀터가 거기 있어. 지금 이 순간. 7번 집에. 플래시를 들고 방을 가로지르고 있는 게 바로 펀터야. 그의 팔을 봤지. 봤나? 봤잖아, 빌어먹을. 사람의 팔. 우리도 다 봤어."

"팔을 봤지만, 그 팔은 신원 확인이 필요합니다, 나인. 우린 아직 알라딘이 나타나기를 기다리고 있습니다. 그는 행방이 묘연하고, 그가 여기에 오고 있다는 단서도 없습니다." 젭과 시선이 마주쳤다. "우리는 펀터가 집 안에 있다는 확증을 기다리는 중입니다."

"폴?"

"네, 나인."

"우리는 계획을 수정하는 중이오. 당신의 임무는 집을 지켜보는 거요. 특히 7번 집. 명령이오. 계획을 수정하는 동안. 알겠소?"

"알겠습니다."

"카메라가 놓쳤을 수 있는 이상한 점이 뭐라도 육안으로 보이면, 즉각 알려주시오." 목소리는 사라졌다 다시 돌아왔다. "아주 잘하고 있어, 폴. 잊지 않을 거요. 젭에게 말하시오. 이건 명령이오."

일행은 잠잠해졌지만, 그는 진정할 수가 없었다. 알라딘이 사라졌다는 사실이 은신처에 무거운 의혹을 불러일으키고 있었다. 엘리엇은 공중 카메라를 재배치하겠지만 아직 카메라는 도심을 훑으며 낯선 차를 하나하나 포착했다가 다른 차로 옮기고 있었다. 지상 카메라들은 부두 풍경과 터널 입구, 이제 빈 해안도로를 비추고 있었다.

"나타나, 이 못생긴 놈아. 나타나라고!" 돈이 보이지 않는 알라딘을 향해 중얼거렸다.

"즐기느라 바쁘겠지, 더러운 놈." 앤디의 중얼거림.

"알라딘에게 물이 튀면 안 됩니다. 폴." 패딩턴에서 엘리엇이 책상 너머에 앉아 힘주어 말했다. "알라딘에게는 손가락 하나 안 대는 겁니다. 총알 한 발, 불똥 하나 튀어서는 안 돼요. 크리스핀이 아주 가치 있는 정보원과 맺은 협약입니다. 크리스핀이 정보원에게 한 약속은 신성한 겁니다."

"대장." 돈이 두 팔을 들어 올리며 말했다.

자전거 한 대가 양쪽으로 헤드라이트를 비추며 철길을 따라 달리고 있었다. 헬멧은 없었고, 목에 아랍식 흑백 두건을 펄럭이고 있었다. 오른손으로 자전거를 조종하면서, 왼손으로는 무슨 봉투 같은 것을 모아 쥐고 있었다. 그는 봉투를 흔들며, 보란 듯이, 날 보라는 듯이 갖고 놀고 있었다. 날렵하고 잘록한 허리. 두건은 얼굴 아래쪽을 가리고 있었다. 테라스 한복판까지 올라오자, 그는 왼손을 손잡이에서 떼고 혁명가처럼 손을 들어 인사했다.

철길 끝에 도착한 그는 해안도로로 접어들려는 듯 남쪽으로 향했다. 그러다 갑자기 북쪽으로 방향을 틀더니 조종간 위로 고개를 내밀고 두 건을 뒤로 휘날리며 스페인 국경을 향해 질주하기 시작했다.

하지만 흔들던 검은 봉투가 7번 집으로 향하는 문간 바로 앞 철길 위에 플럼 푸딩처럼 떨어져 있는데, 두건을 쓴 자전거 운전자 따위를 누가 신경이나 쓰겠는가.

카메라는 봉투에 초점을 맞췄다. 확대했다. 다시 확대했다. 검은 일반용, 혹은 조경용 비닐봉지였고, 입구가 새끼줄, 혹은 밀짚 같은 걸로 묶여 있었다. 쓰레기봉투였다. 안에 축구공이나 사람 머리, 폭탄 같은 것이 들어 있을 것 같은 모양의 쓰레기봉투였다. 기차역에 주인 없이 굴러다니는 것을 보면 수상해서 용기가 있으면 누군가에게 신고할 만한 그런 물건이었다.

카메라들은 죄다 봉투를 잘 잡으려고 경쟁하고 있었다. 지상 카메라의 클로즈업 영상과 숨 가쁘게 돌아가는 테라스 와이드 앵글 영상에 이어 공중 카메라가 뒤를 이었다. 바다에서는 헬리콥터가 모선을 보호하기 위해 고도를 낮춘 상태였다. 젭은 이성적으로 설득하고 있었다.

"그건 그냥 봉투야, 엘리엇, 봉투라고." 웨일스 억양은 그 어느 때보다 조용하고 집요했다. "그것밖에 아는 게 없어. 안에 뭐가 들었는지는 아는 게 없어. 들을 수도 없고, 냄새도 못 맡잖아. 안 그래? 녹색 연기가 흘러나오는 것도 아니고, 외부에 전선이 노출된 것도 아니고 안테나가 보이는 것도 아니야. 자네 눈에도 마찬가지잖아. 그냥 아이가 엄마 심부름을 받고 무단 투기한 쓰레기일 수도 있고…… 아니, 엘리엇, 미안하지만 우린 그렇게 안 해. 우린 그 물건의 용도가 무엇이든 알아서 터지든 말든 놔두고 알라딘을 기다릴 거야."

전파가 끊긴 건가, 상대가 침묵하는 건가?

"일주일 밀린 빨랫감일 수도 있지." 쇼티가 나직하게 중얼거렸다.

"아니, 엘리엇, 우린 그렇게 안 해." 젭의 목소리가 한층 날카로워졌다. "분명히 말하지만 우린 그 봉투 안을 들여다보러 내려가지 않아. 우린 그 봉투에 어떤 방식으로든 간섭하지 않을 거야, 엘리엇. 저자들이 기대하는 게 정확히 그런 상황일 수 있다고. 혹시 우리가 잠입했을 때를 대비해 우릴 끌어내리려는 거야. 아니, 우린 잠입해 있지 않아. 작전상 우린 여기 있는 게 아니라고. 그냥 내버려두어야 할 충분한 이유가 되지 않아."

보다 긴 침묵이 다시 흘렀다.

"약속한 게 있잖아, 엘리엇." 젭은 초인적인 끈기로 말을 이었다. "잊어버렸는지 모르겠군. 지상팀이 목표물의 위치를 포착하면, 그전이 아니라 그 뒤에, 우린 언덕을 내려간다고. 그럼 그쪽 해상팀도 바다에서 들어와서 같이 일을 마치는 거야. 그게 약속이었어. 그쪽은 바다, 이쪽은 육지를 책임진다. 봉투는 땅에 있지? 우린 목표물을 포착하지 못했고, 안에 뭐가 기다리고 있는지 없는지도 모르는 상황에서 우리가 서로 어두운 건물 양편에서 마주치는 상황을 보고 싶지 않아. 내가 되풀이해야 하나, 엘리엇?"

"폴?"

"네, 나인."

"당신이 보기에 봉투는 어떤가? 즉각 알려주시오. 젭의 논리를 받아들이나?"

"더 나은 논리가 없다면…… 나인. 네, 그 말이 설득력 있습니다." 단호하지만 상대를 존중하는, 젭과 비슷한 말투.

"펀터에게 도망치라고 경고하는 신호일 수도 있어. 그 점은 어떨까? 그쪽으로는 생각해봤나?"

"아주 깊이 고려했다고 생각합니다. 그러나 봉투는 알라딘에게 안전하다고 들어오라는 신호일 수도 있습니다. 물러나라는 신호일 수도 있고요. 기껏해야 양쪽 다 추측일 뿐입니다. 제가 볼 때는 지나치게 많은 가능성이 있습니다." 그는 대담하게 말을 맺고 덧붙였다. "이 상황에서는 젭의 입장이 훨씬 이성적으로 보입니다."

"가르치지 말게. 다시 연락할 때까지 모두 기다려."

"물론입니다."

"물론 같은 소리 집어치워!"

전화는 끊겼다. 숨소리도, 배경음도 들리지 않았다. 귀에 아무리 세게 대봐도, 전화기에서는 긴 정적만 흐를 뿐이었다.

"빌어먹을!" 돈이 있는 힘껏 외쳤다.

다섯 사람들은 모두 정찰구 앞에 모여 앉았다. 차체가 높은 자동차 한 대가 헤드라이트를 환히 켜고 터널을 빠져나와 테라스를 향하고 있었다. 승합차, 약속 시각에 늦은 알라딘일까. 아니, 아니었다. '회의' 표지판을 뗀 파란색 도요타였다. 도요타는 해안도로에서 벗어나더니 철길 위로 접어들어 검은 봉투로 곧장 향했다.

자동차 옆문이 옆으로 휙 열리고 안경 쓴 한지가 운전석에서 고개를 숙였고, 두 번째, 확실치 않지만 커스티로 보이는 인물이 열린 문간에서 허리를 굽혀 한 손으로 핸들을 붙잡아 몸을 지탱하고 다른 한 손을 봉투 쪽으로 뻗었다. 도요타 문은 다시 쿵 닫혔다. 차는 속도를 내서 북쪽으로 사라졌다. 플럼 푸딩 모양의 봉투는 사라졌다.

먼저 입을 연 것은 그 어느 때보다 침착한 젭이었다.

"방금 본 게 당신들 팀이지, 엘리엇? 봉투를 가져간 거. 엘리엇, 이야기를 해야겠어. 엘리엇, 듣고 있는 거 알아. 설명이 필요해. 엘리엇?"

"나인?"

"폴."

"엘리엇 쪽 사람들이 방금 봉투를 가져간 것 같습니다." 그는 젭처럼 최대한 이성적인 목소리를 유지하려고 애썼다. "나인? 듣고 계십니까?"

나인은 좀 늦게 돌아와서 거칠게 말했다.

"우리가 실행 명령을 내렸어. 빌어먹을. 누군가 회수해야 하잖아. 젭에게 알려. 당장. 판단은 내렸어. 끝이야."

전화는 다시 끊겼다. 그때 옆에 있는 호주 억양의 여성 목소리에게 뭐라 말하며 모두에게 들으라는 듯 커다랗게 외치는 엘리엇의 목소리가 최고조로 들려왔다.

"안에 식량이 들어 있었다고? 고마워, 커스티. 훈제생선이 들어 있었어. 들리나, 젭? 빵. 아랍 빵. 고마워, 커스티. 그 외에 봉투 안에 뭐가 있었는지 알아? 물. 광천수. 펀터는 광천수를 좋아해. 초콜릿도 있어. 밀크 초콜릿. 들어봐, 고마워, 커스티. 들었나, 젭? 그동안 펀터가 계속 안에 있었던 거고, 동료들이 음식을 조달했던 거야. 우린 들어간다, 젭. 난 명령을 받았고, 확인했어."

"폴?" 이번에는 퀸 의원, 일명 나인이 아니었다. 얼굴이 흙빛으로 변한 젭은 연한 초록색 눈을 콜리 개처럼 희번덕거리고 있었다. 젭은 아까와 마찬가지로 침착하게 호소했다.

"이걸 해서는 안 돼, 폴. 어둠 속에서 유령을 향해 총질하는 꼴이야. 엘리엇은 그게 뭔지 아무것도 몰라. 자네도 내 말에 동의할 거야."

"나인?"

"도대체 뭔가? 진입하고 있어! 도대체 문제가 뭐지?" 젭은 그를 응시하고 있었다. 쇼티는 젭의 어깨 너머에서 바라보고 있었다.

"나인?"

"뭔가?"

"제게 눈과 귀가 되어 달라고 지시하셨습니다, 나인. 저는 젭의 말에 동의합니다. 제가 듣고 본 어떤 것으로도 이 단계에서 진입하는 것이 옳다고 볼 수 없습니다."

이 침묵은 의도적인 것일까, 기술적인 것일까? 젭은 고개를 까딱 끄덕였다. 쇼티는 퀸을 향한 것인지, 엘리엇을 향한 것인지, 그 모두를 향한 것인지, 조롱하듯 입술을 비틀어 미소 지었다. 잠시 후 의원의 목소리가 튀어나왔다.

"펀터는 안에 있다고, 빌어먹을!" 다시 정적. 의원은 되돌아왔다. "폴, 잘 듣게. 이건 명령이야. 우린 아랍 복장을 한 남자를 봤어. 그쪽도 마찬가지고. 펀터는 그 안에 있어. 아랍 소년에게 식량과 물을 배달받았다고. 젭은 뭘 더 원하는 건가?"

"증거를 원합니다, 나인. 아직 충분하지 않다는 겁니다. 저도 비슷한 기분이라고 말하지 않을 수 없습니다."

젭은 처음보다 더 열렬히 고개를 끄덕였다. 쇼티도, 다른 동료들도 마찬가지였다. 네 사람의 흰자가 방한모 뒤에서 그를 바라보고 있었다.

"나인?"

"거긴 아무도 명령을 안 듣나?"

"제가 말해도 되겠습니까?"

"빨리 하게!" 그는 기록에 남기기 위해 입을 열었다. 입 밖에 내기 전에 단어 하나하나를 신중히 골랐다.

"나인, 이 모든 것이 그 어떤 이성적인 분석 기준으로도 확인되지 않은 일련의 가정이라는 게 제 판단입니다. 여기 젭과 그 동료들은 풍부한 경험을 갖고 있습니다. 이들은 이 상황에서 아무것도 구체적인 물증이 없다고 말하고 있습니다. 육상에서 눈과 귀가 되어주는 입장으로, 저도 그 의견에 동의한다고 말씀드리지 않을 수 없습니다."

희미한 음성이 멀리서 들렸고, 다시 깊고 캄캄한 침묵이 흘렀다. 퀸의 심술 어린 날카로운 목소리가 돌아왔다.

"펀터는 무장하지 않았어, 빌어먹을. 알라딘과 협상한 조건이야. 무장도 없고 경호도 없이 일대일로 만난다. 그는 목에 어마어마한 돈이 걸려 있는 고위 테러리스트고, 어마어마한 정보를 빼낼 수 있어. 그가 그 집 안에 앉아 있다고. 폴?"

"듣고 있습니다, 나인."

동시에 그들 모두 왼쪽 스크린을 바라보았다. 모선 선미. 옆면 그늘. 소형 보트가 물가로 다가왔다. 여덟 명이 웅크린 채 타고 있었다.

"폴? 젭을 바꿔주게. 젭? 거기 있나? 내 말을 들어, 둘 다. 젭과 폴. 둘 다 듣고 있나?"

들고 있었다.

"잘 들어." 이미 잘 듣고 있다고 답했지만, 소용없었다. "당신들이 거기 언덕 위에서 죽치고 앉아 있는 동안, 해상팀이 먼저 목표를 잡아서 배에 싣고 영해 밖으로 나가 심문자 손에 넘겨주면 그게 무슨 꼴이 되겠나? 맙소사, 젭, 당신이 까다롭다는 소리는 들었지만, 잃을 게 뭔지를 생각해야지!"

화면에서 소형 보트는 더 이상 모선 옆에서 보이지 않았다. 젭의 위장색을 칠한 얼굴은 얇은 방한모 안에서 고대 전투마스크처럼 완전히 굳어 있었다.

"이제 별로 할 말은 없어, 더 있나, 폴? 더 말할 게 있나?" 그는 조용히 말했다.

폴은 아직 충분히 말하지 못했다. 놀랍게도 머뭇거리지 않고, 망설임 없이 말이 튀어나왔다.

"친애하는 나인, 내 판단상 육상팀이 진입할 충분한 이유는 없습니다. 육상팀뿐만 아니라 누구라도."

평생 가장 큰 침묵이었을까? 젭은 이쪽으로 등을 보인 채 땅에 쭈그리고 앉아 공구 가방을 뒤지고 있었다. 젭 뒤에서 동료들은 이미 서 있었다. 한 사람은—누구인지 알 수는 없었다—고개를 숙이고 기도하는 것 같았다. 쇼티는 장갑을 벗고 손가락 끝을 차례로 핥았다. 마치 의원의 메시지가 보다 초자연적인 방식으로 전달된 것 같았다.

"폴?"

"네."

"난 이 상황에서 현장지휘관은 아니라는 점을 알아주기 바라고, 군

작전 결정은 자네도 알다시피 현장에 있는 대장의 고유 권한이지. 그러니 충고만 하겠네. 내 앞에 있는 작전 정보에 따라, 내가 야생동물작전을 즉각 시행하는 것이 좋다고 판단한다는 점을, 명령이 아니라 충고한다는 점을 젭에게 전달해주기 바라네. 시행하느냐 마느냐는 물론 그의 판단이야."

그러나 속뜻을 알아들은 젭은 '충고'를 더 이상 듣지 않고 이미 동료와 함께 어둠 속으로 나간 뒤였다.

야간투시경을 썼다가 다시 벗어보았지만, 농밀한 어둠 속에서 젭과 동료들의 모습은 보이지 않았다.

첫 화면에서는 해안에 보트가 접근하고 있었다. 파도가 카메라를 때렸고, 검은 돌이 접근하고 있었다.

두 번째 화면은 꺼져 있었다.

그는 세 번째로 향했다. 카메라는 7번 집을 잡고 있었다.

현관문은 닫혀 있었고, 커튼이 없는 창문은 아직 불이 꺼져 있었다. 흰 손으로 플래시를 든 유령은 보이지 않았다. 여덟 명의 마스크를 쓴 남자들이 하나씩 서로 손을 잡아주며 보트에서 내리고 있었다. 두 사람은 무릎을 꿇고 무기를 카메라 위쪽 어딘가로 겨냥했다. 세 사람은 카메라 렌즈를 지나쳐 사라졌다.

카메라 한 대가 해안도로와 테라스로 넘어가 줄줄이 달린 문을 훑었다. 7번 집 문은 열려 있었다. 무기를 든 그림자가 옆에서 망을 보고 있었다. 두 번째 그림자가 안으로 들어갔다. 세 번째, 좀 더 큰 그림자가 뒤따라 들어갔다. 쇼티였다.

바로 그때 카메라는 덩치 작은 젭이 웨일스 광부 같은 걸음걸이로 불켜진 돌계단을 따라 해안으로 내려가는 모습을 비췄다. 바람 소리 너머로 도미노가 무너지는 듯한 다닥다닥 소리가 들렸다. 두 번 연달아, 그리고 아무 소리도 들리지 않았다. 고함 소리가 들린 것 같았지만, 너무 열심히 귀를 기울여서 확실히 알 수가 없었다. 바람일 수도 있었다. 딱새 소리일 수도 있었다. 아니, 올빼미일 수도 있었다.

계단의 불이 나갔고, 그 뒤로 철길을 따라 설치된 오렌지색 나트륨 가로등이 꺼졌다. 마치 하나의 손이 조종한 것처럼, 남아 있던 컴퓨터 스크린 두 개가 꺼졌다.

단순한 진실이었지만, 처음에는 받아들이고 싶지 않았다. 그는 야간 투시경을 썼다가, 다시 벗었다가, 다시 쓰고 컴퓨터 키보드를 만지작거리며 화면을 살리려고 해보았다. 하지만 의지만으로는 기계가 살아나지 않았다.

어디선가 엔진 시동 소리가 들렸지만, 여우인지 자동차인지 보트 선외 모터인지 알 수 없었다. 휴대전화를 꺼내 퀸과 직통으로 연결되는 'I'를 눌러보았지만, 전파 소음만 지지직거릴 뿐이었다. 그는 은신처에서 나와 마침내 허리를 완전히 펴고 밤공기 속에서 어깨를 활짝 폈다.

자동차가 터널에서 빠른 속도로 튀어나오더니 헤드라이트를 끄고 해안도로 변에서 끽 멈췄다. 10분, 12분…… 아무 일도 없었다. 그러다 어둠 속에서 커스티의 호주 억양 목소리가 그의 이름을 불렀다. 이어서 커스티가 나타났다.

"도대체 무슨 일입니까?" 그가 물었다.

커스티는 그를 다시 은신처로 데리고 들어갔다.

"임무 끝났어요. 다들 환호하고 있습니다. 모두 수고했어요."

"펀터는?"

"다들 환호한다고 했잖아요."

"그럼 잡았습니까? 모선으로 데려갔어요?"

"이제 당신은 입 닥치고 여기서 나가면 돼요. 내가 차로 데려다줄 테니까, 타고 계획대로 공항으로 가면 됩니다. 비행기가 기다리고 있어요. 모두 평정됐고, 다들 들떠 있어요. 이제 갑시다."

"젭은 괜찮습니까? 동료는? 다 괜찮아요?"

"다들 기뻐하고 있어요."

"이건 다 어찌합니까?" 그는 철제 상자와 컴퓨터를 가리켰다.

"이 물건은 당신이 여기서 나가는 순간 3초 만에 없어질 겁니다. 가자니까요."

그들은 더듬더듬 미끄러져 가며 계곡으로 내려갔다. 바닷바람이 몰아쳤고, 바다 쪽에서 엔진 소리가 바람 소리보다 더 크게 들려왔다.

거대한 새—독수리 같았다—가 관목 덤불에서 발치로 튀어나오더니 까악 울었다.

부서진 철망에 발이 걸려 머리부터 넘어졌지만, 덤불 덕분에 목숨은 건졌다.

어느 순간 갑자기 그들은 숨을 몰아쉬며, 기적적으로 아무 상처 없이 텅 빈 해안도로에 서 있었다.

바람은 잦아들었고 비는 그쳤다. 두 번째 차가 옆에 멈춰 섰다. 부츠와 운동복 차림의 두 남자가 튀어나왔다. 그들은 커스티에게 고개를 끄덕여 보이더니 폴은 아는 척도 않고 언덕을 향해 가볍게 달려갔다.

"고글이 필요해요." 그녀는 말했다.

그는 투시경을 건넸다.

"혹시 종이 갖고 있어요? 지도나, 저기 있던 물건들 중에서?"

없었다.

"승리예요, 그렇죠? 사상자도 없고. 아주 훌륭하게 해냈어요. 모두 다. 당신도. 그렇죠?"

그렇다고 답했던가? 더 이상 중요하지 않았다. 두 번 다시 그에게 눈 길조차 주지 않고, 그녀는 두 남자 뒤를 따라 걸음을 옮겼다.

II

아주 비밀스러운 배로의 초대

같은 봄 화창한 일요일 오전, 31세의 명망 높은 영국 외교관 하나가 런던 소호 지구의 소박한 이탈리아 카페 옥외 탁자에 혼자 앉아 발각되기라도 하면 경력은 물론 자유까지 박탈당할 수 있는 충격적인 첩보 작전을 수행하고 있었다. 즉, 그 자신이 최선의 능력을 다해 봉사하고 조언할 의무를 지닌 어느 각료의 개인사무실에서 불법 제작한 녹음 기록을 회수하는 일이었다.

그의 이름은 토비 벨, 공범 없이 단독으로 저지른 범죄행위였다. 사악한 천재의 조종도, 돈으로 사주한 사람도, 100달러 지폐를 가득 채운 서류가방을 들고 길모퉁이에서 기다리는 사악한 선동가나 스키마스크를 쓴 사회운동가도 배후에 없었다. 그런 의미에서 벨은 현대사회가 가장 두려워해야 하는 존재, 고독한 결단가였다. 영국령 지브롤터의 임박한 비밀작전에 대해 그는 아무것도 몰랐다. 오히려 그를 지금 이 상황에

이르게 한 것은 바로 그 감질나는 무지였다.

외모로나 성격으로나 강력 범죄를 저지를 만한 인물로 보이지도 않았다. 범죄를 사전 계획하고 있는 지금조차, 그는 동료와 상관 들이 알고 있는 겸손하고, 성실하고, 부스스하고, 강박적으로 야망이 넘치고, 지적으로 보이는 젊은이였다. 몸집은 다부졌고, 그리 잘생긴 외모는 아니었으며, 빗으로 손질하자마자 멋대로 뻗는 갈색 머리칼을 둥지처럼 머리에 이고 있었다. 사람을 끌어당기는 힘이 있다는 것은 부정할 수 없었다. 그는 노동당 외의 다른 정치를 모르는 영국 남부 해안의 독실한 수공업자 부모 밑에서 영리한 외아들로 태어나 공립교육을 받았다—아버지는 지역 교회 장로였고, 어머니는 끊임없이 예수 그리스도를 입에 올리는 통통하고 행복한 여자였다. 그는 외무성에서 처음에는 일개 사무원으로 근무하다가 야간학교와 어학원, 내부 감찰, 이틀 동안의 통솔력 시험을 거쳐 어렵게 누구나 부러워하는 지금 직위로 올라왔다. '토비'라는 이름은 언뜻 영국 사회 위계에서 실제보다 더 높은 집안 출신으로 들릴 수도 있었지만, 실은 고대 문헌에 그 효심이 기록되어 있는, 아버지가 사랑하는 성인 토비아스에서 딴 이름이었다.

토비의 야심을 부채질한 것은—지금도 부채질하고 있는 것은—그 스스로 의문조차 품지 않는 가치였다. 학교 친구들은 돈 벌 꿈밖에 꾸지 않았다. 그러라고 하지. 비록 겸손함 때문에 스스로 떠벌이지는 않지만, 토비는 세상을 바꾸고 싶었다—혹은 시험관들에게 조금 쑥스러운 얼굴로 털어놓았듯, 제국주의와 냉전이 끝난 세계에서 조국이 진정한 정체성을 찾는 데 일조하고 싶다는 욕망이었다. 속내대로 할 수만 있다면, 벌써 오래전에 영국 사립 교육제도를 쓸어 없애고, 티끌만 한 특권도 혁

파하고, 왕정도 쳐내버렸을 것이다. 그러나 비록 선동적인 생각을 품고 있기는 했지만, 그는 가장 먼저 목표로 삼아야 할 것은 우선 자신이 해방시키고 싶은 바로 그 체제 안에서 출세하는 것이어야 한다는 점을 알고 있었다.

지금 이 순간 혼잣말을 하고 있기는 했지만, 언어 습관 역시 마찬가지였다. 언어의 재능을 타고 나서 아버지에게서 억양에 대한 사랑을 물려받고 영어권의 각 지역별 특징을 숨 막힐 정도로 완벽하게 파악하고 있었기 때문에, 도싯 억양을 털어내고 자신의 사회적 출신 성분이 규정한 특징을 거부하는 사람들이 선택하는 중산층 영어를 사용하게 된 것도 어떻게 보면 당연한 일이었다.

목소리의 변화와 함께 옷차림에도 마찬가지로 미묘한 변화가 따라왔다. 자신이 언제든 직원으로서 편안한 태도로 외무성 건물 문을 드나든다는 것을 의식하고 있었기 때문에, 그는 지금 카키색 바지와 오픈네크 셔츠, 일상복 분위기를 풍기는 헐렁한 검정 재킷을 입고 있었다.

또한 겨우 두 시간 전, 석 달 동안 같이 살던 여자친구가 다시는 꼴도 보기 싫다는 말을 남기고 이즐링턴 아파트를 나가버렸다는 사실도 외부인이 보기에는 전혀 짐작할 수가 없었다. 그러나 이 비극적인 사건도 그의 기를 꺾지는 못했다. 이사벨의 결별 선언과 지금 저지르려는 범죄 사이에 관련이 있다면, 그것은 아마 남과 공유할 수 없는 생각에 빠져 시도 때도 없이 멍하니 누워 있는 습관이라고 할 수 있을 것이다. 원래 두 사람은 밤마다 이별 이야기를 나누었고, 최근에는 그 빈도가 아주 잦았다. 아침이 되면 언제나 그랬듯 이사벨이 마음을 돌릴 거라고 생각했지만, 이번에 그녀는 냉정하게 총을 뽑아 들었다. 고함도, 눈물도 오가지 않았다. 그는 택시를 불렀고, 그녀는 짐을 쌌다. 택시가 왔고, 그는 짐 가방을 아래층까지 들어주었다. 그녀는 세탁소에 맡긴 실크 정장을 걱정했다. 그는 영수증을 챙기고 자신이 받아다 보내주겠다고 약속했다. 이사벨은 창백했다. 그녀는 돌아보지도 않았지만, 기어이 마지막 말을 남겼다.

"솔직히 말해서 토비, 당신은 차가운 사람이야, 안 그래?" 그녀는 서쪽에 있는 언니 집에 간다는 말을 남긴 후 택시를 타고 떠났지만, 그는 그녀에게 최근 헤어진 전남편을 포함해서 다른 연인이 있을 거라고 생각했다.

그리고 변함없는 목적의식으로 무장한 토비는 중절도죄를 앞두고 소호의 카페로 와서 크루아상과 커피를 찾았다. 지금 그는 그 카페에 앉아 행인들을 멍하니 응시하며 아침 햇살 속에서 카푸치노를 마시고 있었다. 내가 그렇게 차가운 사람이라면 왜 이런 끔찍한 상황에 스스로를 밀어 넣었을까?

수수께끼 같은 조언자이자 후원자 자일스 오클리의 습관대로, 그의 의식은 이 질문에 대한 대답과 그에 따른 질문 앞에서 고개를 돌렸다.

베를린.

초보 외교관 시절, 2등 서기관 벨이 첫 해외 발령을 받아 영국 대사관에 갓 도착했을 때였다. 이라크 전쟁이 임박한 시기였다. 영국도 참전 결정을 내렸지만 대외적으로는 부인하고 있었다. 독일은 옆에서 망설이고 있었다. 대사관의 실세―장난기 많고 기민한, 독일 표현으로 온갖 바닷물에 물든―자일스 오클리는 벨의 부서장이었다. 수많은 다른 업무 중에서 오클리의 업무는 좀 애매했다. 독일 공관으로 전달되는 영국 정보의 흐름을 감독하는 일이었다. 토비의 업무는 그의 말단 부하 노릇이었다. 독일어는 이미 훌륭했다. 언제나 그렇듯 토비는 언어를 빨리 배웠다. 오클리는 그를 수하에 거두어 데리고 다니며 하위직에게 보통은 잠겨 있었을 온갖 문을 열어주었다. 토비와 자일스가 첩보원이었느냐? 절대로! 그들은 다른 수많은 외교관과 마찬가지로 자유세계의 방대한 정보 시장 거래 탁자에 앉게 된 유망한 영국 외교관이었다.

유일한 문제는 토비가 보다 은밀한 회의석상에 드나들면서, 전쟁에 대한 혐오도 점점 커졌다는 점이었다. 그는 전쟁을 불법적이고 비윤리적인 파멸 행위로 규정했다. 가장 나태했던 학교 친구들도 전쟁 이야기만 나오면 격분해서 거리로 나와 항의한다는 사실에 당혹감은 더욱 커졌다. 독실한 기독교인 사회주의자인 부모님도 외교의 목적은 전쟁을 부추기는 것이 아니라 예방하는 것이어야 한다고 믿었다. 어머니는 절망해서 편지를 보냈다. 한때 자신의 우상이었던 토니 블레어가 우리 모두를 배신했다고. 아버지는 엄격한 감리교도의 목소리로 부시와 블레어가 오만의 죄를 지었다고 비난하며 자신의 모습에 홀려 맹금으로 변해버린 공작새 한 쌍에 대한 우화를 쓰려고 할 정도였다.

그런 목소리들이 귓전에 울리는 상황에서 전쟁의 찬가를 불러야 하는 것이, 그것도 하필 독일인들에게 같이 춤추자고 설득해야 하는 것이 싫었다. 토비 역시 토니 블레어를 열렬히 지지했지만, 이제 진실이 담겨 있지 않은 수상의 공적 입장에는 구역질이 났다. 이라크 해방작전의 시작과 함께, 그는 폭발했다.

사건이 발생한 것은 그루네발트에 위치한 오클리의 외교관저에서였다. 한밤중, 따분한 남자들만의 답답한 저녁식사 자리가 끝나가고 있었다. 토비는 베를린에 괜찮은 독일인 친구 인맥이 있었지만, 그 밤의 손님들 중에 그 친구들은 없었다. 지루한 연방장관, 루르 사업계의 허영으로 가득 찬 거물, 호엔폴레른 가문을 사칭한 사람 하나, 얻어먹고 돌아다니는 의회 의원들 넷이 드디어 리무진을 막 부른 참이었다. 오클리의 정치 감각 좋은 아내 허마이오니는 주방에서 진을 마시며 파티를 감독하다 침실로 물러났다. 토비와 자일스 오클리는 거실에 앉아 그날 밤 오간 대화 속에서 얻어낸 정보를 복기하고 있었다.

갑자기 토비의 자제력이 한계에 부딪혔다.

"아니, 이 빌어먹을 짓거리 다 집어치웁시다." 그는 오클리의 오래된 칼바도스 잔을 탁하고 내려놓으며 외쳤다.

"빌어먹을 짓거리란 정확히 뭘 말하는 건가?" 55세의 왜소한 오클리는 위기 상황에서 늘 그렇듯 짧은 다리를 우아하게 쭉 뻗으며 물었다.

그렇게 세련된 태도로 오클리는 토비의 말을 다 들었고, 무표정한 얼굴로 신랄한, 한편으로는 애정 어린 대꾸가 돌아왔다.

"마음대로 해, 토비. 사임하거나. 난 자네의 미숙한 개인 의견에 동의한다네. 영국과 같은 그 어느 주권국가도 서로 간에 티끌만 한 앙금도 없는 자기중심적 광신도 둘이 거짓 평계로 일으킨 전쟁에 참전해서는 안 돼. 분명 우리는 다른 주권국가에게 영국과 같은 수치스러운 선례를 따르라고 설득해서도 안 되지. 그러니 사임하라고. 자네는 정확히 《가디언》지가 찾는 인물이야. 황야에서 울부짖는 고독한 음성. 정부 정책에 동의하지 않는다면, 이 언저리에서 어슬렁거리며 바꾸려고 노력하지 마. 그냥 뛰어내려. 자네가 언제나 꿈꾸던 위대한 소설을 쓰게나."

하지만 토비는 쉽게 물러나지 않았다.

"그럼 당신은 어디 앉아 있습니까, 자일스? 당신도 내가 알기로는 똑같이 전쟁에 반대하고 있어요. 퇴직 대사 52인이 전쟁은 말도 안 되는 헛짓이라는 탄원서에 서명했을 때, 당신은 한숨을 쉬면서 나도 퇴임한 입장이었으면 좋겠다고 하지 않았습니까? 난 예순 살이 될 때까지 기다려야 해요? 지금 하고 싶은 말이 그겁니까? 기사 작위를 받고, 물가 연동 연금을 받고 지역 골프클럽 회장이 된 뒤에요? 그게 겁이 아니라 충성심이란 말입니까, 자일스?" 오클리는 체셔 고양이 같은 미소를 부드럽게 짓더니 손가락 끝을 마주 대며 미묘하게 대답했다.

"내가 어디 앉아 있느냐고 물었네. 물론 회의석상에 앉아 있지. 늘 회의석상이야. 구슬리고, 쪼아대고, 논쟁하고, 설득하고, 회유하고, 희망하지. 하지만 기대하지는 않아. 난 매사에 중용이라는 신성한 외교 원칙을 고수하고, 내 나라를 포함한 모든 국가의 끔찍한 범죄에 적용하지. 회의실에 들어가기 전에 나는 내 감정을 문밖에 내려놓고, 따로 지시받지 않는 이상 발끈해서 자리를 뜨지 않아. 나는 매사를 불완전하게 처리한다는 데 자부심을 갖고 있어. 때로ㅡ이런 시기도 그런 경우가 될 수 있겠고ㅡ존경하는 외교의 대가들에게 조심스럽게 대책을 제시해보기도 해. 하지만 웨스트민스터 궁을 하루아침에 지으려고 들지는 않아. 잘난 척으로 보일 각오를 하고 말하지만, 자네도 그래서는 안 되고."

토비가 대답을 찾아 헤매는 동안 그는 말을 이었다.

"한 가지 더, 혼자 있는 동안 생각해보게나. 내 사랑하는 아내 허마이오니는 베를린 외교계의 이런저런 뜬소문을 전하는 능력이 특출한데, 듣기로 자네는 네덜란드 대사관 무관의 행실 고약한 아내와 부적절한 관계를 맺고 있다지. 사실인가?" 한 달 뒤, 토비는 국방 문제에 경험을 지닌 하급 담당관이 급작스럽게 필요하다는 마드리드의 영국 대사관으로 자리를 옮기게 되었다.

마드리드.

나이와 위계 관계에 큰 격차가 있었지만, 토비와 자일스는 연락을 유지하며 지냈다. 오클리가 막후에서 얼마나 실력을 행사한 것인지, 그중 어느 정도가 단순한 우연이었는지, 토비는 추측만 할 따름이었다. 분명 오클리는 보통 손위 외교관들이 아끼는 젊은이들을 의식적으로 키우는 방식으로 토비를 대하고 있었다. 런던과 마드리드 간 상시 정보 유통은 그 어느 때보다 활발하고 중요했다. 주제는 사담 후세인이나 그가 숨기고 있다는 대량살상무기가 아니라, 당시만 해도 중동에서 상대적으로 세속적인 국가들 중 하나에 대한 서구의 공격에―전쟁을 일으킨 자들이 인정하기에는 너무나 노골적인 진실이었다―자극받은 새로운 세대의 지하디스트였다.

이렇게 두 사람의 협력 관계는 계속되었다. 마드리드에서 토비는―좋든 싫든, 하지만 대체로 마음에 들었다―정보 시장에서 두각을 나타내며 매주 런던으로 출퇴근하게 되었고, 오클리는 강 한쪽의 영국 정보기관과 반대편의 외무성 사이에서 미묘한 줄타기를 하고 있었다.

화이트홀의 기밀 지하사무실에서 오가는 논의를 통해, 테러리스트로 의심되는 재소자들을 다루는 새로운 법칙이 조심스럽게 검토되었다. 토비의 직위로는 불가능한 일이었지만, 그도 참석했다. 오클리가 주재했다. 한때 영적 성장을 의미했던 '고양한다(enhance)'는 단어가 새로이 미국 어휘로 등장했지만, 그 의미는 토비 같은 풋내기에게는 여전히 모호했다. 다 똑같다고 그는 나름대로 생각했다. 소위 새로운 법칙이라는 것은 사실상 낡고 야만적인 규칙이 먼지만 털어서 새로 복귀하는 게 아닌가? 이런 의심이 맞는다면, 점점 더 그렇게 확신하게 되었지만, 전극을 달고 앉은 사람과 책상 앞에 앉아 그런 일이 벌어지고 있다는 것을 알고도 모르는 척하는 사람 사이의 윤리적 차이는 무엇인가?

그러나 카이로 주재 영국 대사관 승진을 축하하기 위해 자일스와 함께한 편안한 저녁식사 자리에서 이러한 질문과 자신의 양심 및 교육을 중재하려는 갈등을 내보이려고 하자 — 전적으로 학구적인 차원에서 — 오클리는 다정한 미소를 지으며 자신이 아끼던 라로슈푸코의 금언 뒤로 숨었다.

"위선은 악덕이 덕에게 바치는 헌사야, 이 친구야. 이 불완전한 세상에선 유감이지만 그게 우리가 이끌어낼 수 있는 최선이 아닐까 싶어."

토비는 오클리의 위트에 알아들었다는 듯 미소 지으며 그 타협과 공존하는 법을 배워야겠다고 스스로에게 다시 한 번 엄격히 다짐했다 — 이미 오클리가 그를 지칭할 때 늘 사용하게 된 '이 친구야'는 아끼는 후배에 대한 유례없는 애정의 증거였다.

카이로.

토비 벨은 영국 대사관의 총아였다 — 대사 아래로 누구에게든 물어보라고! 여섯 달 동안 집중 아랍어 교육을 시키니, 맙소사, 이 친구 벌써 절반은 유창하게 아랍어를 말하네! 그는 이집트 장군들과 어울렸고, 다시는 '미숙한 개인 의견' — 그의 의식에 각인된 표현이었다 — 을 불쑥

토로하지 않았다. 거의 우연에 힘입어 전문성을 획득하게 된 업무에 성실하게 임했고, 이집트 외무부에서 비슷한 일을 수행하는 사람들과 정보를 교환했다. 체제 전복을 꾀하는 런던에 있는 이집트인 이슬람 운동가들의 이름도 지시에 따라 넘겨주었다.

주말마다 정중한 장교나 비밀경찰과 즐겁게 낙타를 탔고, 경비병이 지키는 사막의 호화 주택에서 어마어마한 부자들의 성대한 파티도 즐겼다. 그들의 매력적인 딸과 불장난을 한 뒤 새벽이 되면 불타는 플라스틱과 썩은 음식의 악취를 막기 위해 자동차 창문을 닫고, 앙상하게 뼈만 남은 아이들과 두건을 쓴 어머니들이 폐품을 뒤지는 도시 외곽의 더러운 쓰레기장을 지나 집으로 돌아왔다.

인간 운명의 실용적인 맞교환을 런던에서 조율하고 무바라크의 비밀경찰 우두머리에게 친밀한 감사편지를 써 보낸 인물은 누구였을까? 바로 외무성의 탁월한 정보 브로커이자 관료인 자일스 오클리였다.

그러니 지방자치단체 선거를 넉 달 앞두고 호스니 무바라크의 무슬림 형제단 탄압을 계기로 이집트 전역에서 민중봉기가 일어나고 폭력으로 터져 나올 징조가 보였을 때, 토비가 런던으로 급히 호출되고 다시 나이에 한참 앞서 전직 국방부 차관이자 새로이 외무부 차관으로 임명된 퍼거스 퀸 의원의 개인비서로 승진한 것은 어쩌면 젊은 벨 자신을 제외하고 누구에게도 놀랄 일이 아니었다.

"여기서 보면, 당신 둘은 딱 어울리는 한 쌍이야." 그의 새 지역 책임자 다이애나는 현대미술관의 셀프서비스 점심 판매대에서 참치 샌드위치를 큼직하게 썰며 말했다. 그녀는 작고 예쁜 인도계 영국인이었고,

펀자브 출신 공무원 특유의 시대착오적 표현이 뒤섞인 영어를 썼다. 그러나 수줍은 미소는 강철 같은 목적의식을 감추고 있었다. 어딘가에 남편과 두 아이가 있었지만, 근무시간에는 절대 가족에 대해 말하지 않았다.

"둘 다 직책에 비해 젊지—물론 그는 당신보다 열 살 많지만—둘 다 어마어마한 야심가고." 그녀는 이 표현이 정확히 자신에게도 적용된다는 사실을 의식하지 않고 말했다. "그리고 외모에 속지 마. 그는 싸움꾼이야. 노동계급에 동조하는 척하지만, 한때 가톨릭이었고 공산주의자였고 현재 신노동당, 혹은 그 당을 지휘하던 사람들이 유산계급으로 옮겨가고 난 뒤 남은 잔해 소속이야."

잠시 침묵이 흐르고 그녀는 신중하게 음식을 씹었다.

"퍼거스는 이데올로기를 싫어하고 본인이 실용주의를 창안했다고 생각하지. 물론 토리 당도 싫어하지만, 사안의 절반은 그보다 더 오른쪽에서 놀아. 다우닝 가에 지지세력이 큰데, 거물급만 말하는 게 아니라 홍보담당팀 같은 사람들, 그런 사람들이 퍼거스를 좋아하고 그가 출마하는 한 자기 세력으로 밀어줄 거야. 극단적으로 친-대서양이지만, 워싱턴이 그를 유능하다고 생각하는 한 누가 불만이 있겠어? 유럽연합 반대파, 확실하지. 우리 같은 아랫사람들을 싫어하지만, 안 그런 정치가는 없고. 그가 언제 G-WOT에 대해 떠드는지 지켜봐." '전 지구적 테러와의 전쟁'의 내부자 용어였다. "유행도 지났고, 점잖은 아랍 사람들이 그 구호에 점점 얼마나 열 받고 있는지 당신이야 굳이 말 안 해도 알겠지. 전에도 조언을 들은 바 있어. 당신 임무는 똑같아. 껌처럼 붙어 다니면서 사고 더 치지 못하게 막는 것."

"사고 '더' 치지 못하게?" 토비는 이런 화이트홀 가십을 주고받는 자리에서 마음에 걸리는 몇몇 공공연한 소문을 들은 적이 있었다.

"못 들은 걸로 해." 그녀는 잠시 사이를 두고 급히 음식을 씹어 삼킨 뒤 엄격히 지시했다. "국방성에서 뭘 했고 뭘 안 했는지를 보고 정치가를 판단하면, 차세대 각료 절반은 다 죽어 나갈걸." 토비가 아직 쳐다보고 있는 걸 보더니, 그녀는 말했다. "한 번 망신을 당했고 벌도 받았어. 끝난 일이야." 마지막으로 생각났는지 덧붙였다. "국방성이 기특하게 그 정도 스캔들을 덮을 수 있었다는 게 놀라울 뿐이지."

그 말과 함께 시끄러운 소문은 공식적으로 사망선고를 받았지만, 커피를 마시며 다이애나는 다시 관을 파내 파묻기로 한 모양이었다.

"혹시 누구 다른 사람에게서 다른 말을 들을지도 모르지만, 국방성과 재무성이 양쪽에서 어마어마한 내부감사를 벌였고, 퍼거스에게는 책임질 과실이 없다고 만장일치로 결론을 내렸어. 최악의 경우, 한심한 아랫사람들이 조언을 잘못했다는 거지. 나한테는 그걸로 충분하고, 당신한테도 그럴 거라고 믿어. 왜 날 그런 눈으로 보는 거야?"

그는 그녀를 의식적으로 어떤 눈으로 바라보고 있지는 않았지만, 분명 상대가 말이 너무 많다고 생각하고 있었다.

새로 내각의 각료 개인비서로 임명된 토비 벨은 임무에 착수했다. 고든 브라운 시대의 고독한 블레어주의자 의원 퍼거스 퀸은 겉보기에 그가 주인으로 선택할 만한 종류의 장관은 아니었다. 가계가 기운 글래스고의 오래된 기술자 집안에서 외아들로 태어난 퍼거스는 시위를 이끌고 경찰과 대치해서 신문에 사진이 실리는 등 일찌감치 좌파 학생정치에서 두각을 나타냈다. 에든버러 대학 경제학과를 졸업한 뒤, 그는 스코틀랜드 노동당의 혼란 속으로 사라졌다. 그러다 3년 뒤 수수께끼처럼 하버드 존 에프 케네디 스쿨에 다시 나타났고, 거기서 현재의 아내, 부유하지만 심리적인 문제가 있는 캐나다인 여자를 만나 결혼했다. 그는 스코틀랜드로 돌아왔고, 안전한 의석이 그를 기다리고 있었다. 당의 홍보 담당자들은 그의 아내가 대중에게 내보이기에 적절하지 않은 인물이라고 판단했다. 알코올중독이라는 소문이 돌았다.

토비가 화이트홀 순회를 하며 주워들은 소문은 엇갈렸다. "잠깐은 잘해주는데, 뒤통수 맞을 일이 생길 수도 있으니까 조심해." 상처받은 국방성 베테랑이 철저한 비공식 논평이라는 전제로 충고했다. 루시라는 전 비서는 이렇게 말했다. "필요할 때는 아주 친절하고 매력적이야." "필요하지 않을 때는?" 토비는 물었다. "그냥 우리 편이 아니야." 그녀는 이맛살을 찌푸리고 시선을 피하며 말했다. "자신의 악마와 싸우는 것 같아." 그 악마가 무엇인지, 어떻게 싸우는지 루시는 말하고 싶지 않거나 말할 수 없는 것 같았다.

그럼에도 첫 조짐은 좋았다.

물론 퍼거스 퀸은 쉬운 상관이 아니었지만, 토비는 그럴 거라고 기대한 적도 없었다. 영리하고, 둔감하고, 심술 사납고, 입이 거칠고, 하루 절반 동안 한순간은 눈물이 날 정도로 사려 깊었다가도 다음 순간 무슨 생각에 잠겼는지 묵직한 마호가니 문짝을 닫아걸고 공문서만 만지작거리기도 했다. 그는 타고난 깡패 기질이 있었고, 들은 대로 공무원들에 대한 경멸을 숨기지 않았다. 가장 가까운 사람들조차 그의 독설을 피해가지는 못했다. 그러나 그가 가장 경멸하는 것은 화이트홀의 점점 비대해지는 정보조직이었고, 비대하다, 엘리트주의다, 자기중심적이고 신비주의에 사로잡혀 있다고 비판했다. 퀸 참모단의 소관 중 일부가 '모든 정보원들에게서 들어오는 정보 자료를 평가해서 적절히 활용할 방법을 추천할 것'이었기 때문에 이 점은 더욱 불편했다.

존재한 적이 없었던 국방성 스캔들 문제는 건드리려고 해볼 때마다 점점 더 토비 개인을 위해 의도적으로 쌓아올린 침묵의 벽 같은 것에 가로막혔다. "끝난 일이야, 친구…… 미안해, 난 입 닫겠어." 단 한 번, 비록 재정팀의 허풍 센 사무원이었지만, 어느 금요일 저녁 셜록 홈스에서 맥주 한 잔을 마시며 말한 적이 있었다. "백주 대낮에 도둑질을 하고 잘도 빠져나갔지, 안 그래?" 그러다 따분한 월요일 조직관리위원회 집중 회의에서 옆자리에 우연히 앉은 그레고리라는 이름의 사무관이 최고 수위의 경고등을 울렸다.

나이보다 늙어 보이는 덩치 크고 뚱뚱한 그레고리는 토비와 정확히 동년배였고 경쟁자라고도 할 수 있었다. 그러나 어떤 직책을 놓고 나란히 후보가 될 때마다 늘 그레고리를 제치고 자리를 따내는 사람은 토비라는 것은 누구나 아는 사실이었다. 최근 새 의원의 개인비서 경쟁도 마찬가지였겠지만, 제대로 된 경쟁조차 없었다는 후문이었다. 그레고리는 국방성에 2년 동안 파견 근무를 해서 거의 매일 퀸을 상대한 반면, 토비는 신참이었다. 즉, 과거의 음습한 스캔들 따위를 모른다는 뜻이기도 했다.

회의는 결론을 내지 못하고 끝났다. 사무실은 비었다. 토비와 그레고리는 암묵적 합의로 탁자에 남았다. 토비에게 이 순간은 관계 개선을 위해 기다리던 기회였다. 그레고리는 그렇게 성격이 좋지 않았다.

"퍼기 임금님하고는 잘 지내나?" 그는 물었다.

"괜찮아, 그레고리. 그럭저럭. 여기저기 주름살이 있긴 하지만 그거야 예상했던 거고. 요즘 사무관 일은 어때? 사건이 많을 것 같은데."

하지만 그레고리는 사무관 업무에 대해 논하고 싶지 않았다. 그는 자기 일을 의원의 개인비서에 비해 등급이 낮은 직책으로 보고 있었다.

"음, 사무실 가구를 뒷문으로 빼돌리지 않는지 잘 보라는 말밖에." 그는 냉랭하게 피식 웃으며 답했다.

"왜? 그런 취미라도 있나? 가구를 빼돌려? 안 되지, 새 책상을 끌고 세 층을 내려가려면 아무리 그라도 힘들 텐데." 그는 도발에 휘말리지 않겠다고 작정하고 답했다.

"아직 자넬 고수익 업체에 등록시켜주지 않던가?"

"자네한테 그런 일을 해줬어?"

"안 되지, 이 친구가." 믿기지 않는 사람의 좋은 음성. "난 그런 거 안 해. 난 물러나 있었어. 좋은 사람은 드물다고. 다른 사람은 그렇게 약삭빠르지 않고."

갑자기 토비의 참을성이 뚝 끊겼다. 그레고리와 같이 있으면 늘 이런 식이었다.

"도대체 무슨 말을 하고 싶은 거야, 그레고리?" 그는 물었다. 그레고리는 다시 천천히, 커다랗게 미소 지었다. "경고하는 거라면—이게 내가 알아야 할 일이라면—솔직하게 말을 하든가 인사과에 찾아가."

그레고리는 이 말을 곰곰이 생각해보는 척했다. "음, 그게 자네가 알아야 할 일이라면, 언제든지 자네 수호천사 자일스한테 가서 조용히 대화를 나눠보지그래."

독선적인 목적의식이 토비를 휩쓸었다. 햇볕 내리쬐는 소호의 삐걱거리는 야외 탁자에 앉아서 지금 되돌아봐도, 여전히 자기 자신을 완전히 정당화할 수는 없었다. 어쩌면 주위 사람들만 알고 자신만 몰랐던 진실에 대한 불쾌감 이상이 아니었을지도 모른다. 분명 다이애나가 새 주인에게 껌딱지처럼 붙어 다니며 사고를 치지 못하게 하라고 지시했으니, 과거에 그 인물이 무슨 사고를 쳤는지 알아볼 권리가 있다는 논리도 충분히 가능했다. 비록 토비가 직접 상대한 경험은 적었지만, 정치가들은 상습범들이다. 퍼거스 퀸이 미래에 잘못을 저지른다면, 주인을 잘못된 길로 왜 이끌었는지 설명해야 할 책임을 토비가 져야 할 수도 있었다.

수호천사 자일스 오클리에게 가보라는 그레고리의 조롱은 잊어버리자. 자일스가 토비에게 알려주고 싶은 게 있었다면 직접 말해주었을 것이다. 알려주고 싶지 않다면, 무슨 수를 써도 입을 열게 할 수 없다.

그러나 뭔가 다른 것이, 뭔가 더 깊고 더 복잡한 것이 토비를 몰아가고 있었다. 퀸의, 거의 병적일 정도의 은둔적 성향이었다.

도대체 왜 겉으로 그렇게 외향적인 사람이 하루 종일 혼자 개인사무실에 들어앉아 클래식 음악을 쿵쿵 울리며 바깥세상은 물론 자기 직원들에게조차 문을 닫아건 걸까? 다우닝 가의 뒷방에서 쏟아져 들어오는, 퀸이 직접 받아서 서명하고 읽은 뒤 배달한 사람에게 도로 돌려주는 '극히 개인적 서신'이라고 적힌 봉투, 이중으로 봉해서 직접 전달되는 두툼한 봉투들 안에는 뭐가 들어 있을까?

내 눈에서 은폐되고 있는 건 퀸의 과거뿐만이 아니다. 그의 현재다.

첫 시도는 마드리드 시절 술친구이자 대사관 동료였던 전문 첩보원 매티였다. 매티는 현재 강 건너 복스홀 정보본부에서 임무 배치를 기다리는 중이었다. 어쩌면 이 비활동 기간의 답답함 때문에 평소보다 더 직선적으로 나올지도 모른다. 불가사의한 이유로─토비는 작전상 이유라고 짐작하고 있었다─매티는 버클리 스퀘어 렌즈다운 클럽 회원이기도 했다. 두 사람은 스쿼시 약속을 잡았다. 매티는 키가 크고 여윈 몸에 대머리, 안경을 썼으며 강철 같은 손목 힘을 지니고 있었다. 토비는 4대 1로 졌다. 그들은 샤워를 하고, 수영장을 굽어보는 바에 앉아 예쁜 여자들을 구경했다. 두서없는 대화가 몇 마디 오간 뒤, 토비는 본론으로 들어갔다.

"알려줘, 매티. 아무도 말을 안 해서 말이야. 내 보스가 지휘하던 시절 국방성에서 무슨 일이 있었지?"

매티는 염소처럼 긴 두상을 아주 천천히 끄덕였다.

"아, 그거. 내가 말해줄 수 있는 건 별로 없는데." 그는 침울하게 말했다. "네 보스가 보호구역 밖으로 나갔고, 우리 구역에서 살려줬는데, 그쪽에서 아직 그 일로 우릴 용서하지 않는다는 이야기지. 한심한 놈."

"살려주다니, 어떻게?"

"독단적으로 저지르려고 했잖아." 매티는 경멸 어린 음성으로 말했다.

"뭘? 누구한테?"

매티는 대머리를 긁더니 다시 말했다. "음, 한데, 내 소관은 아니야. 내 영역이."

"그건 알아, 매티. 받아들여. 내 분야도 아니고. 난 그 사람 비서라고. 안 그래?"

"방위산업과 조달청 사이에서 왔다 갔다 하는 속 검은 로비스트, 무기상 같은 사람들 말이야." 매티는 토비가 이 문제를 잘 알 거라고 생각하는 듯 불평했다.

하지만 토비는 몰랐다. 그는 기다렸다.

"물론 면허는 있지. 그게 문제의 반이야. 재무부를 뜯어먹고, 공무원에게 뇌물을 주고, 온갖 여자를 소개하고, 발리에서 휴가를 보내게 해주는 면허. 개인적으로든 공적으로든 접근할 수 있는 권한. 그걸 다 갖고 있다고."

"한데 퀸이 그런 사람들과 같이 거기에 개입했다는 거야?"

"난 아무 말도 못 해." 매티는 날카롭게 답했다.

"알아. 나도 못 들은 걸로 한다고. 그래서 퀸이 뭘 훔쳤군. 그거야? 아니, 정확히 훔쳤다기보다, 자기 이익이 걸려 있는 특정 프로젝트에 자금을 빼돌렸다. 혹은 그의 아내나, 사촌이나, 아주머니가. 그런 건가? 적발돼서 돈을 돌려주고 죄송하단 한 마디로 묻어버린 거지. 내 말이 맞아?"

묘령의 여인이 새된 웃음소리를 내며 배치기 다이빙을 했다.

"크리스핀이라는 작자가 있어." 매티는 소음 아래로 중얼거렸다. "들어봤나?"

"아니."

"음, 나도 들어본 적은 없어. 그러니 그 점을 기억해줬으면 해. 크리스핀, 약은 놈이야. 피해."

"이유는?"

"구체적인 건 몰라. 이쪽에서 몇몇 임무에 그를 써먹었다가 뜨거운 벽돌처럼 차내 버렸어. 아마 네 상관이 국방성에 있는 동안 그를 주물렀다지. 내가 아는 건 그것뿐이야. 헛소리일 수도 있고. 이제 그만 귀찮게 해."

이 말과 함께 매티는 아리따운 여자들을 다시 감상하기 시작했다.

인생이 종종 그렇듯, 매티가 크리스핀이라는 이름을 꺼낸 순간부터 토비는 그 이름을 머릿속에서 몰아낼 수가 없었다.

내각에서 연 어느 와인과 치즈 파티에서, 관료 둘이 고개를 맞대고 이야기하고 있었다. "한데 그 크리스핀이란 작자한테 무슨 일이 생겼지?" "요전에 상원에서 돌아다니는 걸 봤는데, 그런 배짱은 어디서 나오는지 모르겠어." 하지만 토비가 다가가자 그들의 화제는 갑자기 크리켓으로 옮겨졌다.

현재 유행하는 프레너미(frenemy) 연락망이 연루된 정보 관련 부처 간 회의가 끝날 무렵, 크리스핀이라는 인물의 이름 첫 자를 알 수 있었다. "당신들이 또 다른 J. 크리스핀을 만들지나 말았으면 좋겠군." 내무부 관리 한 사람이 의견이 대립되는 국방성 관리를 향해 한 마디 던졌다.

그냥 앞글자 J? 아니면, 제이 개츠비처럼 '제이' 자체가 이름?

이사벨이 침실에서 부루퉁해 있는 동안, 밤의 절반은 꼬박 새워 구글 검색을 했지만 알아낸 것이 없었다.

로라에게 가봐야겠다.

로라는 50세, 재무성 과학자로서 목소리 크고, 명석하고, 덩치 크고, 활기가 흘러넘치는 마당발 같은 여자였다. 그녀가 회계감사 팀장으로 베를린 주재 영국 대사관에 사전 고지하고 등장했을 때, 자일스 오클리는 토비에게 '저녁식사 데리고 나가서 꼬셔보라'고 지시했다. 문자 그대로는 아니었지만 토비는 지시를 이행할 수 있었고, 이후 두 사람은 오클리의 지시 없이도 가끔 저녁을 함께하는 사이가 되었다.

운 좋게도, 이번엔 토비 차례였다. 그는 킹스로드에 있는 로라가 좋아하는 식당을 골랐다. 늘 그렇듯 그녀는 구슬과 팔찌가 주렁주렁 달린 풍성한 카프탄을 두르고 접시 크기의 카메오 브로치를 단 화려한 차림으로 등장했다. 로라는 생선을 좋아했다. 토비는 함께 먹기 위해 소금에 절여 구운 농어 요리를 주문했고, 곁들일 와인으로 비싼 뫼르소를 골랐다. 로라는 들떠서 식탁 위로 그의 손을 잡더니 음악에 맞춰 춤추는 아이처럼 손을 흔들었다.

"마음에 들어, 토비. 시기도 딱 좋고." 그녀의 목소리는 대포처럼 식당에 메아리쳤다. 그러다 로라는 자신의 커다란 목소리를 의식하고 얼굴을 붉히더니 음량을 낮춰 고상하게 중얼거리기 시작했다.

"그래, 카이로는 어땠어? 원주민들이 대사관을 습격하고 자네 머리를 꼬챙이에 끼워 달라지 않아? 나라면 겁에 질렸을 거야. 자세히 말해봐."

카이로 이야기를 들은 뒤, 로라는 이사벨 이야기를 들었는지 마치 친척 아주머니처럼 의견을 늘어놓았다.

"아주 착하고, 아주 예쁜 멍청이." 그녀는 그의 말을 다 듣고 결론을 내리듯 말했다. "멍청한 여자나 화가랑 결혼한다지. 자네는 원래 두뇌와 아름다움을 구별할 줄 몰랐는데, 지금도 마찬가지인 것 같군. 자네 둘은 완벽한 한 쌍이야." 그녀는 말을 맺으며 다시 웃음을 터뜨렸다.

"이 위대한 국가의 비밀 맥박은요, 로라?" 로라에게는 입에 올릴 만큼 알려진 애정 생활이 없었기에, 토비는 화제를 바꿔 가볍게 물었다. "요즘 재무부의 신성한 회랑 사정은 어떤가요?"

로라의 관대한 얼굴에 절망이 가득 찼다. 목소리도 마찬가지였다.

"암울하고, 그저 끔찍해. 영리하고 좋은 사람들인데, 일손이 부족하고 급여는 낮고, 구식으로 들릴지 몰라도 우린 국가를 위해 최고의 인력이 필요해. 신노동당은 탐욕 어린 대기업을 좋아하고, 대기업은 윤리관념 없는 변호사와 회계사를 떼로 몰고 다니며 어마어마한 돈을 뿌리지. 우린 경쟁이 안 돼. 저쪽은 너무 커서 실패할 수도 없고 대적할 수도 없어. 아니, 암담한 소리를 했군. 됐어. 나도 암담해." 그녀는 뫼르소를 유쾌하게 한 모금 들이켰다.

생선이 도착했다. 웨이터가 뼈를 발라 살을 도막 내는 동안, 식탁에는 정중한 침묵이 흘렀다.

"이야, 맛있겠는걸." 로라는 숨을 들이쉬었다.

그들은 먹기 시작했다. 과감히 화제를 꺼내려면 지금이 적기였다.

"로라."

"왜."

"J. 크리스핀은 정확히 어떤 사람입니까? J는 뭐의 약자죠? 퀸이 국방성에 있을 때 스캔들이 있었다고 들었어요. 크리스핀이 연루되어 있었다고. 어딜 가나 그 이름을 듣는데, 나만 따돌림받는 것 같아 겁이 납니다. 누군가는 퀸의 스벵갈리라는 표현까지 썼어요."

로라는 아주 영리한 눈으로 그를 관찰하더니 시선을 돌렸다가, 뭔가 마음에 걸리는 게 있는지 다시 한 번 그를 보았다.

"그것 때문에 저녁 초대했어, 토비?"

"부분적으로는."

"그게 전부였군." 로라는 한숨처럼 숨을 들이쉬며 정정했다. "사악한 목적이 있었다는 걸 미리 말해주는 예의 정도는 갖춰줬으면 좋았을 텐데."

양쪽 모두 생각을 가다듬는 동안 잠시 침묵이 흘렀다. 로라는 말을 이었다.

"자넨 모르는 것이 좋기 때문에 사람들이 따돌리는 거야. 퍼거스 퀸은 새 출발의 기회를 얻었어. 자네는 그 일부분이고."

"전 퀸의 관리인입니다." 그는 용기를 찾아 도전적으로 대답했다.

다시 깊은 한숨, 날카로운 시선. 로라는 시선을 내리깔고 탁자를 내려다보았다.

"조금 들려주지." 그녀는 마침내 결정했다. "전부는 안 되지만, 내가 말할 수 있는 이상으로."

그녀는 똑바로 앉아 수치심 어린 아이처럼 접시를 바라보며 말하기 시작했다.

"퀸은 수렁으로 걸어 들어갔어." 그녀는 말했다. "그가 합류하기 오래전부터 국방성은 썩어빠진 장사판이었지. 혹시 자네도 그 정도는 알고 있나?" 알고 있다. "자기가 국가를 위해 일하는지 방위산업체를 위해 일하는지도 모르고 그저 버터 바른 빵만 제 입에 들어오면 다른 건 아무 상관 없는 관료가 태반이었지. 혹시 그것도 알고 있나?" 토비도 알고 있었다. 매티에게서 들었지만, 그 말은 굳이 하지 않았다. 로라는 퍼거스에 대한 변명을 하려는 것이 아니었다. 그저 크리스핀이 퀸보다 먼저 국방성을 장악하고 있다가 그가 등장한 것을 봤다는 뜻이었다.

내키지 않는 듯 그녀는 한 번 더 토비의 손을 잡았다. 그리고 한 마디 내뱉을 때마다 리듬에 맞춰 손을 탁자에 두드리며 꾸짖었다.

"무슨 짓을 했는지 알려줄까, 이 나쁜 친구가." 마치 토비가 크리스핀이기라도 하다는 투였다. "스파이 가게를 차린 거야. 국방성 바로 안에. 주위 사람들은 다들 무기를 팔고 있는데, 자기는 생짜 정보를 빼돌린 거지. 중간상인 없이 구매자한테 직통으로. 가공하지도 않고, 검증하지도 않은, 살균도 안 시킨, 무엇보다 관료체계의 손도 거치지 않은 날정보를. 퍼기에게는 복음이었어. 요즘도 사무실에서 음악 틀어놓고 사나?"

"주로 바흐."

"이름은 어치새 할 때 그 제이." 그녀는 토비의 첫 질문에 대해 얼른 대답을 덧붙였다.

"그럼 퀸이 그에게서 정보를 샀다는 겁니까? 아니면 그의 회사에서?"

로라는 뫼르소를 다시 한 모금 마시며 고개를 저었다.

토비는 다시 물었다.

"고급 정보였어요?"

"비싼 정보였으니, 고급이었겠지, 안 그래?"

"어떤 사람입니까, 로라?"

"자네 의원?"

"아뇨! 제이 크리스핀 말입니다."

로라는 깊이 숨을 들이마셨다. 마무리 짓는 듯한, 심지어 노기까지 띤 음성이었다.

"내 말 잘 들어, 토비. 국방성 스캔들은 끝났고, 제이 크리스핀은 이후 모든 정부청사에 코끝 하나 들이밀지 못해. 그런 내용의 엄중한 공식 문서까지 받았어. 앞으로도 절대 화이트홀이나 웨스트민스터 복도에 출입하지 못해." 그녀는 다시 숨을 쉬었다. "자네가 봉사하는 영광을 얻은 유능한 의원은, 비록 거친 면이 있을지라도, 탁월한 경력의 다음 단계를 이어가고 있어. 그 사람을 돕는 게 자네 임무야. 이제 내 외투 좀 갖다 주겠어?" 일주일 동안 자책에 시달린 뒤에도, 토비에게는 똑같은 의문이 남았다. 국방성 스캔들이 깨끗하게 끝났고 다시는 화이트홀이나 웨스트민스터 복도에 출입하지 못한다는데, 그럼 상원 건물에서 로비를 벌이고 다니는 사람은 누구지?

6주가 흘렀다. 표면상 일상은 별일 없이 계속되었다. 토비는 연설 원고를 작성했고, 확신할 게 아무것도 없을 때라도 퀸은 확신 어린 말투로 연설을 했다. 토비는 파티 때마다 퀸의 어깨 너머에 서서 외국 저명인사가 다가올 때마다 그의 귓가에 이름을 넌지시 알려주었다. 퀸은 마치 오랫동안 못 만난 죽마고우처럼 인사를 나누었다.

그러나 퀸의 계속되는 비밀스러움 때문에 토비는 물론 비서진 전체가 갑갑해 죽을 지경이었다. 화이트홀 회의장을 몰래 빠져나가는가 하면—내무부나 내각, 로라의 재무부—공용차 로버를 무시하고 갑작스럽게 택시를 잡아타고 아무 설명 없이 다음 날까지 행방불명되기도 했다. 외교적 약속을 취소하고도 일정 담당관이나 특별 고문, 심지어 개인 비서에게도 알리지 않았다. 직접 책상에 두고 연필로 기재하는 일정은 워낙 암호문 같아서 토비조차 퀸에게 직접 물어보고 내키지 않는 대답을 들은 뒤에야 해독할 수 있을 정도였다. 어느 날 일정표는 통째로 없어졌다.

그러나 퀸의 비밀스러움이 토비의 눈에 보다 음흉한 성질로 비치기 시작한 것은 해외여행길에서였다. 현지 영국 대사관 초대로 오른 여행

길에서 국민이 선출한 대표자 퀸은 고급 호텔에 묵는 것을 선호했다. 대사관 예산 부서에서 난색을 표하면 퀸은 사비를 내겠다고 말하곤 했는데, 토비는 이 점에 놀랐다. 많은 부자들이 그렇듯, 퀸은 인색하기로 악명 높았기 때문이다.

퀸 대신 돈을 대주는 비밀 후원자가 있지 않을까? 그렇지 않다면 호텔 비용을 지불할 때 왜 다른 신용카드를 꺼내고 토비가 혹시라도 가까이 와서 볼까 봐 몸으로 가리는 걸까?

그 와중에 퀸 진영에는 유령이 하나 끼어들었다.

브뤼셀.

하루 종일 나토 관료들과 입씨름한 뒤 저녁 6시 고급 호텔에 들어와서, 퀸은 심한 두통을 호소하더니 영국 대사관과의 저녁 약속을 취소하고 자기 스위트룸으로 들어갔다. 10시, 토비는 심각한 고민 끝에 스위트룸에 전화해서 퀸이 괜찮은지 확인하기로 했다. 자동응답기가 대신 받았다. 개인실 문간에는 '방해하지 말 것'이라는 안내판이 붙어 있었다. 숙고 끝에 그는 로비로 내려가서 수위에게 걱정을 전했다. 혹시 스위트룸에서 인기척이 있었느냐? 룸서비스나 아스피린 요청, 혹은 의사를— 퀸의 심기증 증상은 악명 높았다— 불러달라는 이야기가 있었느냐?

수위는 어리둥절해했다.

"아니, 의원님은 두 시간 전에 본인 리무진을 타고 호텔을 떠나셨는데요." 그는 오만하게 들리는 벨기에식 불어로 외쳤다.

이제 어리둥절한 것은 토비 차례였다. 퀸의 리무진? 그에게는 리무진이 없었다. 제공된 유일한 리무진은 대사의 롤스로이스인데, 그 차는 토비가 퀸 대신 취소했다.

　혹시 대사관 저녁 자리에 나가기로 한 건가? 하지만 수위 말을 들어 보면 그것도 아닌 것 같았다. 리무진은 롤스로이스가 아니었다. 시트로 앵 세단이었고, 운전사는 수위가 개인적으로 아는 사람이었다.

　그럼 당시 상황을 정확하게 이야기해달라며, 토비는 수위가 내민 손에 20유로를 쥐여주었다.

　"그러죠. 의원님이 중앙 엘리베이터에서 나타나자마자 곧바로 검은 시트로앵이 현관 밖에 와서 섰습니다. 차가 도착한다고 전화 연락을 미리 받으신 것 같았어요. 여기 로비에서 두 신사분이 인사를 나누고 차에 올라타서 떠나셨습니다."

　"그럼 차에서 누군가 내려서 의원님을 맞이했다는 뜻입니까?"

　"검은 시트로앵 세단 뒷자리에서. 하인이 아니라 승객분 같았습니다."

　"그 신사분의 인상착의를 설명해주실 수 있을까요?"

　수위는 입을 다물었다. 토비는 답답해서 물었다.

　"백인이었습니까?"

　"아, 그건 맞습니다."

　"나이는?"

　수위는 의원과 비슷한 나잇대 같다고 답했다.

　"전에 본 적이 있는 사람입니까? 여기 자주 오시는 분?"

　"아뇨. 외교관, 동료 같았습니다."

　"덩치가 크다 작다, 어떻게 생겼습니까?"

　수위는 다시 망설였다.

　"몸집은 그쪽과 비슷한데, 약간 더 나이가 많고, 머리칼은 더 짧았습니다."

"무슨 언어를 사용하던가요? 이야기를 들었습니까?"

"영어. 자연스러운 영어였습니다."

"어디로 갔는지 짐작 가는 데라도? 목적지가 어디였을까요?"

수위는 짐꾼을 불렀다. 필박스 해트와 빨간 제복 차림의 활달한 콩고 흑인이었다. 그는 차의 목적지를 정확히 알고 있었다.

"궁정 근처 '라 폼 뒤 파라디'라는 식당이었습니다. 별 세 개짜리. 고급 식당입니다!"

한데 끔찍한 두통이라, 토비는 생각했다.

"어떻게 정확히 알죠?" 그는 무엇이든 도움이 되고 싶어서 발을 구르는 짐꾼에게 물었다.

"운전사에게 그렇게 지시하셨으니까요! 제가 들었습니다!"

"누가 지시하던가요? 어떻게 하라고?"

"의원님을 데려가신 신사분이요! 운전사 옆에 앉아서 제가 문을 닫는 순간 말씀하셨습니다. '라 폼 뒤 파라디로 가세.' 정확히 그렇게 말씀하셨어요!"

토비는 수위에게 돌아섰다.

"의원님을 태워간 신사분이 뒷자리에 앉았다고 하셨죠. 한데 떠날 때는 앞자리에 앉았다. 혹시 경호원 같은 사람은 아니었을까요?"

하지만 이번에도 짐꾼이 끼어들었다. 입을 다물고 싶지 않은 모양이었다.

"앞에 앉아야 할 상황이었습니다! 뒷자리에 세 분이 타셨거든요. 우아한 숙녀분도 한 분 계셨고요. 예의가 아니죠."

숙녀라, 토비는 암담한 기분으로 생각했다. 제발, 그 문제는 아니어야 할 텐데.

"어떤 숙녀분이던가요?" 토비는 잔뜩 긴장했지만 짐짓 익살스러운 말투로 물었다.

"몸집이 작고 아주 매력적이었습니다. 격조 있으셨어요."

"나이는 어느 정도?"

짐꾼은 겁 없이 미소 지었다.

"몸의 어느 부위를 말하느냐에 따라 다르겠죠." 그는 대꾸하더니 수위의 날벼락이 떨어지기 전에 얼른 도망쳤다.

그러나 다음 날 아침 토비가 인터넷에서 출력한 흥미로운 영국 신문 기사가 있다는 핑계로 스위트룸 문을 두드렸을 때, 방 안 뿌연 유리격자 문 너머의 아침 식탁에는 젊은 여자도, 늙은 여자도 그림자조차 보이지 않았고, 의원은 퉁명스럽게 문을 열다 종이를 쥐고 나서 토비의 코앞에서 다시 쿵 하고 문을 닫았다. 유리창 너머로 비친 것은 남자였다. 날씬하고 등을 꼿꼿이 세운, 중키의 남자. 빳빳한 검은 정장과 타이 차림.

"몸집은 그쪽과 비슷한데, 약간 더 나이가 많고, 머리칼은 더 짧았습니다."

프라하.

놀랍게도 퀸은 프라하 주재 영국 대사관의 환대를 기꺼이 수락했다. 최근 런던 외무성에서 발령받은 여자 대사는 하버드 시절 퀸의 오랜 친구였다. 퍼거스가 국제정책학 대학원 과정을 밟고 있을 때, 스테파니는 비즈니스 스쿨 석사 과정에 있었다. 프라하의 자존심인 전설적인 성에서 이틀 동안 칵테일과 점심, 저녁식사를 놓고 회의가 진행되었다. 주제는 '과거 소비에트 치하였던 나토 회원국 사이의 정보공유 강화'였다. 금요일 저녁 대표자들은 흩어졌지만 퀸은 오랜 친구와 하룻밤 더 머물면서, 스테파니의 표현을 빌리면 '내 옛 학교친구 퍼거스와 조촐한 개인 저녁을 즐기기로' 했다. 즉, 토비는 참석할 필요가 없다는 뜻이었다.

토비는 오전 내내 회의 보고서를 작성하고, 오후에는 프라하의 언덕을 거닐었다. 저녁나절에는 화려한 도시의 향취에 젖어 블타바 강변과 포석이 깔린 거리를 걷다가 혼자 식사를 했다. 일부러 멀리 성곽 옆길을 따라 대사관으로 돌아가던 그는 1층 회의실에 아직 불이 환히 밝혀져 있는 것을 보았다.

거리에서는 시야가 좁았고, 창문 아래쪽에 성에가 끼어 있었다. 그러나 언덕을 몇 걸음 올라가 까치발을 하고 보니, 높은 연단의 강연 탁자에 서서 조용히 말하고 있는 남자의 모습이 보였다. 중간 키였다. 자세는 꼿꼿했고, 턱의 움직임은 질서정연했다. 이유는 정확히 알 수 없지만, 몸가짐은 분명 영국인이었다. 어쩌면 분명하고 경제적이지만 어딘가 소극적인 손짓 때문이었을 것이다. 마찬가지로 분명히 영어를 말하고 있다는 것도 알아챌 수 있었다.

당시 연관 관계를 알아차렸던가? 그때는 아니었다. 전혀. 토비는 관객을 살피느라 바빴다. 12명, 연사를 중심으로 반원을 그리며 형식 없이 편안하게 앉아 있었다. 머리만 보였지만, 토비는 그중 여섯 명을 어려움 없이 알아볼 수 있었다. 네 명은 헝가리, 불가리아, 루마니아, 체코 군 정보기관 대표자였고, 그들 모두 겨우 여섯 시간 전에 토비에게 우정을 맹세하고 비행기나 관용차에 올라 고향으로 돌아갔던 사람들이었다.

다른 사람들과 약간 떨어져서 붙어 앉은 나머지 두 사람은 체코공화국 영국 대사와 그녀의 오랜 하버드 친구 퍼거스 퀸이었다. 그들 뒤의 철제 탁자에는 조촐한 저녁 대신 먹고 남은 성대한 뷔페가 차려져 있었다.

5분 정도였나—정확한 시간은 알 수 없었다. 토비는 밤거리를 지나는 자동차를 무시한 채 언덕에 서서 불 켜진 성의 유리창을 올려다보고 있었다. 그의 시선은 연단에 선 사람의 윤곽에 고정되어 있었다. 날렵하고 꼿꼿한 몸, 빳빳한 검은 정장, 선동적인 메시지를 전달하는 단호하고 긴장된 몸짓.

한데 그 수수께끼의 복음 내용은 무엇이었을까?

왜 대사관이 아닌 여기서 전달해야 했을까?

왜 의원과 대사가 저렇게 눈에 띄도록 지지 의사를 밝히고 있을까?

무엇보다 브뤼셀에서, 지금 다시 프라하에서 의원과 비밀을 공유하고 있는 저 사람은 누구일까?

베를린.

토비가 '제3의 길 : 사회적 정의와 유럽의 미래'라는 제목으로 공허하게 써낸 연설문을 읽은 뒤, 퀸은 애들론 호텔에서 이름을 알 수 없는 손님과 함께 개인적으로 저녁을 먹었다. 하루 일과를 마친 토비는 아인슈타인 카페 가든에서 오랜 친구 호르스트와 모니카, 그들의 네 살 난 딸 엘라와 같이 이야기를 나누었다.

토비와 5년째 알고 지낸 동안, 호르스트는 독일 외무성에서 빠른 속도로 승진해서 현재 토비와 비슷한 직위에 올라 있었다. 모니카는 어머니 노릇을 하면서도 일주일에 3일, 토비가 높이 평가하는 인권단체에서 일하고 있었다. 저녁 햇볕은 따뜻했고, 베를린의 공기는 맑았다. 호르스트와 모니카는 토비가 가장 편하게 알아들을 수 있는 북부 지방의 독일어를 썼다.

"한데, 토비……." 호르스트는 편안하게 말을 꺼냈지만 그리 편하게 들리지 않았다. "자네 의원 퀸은 카를 마르크스와 극과 극이라면서. 사기업이 일을 대신해주는데 국가가 왜 필요하지? 그쪽의 새로운 영국 사회주의에 따르면, 자네와 나 같은 관료는 잉여인간 아닌가?"

호르스트가 무슨 뜻에서 하는 말인지 알 수 없어, 토비는 얼버무렸다.

"그런 말을 연설문에 집어넣은 적은 없는데." 그는 웃으며 말했다.

"하지만 닫힌 문 안에서 결국 의원이 우리한테 하는 말은 그런 게 아닌가?" 호르스트는 목소리를 한층 낮추었다. "내가 오프 더 레코드로 묻고 싶은 건 말이야, 토비, 자네도 퀸의 제안을 지지하나? 의견을 갖는 건 부도덕한 일이 아니지 않아. 한 개인으로서 자네도 비밀 제안에 대한 개인적인 의견을 가질 수 있어."

엘라는 공룡을 그리고 있었다. 모니카는 옆에서 돕고 있었다.

"호르스트, 나한테는 뚱딴지같은 소리야." 토비는 호르스트와 마찬가지로 목소리를 낮추었다. "무슨 제안? 누구에게? 무슨 내용?" 호르스트는 망설이는 듯하다가 어깨를 으쓱했다.

"좋아. 그럼 내 보스에게 퀸 의원의 개인비서는 아무것도 모르고 있더라고 보고하면 되나? 정말 자네 의원과 그 탁월한 동업자가 우리 보스에게 특정한 귀중품을 취급하는 사기업에 비공식 투자 요청을 하고 있다는 걸 모르나? 문제의 귀중품은 공개 시장에서 거래되는 그 어떤 것보다 고급이라는 것도? 내 보스에게 공식적으로 보고해도 돼? 그래,

토비?"

"자네 보스에게는 좋을 대로 보고해. 공식이든 비공식이든. 그 귀중품이 도대체 뭔지나 말해줘."

최고급 정보, 라고 호르스트는 답했다.

일반적으로는 기밀 정보.

사적 영역에서만 수집하고 유포되는 기밀.

가공되지 않은, 정부가 건드리지 않은 기밀.

한데 그 탁월한 동업자란 누구야? 이름이 있나? 토비는 믿기지 않는다는 투로 물었다.

크리스핀.

아주 설득력 있는 친구더군, 하고 호르스트가 말했다.

영국 사람.

"토비, 잠시만. 얼른 와봐."

런던에 돌아온 뒤, 토비는 난감한 상황에 처했다. 공식적으로 그는 국방성 스캔들은 물론 의원이 공적 활동에 개인 사업을 결부시킨다는 사실에 대해 전혀 모르는 것으로 되어 있었다. 문자 그대로 그런 문제에 대해 캐묻지 말라고 경고한 지역국장에게 가서 털어놓으면, 매티와 로라가 사적으로 알려준 신뢰를 저버리는 결과가 된다.

그 어느 때보다 내적 갈등도 심했다. 개인적인 야심도 중요했다. 거의 석 달 동안 의원의 개인비서로 일하면서, 개인적으로 쌓은 인간관계에 무리가 가고 있었지만 손상시키고 싶은 마음도 없었다.

그 주 어느 날 오후 4시, 이런 문제로 인해 속으로 갈등하고 있는데

93

의원의 전화에서 익숙한 호출이 들려왔다. 마호가니 문은 열려 있었다. 그는 문을 두드리고 밀어젖힌 뒤 들어갔다.

"닫게. 잠가." 그는 문을 닫고 잠갔다. 의원의 태도가 지나치게 친근해서 놀랐다. 나쁜 짓을 꾸미는 소년처럼 책상에서 가볍게 일어나 토비를 창가로 밀고 가는 것도 더욱 놀라웠다. 새로 설치한 그의 자존심, 음향 시스템에서 모차르트가 흘러나오고 있었다. 그는 소리를 줄였지만 아주 죽이지는 않았다.

"일은 잘 되나, 토비?"

"네, 다 좋습니다."

"토비, 자네 저녁을 또 망치는 게 아닌지 모르겠어. 괜찮겠지?"

"아닙니다, 의원님. 필요하다면……" 맙소사, 이사벨, 극장, 저녁식사 약속. 안 돼.

"오늘 밤에 왕족이 찾아오기로 했어."

"진짜 왕족 말씀입니까?"

"비유적인 말이야. 한데 돈은 훨씬 더 많아." 그는 킬킬 웃었다. "접대를 도와주고, 얼굴도 익히고, 돌아가면 돼. 어떤가?"

"얼굴을 익혀요?"

"좀 더 내부로 들어올 기회야, 토비. 아주 비밀스러운 배에 초대받을 기회라고. 더 이상 말하지 않겠네."

배에 타? 누가 초대해? 무슨 배? 선장은 누구고?

"그 왕족의 이름을 알아도 되겠습니까?"

"절대 안 돼." 공모자 같은 미소. "현관 출입문에 이야기해뒀어. 7시에 손님 둘이 온다고. 이름을 묻지 말고 바로 들이라고 했어. 기록은 안 남기고 8시 반에 나갈 거야."

현관 출입문에? 대신 전해줄 비서가 반 다스는 있는데.

사무실로 돌아온 토비는 내키지 않는 직원들을 들볶았다. 비서 주디에게 의원의 차를 타고 신속히 포트넘에 가서 동 페리뇽 두 병과 푸아그라 한 통, 훈제연어 파테 한 통, 레몬과 비스킷 한 통을 사 오라고 시켰다. 개인 신용카드를 사용하고 나중에 정산할 것. 일정기록 비서 올리비아는 구내식당에 전화해서 보안 문제가 없으면 내용물을 공개하지 않은 술과 먹을거리를 얼음 통에 보관하도록 조치했다. 보안처는 마지못해 알았다고 답했다. 식당에서는 얼음 통과 후추를 지급하기로 했다. 남은 직원들이 퇴근한 뒤에 벌어질 일이었다.

책상으로 돌아온 토비는 일하는 척했다. 6시 35분, 그는 식당으로 내려갔다. 6시 40분, 사무실에 돌아와서 푸아그라와 훈제연어를 얹은 비스킷을 탁자 위에 차렸다. 6시 55분, 의원이 개인사무실에서 나타나더니 탁자를 훑어보고 만족스러운 얼굴로 사무실 문 앞에 앉았다. 토비는 그의 등 뒤, 의원이 손님과 악수할 오른손이 걸리적거리지 않도록 왼쪽에 섰다. "곧 올 거야. 늘 정확하지." 퀸은 말했다. "여자도 마찬가지고. 워낙 그렇긴 하지만, 사고방식이 그와 같아."

말 그대로 빅 벤이 울리는 순간, 복도에서 한 쌍의 발소리가 들렸다. 하나는 강하고 느렸으며, 하나는 빠르고 경쾌했다. 남자의 보폭이 여자보다 넓었다. 정확히 마지막 종소리가 울리는 순간, 바깥 사무실 문간을 사무적으로 두드리는 소리가 들렸다. 토비는 문간으로 가려 했지만 너무 늦었다. 문이 안으로 열리더니 제이 크리스핀이 들어왔다.

보자마자 정확히 알아볼 수 있었고, 너무나 예상했던 대로라 김이 빠질 정도였다. 마침내 실물로, 때맞춰 대하게 된 제이 크리스핀. 국방성에서 입 밖에 낼 수 없는 스캔들을 일으키고 화이트홀과 웨스트민스터에 다시는 드나들 수 없게 된 사람, 퀸을 브뤼셀 호텔 로비에서 만나고 시트로앵 세단 조수석에 앉혀 라 폼 뒤 파라디로 데려갔다가 스위트룸에서 함께 아침을 먹은 사람, 프라하에서 강연을 한 사람, 그는 유령이 아니라 바로 그 사람이었다. 날렵한 몸매에 평범한 생김새. 깊이가 없어 보이는 예쁘장한 얼굴, 간단히 말해 한눈에 속이 들여다보이는 사람. 퀸은 왜 그를 꿰뚫어보지 못할까?

크리스핀의 왼팔 중간쯤에는 보석을 잔뜩 걸친 손이 매달려 있었다. 분홍색 시폰 드레스와 그에 어울리는 모자, 모조 다이아몬드 버클이 달린 하이힐 차림의 몸집이 작은 여자였다. 나이? "몸의 어느 부위를 말하느냐에 따라 다르겠죠."

퀸은 정중하게 여자의 손을 잡고 권투선수 같은 묵직한 머리를 반쯤 약간 숙였다. 그러나 퀸과 크리스핀은 오랜 친구 같은 태도였다. '제이-퍼거스 쇼'의 한 장면처럼 거친 악수, 남자답게 어깨를 두드리는 태도.

이제 토비를 소개할 차례였다. 퀸은 유창하게 말을 이었다.

"메이지, 내 소중한 개인비서 토비 벨을 소개합니다. 토비, 텍사스 주 휴스턴에서 오신 스펜서 하디 여사, 전 세계 엘리트 사회에서는 미스 메이지로 널리 알려져 있는 분께 인사드리게."

토비의 손바닥에 손이 가볍게 스쳤다. 깊은 미국 남부 억양이 "안녕하세요, 벨 씨!"라고 중얼거리더니 요부 같은 목소리가 이어졌다. "아니, 들어봐요, 퍼거스. 난 여기서 유일한 미인(belle)이라고요!" 일제히 아첨하는 듯한 웃음이 일었고, 토비도 의무적으로 따라 웃었다.

"토브, 내 오랜 친구 제이 크리스핀과 인사하지. 어디 보자, 우리가 언제부터 친구였더라, 제이?"

"만나서 반가워, 토비." 크리스핀은 최고의 상류층 영어를 구사하며 친척처럼 토비의 손을 잡고 놓지 않은 채 확고한 시선을 건넸다. '우리가 세계를 지배하는 사람들이야'라고 말하는 듯한 눈빛이었다.

"만나게 돼서 반갑습니다." 토비는 끝에 'sir'라는 경칭을 생략했다.

"우리가 여기서 뭘 하더라, 정확히?" 크리스핀은 계속 손을 잡은 채 물었다.

"내 개인비서야, 제이! 말했잖나. 영혼과 몸이 하나같은 사이고, 아주 근면 성실해. 그렇지, 토브?"

"우리는 일 시작한 지 얼마 안 됐지, 토비?" 그는 마침내 손을 놓았지만, 허물없는 사이라는 뜻에서 '우리'라는 표현을 계속 사용했다.

"석 달." 의원의 들뜬 목소리가 이어졌다. "우린 쌍둥이 같은 사이야. 그렇지, 토브?"

"전에는 어디 있었더라, 물어봐도 되나?" 고양이처럼 매끄러운, 고양이처럼 신뢰할 수 없는 목소리.

"베를린, 마드리드, 카이로." 토비는 일부러 대수롭지 않은 투로 대답했다. 깊은 인상을 주어야 한다는 걸 알았지만, 그러고 싶지 않았다. "어디든 파견되는 곳은 다 갔습니다." 너무 가깝잖아. 좀 떨어져.

"토비는 무바라크 정부가 골칫거리에 휘말리기 직전에 이집트를 떴지. 안 그런가, 토비?"

"그랬죠."

"그 사람도 자주 만났나?" 크리스핀은 진심으로 공감한다는 듯 얼굴을 찡그리며 다정하게 물었다.

"몇 번이요. 멀리서 봤습니다." 난 주로 그의 고문관들을 상대했다고.

"앞으로 어떻게 될 거라고 생각하나? 권좌에 불편하게 앉아 있는 모양이던데. 군대도 믿을 수 없고, 무슬림 형제단은 감옥에서 철창을 뒤흔들고 있고. 지금 같아서는 절대 호스니 무바라크의 입장이 되고 싶지 않아."

적당한 대꾸를 찾고 있는데, 미스 데이지가 구원해주었다.

"벨 씨. 호스니 무바라크 대령은 내 친구예요. 미국의 친구이기도 하고, 유대인과 사이좋게 지내고 공산주의와 지하드 테러와 싸우라고 하느님이 내려주신 분이죠. 호스니 무바라크가 어려운 시기에 몰락을 원하는 사람이 있다면 그는 가룟 유다 같은 배신자, 리버럴, 프랑스인이에요, 벨 씨."

"베를린은 어땠지?" 크리스핀은 이 돌발 발언을 못 들은 척 다시 물었다. "토비는 베를린에 있었어. 거기 파견됐었지. 고작 며칠 전 우리가 갔던 곳 말이야. 기억나나?" 그는 다시 토비를 향했다. "언제였지?"

토비는 뻣뻣한 목소리로 베를린에 있었던 날짜를 알려주었다.

"무슨 일이었지? 혹시 말할 수 없는 임무였나?" 암시.

"온갖 일을 다 했습니다. 뭐든 닥치는 대로." 토비는 대수롭지 않게 대꾸했다.

"하지만 자넨 바른 사람이지. 그쪽 사람은 아니지?" 그는 토비에게 내부자 같은 미소를 건넸다. "당연히 그렇겠지. 안 그러면 이 자리에 있을 턱이 없지. 강 건너편에 있겠지." 그는 텍사스 주 휴스턴 출신의 미스 메이지에게 의미심장한 눈빛을 건넸다.

"정치 분야였습니다. 일반적인 업무." 토비는 똑같이 딱딱한 어조로 답했다.

"이런, 무슨 소리야." 그는 즐겁게 미스 메이지를 향했다. "다 알고 있어. 여기 젊은 토비는 이라크 해방전쟁 추진 무렵 베를린에서 자일스 오클리의 영리한 수하 중 하나였다고."

수하? 집어치워.

"오클리 씨가 누구죠?" 미스 메이지는 한 걸음 다가와 토비를 유심히 바라보며 물었다.

"아니, 당신도 들어봤을 거요. 오클리는 외무성 내부에서 반란을 주도했던 용감한 사람이지. 사담을 추적하지 말라고 외무부 장관에 탄원하는 연명서를 추진했던 사람. 혹시 자네가 썼나, 토비? 아니면 오클리와 그의 친구들이 직접 만들었나?"

"그런 문서는 제가 쓴 적도 없고, 그런 편지가 있었는지는 모르겠지만 들어본 적도 없고, 사실 있었다고 생각하지도 않습니다." 놀란 토비는 자일스 오클리라는 수수께끼 같은 인물에 대한 의문이 다시 떠오르는 것을 느끼며 사실 그대로 말했다.

"아, 그렇다면 어쨌든 다행이야." 크리스핀은 대수롭지 않게 말하고 퀸을 향해 돌아섰고, 토비는 브뤼셀의 의원 스위트룸 간유리창을 통해서, 프라하 성의 유리창을 통해 언뜻 보았던 꼿꼿하고 수상쩍은 등을 바라보며 혼자 생각에 잠겼다.

텍사스 주 휴스턴의 스펜서 하디 부인을 급히 검색해보았다. 텍사스에 본부를 둔, 거의 모든 것을 거래하는 다국적 기업 스펜서 하디 주식

회사 설립자 고 스펜서 K. 하디 3세의 미망인이자 유일한 상속인. 미스 메이지라는 별명으로 통하는 것을 선호하며 올해의 공화당 후원인으로 뽑혔음. 기독교를 믿는 미국인 협회 의장. 낙태 반대 및 가족의 가치를 존중하는 비영리 조직의 명예회장, 미국 이슬람 제대로 알기 협회 회장. 그리고 최근에 붙은 것 같은 직위가 하나 더 있었다. 주식회사 '윤리적 결과'라는, 별다른 설명이 없는 집단의 회장이자 CEO.

'으흠……' 그는 생각했다. '뼛속까지 윤리적인 열혈 전도사. 보통 사람이 아니야. 절대로.'

밤낮으로 토비는 자기 앞에 놓인 선택지를 놓고 고뇌했다. 다이애나한테 달려가서 다 털어놓을까? '당신의 당부를 어겼어요, 다이애나. 국방성에서 무슨 일이 있었는지 알고 있고, 지금 그 일이 다시 일어나려 하고 있어요.' 그러나 국방성에서 일어난 일은 내가 상관할 바가 아니다. 다이애나는 강력하게 경고했다. 외무성은 원래 불만과 내부고발자가 바글거리는 악명 높은 곳이다.

그동안 그를 둘러싼 불길한 징조는 나날이 더해갔다. 크리스핀의 입김인지 확언할 수는 없었지만, 그렇지 않다면 그에 대해 눈에 띌 정도로 차가워진 의원의 태도는 어떻게 설명해야 할까? 의원의 개인사무실에 들어가거나 나갈 때, 퀸은 거의 고갯짓 한 번 하지 않았다. 이제 토브가 아니라 토비였다. 예전이라면 오히려 반가웠을 일이었다. 하지만 지금은 아니었다. 깊은 인상을 주어서 '비밀스러운 배'에 승선하라는 지시를 이행하지 못한 지금은. 지금껏 으레 개인비서를 거쳐 갔던 화이트홀의 유력자 통화는 이제 새로 설치된 직통전화 몇 개를 통해 의원실 책상으로 바로 들어갔다. 퀸 혼자 받아보게 되어 있는 다우닝 가의 극비 편지 외에도, 이제 미 대사관에서 봉함된 검은 편지가 날아오기도 했다. 어느 날 아침에는 초강력 금고가 의원실에 수수께끼처럼 등장했다. 의원 혼자만 비밀번호를 알고 있었다.

지난주 관용차를 타고 시골 별장으로 떠나기 전, 퀸은 가서 읽을 주요한 서류를 가방에 대신 챙겨달라고 토비에게 부탁하지 않았다. "직접 하겠어, 고마워, 토비." 그리고 문을 닫아걸었다. 분명 별장에 도착하면 언론 담당자가 공적인 자리에 내보이기에 적절치 않다고 판단한 돈 많은 캐나다 출신 알코올중독자 아내와 포옹하고, 개와 딸을 쓰다듬은 뒤, 다시 문을 걸어 잠그고 서류를 혼자 읽을 것이다.

그때 이라크 침공의 광기를 외무부에 경고한 연명서의 숨은 필자로 밝혀진 자일스 오클리가 마치 신의 계시처럼 토비의 블랙베리로 전화를 걸어 그날 저녁 같이 식사를 하자고 초대했다.

"슐로스(Schloss, 독일어, 성) 오클리, 7시 45분. 복장은 편할 대로 하고 식사 후 칼바도스 한잔하지. 괜찮나?"

당연하죠, 자일스. 애인과 극장 구경 약속을 또다시 취소해야 할지라도 당연하죠.

본국에 돌아온 영국 고위 외교관들은 자기 집을 외국에서 거주하던 곳처럼 꾸미는 경향이 있다. 자일스와 허마이오니도 예외는 아니었다. 자일스가 고집스럽게 '슐로스 오클리'라고 부르는 그의 집은 하이게이트 외곽에 위치한 널찍한 20년대 빌라였지만, 그루네발트의 집이라고 해도 좋을 정도였다. 밖에는 비슷한 웅장한 정문이 서 있었고, 잡초 하나 없는 자갈길이 깔려 있었다. 안에도 비슷한 치펀데일 양식의 가구와 양탄자가 있었고, 포르투갈 식당의 출장 음식이 차려져 있었다.

동료 저녁 손님은 독일 대사관 고문과 그의 아내, 우크라이나 주재 스웨덴 대사, '피피'라는 이름의 프랑스 피아니스트와 그녀의 애인 자크였다. 알파카에 홀딱 반한 피피가 좌중을 휘어잡고 있었다. 알파카는 세상에서 가장 사려 깊은 짐승이다. 심지어 새끼를 낳을 때도 놀라운 재치를 보인다. 그녀는 허마이오니에게 한 쌍 들이라고 권하고 있었다. 허마이오니는 짐승을 질투할 것 같다고 대꾸했다.

식사가 끝나고 허마이오니는 커피 시중을 도와달라는 핑계로 토비를 부엌으로 불렀다. 호리호리하고 특이한 데가 있는 아일랜드인 허마이오니는 갈색 눈을 반짝이며 낮은 목소리로 소곤거렸다.

"당신이 사귀는 이사벨 말이야." 그녀는 토비의 셔츠 앞자락을 손가락으로 찌르며 에나멜을 바른 손톱 끝으로 가슴 털을 간질였다.

"이사벨이 왜요?"

"베를린에서 사귀던 난잡한 네덜란드 여자처럼 유부녀지?"

"몇 달 전에 헤어졌어요."

"그 여자처럼 금발이고?"

"그러고 보니, 네. 금발입니다."

"나도 금발이야. 당신 어머니도 금발이었나?"

"맙소사, 허마이오니."

"자네는 싫증 나면 쉽게 돌려보내려고 유부녀만 사귀는 거야, 안 그래?"

그는 아무것도 몰랐다. 혹시 허마이오니 자신도 갖고 놀다가 싫증 나면 오클리에게 돌려보내라는 말인가? 맙소사.

혹시—소호의 야외 탁자에서 지금 커피를 마시며 멍하니 행인들을 응시하는 동안 떠오른 상념이었다—남편의 닦달에 앞서 토비의 마음을 약하게 하려는 것이었을까?

"허마이오니와 재미있는 이야기라도?" 자일스는 안락의자에 앉아 기분 좋게 물으며 토비에게 아주 오래된 칼바도스 한 잔을 넉넉히 따라 주었다.

마지막 손님도 돌아간 뒤였다. 허마이오니는 침실로 들어갔다. 잠시 토비의 미숙한 개인 의견을 오클리가 억누르던 베를린의 그날로 돌아간 기분이었다.

"좋았습니다. 고맙습니다, 자일스."

"여름에 몬으로 초대하던가?"

허마이오니가 애인들을 데려가는 걸로 소문난, 아일랜드에 있는 별장이었다.

"그렇진 않았습니다."

"응하라고. 경치도 아름답고, 집도 좋고, 물도 좋아. 취미가 있다면 사냥도 할 수 있어. 난 안 하지만."

"괜찮겠군요."

"연애는?" 만날 때마다 나오는 늘 똑같은 질문.

"괜찮습니다."

"아직 이사벨?"

"네." 예고 없이 화제를 바꾸고 토비가 따라오기를 기대하는 것은 오클리의 취미였다. 그는 본론으로 들어갔다.

"그래, 도대체 자네 새 주인은 어디 있나? 우리가 여기저기서 찾고 있는데 말이야. 요전에도 와서 이야기하자고 했는데, 그 작자가 우릴 바람 맞혔어."

토비가 알기로 '우리'란 오클리가 일종의 직권구성원인 합동정보위원회를 말하는 것이었다. 어째서 그렇게 됐는지는 토비가 물어볼 사항이 아니었다. 외무부 장관 앞으로 사담 후세인을 축출하는 전쟁을 반대하는 선동적인 탄원서를 주동한 뒤에 최고위 기밀위원회에 자리를 얻었을까? 혹 다른 소문대로 공공연한 반대파 위치로 조심스럽게 받아들여진 뒤 실제로는 따돌림당하는 건가? 오클리의 일상 속의 모순에 대해 더 이상 신기하게 생각하지 않은 지 오래였다. 어쩌면 자기 자신의 일상의 모순조차 신기하지 않아서인지도 모른다.

"의원님은 급히 워싱턴에 갈 일이 있으셨던 걸로 압니다." 그는 조심스럽게 답했다.

외무성 윤리가 어떻든, 그는 지금 어쨌든 의원의 개인비서였다.

"한데 자네는 안 갔고?"

"네, 안 갔습니다. 이번에는."

"유럽은 온통 다 데리고 다녔잖아. 워싱턴엔 왜 안 갔지?"

"그때였습니다. 제게 상의하지 않고 약속을 직접 잡기 시작하신 게. 워싱턴에는 혼자 가셨습니다."

"혼자 갔다는 건 확실한가?"

"아뇨. 추측입니다."

"왜 추측하지? 자네 없이 갔어. 자네가 아는 건 그뿐이야. 워싱턴 도심이야 외곽이야?"

'외곽'이란 버지니아 주 랭글리, 중앙정보국 본부 이야기다. 토비는 이번에도 모른다고 답했다.

"검소한 스코틀랜드인답게 브리티시 에어웨이 일등석을 끊고 갔던가? 아니면 일반석에 불쌍하게 쭈그리고 앉아 갔을까?"

불쑥 치밀어 오르는 감정을 억누르며, 토비는 숨을 들이쉬었다.

"개인 제트기로 갔을 겁니다. 전에도 그렇게 하셨습니다."

"정확히 전에 언제?"

"지난달에. 16일에 가서 18일에 오셨습니다. 걸프스트림. 노스홀트 비행장에서."

"어디 걸프스트림?"

"그건 모르겠습니다."

"정보가 있잖아."

"제가 확실히 아는 건 노스홀트까지 개인 리무진을 타고 가셨다는 겁니다. 관용차는 믿지 않으십니다. 도청기가 있다고 생각하고, 운전사도 엿듣는다고 생각합니다."

"리무진은 누구 소유지?"

"스펜서 하디 여사라는 분."

"텍사스."

"그렇습니다."

"어마어마한 부자 미스 메이지로 더 잘 알려진 분이겠지. 미국 극우 공화당원의 후원자, 티파티의 친구, 이슬람과 동성애자, 낙태, 그리고 아마 피임의 재앙. 현재 런던 론데스 스퀘어에서 거주 중. 한 블록 전체를 다 차지하고."

"그건 몰랐습니다."

"맞아. 전 세계에 있는 그녀의 많은 집들 중 한 곳이지. 여하튼 이 여자가 자네 주인을 노스홀트 비행장까지 모셔가는 리무진을 제공했다, 내 말이 맞나?"

"맞습니다, 자일스."

"자네 추측상 자네 주인을 워싱턴까지 실어 나른 건 동일한 여자의 걸프스트림이겠지?"

"추측입니다만, 맞습니다."

"당연히 미스 메이지는 점점 더 규모가 커지는 방위사업계의 신성 제이 크리스핀이라는 사람의 후원자라는 것도 알고 있겠지?"

"대략."

"제이 크리스핀과 미스 메이지는 최근 퍼거스 퀸의 개인사무실을 방문했어. 자네도 같이 있었나?"

"몇 번."

"그래서 어떻게 됐지?"

"저는 망친 것 같습니다."

"퀸과?"

"전부 다요. 저더러 배에 타라는 말이 있었는데, 그렇게 안 됐습니다."

"자네는 운이 좋은 거야. 크리스핀이 미스 메이지의 걸프스트림을 타고 퀸과 같이 워싱턴에 갔을까?"

"모르겠습니다."

"여자도 같이 갔을까?"

"자일스, 저는 모릅니다. 모두 추측일 뿐입니다."

"미스 메이지는 자기 경호원을 새빌 로의 헌츠맨에 보내 옷을 맞췄어. 그건 알고 있나?"

"모릅니다."

"그럼 그 칼바도스 마저 마시고 자네가 아는 바를 말해봐."

누구와도 공유할 수 없던 반쪽의 진실과 의심 속에 혼자 갇혀 있다 풀려난 토비는 안락의자에 몸을 묻고 후련하게 털어놓는 쾌감에 몸을 맡겼다. 프라하와 브뤼셀에서 목격한 것들, 카페 아인슈타인에서 있었던 호르스트의 질문을 묘사하면서 점차 목소리가 분노를 띠어가는데, 오클리가 그의 말을 막았다.

"브래들리 헤스터라는 이름을 혹시 들어봤나?"

"아, 그 녀석을 모를 리가요!"

"왜 우습지?"

"의원 사무실의 애완동물 같은 사람입니다. 여자들이 좋아하죠. 악사 브래드라고 불러요."

"같은 브래들리 헤스터를 말하는 거 맞지. 미국 대사관 문화참사관."

"그럼요. 브래드와 퀸은 동료 음악광입니다. 프로젝트도 같이 하고 있어요. 대서양 양안의 대학 간 오케스트라 교류. 콘서트도 같이 갑니다."

"퀸의 일정표에 그렇게 적혀 있던가?"

"마지막으로 봤을 때요. 예전에요." 토비는 브래드 헤스터의 통통한 분홍색 얼굴이 명물 음악상자를 들고 접견을 기다리는 동안 미국 동부 해안 말투로 여자들에게 떠들던 모습을 떠올리며 미소 지었다.

그러나 오클리는 이 선량한 이미지에 누그러지지 않았다.

"그 잦은 방문 목적이 음악 이야기 때문이라는 거지?"

"아주 규칙적입니다. 퀸이 절대 어기지 않는 약속이 일주일 한 번 브래드의 방문이니까요."

"두 사람 회의 결과는 자네가 서류로 작성했나?"

"그럴 리가요. 브래드가 직접 합니다. 그쪽도 사람이 있어요. 퀸 입장에서 보면 일과가 아닌 외부 업무입니다. 그런 부분은 까다로운 편입니다." 오클리의 얼음장 같은 시선 앞에서 토비의 말투는 점점 느려졌다.

"자네는 그런 말도 안 되는 핑계를 받아들였단 말이지?"

"전 최선을 다합니다. 다르게 생각할 이유가 없으니." 토비는 조심스럽게 칼바도스를 마셨고, 오클리는 왼손 손등을 찬찬히 바라보며 결혼반지를 빙글빙글 돌리다 손가락 관절에 이리저리 맞춰보았다.

"미국 대사관 문화참사관 브래들리 헤스터가 음악상자인지 뭔지를 들고 들락거리는 동안 수상한 낌새를 전혀 못 챘단 말이야? 아니면 낌새를 채기 싫었단 말이야?"

"전 언제나 수상한 낌새를 맡습니다." 토비는 뚱한 목소리로 대답했다. "차이가 뭡니까?"

오클리는 이 말에 대답하지 않았다. "토비, 실망시키긴 싫네만, 미국 대사관 문화참사관 헤스터는 자네가 믿고 싶은 선량한 어릿광대가 아니야. 그는 평판이 아주 나쁜 극우 프리랜스 정보행상인이야. CIA가 이슬람 동조자들과 리버럴 동성애자들에 장악당했다고 생각하는, 자네새 주인도 동조하는 시각을 가진 돈 많은 미국 보수 전도 단체 이익집단의 지령을 받고 런던 CIA 지부에 이식된 사람이지. 형식적으로는 미 정부 직원이지만, 사실상 텍사스인가 어딘가에 본부를 둔 주식회사 윤리적 결과라는 이름으로 운영되는 방위산업체 사람이야. 이 회사의 유일한 주주이자 CEO가 바로 메이지 스펜서 하디야. 한데 이 여자는 자기 임무를 애인 제이 크리스핀이라는 자에게 위임하고 있어. 제이 크리스핀은 수완 좋은 지골로이자 자네 의원의 막역한 친구이고, 의원은 위대한 영도자 블레어 동지의 군국주의적 열정을 능가하려고 작심하고 있어. 주식회사 윤리적 결과가 영국 정보기관의 허약한 능력을 뒷받침해서 개인 자금으로 기밀 작전을 수행한다면, 자네 친구 악사는 해외 병참 업무를 담당할 거야."

토비가 이 말을 곱씹는 동안, 오클리는 늘 그렇듯이 화제를 또다시 돌렸다.

"엘리엇이라는 사람도 일당이야. 엘리엇이라고 들어봤나? 엘리엇? 스쳐 가는 대화에서라도? 은밀히 엿들었다거나?"

"전 엿듣진 않습니다."

"엿듣잖아. 알바니아-그리스계 변절자. 한때 이글레시아스라는 이름이었던 전 남아프리카공화국 특수부대 요원, 요하네스버그의 술집에서 사람을 죽인 뒤 유럽으로 도피한 자야. 들어봤나? 엘리엇?"

"그럼요."

"스토먼-테일러?" 오클리는 몽상하는 듯한 말투로 끈질기게 말을 이었다.

"물론입니다!" 토비는 외쳤다. "모르는 사람이 어디 있어요. 아시잖습니까. 국제변호사요." 왕실 고문변호사이자 텔레비전에 자주 등장하는 로이 스토먼-테일러의 잘생긴 얼굴이 쉽게 떠올랐다. 흩날리는 흰 머리카락, 지나치게 몸에 붙는 청바지. 지난 몇 달 동안 세 번인가—네 번이던가—브래들리 헤스터처럼 퀸의 환대를 받으며 마호가니 문 안으로 들어간 사람이었다.

"스토먼-테일러가 자네 상관과 공유한 업무는 뭐지? 자네가 아는 선에서."

"퀸은 정부 변호사를 믿지 않아 독립된 의견을 묻기 위해 스토먼-테일러와 의논합니다."

"혹시 퀸이 스토먼-테일러, 역시 제이 크리스핀의 막역한 친구인 대담한 미남 변호사와 어떤 특정한 사안을 의논했는지 알고 있나?"

여기서 퀸의 입장을 대변해야 할지, 토비 자신을 대변해야 할지 자문하는 동안 답답한 침묵이 흘렀다.

"제가 어떻게 압니까?" 그는 짜증스럽게 물었다. 오클리는 이 질문에 대해 공감한다는 듯 답했다.

"그렇지. 어떻게 알겠나." 다시 침묵이 흘렀다.

"그럼, 자일스." 토비는 입을 열었다. 이런 상황에서 먼저 침묵을 깨뜨린 것은 처음이었다.

"그래서 뭐?"

"도대체 그 제이 크리스핀이란 사람은 도대체 어떤 사람이고 뭐 하는 사람입니까?"

오클리는 한숨을 쉬고 어깨를 으쓱했다. 내키지 않는 듯 띄엄띄엄 답변이 흘러나왔다.

"누구냐고." 그는 세상 전체에 대해 질문하듯 운을 떼고 단어 하나하나를 툭툭 던졌다. "돈 많은 앵글로 미국계 집안의 셋째 아들. 최고 학벌. 두 번째 응시해서 샌드허스트에 합격. 10년 동안 복무. 복무 기록은 좋지 않음. 40세에 퇴역. 자발적인 퇴역이라고 들었지만, 믿기지 않지. 시청에서 잠시 근무, 해고. 첩보 약간, 해고. 새로 탄생한 테러 업계에 슬그머니 발을 들였고, 방위산업이 호황을 맞는 걸 봤지. 돈 냄새를 맡았고, 뛰어들었어. 윤리적 결과와 미스 메이지를 만났고. 크리스핀은 사람들을 잘 홀리지." 당혹스러운 분노가 어린 목소리. "온갖 사람들, 언제 어디서나. 수법은 누가 알겠나. 침대에도 자주 갈 거야. 양쪽 다. 하지만 침대만 갖고 되진 않지 않나?"

"그렇죠." 불편하게 이사벨이 떠올랐다.

"그러니 말해봐." 오클리는 이번에도 예고 없이 화제를 바꿨다. "소중한 업무시간에 법무부 문서보관소에서 그레나다와 디에고 가르시아 같은 외진 장소에 대한 파일을 검색한 건 무엇 때문이었지?"

"의원님 지시였습니다." 온갖 행보를 다 꿰고 있는 오클리에게도, 느닷없는 질문을 꺼내는 취미에도 더 이상 놀라고 싶지 않았다. 토비는 쏘아붙였다.

"개인적으로 내린 지시?"

"네. 해당 영토에 대한 전반적인 서류를 준비해달라고 했습니다. 법무부나 그쪽 고문에게 알리지 말고. 아니, 누구에게도 알리지 말고요." 생각해보니 떠올랐다. "극비로 분류해서 월요일 오전 10시까지 틀림없이 준비해달라고 했습니다."

"그런 서류를 자네가 준비했고?"

"주말을 다 털었죠."

"어디 있지?"

"찍혔습니다."

"찍히다니?"

"서류를 제출했는데, 매력이 없어서 찍혔습니다. 퀸 의원님 말씀에 따르면."

"내용을 짤막하게 요약해줄 수 있나?"

"그냥 요약본입니다. 알파벳. 학부생도 할 수 있는 겁니다."

"그럼 알파벳을 알려줘. 잊어버렸어."

"1983년 그레나다의 마르크스주의자 수상 암살 이후, 미국은 영국의 동의 없이 섬을 침공했습니다. '긴급 분노' 작전이라고 불렸죠. 하지만 분노한 건 당연히 우리 쪽이었고요."

"어떻게?"

"우리 영토였으니까요. 예전 대영제국 식민지, 현재는 영연방 국가입니다."

"한데 미국이 침공했군. 나쁜 놈들. 계속해봐."

"미국 첩자들—말씀하신 워싱턴 외곽 사람들 말입니다—은 카스트로가 그레나다 공항을 발사대로 쓸 심산이라는 황당무계한 생각을 했습니다. 영국이 공항 건설을 도왔으니, 그 공항이 미국의 생명줄에 위협이 된다는 소리가 달갑지는 않았죠."

"그래서 영국 쪽 응답은? 간단히 말해서?"

"우리는 미국에게 미리 우리 허락 없이 우리 영토에서 그런 짓을 하지 말라, 사이가 더 틀어질 수 있다고 전했습니다."

"그쪽 응답은?"

"꺼지라고 했죠."

"그래서 우리는? 꺼졌나?"

"미국 입장만 잘 알고 만 거죠." 토비는 냉소적인 외무성 어조를 흉내 냈다. "영 연방국에 대한 우리의 영향력은 보잘것없으니 미 국무성은 그 점을 인지하는 것이 영국에 도움을 주는 거라고 생각합니다. 미국은 자기들한테 편리할 때만 그렇게 하는데, 그레나다의 경우에는 편리하지 않았습니다."

"그래서 우린 다시 꺼졌나?"

"아니요. 그들이 약간 물러섰고, 평화협정을 맺었죠."

"어떤 평화협정? 계속해봐."

"앞으로 미국인들이 우리 영역에서 뭔가 극단적인 일을 할 때는—억압받는 민중들을 돕는다는 미명으로 벌어지는 특수작전이라든지 하는 것 말입니다—일단 우리한테 먼저 정중하게 알리고 문서로 승인받은 뒤 우리를 작전에 참여시키고 상품을 나눠 갖는다는 거죠."

"상품이란, 정보 말이겠군."

"네. 자일스. 그게 제 말뜻입니다. 정보를 지칭하는 다른 단어죠."

"디에고 가르시아는?"

"디에고 가르시아는 견본이었습니다."

"무슨 견본?"

"아, 젠장, 자일스!"

"배경지식 때문에 방해되지는 않아. 새 주인에게 뭐라고 말했는지 정확히 말해주게나."

"60년대 우리가 디에고 가르시아 섬의 인구수를 줄인 뒤, 미국인들은 우리가 내거는 조건을 수용할 테니 그 섬을 자기들 기밀 사각 작전지대로 사용하게 해달라는 허가를 구했습니다."

"기밀 사각 작전지대란 우리 측이 모른 척해달라는 거군."

"네, 자일스. 뭐 하나 숨길 수가 없네요. 디에고 가르시아 섬은 아직 영국령이니, 아직 영국의 사각지대인 셈입니다. 그 정도는 알고 계시죠?"

"글쎄."

협상할 때는 만족감을 조금도 표현하지 않는 것이 자일스의 원칙이었다. 토비는 베를린에서 자일스가 이 원칙을 적용하는 것을 보았다. 이제 그는 그 원칙을 토비에게 적용하고 있었다.

"퀸이 그 보고서 내용에 대해 자세한 사항을 자네와 상의했나?"

"아뇨."

"생각해봐. 대수롭지 않게 오간 말이라도. 그레나다 경험이 보다 중요한 영 연방국에 적용될 가능성이라든지."

토비는 고개를 저었다.

"그렇다면 퀸은 아주 대략적으로라도 미국이 영 연방국에 침투하는 행위의 옳고 그름을 자네와 논한 적이 없단 말이군? 자네가 조사한 내용을 기반으로 해서?"

"없었습니다."

오클리는 침묵을 지켰다.

"자네 보고서에서 윤리 문제를 거론했나?"

"결론에 약간."

"그래서 자네 보고서에 교훈은 있나?"

"결론 비슷한 게 있긴 했습니다."

"어떤?"

"영국 영토에서 이루어지는 미국의 어떠한 일방적인 작전도 영국 측의 최소한의 합의는 있어야 한다. 그렇지 않다면 절대 불가하다."

"고마워, 토비. 그렇다면 자네가 개인적으로 판단할 때 누가, 무엇이 그 보고서를 만들게 했을까?"

"솔직히, 자일스, 그 부분은 모르겠습니다." 오클리는 시선을 하늘로 향한 뒤 다시 내리고 한숨을 쉬었다.

"토비, 이 친구야. 바쁜 의원이 재능 있는 젊은 개인비서에게 먼지투성이 자료실을 뒤져 '선례'를 찾아내라고 지시하는데, 미리 자신의 계획을 말하지 않았다고?"

"이번 경우에는 그랬습니다!"

탁월한 포커 선수 자일스 오클리가 모습을 드러냈다. 그는 가볍게 일어나서 토비의 잔을 다시 채우고 물러앉아 만족감을 표했다.

"그럼 말해보게." 다시 믿을 수 있겠다는 듯 허물없는 목소리. "할 일도 많은 인력팀에 자네 상관이 괴상한 요청을 한 건 도대체 어떻게 생각해야 하지?" 토비가 다시 무슨 소리인지 모르겠다고 투덜거리자—하지만 이번에는 워낙 분위기가 누그러져서 목소리도 한결 수그러들었다—만족스럽게 킬킬거리는 웃음이 나왔다.

"저고도 비행기 말이야, 토비! 정신 차려! 퀸은 어제 저고도 비행기를 찾고 있었다고! 자네가 모를 리가 없잖아! 인력팀 절반이 동원돼서 적당한 인력을 찾고 있었어. 이리저리 전화를 걸면서 추천을 받았다고."

저고도 비행기?

순간 토비의 머릿속에는 어느 무모한 조종사가 점점 쪼그라드는 영연방 영토 어딘가에서 레이더망 아래로 날아다니는 모습이 스쳤다. 그 말이 입 밖으로 나왔는지, 자일스는 웃음을 터뜨리며 몇 달 동안 들어본 것 중에 가장 우스운 농담이라고 대꾸했다.

"하위급 인력 말이야, 이 친구야. 외무성에서 한물간 인력 중에 믿을 만한 사람이 없는지 찾아다녔다고! 이력서. 적당히 볼품없는 기록. 미래가 없는 사람. 고지식한 외무성 직원, 은퇴 전에 마지막으로 뭔가를 시킬 사람. 자네는 28년 정도 남았나?" 그는 놀리듯 말을 맺었다.

그 말이었어. 토비는 자일스의 농담에 같이 웃으려고 하며 생각했다. 그러니까 퍼거스 퀸이 날 정보망에서 소외시키는 것도 모자라 실제로 나를 대신할 사람을 찾고 있다는 말을 최대한 돌려서 하고 있는 거로군. 그냥 교체 대상도 아니고, 연금을 뺏길 것이 두려워 새 주인이 시키는 대로 무슨 짓이든 할 수 있는 한물간 사람.

두 사람은 문간에 나란히 서서 달빛 아래 토비의 택시를 기다리고 있었다. 오클리의 얼굴이 더 이상 솔직해 보인 적도, 더 이상 감정을 드러내 보이는 것도 본 적이 없었다. 목소리에는 장난기와 꾸밈 대신 다급한 경고의 음조가 깃들어 있었다.

"그들이 무슨 계획을 짜고 있든, 토비, 자네는 절대 휘말려서는 안 돼. 뭔가 들으면 메모를 하고 자네가 갖고 있는 휴대전화로 문자를 보내줘. 이메일보다는 그쪽이 조금 더 안전할 걸세. 여자친구 때문에 고민이 있어서 내 어깨에 기대 울고 싶다, 뭐 이런 헛소리면 돼." 그는 아직 충분히 강조하지 않았다는 듯 덧붙였다. "절대, 어떤 경우에라도 계획의 일부가 되어서는 안 돼, 토비. 어떤 일에도 동의하지 말고, 서명도 하지 마. 절대 방조자가 되어선 안 돼."

"아니, 자일스, 대체 무슨 방조자요."

"내가 안다 해도, 자네한테는 절대 말 안 해줄 거야. 크리스핀은 자넬 살펴보고 다행히 탐탁하게 생각지 않았어. 다시 말하자면, 시험에 통과하지 못한 걸 행운이라고 생각하게. 그렇지 않았다면 자네가 어떤 상황에 처했을지 아무도 몰라."

택시가 도착했다. 오클리는 평소와 달리 손을 내밀었다. 그 손을 잡으니 땀으로 축축했다. 토비는 손을 놓고 택시에 올라탔다. 오클리는 창문을 두드렸다. 토비는 유리를 내렸다.

"선불이야. 1파운드 팁만 내. 뭘 하든, 두 번 내지 마, 이 친구야."

"잠깐, 토비, 들어와 봐." 어떻게 시간이 지났는지, 일주일이 흘렀다. 토비의 무심함에 대한 이사벨의 짜증은 말 없는 분노로 변했다. 비굴하게, 하지만 멍하니 사과해보았지만 이사벨의 화만 돋울 뿐이었다. 퀸도 마찬가지로 다루기 어려웠으며, 이제는 아무 이유 없이 토비의 비위를 맞추다가도 아예 못 본 척하기도 하고, 설명 없이 하루 종일 사라져서 발을 동동 구르게 하기도 했다.

목요일 점심시간, 매티에게서 짤막한 전화가 걸려왔다.

"우리가 못 했던 스쿼시 게임 말이야."

"그게 왜?"

"우린 게임 안 했잖아."

"그건 서로 합의한 줄 알았는데."

"그냥 확인차 전화한 거야." 매티는 전화를 끊었다.

금요일 오전 10시, 내부 전화로 토비가 두려워하던 호출이 왔다.

노동자 계급의 투사가 또 포트넘에 가서 동 페리뇽을 사 오라고 시키려고? 혹시 자네 재능은 알고 있지만 저고도 비행기로 대체하기로 했으니 주말 동안 충격을 해소하라고 드디어 말하려는 걸까?

거대한 마호가니 문은 예전처럼 열려 있었다. 들어가서 문을 닫고―퀸의 지시를 예상하며―잠갔다. 퀸은 의원답게 당당히 책상 앞에 앉아 있었다. TV 〈뉴스나이트〉에서 사용하는 거들먹거리는 어조였다. 거의 사용하지 않는 글래스고 억양.

"애인을 위해 잠시 휴가를 내려던 계획을 방해해야 할 것 같은데, 토비." 그는 토비 본인의 잘못이라는 듯 말했다. "혹시 큰 문제라도 생길까?"

"아닙니다, 의원님." 토비는 더블린에서 잠시 쉬려던 계획에, 어쩌면 이사벨에게도 마음속으로 작별인사를 고했다.

"내일 여기서 극비 회의를 열지 않으면 안 되게 됐어. 이 방에서. 국가적인 중대사야."

"저도 참석할까요, 의원님?"

"그렇지는 않아. 자넨 절대 참석할 일 없어. 자격이 없어. 자넨 그 자리에 있어서는 안 돼. 개인적으로 받아들이지는 말게. 한데 이번에도 미리 준비를 좀 해줘야겠어. 이번에는 샴페인이 필요 없어. 푸아그라도."

"이해합니다."

"이해할 것 같진 않고. 어쨌든, 이번에 압력을 받게 된 회의 때문에 특별한 보안 절차가 필요하게 됐어. 자네가 내 개인비서로 대신 준비해줘."

"그러죠."

"당혹스러운 것 같은데, 왜지?"

"당혹스러운 건 아닙니다, 의원님. 단지, 그 회의가 그렇게 극비라면 왜 이 사무실에서 주재하셔야 합니까? 건물 밖으로 나가시지 않고요.

아니면 위층 방음실이라든가." 퀸은 불손한 태도를 읽었는지 묵직한 턱을 치켜들었지만 어쨌든 대답했다.

"고집스러운 손님이 — 손님들인데 — 조건을 제시하는 입장에 있고, 나는 의원으로서 받아들일 의무가 있어. 자네가 하겠나, 다른 사람을 찾아볼까?"

"아닙니다. 제가 하겠습니다."

"좋아. 한데 이 건물에서 호스가드로 이어지는 옆문이 있지? 상인들과 일반 배달이 출입하는? 정면에 빗장이 질러져 있는 녹색 철문?"

토비는 그 문을 알고 있었지만, 대중의 투사가 지칭하는 '상인'이 아니어서 직접 사용할 기회는 없었다.

"그 문으로 이어지는 1층 복도를 알고 있지? 우리가 서 있는 여기 바로 아래 말이야. 두 층 아래?" 퀸은 끈기를 잃었다. "아니, 현관문으로 들어오면 로비 오른쪽으로 통하는 복도. 매일 그 앞을 지나치지 않나, 안그래?" 물론 복도는 알고 있었다.

"내일, 토요일 아침, 손님들이 — 날 찾아오는 분들, 뭐라고 자신을 소개하고 들어오든 간에." 그는 답답한 기색을 다시 감췄다. "두 그룹으로 나눠서 그쪽 출입구로 들어올 거야. 따로. 한 팀 도착하고, 다시 한 팀. 사이는 짧게, 연달아서. 알겠나?"

"알겠습니다, 의원님."

"다행이군. 정확히 11시 45분부터 13시 45분. 두 시간 동안만 그 옆문에 지키는 사람이 없을 거야. 120분 동안 보안요원이 아무도 없을 걸세. 옆문과 그 문에서 이 사무실까지 이어지는 통로 전체를 감시하는 비디오카메라와 기타 보안 장비도 해제돼. 꺼버린단 말이야. 스위치를 내릴 거야. 두 시간 동안만. 내가 개인적으로 조치해놨어. 그 부분은 자네가 손댈 게 없으니까 신경 쓰지 마. 지금부터 잘 들어." 의원은 통통한 근육질의 손바닥을 토비의 얼굴에 올리더니 다른 손 엄지와 검지로 새끼손가락을 보란 듯이 비틀었다.

"내일 아침 10시에 도착하면, 자넨 곧장 보안부서로 가서 옆문을 지키는 인력을 철수시키고 모든 보안 장비를 끄라는 내 지시를 기억하고 있는지 다시 한 번 확인하고 다짐을 받아." 약지. 파란색으로 세인트 앤드루 십자가가 새겨진 아주 두꺼운 금색 반지가 끼워져 있었다.

"오전 11시 40분에 자네는 호스가드를 통해 옆문으로 가서 그 문을 통해 건물로 들어와. 보안부에 내린 지시대로 문은 열려 있겠지. 그런 다음 1층 복도를 따라서 뒤쪽 계단까지 죽 밟아오며 사람이 없는지, 장애물은 없는지 확인해. 무슨 뜻인지 알겠지?"

중지.

"그런 다음 평소대로 내 개인비서답게 뒤쪽 계단과 층계참을 올라와서—뛰지 말고, 멈춰서 소변을 보지도 말고, 다른 짓은 하지 마. 그냥 걸어—지금 우리가 서 있는 이 방까지 오는 거야. 그런 다음 내선전화로 보안과에 연락해서 자네가 올라오는 동안 아무 눈에도 띄지 않았는지 확인해. 다시 말하지만 내가 조치는 해놓았으니까 지금 말하는 내용 외의 다른 짓은 하지 마. 이건 명령일세."

정신을 차려보니 퀸은 선거에서 이기게 해주었던 특유의 미소를 토비에게 보내고 있었다.

"자, 토비. 내가 자네 주말을 망쳐놓아서 어쩌나. 그 사람들도 내 주말을 망쳤어."

"아닙니다, 의원님."

"한데?"

"한 가지 질문이 있습니다."

"뭐든 말해봐. 뭐든지." 사실 두 가지 있었다.

"혹시 의원님은 어디 계실 겁니까? 개인적으로. 말씀하신 대로……."
그는 말을 골랐다. "제가 조치를 취하는 동안?" 미소가 더 환해졌다.

"글쎄, 어쨌든 내 할 일을 하고 있을 거라고 해야겠지."

"도착하실 때까지 할 일을 하고 계실 거라고요?"

"난 정확한 시각에 도착할 걸세. 다른 질문 있나?"

"음, 쓸데없는 궁금증인지도 모르겠습니다만, 그럼 그 손님들은 나갈
때 어떻게 나가시는지? 보안 시스템을 두 시간 동안 해제한다고 하셨
죠. 두 번째 팀이 짧은 간격으로 도착하고 보안 시스템이 다시 켜지는
시각이 13시 45분이라면, 회의 시간은 90분가량밖에 안 될 텐데요."

"90분이면 충분해. 그런 고민은 하지 마." 미소는 눈부시게 커졌다.

"확신하십니까?" 토비는 대화를 계속하고 싶은 욕구로 다시 물었다.

"물론이지. 쓸데없는 고민 하지 말라니까. 악수만 몇 번 나누고 다들
집으로 돌아갈 거야."

그날 점심시간이 되어서야, 토비 벨은 책상에서 조용히 물러나 급히
클라이브 스텝을 내려온 뒤 세인트 제임스 공원 가장자리의 무성한 런
던 플라타너스 아래에 자리를 잡고 오클리의 휴대전화로 긴급 문자메
시지를 보내기로 했다.

퀸이 괴상한 지시를 내린 뒤, 토비는 여러 가지 방식을 상상해보았다.

하지만 사무실 보안직원이 건물 내부에서 밖으로 나가는 개인 통신을 모두 감시한다는 소문이 있었기에, 그들의 호기심을 자극하고 싶지 않았다.

플라타너스 나무는 오랜 친구였다. 언덕 위에 자리 잡은 나무는 버드 케이지 워크와 전쟁기념관에서 아주 가까웠다. 100야드 저쪽에 외무성 건물 창문들이 그를 엄격하게 내려다보고 있었지만, 주위를 지나치는 황새와 청둥오리, 관광객, 유모차를 끄는 어머니들의 풍경 덕분에 사무실도 위협으로 느껴지지 않았다.

그는 손에 움켜쥔 블랙베리를 뚫어지게 쳐다보았다. 정신도 마찬가지로 전화에 집중하고 있었다. 그가 위기의 순간에 긴장하지 않는 점에 상관들도 감탄했지만 토비 자신에게도 신기한 일이었다. 이사벨은 그의 단점을 잔인하게 분석할지도 모른다. 간밤에도 한참 그랬다. 경찰차와 소방차 사이렌이 거리에서 울리고 옆 건물에서 연기가 뭉게뭉게 흘러나오고, 분노한 군중이 행진을 해도—카이로에서는 그보다 더한 구경도 했다. 일단 위기가 닥치면 토비는 냉정해졌고, 지금이 바로 그런 순간이었다.

"여자친구 때문에 고민이 있어서 내 어깨에 기대 울고 싶다, 뭐 이런 헛소리면 돼."

본능적인 예의 때문에 이사벨의 이름을 거짓말에 이용할 수는 없었다. 루이자라는 이름은 있었던가? 얼른 기억을 더듬어보니 그런 여자를 만난 적은 없었다. 그렇다면 그 이름을 써야겠다. '자일스. 루이자가 방금 절 떠났습니다. 당장 조언이 절실해요. 빠른 시간 내로 만날 수 있을까요? 뷀.'

'전송' 버튼을 눌렀다.

그는 버튼을 누른 뒤 외무성 건물의 커튼이 처진 빛나는 유리창을 바라보았다. 지금 이 순간 오클리가 저기에 앉아 책상 앞에서 샌드위치를 먹고 있을까? 혹시 합동정보위원회와 함께 지하 요새 같은 데 들어앉아 있을까? 아니면 동료 외교관들과 휴게실에 앉아 느긋하게 점심을 즐기며 세상 이야기를 하고 있을까? 어디 있든지, 제발 빨리 메시지를 읽고 답장해줘. 내 새 주인이 미쳐가고 있다고.

영원처럼 느껴지는 일곱 시간이 흘렀지만, 오클리에게서는 아직 답장이 없었다. 이즐링턴 1층 아파트 거실에서 토비가 책상 앞에 앉아 일하는 척하는 동안, 이사벨은 부엌에서 불길하게 설거지를 하고 있었다. 왼쪽 팔꿈치께에 블랙베리가 놓여 있었고, 오른쪽에는 집 전화가, 앞에는 퀸이 걸프 지역 사기업과 공적 영역의 협력관계 기회에 대해 지시한 문건 초안이 놓여 있었다. 겉으로는 교정을 보고 있었다. 사실상, 그는 머릿속으로 오클리의 하루를 상상하며 제발 빨리 전화해주기를 빌고 있었다. 메시지는 두 번 다시 보냈다. 한 번은 사무실에서 나오자마자, 한 번은 집으로 돌아오는 길에 에인절 지하철역에서 나온 뒤였다. 오클리에게 메시지를 보내는 장소로 왜 자기 아파트가 안전하지 않다고 생각했는지는 몰라도, 어쨌든 그런 기분이 들었다. 성가실지라도 집으로 전화해봐야겠다고 결정한 지금도, 비슷한 조심성이 행동을 제한했다.

"레드와인 한 병 사 갖고 올게." 그는 열린 부엌문을 통해 이사벨에게 말한 뒤, 그녀가 찬장 안에 아주 좋은 레드와인이 있다고 대꾸하기 전에 얼른 복도로 나갔다.

거리에는 비가 쏟아지고 있었고, 그는 비옷을 미처 갖고 나오지 않았다. 보도를 50야드 정도 걸어가면 버려진 아치가 걸린 골목 안에 버려진 주물 공장이 있었다. 그는 공장 안으로 들어가서 비를 피하며 오클리의 집으로 전화를 걸었다.

"도대체 누구야?"

화난 허마이오니였다. 자다 깼을까? 이 시간에?

"토비 벨입니다, 허마이오니. 성가시게 해드려서 죄송합니다만, 아주 급한 일이 생겼어요. 자일스와 잠시 통화할 수 있을까요."

"자일스와 통화는 잠시든 오래든 안 돼, 토비. 자네도 알고 있겠지만."

"그냥 업무입니다, 허마이오니. 아주 긴급한 일이 생겼어요."

"그 꿍꿍이속 모르는 줄 알아? 자일스는 도하에 있잖아. 모르는 척하지 마. 동트자마자 갑자기 회의가 있다고 불려 나갔어. 날 보러 오려는 거야?"

"불려 나가요? 누가요?"

"그게 뭐가 중요해? 자일스는 없는데."

"얼마나 걸린다고 하던가요? 말하던가요?"

"자네가 원하는 걸 할 정도로는 오래 걸리겠지. 집 안에 사는 하인도 없어. 자네도 알 거 아니야. 몰라?" 도하. 시차는 세 시간. 그는 거칠게 전화를 끊었다. 허마이오니는 됐고. 도하에서는 저녁을 늦게 먹으니 아직 왕족들과 외교관들이 식사하고 있을 시각이었다. 그는 골목에서 웅크린 채 외무성 당직실에 전화를 걸었다. 언젠가 토비에게 밀려난 그레고리의 묵직한 목소리가 들려왔다.

"그레고리, 오랜만이야. 자일스 오클리와 긴급히 연락할 일이 있어. 회의 때문에 급히 도하에 갔다는데, 무슨 이유에선지 내 메시지를 안 받아. 개인적인 일이야. 나 대신 말 좀 전해주겠어?"

"개인적인 일? 까다로워."

또 그 이야기로 빠지지 말자. 침착하자.

"그가 대사 공관에 머무르는지 혹시 아나?"

"그의 결정에 달렸어. 어쩌면 자네와 퍼거스처럼 비싼 고급 호텔을 좋아할지도 모르지." 초인적인 자제력이 필요했다.

"어쨌든 대사 공관 전화번호를 주겠어? 부탁이야, 그레고리."

"대사관 전화번호는 알려줄 수 있어. 거기서 연결해줄 거야. 미안해, 친구."

의도적인 것 같았지만 그레고리는 시간을 끌며 전화번호를 찾아주었다. 대사관으로 전화를 걸어보니 녹음된 여자 목소리가 처음에는 아랍어로, 다음에는 영어로 말했다. 혹시 비자를 원하시면 다음 시각에 직접 영국 영사관에 출석해야 한다, 시간이 오래 걸릴 수도 있다, 대사나 대사관저의 일원과 연락하고 싶으면 지금 메시지를 남겨달라.

그는 메시지를 남겼다.

"현재 도하 회의에 참석 중인 자일스 오클리에게 남기는 메시지입니다." 잠시 호흡. "자일스, 메시지를 여러 통 보냈는데 못 받으신 것 같아서요. 아주 심각한 개인적인 문제가 생겼습니다. 최대한 빨리 도움이 필요해요. 밤이든 낮이든 언제든, 이 전화로든 집으로든 전화 주세요." 아파트로 들어가는 길에 그는 사겠다고 했던 레드와인을 잊었다는 걸 너무 늦게 깨달았다. 이사벨도 눈치챘지만, 아무 말도 하지 않았다.

아침이 밝았다. 이사벨은 옆에서 잠들어 있었지만, 섣불리 몸을 움직였다가는 싸우거나 사랑을 나누게 될 것이었다. 간밤에 이미 둘 다 했지만, 그래도 블랙베리는 침대 옆에 놓아두고 계속 메시지를 확인하고 있었다.

그동안에도 머릿속 생각은 계속해서 이어졌고, 결국 그는 의원의 지시를 수행하기로 약속한 아침 10시까지 오클리의 연락을 기다리기로 했다. 그때까지 오클리가 메시지에 답하지 않으면, 혼자 결단을 내리기로 했다. 너무나 과감해서 처음에는 스스로 섬뜩했지만, 한 걸음씩 슬그머니 돌아가 다시 생각한 결단이었다.

머릿속에 의원 바깥 집무실에 있는 자신의 책상 오른쪽 깊숙한 서랍에 있는 물체의 모습이 어른거렸다. 녹과 곰팡이, 상상일지는 몰라도 쥐똥 같은 것으로 뒤덮인 물건.

디지털 기술이 도래하기 전의 큼직한 냉전시대 테이프 녹음기였다—워낙 구식이고 거추장스럽고, 이 초정밀 기술의 시대에 워낙 쓸모가 없어져서 현대인의 눈에 전혀 위협적으로 보이지 않는 물건. 바로 그 이유 때문에 토비는 혹시 어느 의원이 개인사무실의 대화를 몰래 녹음하고 싶으면 훨씬 은밀한 기계들이 고를 수가 없을 정도로 다양하게 있으니 그 물건은 치우자고 계속 주장해왔다.

지금까지—다행인지 불행인지—그의 애원에는 답이 없었다.

그 괴물을 작동하는 스위치는? 바로 그 위 서랍을 열고 오른손으로 더듬으면 만져진다. 갈색 베이클라이트 반 컵 모양 안에 장착된 날카롭고 호전적인 꼭지, 위로 올리면 끄기, 아래로 내리면 녹음이었다.

8시 50분. 오클리에게서는 연락이 없었다.

토비는 잘 차린 아침식사를 좋아했지만, 그날 토요일 아침에는 까다로운 기분이 들지 않았다. 이사벨은 여배우여서 아침식사에는 손도 대지 않았지만, 대신 화해하고 싶은 기분이 들었는지 다정하게 앉아서 그가 삶은 달걀을 먹는 모습을 지켜보고 싶다고 했다. 싸움을 다시 시작하느니, 그는 달걀을 삶아서 이사벨을 위해 먹기로 했다. 그녀의 분위기는 수상쩍었다. 보통 토요일 아침에 출근해서 할 일이 있다고 하면, 그녀는 보란 듯이 침대에 틀어박혀 있기 마련이었다. 그러나 오늘 아침에—원래 더블린의 풍광을 즐기며 주말을 즐기고 있어야 할 시각에—그녀는 다정하고 이해심이 많았다.

화창하고 맑은 날씨여서, 그는 일찍 출발해서 걸어가기로 했다. 이사벨은 널 위해서 산책이 좋을 거라고 했다. 처음으로 그녀는 현관문까지 그를 바래다주고 다정하게 키스하더니 그가 계단을 내려가는 모습을 지켜보았다. 날 사랑한다고 말하려는 걸까, 상황이 마무리될 때까지 기다리려는 걸까?

9시 52분. 오클리에게서는 아직 연락이 없었다.

인적이 드문 런던 거리를 빠른 속도로 걸으며 블랙베리를 내내 들여다보다가, 토비는 몰을 지나 버드케이지 워크로 향했다. 그는 관광객들의 속도에 맞춰 빗장이 질린 녹색 철문으로 다가갔다.

그는 손잡이를 흔들어보았다. 녹색 문이 열렸다.

그는 문에서 등을 돌리고 애써 무심한 태도로 호스가드와 런던 아이, 말 없는 일본 학생 단체관광객—마지막으로 필사적인 기분으로—그리고 어제 처음 오클리에게 메시지를 보냈으나 대답이 없었던 런던 플라타너스 나무를 바라보았다.

마지막으로 블랙베리에 외로운 시선을 던졌지만, 여전히 답은 없었다. 그는 전화를 끄고 어두운 안주머니에 넣었다.

의원이 요구한 터무니없는 절차를 마친 뒤, 토비는 의원실 바깥방에 도착했고 보안실에 내선전화를 거니 요원들은 재미있다는 듯 보이지 않았다고 알렸다.

"마치 유리인간 같았어요, 벨 씨. 투명인간이었습니다. 좋은 주말 보내십시오."

"네, 좋은 주말 되세요. 고맙습니다." 책상을 굽어보고 있으니, 분노가 치밀어 오르며 마음이 단단해졌다. 자일스, 당신이 날 이렇게 만들었어.

책상은 겉보기에 웅장했다. 가죽 워크톱을 깐 니홀 스타일의 모조 골동품이었다.

그 앞 의자에 앉은 뒤 그는 몸을 앞으로 기울여 맨 아래 오른쪽 묵직한 서랍을 열었다.

마음 한구석에는 자재부에 요청했던 부탁이 밤새 기적적으로 이뤄져 있었으면 하는 생각이 있었지만, 꿈이었다. 잊힌 전쟁터의 녹슨 엔진처럼, 낡은 테이프 녹음기는 수십 년째 있던 자리에 그대로 놓인 채 오지 않을 부름을 기다리고 있었다. 한데 드디어 오늘 그 순간이 왔다. 음성 인식 장치 대신, 녹음기에는 그의 아파트 마이크로웨이브 오븐과 비슷한 시간 예약 장치가 붙어 있었다. 낡은 스풀은 비어 있었다. 하지만 먼지가 두껍게 덮인 셀로판지에 싸인 거대한 테이프 두 개가 바로 위 선반에서 임무를 대기하고 있었다.

위로 올리면 끄기, 아래로 내리면 녹음.

만약 감옥에 가 있지 않다면, 내일 내가 찾으러 오마.

내일이 마침내 왔고, 이사벨은 떠났다. 오늘, 계절에 어울리지 않게 화창한 일요일, 교회 종소리가 소호의 죄인들에게 참회하러 오라고 부르고 있었고, 세 시간 전부터 혼자가 된 토비 벨은 아직 야외 탁자에 앉아 벌써 석 잔째―다섯 잔째였던가?―커피를 마시며 밤새 두려움에 떨며 계획했던, 돌이킬 수 없는 범죄행위를 실행하러 갈 마음의 준비를 하고 있었다. 즉, 의원 바깥 사무실에 들어가서, 테이프를 들고 나와, 사악한 첩자처럼 보안요원 코앞을 지나 외무성 건물 밖으로 나오는 일이었다.

아직도 선택의 여지는 있었다. 길고 고통스러웠던 밤 동안 그 점도 생각해두었다. 양철 탁자에 앉아 있는 동안만큼은, 아직 별다른 일은 일어나지 않았다고 스스로를 설득시킬 수 있었다. 어떤 제정신 박힌 보안요원도 그의 책상 아래 서랍에서 썩어가고 있는 오래된 테이프 녹음기를 확인할 생각을 할 리 없었다. 만에 하나 테이프가 발견되었을 경우, 대답도 생각해두었다. 국가적으로 심대한 중요성을 지닌 극비 회의를 준비하다가, 퀸 의원이 비밀 오디오 시스템의 존재를 기억하고 토비에게 작동시키라고 지시했다. 하지만 의원은 머릿속에 국가 문제가 가득 차서, 그런 명령을 내렸다는 것을 부정할 것이다. 그 정도의 기행은 퀸을 아는 사람에게는 이상할 것이 없었다. 리처드 닉슨 사태를 기억하는 사람들에게도 너무나 익숙한 일이다.

토비는 예쁜 웨이트리스를 찾아 주위를 둘러보았다. 카페 문간 안 카운터에서 그녀가 몸을 앞으로 내밀고 웨이터와 잡담을 나누는 모습이 보였다.

그녀는 사랑스러운 미소를 보냈고, 여전히 아양 떠는 태도로 밖으로 나왔다.

"7파운드입니다." 그는 10파운드를 냈다.

그는 길가에 앉아 행복한 세상 사람들이 지나다니는 모습을 바라보았다.

왼쪽으로 꺾어 외무성으로 가면, 감옥으로 가는 길. 오른쪽으로 꺾어 이즐링턴으로 가면 홀가분하게 텅 빈 아파트. 그러나 화창한 아침, 그는 이미 화이트홀을 향해 걸어가고 있었다.

"또 오십니까, 벨 씨? 바쁘신 모양입니다." 잡담을 좋아하는 나이 많은 경비가 말했다.

그러나 젊은 경비들은 화면만 뚫어지게 바라보고 있었다.

마호가니 문은 닫혀 있었지만, 아무것도 믿어서는 안 된다. 퀸은 일찍 와서 틀어박혀 있을 수도 있고, 밤새도록 제이 크리스핀과 로이 스토먼-테일러, 약사 브래드와 같이 있었을 수도 있었다.

그는 문을 두드리며 불렀다. "의원님?" 다시 두드려보았다. 대답이 없었다.

그는 자기 책상으로 가서 맨 아래 서랍을 열었다. 작은 불빛이 켜져 있는 것을 보고 가슴이 철렁 내려앉았다. 하느님 맙소사, 누가 이걸 봤다면!

그는 테이프를 되감고 곽에서 조심스럽게 꺼낸 뒤 스위치와 타이머를 원래대로 돌려놓았다. 테이프를 겨드랑이 아래에 끼고, 그는 나이 많은 경비에게 인사를 잊지 않으며 무게를 잡고 있는 젊은 경비들에게 오만하게 고개를 끄덕여 보인 뒤 왔던 문으로 되돌아 나갔다.

겨우 몇 분 뒤였지만 긴장이 풀려 잠기운이 엄습했다. 꼼짝도 않고 서 있는 한동안 모든 것이 그를 지나쳤다. 다시 눈을 떴을 때, 그는 토트넘 코트 로드에서 중고 전자장비상 가게를 둘러보며, 어느 가게가 펑퍼짐한 검정 재킷과 치노 바지 차림으로 낡아빠진 중고 테이프 녹음기를 현금으로 사 간 30대 남자를 기억하지 못할 가능성이 가장 높을까 궁리하고 있었다.

현금인출기도 잠시 들렀고, 가방 안 신문 페이지 사이에 테이프가 끼어 있는 것을 보니 그날 나온 《옵서버》 한 부와 국기가 그려진 쇼핑백도 산 것 같았다.

중고 전자장비를 컨테이너 선박으로 라고스에 팔아넘기는 형이 함부르크에 산다는 아지즈 상을 발견하기 전에 아마 두세 가게를 거쳤을 것이다. 낡은 냉장고, 컴퓨터, 거대한 테이프 녹음기 등. 그 형은 이런 물건들을 모조리 수집하기 때문에, 아지즈가 창고에 낡은 제품들을 쌓아 둔다고 했다.

토비가 책상 오른쪽 맨 밑 서랍에 들어 있던 것과 똑같은 냉전시대 테이프 녹음기를 구할 수 있었던 것은 이런 기적적인 행운과 끈기 덕분이었다. 단지 새로 구한 녹음기는 반질거리는 은회색이었고, 원래 상자에 담겨 있었다. 아지즈는 섭섭한 듯 수집가용 제품이기 때문에 10파운드를 더 내야 한다고 했고, 전원에 연결하려면 16파운드짜리 어댑터도 필요했다.

전리품을 손에 쥐고, 토비는 버스카드를 잃어버린 노파를 거리에서 만났다. 잔돈이 없어서 5파운드를 꺼내는 토비를 보고 노인은 몹시 놀랐다.

아파트에 돌아온 토비는 이사벨의 향기에 잠시 얼어붙었다. 침실 문이 열려 있었다. 그는 긴장해서 문을 밀어보고 욕실 문도 열어보았다.

괜찮다. 그냥 체취일 뿐이다. 맙소사. 10년 감수했네.

그는 테이프 녹음기를 부엌 탁자에 설치하려고 했으나, 탁자가 너무 짧았다. 그는 익스텐션 줄을 거실에서 가져와서 연결했다.

거대한 운명의 바퀴는 윙윙거리며 돌아가기 시작했다.

"이 사람 정말 답답하군. 드라마 퀸 같으니라고."

제목도, 크레디트도 없었다. 편안한 주제곡도 없었다. 그저 사무실을 가로질러 토비의 책상 쪽으로 걸어오는 한 짝에 1,000파운드짜리 스웨이드 롭 부츠 발소리 박자에 맞춰 단호하게 내지르는 의원의 자족적인 목소리가 흘러나왔다.

"자넨 드라마 퀸이야, 드라마 퀸이 뭔지나 아나? 모르지. 이 무식한 사람 같으니."

누구한테 말하는 거야? 너무 늦게 시작했나? 타이머를 잘못 맞췄나?

혹시 가끔 여직원들을 즐겁게 해주기 위해 데려오던 선거용 개, 잭 러셀 견 피파에게 말하는 건가?

아니면 금칠한 거울 앞에 서서 신노동당 연설을 연습하며 혼자 독백하는 건가?

연설을 준비하는 듯한 의원의 헛기침. 회의 전에 헛기침을 하고 화장실 문을 열어둔 채 입 안을 리스테린으로 헹구는 것이 퀸의 습관이었다.

멍청하다는 비난을 받는 드라마 퀸은—남자인지 여자인지는 몰라도—아마 거울 속에 있는 모양이었다.

가죽이 삐걱거리는 소리. 사무실에 들어오던 날 파란 양탄자와 암호화된 전화와 함께 해로드에서 주문한 옥좌에 앉는 것 같았다.

책상 쪽에서 나는 정체를 알 수 없는 긁히는 소리. 아마 굳이 팔꿈치 언저리에 놓고 쓰는 붉은 문서함 네 개가 부딪히는 소리일 것이다. 문서가 가득 차 있는 것은 토비가 열 수 없게 되어 있었다.

"음, 어쨌든. 잘 왔어. 주말을 망치게 해서 미안해. 자네가 내 주말도 망쳤지만, 자넨 그런 거 상관 안 하잖아? 어떻게 지냈나? 아내는 건강하고? 반갑군. 아이들은? 나 대신 엉덩이를 발로 차줘."

발소리가 희미하게, 점점 또렷하게 다가왔다. 첫 팀이 도착했다.

발소리는 지키는 사람도 없고 잠기지도 않은 옆문으로 들어와서 감시카메라가 꺼진 복도를 지나 화장실에 들르지 않고 곧장 계단으로 올라왔다. 모두 토비가 어제 지시대로 예행 연습한 대로였다. 발소리는 바깥 사무실로 다가왔다. 한 사람이었다. 딱딱한 신발 밑창. 느긋한, 은밀할 것 없는 말소리. 젊은 사람의 걸음은 아니었다.

크리스핀의 발소리도 아니었다. 크리스핀의 걸음걸이는 전투 행군 같았다. 이 걸음은 평화로웠다. 여유 있는 남자의 걸음—왜 그런 생각이 들었는지 몰라도 어쨌든 그런 생각이 들었다—낯선 걸음. 토비가 모르는 사람의 발걸음이었다.

사무실 문간에서 발소리는 잠시 멈췄지만, 노크는 하지 않았다. 노크하지 말라는 지시를 받은 모양이었다. 걸음은 문 안으로 들어서더니, 서랍 안에서 핀라이트가 켜진 채로 녹음기가 돌아가고 있는 토비의 책상에서 60센티미터 떨어진 곳을 지나쳤다.

녹음기 소리가 들렸을까? 못 들은 것 같았다. 들었더라도, 그런 기색은 없었다.

발소리는 전진했다. 노크 없이 들어온 걸음은 안쪽 사무실로 들어갔다. 역시 지시를 받았는지 노크는 따로 하지 않았다. 토비는 의원의 의자가 삐걱거릴 거라고 생각했지만, 그런 소리는 들리지 않았다. 순간 무시무시한 생각이 들었다. 손님이 헤스터 문화참사관처럼 자기 음악을 들고 왔다면?

심장이 입 밖으로 튀어나올 것 같은 기분으로 기다렸다. 음악은 들리지 않았다. 퀸의 무뚝뚝한 목소리만 들렸다.

"막아서는 사람은 없었나? 질문을 하거나 귀찮게 하는 사람은?"

아랫사람에게 말하는 말투였고, 이미 서로 아는 사이였다. 일이 안되는 날 토비를 대하는 말투였다.

"귀찮게 한 사람도, 방해한 사람도 없었습니다, 의원님. 모든 게 톱니바퀴처럼 돌아갔습니다. 이번에도 장애물 하나 없었습니다."

이번에도? 그럼 지난번은 언제였을까? 승마 용어는 왜 쓰는 거지? 오래 생각할 시간이 없었다.

"주말을 망치게 해서 미안해." 퀸은 익숙한 표현을 썼다. "내 의도는 아닐세. 겁 없는 우리 친구의 개봉일 긴장 때문이지."

"그건 중요하지 않습니다, 의원님. 저는 다락 청소 외에 별다른 계획도 없었고, 건너뛰게 되어 기쁩니다." 유머. 반응은 없었다.

"당신도 엘리엇을 봤겠군. 일은 잘됐어. 그에게 들었겠지?"

"그가 알려줄 수 있었던 한에서는, 다 들려줬을 거라고 생각합니다,

의원님."

"알 필요가 있는 것만 알려줬겠지. 그를 어떻게 생각했지?" 대답을 기다리지는 않았다. "캄캄한 밤에 좋은 친구라고 하더군, 전해 듣기로는."

"그렇다면 좋겠습니다." 엘리엇, 기억났다. 알바니아-그리스계 변절자⋯⋯. 전 남아프리카공화국 특수부대 요원⋯⋯. 술집에서 사람을 죽인 뒤 유럽으로 도피한 자.

그러나 지금 토비 안의 본능적인 짐승은 손님의 음성을 분석해서 성향을 파악하고 있었다. 자신감 있는 중상류층, 교육 수준이 높고 비도발적인 성향. 그러나 놀라운 것은 그 쾌활함이었다. 목소리의 주인은 상황을 즐기고 있었다.

다시 고압적인 의원의 말투.

"당신은 폴이지? 그렇지? 들었소. 무슨 회의차 참석한 학자라고. 엘리엇이 다 조치했다던데."

"의원님, 지난 대화 이후 일상의 상당 부분 저는 폴 앤더슨이었고, 임무를 마칠 때까지는 계속 폴 앤더슨일 겁니다."

"엘리엇이 오늘 당신이 여기 왜 불려 왔는지 알려주던가?"

"소규모 영국 병력 조직의 우두머리와 인사를 나누고, 빨간 전화 노릇을 하라고."

"그건 무슨 말이지?" 퀸은 잠시 사이를 두고 물었다.

"무엇 말씀입니까?"

"당신이 만든 표현이냐고. 빨간 전화? 당신 머리에서 나온 표현이냐는 말이오. 당신이 만들었나? 그렇다, 아니다."

"경솔한 표현이 아니었기를 바랍니다."

"딱 맞는 표현이오. 나도 써야겠어."

"영광입니다."

잠시 말이 끊겼다.

"그쪽 특수부대 유형은 약간 거만하지. 일에 발을 들이기 전에 모든 계획을 정확히 마련하고 법적 대비도 철저히 해달라는 거요. 어딜 가나 다 그 모양이야. 부인은 아직 괜찮으시오?"

"이런 상황이지만, 아주 잘 지냅니다. 감사합니다, 의원님. 불만도 전혀 없습니다."

"아, 여자들이란. 그런 데 능숙해. 이런 상황에 어떻게 대처해야 할지 알지."

"그렇습니다, 의원님. 정말입니다." 그때 두 번째 손님이 도착했다. 이번에도 한 사람의 발소리였다. 발꿈치부터 발가락 끝까지 가벼운 발걸음, 목적이 분명한 걸음걸이. 크리스핀의 걸음걸이라고 생각했지만, 곧 아니라는 것이 밝혀졌다.

"젭입니다, 의원님." 그는 잠시 멈춰 서며 말했다.

이 사람이 퀸의 주말을 망쳐놓은 드라마 퀸일까? 그렇든 아니든, 젭의 등장과 함께 전혀 다른 퍼거스 퀸이 무대를 장악했다. 음악을 듣는 무기력한 사람은 사라지고, 선거철만 되면 늘 등장하는 떠들썩하고 솔직한 글래스고 출신 대중정치가가 나타났다.

"젭! 이 친구야. 정말, 정말로 반가워. 아주 자랑스럽군. 우선 자네 염려는 충분히 잘 알고 있다는 점을 말하겠네. 우리가 할 수 있는 한 해결하기 위해 여기 왔어. 쉬운 일부터 먼저 처리하지. 젭, 이쪽은 폴이야.

폴, 이쪽은 젭이오. 서로 얼굴을 봐. 내가 보이지. 나도 당신 둘을 보고 있어. 젭, 당신은 의원 개인사무실, 내 사무실에 와 있는 거요. 난 영국 각료야. 폴, 당신은 오랜 경험을 지닌 고위 외무 관리고. 여기 젭에게 그 점을 분명히 알려주시오."

"분명하게 확인해드리죠, 의원님. 만나서 반가워요, 젭." 악수를 나누는 소리.

"젭, 당신도 텔레비전에서 내가 선거구를 도는 모습, 하원에서 질의 응답을 하는 모습을 봤을 거요."

차례를 기다려, 퀸. 젭은 대답하기 전에 생각부터 하는 유형이야.

"음, 사실 웹사이트에 들어가 봤습니다. 아주 인상적이더군요." 웨일스 억양인가? 분명 그랬다. 억양도 그랬고 발음도 그랬다.

"나도 당신 경력을 확인했지만, 젭, 터놓고 말해서 당신도, 당신 동료들도 아주 존경스럽고 대단했소. 당신이 아주, 아주 훌륭하게 해낼 거라고 전적으로 확신해. 이제 이미 작전 기일이 정해졌으니, 당신과 당신 동료들은 물론, 당연히 영국 정부 명령 계통에서 100퍼센트 승인한 작전이라는 점을 확인하고 싶을 거요. 마지막 걱정 하나를 해소하고 싶었던 것도 당연하고. 충분히 이해해. 나도 그렇소." 농담. "자. 지금부터 내가 전해 들은 염려를 해소하고 우리 입장을 정확히 밝히겠소." 퀸이 사무실을 서성거리는지, 목소리는 책상 나무판 안에 숨겨져 있는 구식 마이크로폰 수신 범위를 들락날락했다.

"우선 여기 폴은 현장에서 합류할 거요. 그게 당신이 원한 사항이었지? 내가 외무성 각료로서 현장 병력에게 직접적으로 작전을 지시하는 것은 적절하지도 않고 바람직하지도 않지만, 당신이 요청한 대로 옆에서 조언하고 조력할 수 있는 공식-비공식 외무성 고문, 여기 폴을 대동하시는 거요. 폴이 당신에게 명령을 전달하면, 그게 최고 결정권자의 지시사항인 거요. 저쪽 고위층의 허가가 있는 지시사항."

이 말을 하면서 혹시 다우닝 가를 가리키고 있을까? 몸이 움직이는 소리가 들리는 것으로 보아 그런 것 같았다.

"이런 식으로 말씀드리지, 젭. 나는 여기 놓인 이 빨간 물건을 통해 저쪽 사람들에게 직접 연락해. 알겠소? 여기 폴은 우리 사이의 빨간 전화 역할을 하는 거요." 토비의 경험상 처음으로, 퍼거스 퀸은 타인의 표현을 대놓고 출처 없이 도용했다. 박수갈채라도 기다리는 걸까? 혹시 젭의 얼굴 표정에서 뭔가 자극받은 걸까? 어쨌든 퀸의 인내심이 다 했다.

"맙소사, 젭. 이것 보시오! 내가 보증했지 않나. 당신은 여기 폴을 얻었어. 고위층의 분명한 재가도 확인했고, 시간은 흐르고 있어. 도대체 무슨 말을 더 해야 하나?"

그러나 젭의 음성에는 그런 감정의 요동이 드러나지 않았다.

"저는 그 점에 대해 크리스핀 씨와 대화를 시도했습니다만." 그는 편안한 웨일스 억양으로 대답했다. "그러나 그는 들으려고 하지 않는 것 같았습니다. 너무 바쁘다고요. 현장 작전 지휘관인 엘리엇과 이야기해 보라고 하더군요."

"엘리엇이 뭐가 불만이오? 의심할 바 없는 최고 요원이라고 들었는데. 일류라고."

"음, 불만은 없습니다. 단지 윤리적 결과라는 기업이 우리에게는 좀 생소한 상대라고나 할까요. 게다가 우리는 그쪽 정보를 바탕으로 작전을 진행해야 합니다. 그러니 당연히 우린 여기 와서 확인을 받아야겠다고 생각한 겁니다. 한데 크리스핀 쪽은 그 점을 신경 쓸 필요가 없겠지요. 그쪽은 미국인이고 특례를 받으니, 아마 그 점 때문에 선택하셨겠지요. 작전이 성공하면 큰돈을 벌 테고, 국제 법정에 잡혀갈 일도 없습니다. 하지만 우리 동료들은 영국인 아닙니까? 저 또한 그렇습니다. 우린 용병이 아니라 군인입니다. 예외적 작전에 참여한 혐의로 무기한 헤이그 감옥에 갇히고 싶은 마음도 없습니다. 게다가 군에서는 관련 사실의 부인 권한을 갖고 있기 때문에 우린 소속이 없는 상태입니다. 작전이 실패하면 언제든지 지휘 계통이 손을 씻을 수도 있습니다. 우리 논리대로 하자면, 우린 군인이 아니라 평범한 범죄자가 되는 겁니다."

지금까지 현장을 더 생생히 상상하기 위해 눈을 감고 있던 토비는 테이프를 돌려 감고 같은 부분을 한 번 더 들었다. 그런 뒤 벌떡 일어나 이사벨의 기록이 온통 적힌 부엌 수첩을 집어 들고 첫 몇 페이지를 찢어 '예외적 작전, 미국인 특례, 국제 법정' 같은 약자를 휘갈겨 적었다.

"그게 다요, 젭?" 퀸은 성자 같은 인내심을 품은 말투로 물었다. "다른 문제는 없는 거요?"

"음, 물어보시니, 몇 가지 추가할 내용도 있습니다, 의원님. 최악의 상황에 대한 보상 문제가 그 하나. 부상 시 공중수송 문제가 하나. 거기 그냥 방치될 수는 없지 않습니까? 죽거나 다친다면 둘 다 곤란하니까요. 우리 아내와 식구들은 어떻게 되겠습니까? 연대로 돌아갈 때까지 우리는 소속이 없습니다. 약간 학술적인 문제일지라도, 그래도 물어보겠다고 했습니다." 토비의 귀에는 지나치게 점잖은 물음이었다.

"전혀 학술적인 문제가 아니지, 젭." 퀸은 열렬히 대답했다. "그 반대야. 이 점은 분명히 하겠네." 퀸이 세일즈맨 모드로 들어가면서 글래스고 대중정치가 특유의 말투가 나왔다. "자네가 언급한 법률적 골칫거리는 최고위급에서 충분히 검토했고 전혀 걱정할 게 없는 것으로 판단했어. 문자 그대로. 법정에 갈 이유는 없네." 누가? 자주 사적인 이유로 개인사무실을 방문했던 카리스마 있는 방송용 변호사 로이 스토먼-테일러가?

"그리고 왜 걱정할 이유가 없는지 알려주지, 젭. 영국 군인이 예외적 작전에 참여하는 것이 아니기 때문이야. 끝이야. 영국군은 전 영국 영토 안에서 작전을 벌이는 거요. 당신은 영국 영토를 수호하는 거고. 게다가 정부는 과거에도, 현재에도, 미래에도, 어떤 수준에서도 기록상 '예외적 작전'에 개입한 적이 없어. 이건 무조건적으로 우리가 혐오하고 규탄하는 행위요. 미국 팀이 하는 작전은 전적으로 그들 문제고." 토비의 상상 속에서, 의원은 젭에게 의미심장한 눈길을 쏘아 보내며 답답한 듯 적갈색 머리통을 흔들고 있을 것 같았다.

"당신의 임무는, 젭, 다시 말하지만, 최소한의 병력으로 HVT를 억류하거나 무장 해제시키는 거요." 그는 폴을 위해서인지 HVT라는 약자에 대한 해석을 얼른 덧붙였다. "고가치 표적(High Value Target). 그렇지? 테러리스트가 아니라 표적이지만, 이 경우에는 둘 다에 해당할 거요. 어리석게도 영국 영토에 침입한, 아주 큰 포상금이 걸려 있는 자." 전치사를 사용하는 방식에서 자신 없는 심리가 드러나는 것 같았다. "필수적으로 신분을 숨기고 현지 지휘권의 눈에 띄지 않고 잠입해서 최대한 보안을 유지해야 해. 폴도 마찬가지고. 당신은 육상에서 HVT에 접근하고, 동시에 비-영국 협력자는 바다에서 접근할 거요. 비록 영국 영해이지만, 스페인 쪽은 뭐라고 할지 모르지. 혹시 비-영국 바다 쪽 팀이 자기 의지로 표적을 관할권 밖으로, 즉 영국 영해 밖으로 끌어내려 하거나 탈출시키려 한다면, 당신이나 팀원 누구라도 그 행위에 동참해서는 안 돼. 정리하자면, 당신들은 국제법상으로 영국 영토를 전적으로 합법적인 방식으로 육상 쪽에서 보호하는 역할을 맡은 병력이고, 군복을 입고 있든 민간인 복장이든 작전 결과에 대해서는 아무런 책임이 없소. 영국 내 최고 권위의 국제법 변호사에게 법률 자문을 받은 그대로 말씀드리는 거요." 토비의 상상 속에서 대담한 미남 변호사, 자일스 오클리의 말에 따르면 공식적인 조심성이 없는 충고를 하기로 유명한 로이 스토먼-테일러가 다시 떠올랐다.

"그러니 내가 하려는 말은, 젭……." 글래스고 억양은 이제 사제처럼 변했다. "이제 작전일이 바야흐로 코앞에 다가온 상황에서, 당신은 군인으로, 난 의원으로, 여기 폴은, 뭐라고 했더라?"

"의원님의 빨간 전화?" 폴이 옆에서 얼른 도왔다.

"그러니 말하고 싶은 것은 젭, 당신 발을 그 소중한 영국 돌산에 딱 붙이고 나머지는 엘리엇 팀에게 맡기면 법적으로 아무 문제가 없다는 말이오. 당신은 영국 국토를 지키는 것이며, 범죄자 검거 작전을 돕는 거요. 범죄자가 영국 국경을—그리고 영국 해역을—벗어나고 나서 어떻게 되는지는 당신이 알 바가 아니고 신경 써서도 안 돼. 절대로."

토비는 녹음기를 껐다.

"영국 돌산?" 그는 두 손에 머리를 묻고 소리 내어 말했다.

큰 산이란 말인지, 작은 산이란 말인지?

그는 믿기지 않아서 다시 들었다

세 번째 들었을 때 그는 이사벨의 쇼핑 목록에 다시 미친 듯이 휘갈겨 적었다.

돌산. 거기다.

발을 딱 붙이고 있어야 하는 소중한 영국 돌산. 그레나다보다 훨씬 소중한 섬, 영국과의 연계가 너무나 허약해서 미국 부대가 초인종도 안 누르고 끼어들 수 있는 곳.

세상에서 그 까다로운 조건을 만족시키는 돌산은 단 한 군데밖에 없었고, 그곳에서 퇴역한 영국 군인들이 미국 용병과 손잡고 법적으로 문제가 없는 예외적 작전을 수행한다는 사실은 너무나 어마어마하고 충격적이었다. 외무성 소속으로 오랜 세월 동안 무비판적이고 신중한 태도를 훈련받았음에도 불구하고, 토비는 한참 동안 부엌 벽을 멍하니 바라보다가 나머지 녹음 내용에 다시 귀를 기울이기 시작했다.

"자, 다른 질문이 또 있나, 이제 끝났나?" 퀸은 상냥하게 물었다.

토비가 상상할 때, 젭은 눈썹을 치켜세우고 음침한 냉소를 짓고 있을 것 같았다. 예의 바른 척하지만 이제 의원은 더 이상 시간을 내줄 마음이 없다는 것을 알고 있을 것이다.

젭이 일을 그만둘까? 토비가 볼 때는 그렇지 않았다. 젭은 명령을 수행해야 하는 군인이다. 기회가 주어졌을 때 할 말을 했으니 더 말할 수 없다는 것을 알고 있을 것이다. 카운트다운이 시작되었고, 할 일이 있다는 것을 알고 있다. 이제 할 말은 정해져 있었다.

"시간 내주셔서 감사합니다, 의원님.

영국 내 최고 권위의 국제법 변호사에게 법률적 자문을 구해주신 데 대해 감사드립니다.

동료들에게 메시지를 전달하겠습니다. 그들을 대변할 수는 없지만, 아마 동료들도 이번 작전에 대해 한결 마음을 놓을 것입니다."

마지막 말에 토비는 소름이 오싹 끼쳤다.

"그리고 당신도 만나서 반가웠어요, 폴. 정해진 대로 밤에 봅시다." 누구인지 몰라도 폴이란 사람은—혼란스러운 머리로 다시 생각해보니 분명 그 저고도 비행기인 것 같았다—의원이 젭에게 사기를 치는 동안 뭘 하는, 혹은 하지 않는 걸까?

'난 당신의 빨간 전화기로서 연락이 올 때까지 조용히 있겠습니다.'

이제 테이프에서는 방을 나서는 발소리 외에 더 이상 들을 것이 없다고 생각하는 순간, 토비는 다시 한 번 정신을 집중했다. 발소리가 멀어지고, 문이 닫히고, 잠겼다. 구두 삐걱거리는 소리가 책상 쪽으로 다가왔다.

"제이?" 그동안 크리스핀도 거기 있었나? 벽장 안에 숨어서 열쇠 구멍에 눈이라도 대고 있었나?

아니, 의원은 직통전화로 전화를 걸고 있었다. 다정한, 거의 아첨이라도 하는 목소리였다.

"됐어, 제이. 예상했던 대로 좀 까다로웠지만. 로이의 논리가 잘 먹혀들었어……. 그건 아니야, 이 친구야! 제시하지도 않았고, 그쪽에서 묻지도 않았어. 물어봤다면 이렇게 대답했겠지. '미안하지만 그건 내가 알 바 아니야. 요구할 게 있으면 제이에게 물어봐……' 자기는 당신들 같은 용병보다 한 급 위라고 생각하고 있을 거야." 울분과 안심이 섞여 갑자기 목소리가 높아졌다. "빌어먹을 웨일스 출신 난쟁이한테 설교 듣는 건 정말 고역이었다고!"

전화선 너머에서 아련한 웃음소리가 들렸다. 화제가 바뀌었다. 의원은 "그래, 물론"을 되풀이했다.

"……메이지도 괜찮겠지? 골칫거리나 문제 같은 거 없지? 좋아……."

긴 침묵. 다시 입을 연 퀸의 목소리에는 승복하는 투가 깔려 있었다.

"음, 브래드 쪽 사람들이 그걸 원한다면 줘야겠지. 당연히……. 좋아, 그래. 4시경……. 숲에서, 아니면 브래드의 집에서……? 나는 숲이 훨씬 더 좋겠는데, 은밀하고……. 아니, 아니, 리무진은 됐어. 그냥 택시를 타고 가지. 4시경에 봐."

토비는 침대 가장자리에 앉았다. 시트에는 애정 없는 마지막 성교의 흔적이 남아 있었다. 옆에 놓인 블랙베리에는 한 시간 전에 오클리에게 보낸 마지막 텍스트가 떠 있었다. '애인이랑 깨졌어요. 급히 연락 주세요, 토비.'

시트를 갈았다.

이사벨의 흔적이 남아 있는 욕실을 정리했다.

간밤의 저녁 설거지를 했다.

남은 버건디 적포도주를 싱크대에 부었다.

따라해. '카운트다운은 이미 시작되었어……. 시계는 째깍거리고 있다고……. 정해진 대로 밤에 봅시다, 폴.'

어느 밤? 간밤? 내일 밤?

아직 메시지는 없었다.

오믈렛을 만들었다. 반을 남겼다.

텔레비전을 켜자 우연인지 필연인지 우스운 화면이 나왔다. 매끄러운 혓바닥의 소유인인 왕실 고문변호사 로이 스토먼-테일러가 줄무늬 셔츠와 흰 오픈네크 셔츠 차림으로 법률과 정의 사이의 본질적 차이에 대해 논하고 있었다.

아스피린을 먹었다. 침대에 누웠다.

언제인지 자기도 모르게 졸았던 것 같았다. 토비는 블랙베리에 메시지가 들어오는 날카로운 알림음 소리에, 화재경보라도 울린 것처럼 깜짝 놀라 잠에서 깼다.

'여자는 영원히 잊어.'

서명은 없었다.

토비는 분통 터지는 기분으로 미친 듯이 메시지를 보냈다. '절대 안 돼요. 너무 중요합니다. 최대한 빨리 이야기해요. 토비.'

모든 생동감이 사라졌다.

앞뒤 안 보고 달린 끝에 갑작스러운, 끝없는, 무용한 기다림.

의원 사무실 안 책상 앞에 하루 종일 앉아 있기.

기계적으로 이메일을 확인하고, 전화를 받고, 전화를 걸었지만, 자신이 무슨 소리를 하고 있는지도 알 수 없었다. 자일스, 도대체 어디 있는 거야?

다시 찾은 독신의 자유를 자축해야 할 밤에는 이사벨의 수다와 육신의 위로를 그리워하며 뜬눈으로 밤을 지새웠다. 창가에서 느긋하게 지나치는 행인들의 발소리를 들으면 그들과 같이 걸으면 얼마나 좋을까 하는 마음이 들었다. 맞은편 집의 커튼 드리운 창문 안 어둠이 부러웠다.

첫날 밤이던가, 둘째 날 밤이던가? 남성 합창단이 '아침 햇살과 함께 찾아올 전투를 초조하게 기다리며'라고 부르는 아름다운 멜로디에 ─마치 토비의 귀에만 남몰래 들려주는 것 같았다─ 얕은 잠에서 깨기도 했다. 자신이 미친 거라고 확신하고 창문으로 허겁지겁 달려가 보니, 아래에 사람들이 랜턴을 들고 녹색 제복 차림으로 둥글게 둘러서 있었다. 그제야 생각하니 세인트 패트릭스 데이였고, 그들은 '군인의 노래'를 부르고 있었으며, 이즐링턴은 아일랜드인들이 많은 동네였다. 그 생각을 하니 허마이오니가 떠올랐다.

다시 전화를 걸어볼까? 아니다.

우연인지 필연인지 퀸은 이번에도 이유를 설명하지 않고 사무실을 비웠다. 이번에는 길었다. 다행이었을까? 불행이었을까? 그는 단 한 번 살아 있다는 신호를 보냈다. 오후에 토비의 휴대전화로 전화가 걸려왔다. 목소리 뒤로 금속성의 울림이 깔렸다. 히스테리한 음성이었다.

"자네야?"

"네, 의원님, 벨입니다. 왜 그러십니까?"

"날 찾은 사람이 있었는지 알려줘. 그뿐이야. 시시한 용건 말고, 중요한 사람들."

"음, 솔직히 말씀드리면 아무도 없었습니다. 이상하게 전화가 조용합니다." 사실 그대로였다.

"무슨 뜻이지? 이상하다니? 어떻게 이상해? 뭐가 이상해? 이상한 일은 전혀 없어. 알겠나?"

146

"그렇다는 뜻이 아닙니다, 의원님. 그저 조용한 게, 평소와 다르다 싶어서요."

"그렇게 알고 있어." 계속 절망감으로 가슴을 누르고 있는 자일스 오클리 역시 마찬가지로 오리무중이었다. 처음에는 비서 빅토리아 말로는 아직 도하에 있다고 했다. 하루 종일 회의에 참석했고, 밤까지 이어질지도 모르며, 절대 방해해서는 안 된다는 말도 했다. 회의가 런던에서 열리는 것인지 도하에서 열리는 것인지 묻자, 그녀는 자세한 것은 말할 수 없다고 쌀쌀하게 대꾸했다.

"급한 용건이라고 말씀드렸습니까, 빅토리아?"

"그럼요."

"그러니까 뭐라고 하시던가요?"

"'긴급하다'는 것은 '중요하다'와 동의어가 아니다." 그녀는 상관의 말 그대로 오만하게 대꾸했다.

다시 스물네 시간이 지난 뒤에야 그녀는 내선으로 전화를 걸었다. 이번에는 아주 밝고 따뜻한 목소리였다.

"자일스는 지금 국방성에 있어요. 만나시겠답니다만, 약간 늦어지실 것 같다는군요. 현관 계단참에서 7시 반에 만나서 잠깐 강가를 따라 걸으며 햇빛을 즐기는 게 어떠실까요?"

물론이지.

"이런 내용을 어떻게 들었다고?" 오클리는 심상하게 물었다.

그들은 강가를 따라 걷고 있었다. 치마를 입은 소녀들이 수다를 떨며 팔짱을 끼고 지나쳤다. 저녁시간에 도로는 주차장이었다. 그러나 토비의 귀에는 자신의 지나치게 공격적인 목소리와 오클리의 느긋한 대구 밖에 들어오지 않았다. 그는 오클리의 눈을 똑바로 쳐다보려고 했지만, 그럴 수가 없었다. 유명한 오클리의 턱은 굳게 다물어져 있었다.

"여기저기 주워들었다고만 해두죠." 토비는 조급하게 말했다. "그게 중요합니까? 퀸이 펼쳐놓고 나간 파일이든, 전화로 속삭이는 대화든. 뭐든 들으면 말해달라고 '지시'하셨잖습니까, 자일스. 그래서 말씀드리는 거라고요!"

"내가 정확히 언제 그런 지시를 했다고?"

"당신 집에서요. 슐로스 오클리. 알파카 이야기를 하던 저녁식사를 마치고. 칼바도스 한잔 마시며 이야기하자고 하셨잖습니까. 그래서 남았고요. 자일스, 도대체 뭐하자는 겁니까?"

"이상하군. 난 그런 대화를 한 기억이 없는데. 설사 그런 대화를 나누었다고 해도, 난 그런 적이 없다고 생각하지만, 분명 공식적인 이야기가 아니라 알코올 기운으로 나눈 사담이었겠지."

"자일스!"

이번에는 공식 석상에서 말하는 말투로 변했고, 근육 하나 움직이지 않는 공식 석상의 표정이 나왔다.

"내가 알기로 최근 매입한 코츠월드 맨션에서 가까운 친구들과 편안한 주말을 보낸 자네 의원이 영연방 식민지 해안에서 말도 안 되는 비밀 작전을 꾸미고 있다는 소리는 ─허!─ 중상모략이고 불충이야. 그런 생각은 당장 버리게."

"자일스. 무슨 소릴 하는 겁니까. 자일스!"

토비는 오클리의 팔을 잡고 강변 난간에 움푹 팬 공간으로 끌어들였다. 오클리는 얼음장 같은 눈으로 토비의 손을 내려다보더니, 손을 들어 그의 손을 부드럽게 밀어냈다.

"자네가 오해한 거야, 토비. 그런 작전이 설사 있었다면, 계약직 용병들의 도를 넘는 행위를 늘 주시하고 있는 우리 정보기관이 내게 알려주지 않았겠나? 난 그런 보고를 들은 바가 없고, 그러니 명백히 일어난 적이 없어."

"첩보원들이 모르고 있다고요? 아니면 일부러 모르는 척하는 겁니까?" 매티의 전화가 떠올랐다. "무슨 말씀을 하시는 겁니까, 자일스?"

오클리는 난간에 팔을 기대고 부산한 강변 풍경을 감상하기라도 하는 듯 몸을 앞으로 내밀었다. 그러나 그의 음성은 성명서라도 읽듯 단조로웠다.

"분명히 말하지만 내 말은, 자네가 알아야 할 일은 아무것도 없다는 뜻이야. 자네의 강박적인 망상 밖 세상에서, 알 일은 아무것도 없었고 앞으로도 없을 걸세. 나중에 소설 소재로나 써먹고, 하던 일이나 계속하라고."

"자일스." 토비는 꿈속에서처럼 사정했다. 그러나 오클리의 얼굴은 거의 열정적일 정도로 굳게 부정하고 있었다.

"자일스 뭐?" 그는 짜증스럽게 물었다.

"강박적인 망상에서 말씀드리는 게 아닙니다. 들어보세요. 젭. 폴. 엘리엇. 브래드. 윤리적 결과. 돌섬. 폴은 우리 외무부 사람입니다. 정식 직원이에요. 우리 동료입니다. 아내는 아파요. 저고도 비행기. 휴가자 명단을 보면 누군지 알 수 있을 겁니다. 젭은 웨일스인. 그의 팀은 우리 특수부대 소속입니다. 책임 소재를 피하기 위해 명령 계통에서 빠져 있어요. 영국 팀은 육지에서, 크리스핀과 용병들은 바다에서 작전을 펼치게 되어 있고, 브래드 헤스터가 돕고 있고, 자금은 미스 메이시, 법률 자문은 로이 스토먼-테일러가 했습니다."

주변 소음 때문에 오클리의 침묵은 더욱 깊게 느껴졌다. 그는 강물만 바라보며 미소 지었다.

"들어서는 안 되는 대화 자투리 조금씩 엿들은 걸로 이 모든 걸 알아냈다는 거군? 어쩌다 자네 눈에 띈 기밀파일 몇 조각을 끌어다 붙여서? 음모를 꾸미고 있는 사람들이 자네 앞에서 어쩌다 계획을 모조리 드러내 줬단 말이지? 얼마나 정보력이 뛰어나신지. 자네는 문구멍으로 엿듣는 짓은 안 한다고 했던 걸로 기억하는데? 순간 자네가 비밀회의에 참석하기라도 한 줄 알았지 뭐야. 그만해." 그는 지시했다. 잠시 두 사람 모두 말이 없었다.

"내 말 들어, 친구." 그는 보다 부드러워진 목소리로 말했다. "자네가 무슨 정보를 갖고 있다고 생각하는지 몰라도 ― 망상이든, 진술이든, 전자장비든, 말하지 마 ― 자네가 파멸하기 전에 파기해. 어리석은 계획들은 화이트홀 구석구석에서 매일 같이 오가다가 폐기돼. 부디, 자네의 미래를 위해서, 이것 역시 그중 하나라는 사실을 받아들여."

정교한 음성이 잠시 흔들렸나? 행인들의 부산한 그림자와 강물을 지나치는 배의 불빛 때문에, 토비는 정확히 알 수 없었다.

이즐링턴 아파트 부엌에 홀로 서서, 토비는 우선 녹음기의 아날로그 테이프를 틀고 동시에 디지털로 녹음했다. 그는 디지털 녹음을 데스크톱으로 옮기고 휴대용 메모리에도 백업했다. 그런 뒤 데스크톱 파일을 최대한 깊숙이 숨겼다. 기술자들이 찾아내자고 들면 숨길 방법이야 없겠지만, 그런 불행한 상황이 닥치면 망치로 하드드라이브를 부순 뒤 넓은 지역에 조각을 뿌리면 된다. 짐꾼이 마침 놓고 간 일반 포장테이프를 뜯어, 휴대용 메모리는 복도 구석 옷걸이 옆 가장 어두운 곳에 걸린 누렇게 바랜 외조부모 결혼사진 뒷면에 안전하게 보관해달라는 기원의 마음을 담아 붙였다. 원본 테이프는 어떻게 처리할까? 지우는 것만으로는 충분하지 않았다. 그는 테이프를 작게 조각낸 뒤 부엌에 불을 낼 뻔하면서 싱크대에서 태웠다. 그런 다음 재는 물로 씻어내렸다.

닷새 후 그는 베이루트로 파견되었다.

III

전직 특수부대 요원

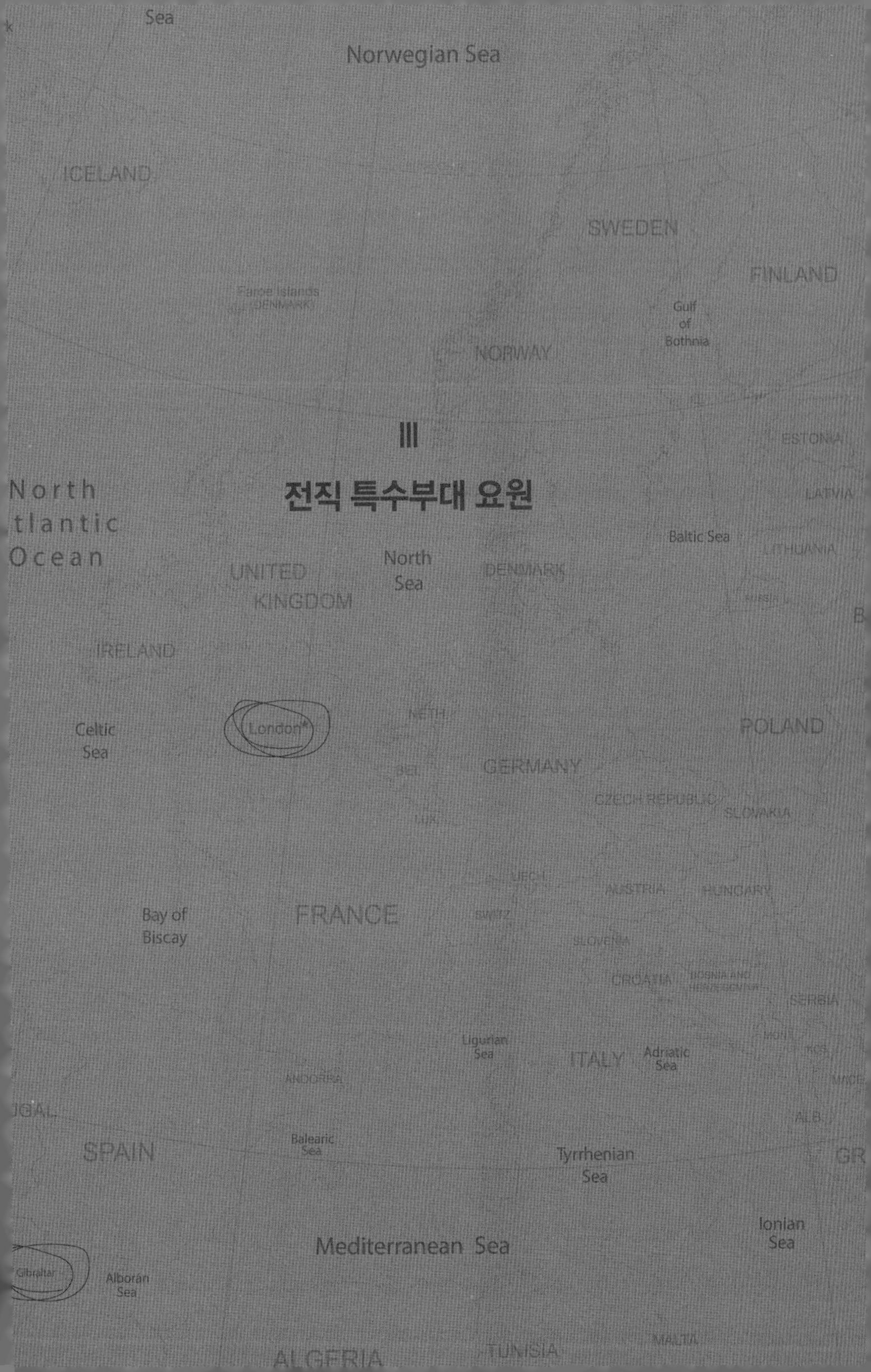

키트와 수재너 프로빈이 콘월 북부 외딴 마을 세이트 피란을 처음 찾았을 때, 마을은 그다지 인상적인 환영인사를 해주는 분위기가 아니었다. 날씨는 고약했고, 마을 분위기도 비슷했다. 바다 안개가 깔린 축축한 2월, 마을 도로에서 발을 옮길 때마다 재판정 같은 공허한 소리가 울렸다. 그러다 술집이 열리는 저녁 무렵, 신경 쓰이는 소식이 돌았다. 집시들이 돌아온 것이다. 아버지의 트랙터를 타고 소젖을 짜러 가던 젊은 존 트레글로완이 내륙지방 번호판을 달고 옆 유리창에는 커튼이 드리워진 캠핑용 자동차―새 차였고 훔친 것 같았다―를 목격했다.

"지난번에 있었던 대장원 소나무 숲에 뻔뻔하게도 떡하니 서 있더라니까." 알록달록한 빨래는 안 널려 있었어, 존?

"이 날씨에? 아무리 집시라도." 아이들은, 존?

"보지는 못했는데, 아마 안전이 확인될 때까지 숨겨놓겠지." 그럼 말은?

"말은 없었어. 아직은."

"그럼 캠핑용 자동차는 아직 한 대야?"

"내일까지 기다려보면 대여섯 대 더 나타나겠지, 틀림없어." 그들은 기다렸다.

다음 날 저녁까지도 기다렸다. 개 한 마리가 눈에 띄었지만 집시의 개도 아니었고 그리 눈길을 끌지도 않았다. 챙 넓은 매킨토시 모자와 발목까지 덮는 드리자본 비옷 차림의 키 큰 남자가 통통하고 노란 래브라도 견을 데리고 산책하고 있었다. 남자와 개는 집시처럼 보이지 않았다—일부러 찾아가서 지난번처럼 조용히 말을 나누려고 했던 존 트레글로완과 두 형제가 말을 걸지 않은 것은 그 때문이었다.

다음 날 커튼을 드리우고 내륙 번호판을 단 캠핑용 자동차는 뒷자리에 노란 래브라도 견을 태우고 우체국 가판대 앞에 멈춰 섰다. 우체국장의 말에 따르면, 타마 강 동쪽에서 여기로 넘어올 정도의 괴상한 취향을 지닌 외지인치고는 더 이상 말투가 점잖을 수 없는 사람이었다고 한다. 우체국장은 정확히 '상류층'이었다고 못 박지는 않았지만, 그 설명에는 분명 품위가 있었다는 투가 묻어 있었다.

그렇지만 문제가 해결된 건 아니잖아?

물론 그렇지.

전혀.

왜냐하면 일단 장원에서 캠프를 칠 권리가 있는 사람이 있나? 누가 허가를 했지? 보드민에 있는 완고한 관리자? 아니면 런던에 있는 상어 같은 변호사? 혹시 렌트비를 내고 있다면? 그건 무슨 뜻이지? 시즌 중에도 다 차지 않는 야영지가 이미 두 개나 있는데, 하나 더 생긴다는 뜻이었다.

그러나 무단침입자에게 직접 묻는다는 건…… 음, 그건 별로 적절한 일이 아니지 않나?

캠핑카가 DIY 수리 공구를 판매하는 벤 페인터 자동차 수리점에 나타나고 키 크고 각진 얼굴, 쾌활한 60대 남자가 차에서 내렸을 때, 모든 의문은 갑자기 풀렸다.

"음, 혹시 벤이라는 분이십니까?" 그는 몸을 앞으로 내밀고 내려다보며 입을 열었다. 벤은 80살이었고, 몸 상태가 좋은 날에 150센티미터의 키였다.

"내가 벤이오." 그는 답했다.

"음, 저는 키트입니다. 어른용 쇠가위가 필요합니다. 이 정도 크기의 철봉을 자를 수 있을 정도로." 그는 엄지와 검지로 동그라미를 만들어 보였다.

"교도소에라도 가시는 거요?"

"걱정 감사하지만, 지금 당장은 아닙니다." 키트라는 사람은 요란하게 '하!' 하고 웃더니 대답했다. "헛간 문에 이만한 커다란 자물쇠가 있어요. 아주 크고 녹이 슬었는데 열쇠가 안 보입니다. 열쇠판에 걸려 있었는데 찾을 수가 없어요. 열쇠가 없어지면 정말 갑갑해요."

"장원의 헛간 문 말씀이시오?" 벤은 잠시 생각하다 물었다.

"그겁니다."

"장군을 알지만, 안에는 빈 병이나 잔뜩 들어 있을 거요."

"그럴 겁니다. 빨리 갖다 버리고 싶습니다."

벤은 이 말도 생각해보았다. "공병 환불금은 없는데. 이제 안 돼요."

"그렇겠지요. 재활용 병 수집장에 갖다 준다는 뜻입니다." 키트는 끈기 있게 답했다.

이 말에도 벤은 만족하지 않았다.

"내가 그렇게 해드려야 할지 모르겠소." 그는 한참 사이를 두고 반대했다. "목적을 알게 됐으니 말이오. 난 범행을 방조하는 거요. 당신이 장원을 소유한 게 아니라면."

이 말에 키트는 벤 노인을 민망하게 하고 싶지 않았던지, 장원의 소유자는 자신이 아니라 아내 수재너라고 설명했다.

"아내는 장군의 조카입니다, 벤. 어린 시절 여기서 몇 년간 행복하게 살았지요. 가족 중 아무도 이곳을 원하는 사람이 없어서, 위탁관리자들이 우리에게 맡긴 겁니다."

벤은 이 말을 듣고 생각에 잠겼다.

"그럼 원래 성이 카듀? 당신 부인이?"

"네, 맞습니다, 벤. 지금은 프로빈입니다. 33년 동안 행복하게 결혼생활을 하고 있어요."

"그럼 수재너? 아홉 살 때 여기서 사냥하던 수재너 카듀? 사냥 지휘자보다 앞장서서 출발했다가 돌아올 때는 보조 지휘자한테 말을 맡기고 끌려왔던 애?"

"수재너 맞는 것 같군요."

"이런."

며칠 뒤 우체국에 의심을 일소시켜주는 공식 편지가 도착했다. 그냥 늙은 프로빈이 아니라 크리스토퍼 프로빈, 인터넷에서 찾아본 존 트레

157

글로완에 따르면 카리브 해의 수많은 섬들 중 아직 영국 영토인 곳의 어디 대사인가 영사인가로서 훈장까지 수여받은 사람이었다.

　마을 사람들이 원했든 원치 않았든, 그날부터 키트와 수재너가 하는 일이라면 뭐든지 용납되었다. 말년의 장군은 외롭고 염세적인 술주정꾼으로 기억에 남아 있었지만, 장원에 새로 들어온 부부가 마을 활동에 선의를 갖고 열정적으로 참여한다는 것은 아무리 떨떠름한 주민들도 부정할 수 없었다. 키트가 혼자 힘으로 장원을 사실상 새로 짓고 있다는 점은 상관없었다. 금요일마다, 그는 허리에 앞치마를 두르고 마을회관에 나와 노인 모임에 저녁 대접을 했으며 늦게까지 남아 설거지를 했다. 아프다는 소문이 있던 수재너는 병색을 전혀 보이지 않고 교회 회계사가 죽자 목사를 도와 장부를 정리하기도 하고, 초등학교 콘서트를 보러 오기도 하고, 시청에서 농산물 직판장을 만드는 일을 돕기도 하고, 못사는 도심 아이들을 텔레비전이나 보는 대신 주말에 시골 체험장에 데려다주기도 하고, 트루로의 병원에 입원한 남편을 만나러 가는 아내를 태워주기도 했다. 오만하다? 절대. 귀족이든 뭐든, 그녀는 그저 평범한 우리네와 똑같은 사람이었다.

　키트 역시 쇼핑하러 나왔다가 길 건너편에서 누군가와 눈을 마주치면 팔을 들고 차를 막아 세운 뒤 길을 건너와서 딸이 진학 준비를 하는 동안 어떻게 지내는지, 장인이 돌아가신 뒤 아내는 어떻게 지내는지 묻곤 했다. 그는 지나칠 정도로 따뜻했고 남의 이름을 잊는 법이 없었다. 런던에서 의사로 일하는 그들의 딸 에밀리 역시 겉으로 봐서는 그저 수수했다. 에밀리가 찾아오면 마음에 햇살이 비치는 것 같았다. 존 트레글로완은 그녀를 볼 때마다 황홀해서 있지도 않은 온갖 통증을 호소해가며 에밀리에게 치료법을 알려달라고 말을 걸기까지 했다! 음, 쳐다보는 거야 죄가 아니긴 하지.

그래서 장원의 크리스토퍼 프로빈이 부활절 이후 첫 일요일, 세인트 피란 마을의 베일리 메도 고대유적지에서 열리는 매스터 베일리 연례 마을축제의 첫 비-콘월 출신 공식 주최자이자 사회자로 선출된 것은, 어쩌면 키트 본인을 제외하고 누구에게도 놀라운 일은 아니었다.

"말로 부인의 조언은 독특하지만 결코 지나친 건 아니야." 수재너는 기사 거울 앞에 서서 몸치장을 하면서 키트의 열린 옷방 문을 향해 말했다. "우린 위엄을 지켜야 해. 그게 어떤 의미든."

"그럼 풀잎 치마는 안 되겠고." 키트는 실망스럽게 대답했다. "어쨌든 말로 부인이 잘 알겠지." 그는 체념한 듯 덧붙였다. 말로 부인은 장군에게서 상속받은 나이 많은 시간제 가정부였다.

"당신은 오늘 단순한 주최자가 아니라는 걸 기억해." 수재너는 마지막으로 만족스러운 눈빛으로 거울을 바라보며 말했다. "당신은 만찬 사회자야. 사람들은 농담을 기대할 거라고. 지나치지 않은 농담. 음담패설 말고. 감리교 신자들도 있을 거야."

옷방은 키트가 절대로 직접 개조하지 않겠다고 생각했던 곳이었다. 그는 빛바랜 빅토리아풍 벽지, 움푹 팬 벽에 놓여 있는 투박한 골동품 책상, 과수원을 굽어보는 닳은 새시 창문이 좋았다. 말로 부인의 남편 앨버트가 적절히 가지치기를 해준 덕에, 오늘은 늙은 배나무와 사과나무에 꽃이 만발했다.

장군의 집에 그냥 몸만 들어선 것은 아니었다. 키트는 자신의 색채도 가미했다. 과수 재목으로 짠 높은 옷장 위에는 당당한 웰링턴 공작 상이 부루퉁하게 웅크리고 있는 나폴레옹을 굽어보고 있었다. 처음 외국 출장을 나갔을 때 파리 벼룩시장에서 산 물건이었다. 벽에는 코사크 기병대가 투르크 보병대의 목에 창을 찌르는 그림이 걸려 있었다. '앙카라. 상공담당 1급 사무관 시절.'

옷장 문을 열어젖힌 그는 독특하지만 지나치지 않은 옷을 찾아 외교관 시절의 유물들을 훑어보았다.

검은 아침 코트와 스펀지백 바지? 장의사라고 생각하겠지.

연미복? 수석 웨이터 같은 거고. 게다가 이런 더위에. 예상을 뒤엎고, 날은 구름 한 점 없이 맑았다. 그는 갑자기 소리쳤다.

"유레카!"

"욕조 안에 있는 건 아니지, 프로빈?"

"이거야!"

케임브리지 시절의 노란 밀짚모자가 눈에 들어왔고, 그 밑에 같은 시기의 줄무늬 재킷이 걸려 있었다. 브라이즈헤드풍 패션으로 완벽했다. 오래된 흰 즈크천 바지면 훌륭할 것이다. 최근 장만한 두루마리 모양의 은제 손잡이가 달린 골동품 지팡이로 마무리해야겠다. 기사 작위를 수여받으면서, 지팡이를 지니고 다녀도 괜찮게 되었다. 런던에 갈 때마다 뉴옥스퍼드 스트리트의 제임스 스미스 가게를 가지 않으면 허전했다. 그리고 이거다! 에밀리가 크리스마스 선물로 준 형광색 양말.

"음? 어디 있지? 에밀리, 네 가장 좋은 곰 인형을 좀 가져오너라!"

"시바와 같이 놀러 나갔어." 수재너가 침실에서 알려주었다.

시바, 노란 래브라도 견. 마지막 근무지에 동행했던 개였다.

그는 옷장으로 돌아왔다. 형광색 양말을 소화하려면 여름 세일 때 보드민에서 산 오렌지색 으웨이드 로퍼를 신어야 할 것이다. 그는 신발을 신어보았다가 끙 소리를 냈다. 맙소사! 차 마실 시간까지는 벗어야겠다. 그는 튀는 타이를 고르고, 재킷에 몸을 욱여넣고, 밀짚모자를 삐딱하게 쓴 뒤 브라이즈헤드풍의 점잖은 목소리로 말했다.

"스키, 혹시 내 연설문 어디 두었는지 기억나나?" 그는 엉덩이에 손을 짚고 멋쟁이처럼 문간에 서서 말했다. 그러다 입을 다물고 놀라 두 팔을 옆으로 내렸다. "맙소사, 스키, 세상에!"

수재너는 거울 앞에 서서 어깨 너머로 자신의 모습을 점검하고 있었다. 그녀는 죽은 아주머니의 검은 승마복과 부츠, 목깃이 높은 흰 레이스 블라우스 차림이었다. 희끗거리는 머리는 한데 묶어 은제 빗으로 고정시켰다. 그 위에는 반짝이는 검은색 실크 해트를 썼는데, 우스꽝스러워 보일 수 있는 차림이었지만 키트에게는 더없이 매력적이었다. 옷차림은 그녀에게 어울렸고, 시대도 어울렸으며, 모자도 어울렸다. 그녀는 잘생기고 전형적인 60대 콘월 여성이었고, 어울리는 시기는 백 년 전이었다. 무엇보다 평생 하루도 아파본 적이 없어 보였다.

짐짓 황송해서 더 접근해도 될까 하는 시늉을 하며, 키트는 문간에서 맴돌았다.

"당신도 즐겁게 지낼 수 있겠지, 키트?" 수재너는 심각하게 거울을 들여다보며 물었다. "그냥 날 기쁘게 해주려고 억지로 따라가는 건 싫어."

"당연히 나도 즐겨야지. 아주 재미있을 거야." 진심이었다. 스키를 기쁘게 해줄 수만 있다면, 튀튀를 입고 케이크에서 뛰쳐나올 수도 있을 것이다. 부부는 지금껏 '키트'의 인생을 살았고, 이제 그녀의 인생을 같이 살 차례였다. 그는 그녀의 손을 잡고 정중하게 입술에 갖다 댄 뒤 미뉴에트라도 추듯 높이 들어 올리고, 먼지막이 커버를 넘어 계단을 내려간 뒤 현관으로 향했다. 말로 부인이 매스터 베일리가 선택한 신선한 제비꽃 두 송이를 들고 서 있었다.

그녀 옆에는 부부의 딸 에밀리가 채플린처럼 안전핀으로 여민 누덕누덕한 옷과 낡은 볼러 해트 차림으로 껑충하게 서 있었다. 최근 불행한 연애를 극복하고 다시 생기를 찾은 모습이었다.

"괜찮아요, 엄마?" 그녀는 활기차게 물었다. "약은 챙겼어요?"

수재녀의 대답 대신, 키트는 자신의 재킷 주머니를 두드려 보였다.

"핀셋은?"

키트는 반대쪽 주머니를 두드렸다.

"긴장돼요, 아빠?"

"무서워 죽겠다."

"그러실 거예요."

장원의 대문은 열려 있었다. 키트는 이번 기회에 대문 기둥의 돌사자상을 깨끗하게 청소했다. 개성 있는 옷차림을 한 사람들이 이미 마켓 스트리트를 따라 올라가고 있었다. 에밀리는 동네 의사 부부를 보고 키트와 수재녀를 내버려둔 채 얼른 다가갔다. 키트는 우스꽝스럽게 왼쪽으로 밀짚모자를 들어 보였고 수재녀는 점잖게 손짓을 했다. 그들은 각자 이곳저곳을 향해 칭찬을 건네기 시작했다.

"이야, 페기. 정말 보기 좋아요! 그렇게 예쁜 새틴을 어디서 구했어요?" 수재녀는 우체국장에게 말을 걸었다.

"저런, 빌리. 그 안에는 뭐가 들었나?" 키트는 낮은 목소리로 터번을 쓴 아랍 왕자 복장의 뚱뚱한 정육점 주인 올즈 씨의 귀에 중얼거렸다.

집들 정원 안에는 수선화와 튤립, 개나리, 복숭아꽃이 파란 하늘을 향해 고개를 들고 있었다. 교회 첨탑에서는 콘월의 흑백 주기가 휘날리고 있었다. 헬멧을 쓰고 말을 탄 아이들 한 무리가 그레너리 승마학교의 폴리 선생이 이끄는 대로 도로를 따라 전진하고 있었다. 앞장선 조랑말에게는 축제 분위기가 너무 과했는지 주춤거렸지만, 폴 리가 고삐를 단단히 잡고 있었다. 키트는 수재너의 팔을 잡았고, 그녀는 그의 손을 다정하게 가슴에 갖다 댔다. 수재너의 심장박동이 손에 느껴졌다.

지금 여기다. 뿌듯함이 차오르며, 키트는 생각했다. 북적거리는 군중, 평원을 뛰어다니는 팔로미노 말, 안전하게 언덕에서 풀을 뜯는 양떼, 베일리 언덕 낮은 사면을 따라 건설된 새집들조차. 그 오랜 세월 사랑하고 봉사해온 땅이 바로 여기가 아니라면 어디겠는가? 흥겨운 잉글랜드, 로라 애슐리, 콘월의 에일과 페이스티, 그 흥. 내일 아침이면 이 다정하고 흥겨운 사람들도 세상 모든 사람들과 마찬가지로 서로 목을 붙잡고 드잡이하고 남의 아내를 따먹고 그러고들 살겠지. 하지만 지금은 이들의 명절, 포장보다 내용이 부실하다 하여 다른 사람도 아닌 전직 외교관이 불평할 것이 뭐가 있겠는가?

사다리로 세운 연단에는 자동차 수리점 벤 노인의 아들인 빨강 머리 잭 페인터가 서 있었다. 그 옆에는 날개 달린 요정 옷차림의 여자아이가 4파운드짜리 표를 팔고 있었다.

"당신은 공짜입니다, 키트!" 잭은 시끌벅적하게 외쳤다. "주최자 아닙니까. 수재너도 마찬가지예요!"

하지만 들뜬 키트는 거절했다.

"공짜 아닙니다, 잭 페인터! 난 아주 비싼 사람이에요. 여기 내 아내도 그렇고." 그는 대꾸하고 기분 좋게 10파운드 지폐를 꺼내놓은 뒤 2파운드 거스름돈은 동물보호단체 모금함에 넣었다.

건초 수레가 기다리고 있었다. 리본을 두른 사다리가 옆에 묶여 있었다. 수재녀는 사다리를 한 손으로 잡고 승마 스커트를 다른 손으로 잡은 뒤 키트의 도움을 받아 위로 올라탔다. 위에서도 도움의 손길이 뻗어왔다. 그녀는 잠시 호흡을 진정했다. 그녀는 숨을 고른 뒤 미소 지었다. 믿을 수 있는 건축업자이자 유명한 악당 해리 트레겐자는 사형집행인 마스크를 쓰고 은색 페인트를 칠한 나무 낫을 들고 있었다. 옆에는 토끼 귀를 단 아내가 서 있었다. 두 사람 옆에는 올해의 베일리 퀸이 커다란 꽃장식을 달고 있었다. 모자를 살짝 기울이며, 키트는 똑같은 재스민 향을 풍기는 여자 둘의 뺨에 신사답게 키스했다.

오래된 풍금에서는 '데이지, 데이지, 내게 답을 줘'라는 노래가 흘러나오고 있었다. 그는 열심히 미소 지으며 소음이 멎기를 기다렸다. 음악은 그치지 않았다. 그는 더욱 크게 미소 지으며 조용히 해달라는 뜻으로 한쪽 팔을 흔들었다. 소용없었다. 그는 재킷 안주머니에서 수재녀가 열심히 타이핑해준 연설 원고를 꺼내 흔들었다. 증기 엔진에서 반항적인 소리가 났다. 그는 극적으로 한숨을 쉬는 척하며 내 마음을 알아달라는 듯 하늘을 향한 뒤 발밑의 군중을 향했지만, 소음은 멎지 않았다.

그는 연설을 시작했다.

우선 화장실, 주차, 기저귀 갈기 등 신학적인 문제와는 전혀 거리가 멀지만 장난스럽게 '교회 공고'라는 제목을 붙인 내용을 읊어야 했다.

누가 듣고 있나? 건초 수레 아래에 모인 관중의 표정으로 볼 때, 듣는 사람은 없는 것 같았다. 그는 기적을 일구기 위해 밤낮으로 노력한 헌신적인 자원봉사단의 이름을 호명하고, 하나씩 손을 들어달라고 했다. 마치 〈글로리어스 데드〉 멤버 이름을 읊는 것 같았다. 풍금은 다시 처음으로 돌아갔다. 당신은 만찬 사회자야. 사람들은 농담을 기대할 거라고. 그는 얼른 스키를 보았다. 안 좋은 신호는 없었다. 키 크고 주의 깊은 에밀리, 사랑하는 딸은 군중에게서 약간 떨어져 있었다.

"마지막으로 여러분, 내려가기 전에 ─ 물론 아주 조심해야겠습니다만!" 아무 반응이 없었다. "부디 열심히 벌어들인 돈을 흥청망청 쓰시고, 남의 부인에게 마구 추파를 던지세요. '이 말은 하지 말걸.' 하루 종일 마시고, 먹고, 즐기십시오. 으쌰, 으쌰!" 그는 모자를 들어 허공에 뻗어 올렸다. "으쌰!"

수재너도 박자를 맞춰 모자를 들어 보였다. 건축업자 해리는 사형집행인 마스크를 들어 올릴 수 없었기 때문에 의도치 않게 공산주의자처럼 움켜쥔 주먹을 허공에 휘둘렀다. 오래 기다린 '만세!'라는 단어가 전자장비 결함처럼 스피커에서 터져 나왔다. 여기저기서 중얼거리는 '잘했습니다!', '좋아요' 소리를 들으며, 키트는 감사한 마음으로 사다리에서 내려와 지팡이를 땅에 떨어뜨리고 손을 뻗어 수재너의 엉덩이를 받쳐주었다.

"정말 잘하셨어요, 아빠!" 에밀리가 옆에서 지팡이를 들고 나타났다. "엄마, 좀 앉을까요, 돌아다닐까요?"

수재너는 당연히 돌아다니자고 했다.

주최자와 부인의 순방이 시작되었다. 우선 말부터 점검했다. 타고난 시골 여성인 수재너는 말과 대화하고 서슴없이 엉덩이를 두드리고 쓸어주었다. 키트는 마구를 감상하며 탄복하는 척했다. 일요일 식사는 집에서 재배한 채소들이었다. 이 지역 사람들이 브로콜리라고 부르는 축구공보다 더 큰 콜리플라워가 깨끗하게 준비되어 있었다. 집에서 구운 빵과 치즈, 꿀도 있었다.

피카릴리의 맛도 봤다. 아무 맛이 없었지만, 얼굴에는 계속 웃음을 띠고 있었다. 훈제연어 파테는 훌륭했다. 스키에게 좀 사자고 했다. 그녀는 샀다. 원예 클럽에서 내놓은 꽃 앞에서 서성거렸다. 수재너는 모든 꽃의 이름을 알고 있었다. 그들은 늘 불행한 매킨타이어 부부와 마주쳤다. 전직 차 재배인이었던 조지는 대문 앞에 군중이 몰려올까 봐 장전된 라이플을 침대 옆에 두고 지냈다. 그의 아내 리디아는 따분하기 그지없었다. 그들에게 팔을 내밀고 다가갔다.

"조지! 리디아! 반가워요! 멋져요! 요전 날 밤 당신 집에서 먹은 저녁 식사는 정말 훌륭했어요. 기억에 남을 밤이었죠. 다음에는 우리 집에서 봐요!"

고마운 마음으로 구식 탈곡기와 증기기관 쪽으로 옮겨갔다. 수재너는 배트맨부터 오사마까지 온갖 차림을 한 아이들이 몰려오는데도 놀라지 않았다. 키트는 붉은 인디언 모자를 쓰고 트랙터 위에 앉아 있는 마을의 로미오 게리 퍼트위를 향해 소리쳤다.

"몇 번이나 부탁했는데, 게리, 도대체 우리 방목장은 언제 깎아주려나?" 그는 옆으로 수재너를 돌아보며 말했다. "시세가 12파운드인데 15파운드를 줘야 하려나."

수재너는 목표물을 찾아 돌아다니던 부유한 이혼녀 마저리에게 붙잡혔다. 원예 클럽을 운영하는 마저리는 담장으로 둘러싸인 장원의 허물어져 가는 온실을 탐내고 있었지만, 수재너는 그녀가 탐내는 것이 키트일 거라고 의심했다. 외교관 키트가 그녀를 구출하러 갔다.

"스키, 여보, 방해해서 미안하지만. 마저리, 정말 매력적이군요. 여보, 작은 문제가 생겼어. 당신만이 해결할 수 있다고."

교회 관리인이자 성가대 리드 테너인 시릴은 어머니와 함께 살았으며, 아동에 대한 접근금지 명령을 받은 상태였다. 술 취한 치과 의사 해럴드는 일찌감치 은퇴해서 보드민 로드의 예쁜 초가집에서 살았는데, 아들을 재활센터에 보낸 이혼남이었다. 키트는 그들 모두에게 활기차게 인사를 보내고, 스키가 기획한 미술 및 공예 전시장으로 향했다.

차양 밑은 고요한 피난처였다. 아마추어 수채화를 감상했다. 질은 상관없다, 노력이 중요하다. 천막 반대쪽 끝으로 나와서 풀 덮인 언덕을 내려갔다.

밀짚모자가 이마를 눌렀다. 스웨이드 로퍼도 예상대로 지독히 불편했다. 에밀리는 약간 떨어져 서서 수재너에게 조용한 시선을 보내고 있었다.

밧줄이 둘러쳐진 민속공예 전시장으로 들어섰다.

여기에 들어오는 순간 뭔가 섬뜩함을, 어떤 존재감을, 위협감을 느꼈던가? 키트는 에덴동산에 있었고, 거기에 계속 있고 싶었다. 그는 모든 것이 바르게 돌아가고 있다는 순수한 기쁨을, 그 드문 만족감을 느끼고 있었다. 승마복과 모자 차림의 아내에 대해 무한한 사랑을 느끼고 있었다. 에밀리 역시 한 달 전만 해도 절망에 빠져 달랠 수가 없었는데 지금은 다시 똑바로 서서 세상에 나설 준비가 되어 있다.

이런 만족스러운 생각으로 가득 차 주위를 둘러보고 있는데, 문득 시선이 아주 먼 곳에 있는 한 남자의 형체에 머물렀다.

구부정한 남자.

몸집이 작고 구부정한 남자.

원래 등이 굽은 꼽추인지, 지금 자세가 그런 건지는 알 수 없었다. 남자는 구부정했고, 쭈그리고 있거나 여행자 밴 뒷자리에 걸터앉아 있었다. 한낮의 더위가 느껴지지도 않는지, 그는 아주 길고 반짝이는 갈색 가죽 코트 차림이었고 목깃을 세우고 있었다. 챙이 넓은 모자 역시 가죽이었고, 깊이는 얕았으며 앞쪽에 매듭이 달려 있었다. 카우보이 모자라기보다는 청교도 모자 같았다.

어둑한 모자챙 그늘 밑으로 알아볼 수 있는 얼굴은 단언하건대 작은 중년 남자였다.

단언하건대?

왜 갑자기 이렇게 강조하는 걸까?

저 남자의 어디가 그렇게 눈에 띄는 걸까?

전혀.

이국적인 것은 사실이었다. 그리고 작았다. 덩치 큰 사람들에 둘러싸여 있으니, 작은 몸집이 눈에 띄었다. 그렇다고 특별한 점은 없었다. 그냥 눈에 띌 뿐이었다.

가벼운 상념에 가장 먼저 떠오른 단어는 '땜장이'였다. 진짜 땜장이를 마지막으로 본 게 언제였더라? 부쿠레슈티에서 잠시 근무하던 15년 전 루마니아였던가. 그는 수재녀에게 이 이야기를 하기 위해 돌아섰을 것이다. 아니, 어쩌면 돌아보려고 생각만 했는지도 모른다. 그의 주의는 남자의 작업장일 뿐만 아니라 소박한 집이기도 한 유틸리티 밴으로 향했다. 프리머스 화덕, 벙커 침대, 줄줄이 늘어선 도자기와 요리도구 사이로 작업용 집게, 송곳, 망치가 섞여 있었다. 한쪽 벽에는 하루 일을 마치고 차 문을 닫은 뒤 양탄자 대용으로 사용하는 듯한 말린 동물 가죽이 걸려 있었다. 하지만 모든 것이 질서정연하게 정돈되어 있어서 주인이라면 눈을 감고도 물건을 찾을 수 있을 것 같았다. 그는 그런 종류의 작은 남자였다. 능란하고, 확고한 성격.

하지만 이 단계에서 확실히, 재론의 여지 없이 알 수가 있나? 그렇지는 않다.

어딘가 으스스한, 은밀한 위협감이 있었다.

만화경 안의 조각처럼 서로 뒤섞인 기억의 파편들이 조금씩 짜 맞춰지면서 하나의 패턴을 형성하기 시작했다. 처음에는 막연하게, 그러다 차츰, 아주 조금씩 불안해졌다.

뒤늦게 무의식 깊은 곳에서 눈에 익은 점이 보였다. 그러다 서서히, 공포와 함께, 가슴이 철렁 내려앉으며, 바깥 의식으로도 납득할 수 있었다.

나중에 떠올려보니 자세한 상황은 기억에 희미했지만, 물리적으로 걸어 나왔던 것 같았다. 헤지펀드 매니저이자 마을에 별장을 갖고 있는 통통한 필립 펩로가 근래 사귄 피에로 바지 차림의 182센티미터 장신 모델을 대동하고 시야에 들어온 것 같았다. 머릿속에서 폭풍이 휘몰아치고 있었음에도, 미인의 자태는 놓치지 않았다. 말을 한 것도 장신의 모델이었다. "오늘 밤 키트와 수재너도 술 한잔 하러 오시겠어요? 7시부터, 누구든 드나들 수 있는 파티이고, 비만 오지 않는다면 아주 분위기가 좋을 거예요." 키트는 혼란스러운 기분을 감추기 위해 약간 과장된 음성으로 이렇게 대꾸했던 것 같다. "정말 가고 싶습니다만, 우리도 체인 갱단 전체가 저녁식사를 하러 올 겁니다." 체인 갱단이란 키트와 수재너가 훈장을 부러워하는 현지 유명인들을 일컫는 표현이었다.

펩로와 애인은 떠났고, 키트는 땜장이의 장비를 다시 뜯어보기 시작했다. 머릿속 한 부분은 아직도 받아들일 수 없는 사실을 인정하길 거부하고 있었다. 수재너도 바로 옆에 서서 장비에 감탄하고 있었다. 확실치는 않았지만, 아마 수재너가 먼저 감탄사를 꺼낸 것 같았다. 당연히 감탄하러 온 자리였으니까. 감탄하고, 붙잡히기 전에 다음으로 넘어가서 또다시 감탄하러 온 자리.

하지만 이번에는 두 사람 다 다음으로 넘어가지 않았다. 그들은 나란히 서서 계속 감탄하고 있었고, 키트는 상대가 땜장이가 아니라는 사실을, 그것이 원래 정체가 아니라는 사실을 깨닫고 있었다. 도대체 왜 그를 대뜸 땜장이라고 생각했는지 알 수 없었다.

안장 제조인이었다! 도대체 어떻게 이런 실수를. 안장을 만들지 않나, 안장을! 가죽 가방들 봐! 책가방! 핸드백, 지갑, 컵받침! 주변에 널린 것은 도자기와 팬이 아니었다! 남자 주변의 모든 것은 가죽 제품이었다. 그는 자기 물건을 광고하는 가죽상이었다. 그는 자기 작품을 모델처럼 사용하고 있었다. 밴 뒤꽁무니는 그의 무대였다.

그 순간까지 키트는 이 모든 것을 받아들일 수 없었고, 밴 옆면에 뻔히 눈 붙은 사람이라면 50걸음, 아니, 100걸음 떨어진 곳에서도 다 볼 수 있도록 금색으로 적혀 있는 '젭의 가죽상'이라는 단어도 받아들이지 못했다. 그 아래에는 좀 더 작은 글자였지만 역시 명확하게 '밴에서 판매합니다'라는 문구도 적혀 있었다. 전화번호도, 주소도, 이메일 같은 것도, 성도 없었다. 그저 젭, 밴에서 판매한다는 단어뿐이었다. 간결하고, 요점이 분명하고, 명확했다.

한데 평소에는 잘 작동하던 키트의 직감이 왜 비이성적인 부정 상태에 빠졌을까? 이제 현실을 받아들이고 보니, 왜 젭이라는 이름이 평생 책상 위를 지나친 공식 기밀문서 중에서도 가장 충격적이고 무책임한 폭로처럼 다가왔을까?

하지만 사실이었다. 키트의 몸 전체가 그렇다고 말하고 있었다. 발 역시 마찬가지였다. 잘 맞지 않는 로퍼 안에서 발에 감각이 없어졌다. 낡은 케임브리지 재킷 역시 마찬가지였다. 등판이 몸에 달라붙었다. 더위였지만, 식은땀이 면 셔츠를 축축하게 적셨다. 지금이 현재인가, 과거인가? 셔츠도 없었고, 땀도, 열기도 그때나 지금이나 마찬가지였다. 여기 풍금 쿵작거리는 소리로 가득 찬 베일리 메도도 그랬고, 바다에서 선박 엔진 소리가 울려 퍼지던 한밤중 지중해 산기슭도 그랬다.

비밀을 공유한 영리한 갈색 눈동자는 어째서 고작 3년이라는 짧은 시간 동안 저렇게 늙고 주름지고 경쾌함을 잃은 모습이 되었을까? 가죽 모자 챙이 삐딱하게 기울어질 정도로 고개를 완전히 들어 올리자, 그 아래에서 수척하고 앙상한 얼굴이 완연히 드러났다. 마른 광대뼈, 굳게 다문 턱, 미세한 주름이 잔뜩 잡힌 눈썹과 눈가, 입가는 절망스러운 인상을 그리며 아래로 축 처져 있었다.

전에 그리도 눈치 빠르고 영리했던 눈은 기동력을 잃어버린 것 같았다. 키트의 얼굴에 머문 시선은 전혀 흔들리지 않고 그대로 고정된 채 머물러 있어서, 서로를 바라보는 시선을 깨뜨리려면 키트가 먼저 눈을 피하는 수밖에 없었다. 키트는 눈길을 돌렸다. 그는 고개 전체를 수재너에게 돌리고 "아, 여보, 참 좋군, 분위기 참 좋아" 따위의 의미 없는 소리를 한 것 같았다. 그답지 않은 말투라, 수재너는 상기된 얼굴에 어리둥절한 듯 눈살을 찌푸렸다.

찌푸린 눈살이 펴지기도 전에, 듣지 않길 기도했던 부드러운 웨일스 억양이 들려왔다.

"이런, 폴. 이런 우연이 있나. 자네나 나나 상상하지도 못했는데."

이 말은 키트의 머릿속을 수많은 총알처럼 관통했지만, 수재너가 듣지 못하고―머리카락 밑에 숨긴 보청기 성능 때문이었는지, 축제마당에서 울려 퍼지고 있는 음악 소리 때문이었는지―길이를 조절할 수 있는 어깨끈이 달린 커다란 핸드백에 짐짓 과장된 관심을 표현하고 있는 것을 보니 정작 젭의 말투는 조용했던 것이 분명했다. 그녀는 손에 든 베일리 수선화 너머로 젭을 바라보며 약간 힘들어 보이게, 키트의 취향에는 너무 상냥하고 고자세로 미소 짓고 있었다. 사실 수줍은 성격 때문이었지만, 그렇게 보이지는 않았다.

"당신이 젭이죠, 그렇지요? 진짜로."

도대체 무슨 뜻이지, 진짜라니? 키트는 갑작스레 화가 치밀어 올랐다. 진짜가 아니면 뭐란 말인가?

"대역 같은 게 아니고요?" 수재너는 말뜻을 설명해달라는 키트의 속내를 듣기라도 한 것처럼 말을 이었다.

젭은 그녀의 질문에 아주 진지하게 답했다.

"음, 원래 이름이 젭은 아닙니다, 그 부분은 인정하죠." 그는 마침내 키트에게서 시선을 떼고 수재녀에게 똑같이 꾸준한 시선을 주었다. 수다스럽게 이어진 말이 키트의 심장을 가르는 것 같았다. "하지만 솔직히 원래 이름이 워낙 부담스러워서 내가 수술을 한 겁니다. 이를테면."

그러나 수재녀는 계속 질문을 잇고 있었다.

"이렇게 멋진 가죽은 어디서 구하셨어요, 젭? 정말 아름답네요." 입에 자동항법장치를 단 외교관의 자세를 회복한 키트는 자신도 똑같은 질문을 할 참이었다고 말했다.

"그래, 맞아. 어디서 이 멋진 가죽을 구하셨습니까?" 젭은 누구에게 대답해야 할지 잠시 망설이는 것 같았다. 그는 수재녀를 택했다.

"음, 이건 러시아 사슴 가죽입니다, 부인." 그는 벽에서 동물 가죽을 내리더니 소중하게 무릎 위에 펼치며 이제 키트에게는 참을 수 없을 정도로 공손한 말투로 설명했다. "1786년 플리머스 사운드에서 침몰한 덴마크 군함에서 나온 거랍니다. 배는 남서향의 강풍을 피해 세인트페테르부르크를 출발해서 제노아로 가는 중이었지요. 그건 다 아는 이야기일 거고." 그는 그을린 작은 손으로 가죽을 다듬듯 쓸었다. "한데 전혀 티가 안 나지요? 바닷물에서 200년이나 묵었는데 이렇게 좋습니다." 애완동물을 대하는 말투였다. "포장재의 광물도 도움이 됐을 겁니다."

하지만 키트는 젭이 수재녀에게 뭔가 가르친다면 그것은 사실 자신에게 하는 말이라는 것을, 그에게서 당황과 답답함과 초조함을—또한 급증하는 공포를—이끌어내기 위한 것이라는 점을 알고 있었다.

"그럼 이걸로 생계를 꾸리세요, 젭?" 수재녀는 피곤해진 듯 묻더니 약간은 독단적으로 질문을 이었다. "이게 본업이세요? 그냥 부업이나 투잡이나 아르바이트나 이런 게 아니라? 취미가 아니라, 이게 인생이신가요? 그게 궁금해요."

젭은 이 중대한 질문을 깊이 생각했다. 그의 작은 갈색 눈이 도와달라는 듯 키트에게 잠시 머물렀다가 실망했는지 다시 외면했다. 그는 마침내 한숨을 쉬고 답답한 듯 고개를 저었다.

"음, 몇 가지 대안은 있었습니다, 지금 생각해보니. 무술, 요즘 사람들 많이 하지요. 근접 경호." 그는 키트를 다시 한 번 한참 쳐다보다가 말했다. "부잣집 아이들을 아침에 학교까지 데려다줬습니다. 저녁에는 집까지 데려오고요. 돈은 꽤 되죠. 하지만 지금은 가죽입니다." 그는 가죽을 다시 한 번 어루만졌다. "아버지도 그랬고, 저도 늘 좋은 가죽을 좋아했습니다. 이만한 건 없어요. 하지만 이게 내 인생이냐? 음, 내게 남겨진 대안이 결국 인생인 거죠." 그는 다시 한 번 키트를 보았다. 이번에는 좀 더 차가운 시선이었다.

갑자기 모든 것이 빨라졌고, 모든 것이 재앙을 향해 달렸다. 수재녀의 눈에 경고등이 켜졌다. 뺨에 붉은 기가 떠올랐다. 그녀는 곧 키트의 생일이라는 그럴듯한 핑계로 남자용 지갑을 마구 살피기 시작했다. 사실이었지만, 아직 한참 남은 10월이었다. 그 점을 언급하자, 수재녀는 짐짓 유쾌하게 웃더니 사게 되면 맨 밑바닥 서랍에 비밀로 간직해놓겠다고 약속했다.

"이 바느질은 직접 손으로 한 건가요, 기계로 한 건가요, 젭?" 그녀는 키트의 생일에 대해서는 다 잊고 처음 집어 들었던 어깨에 메는 가방을 충동적으로 집어 들었다.

"손으로 한 겁니다."

"이게 가격이죠, 60파운드? 너무 비싼 것 같은데." 젭은 키트를 돌아보았다.

"내가 할 수 있는 최선이 이거야, 폴. 튼튼한 연금 같은 게 없는 사람한테는 힘든 인생이지." 키트가 젭의 눈에서 본 것은 증오였을까? 분노? 절망? 젭이 키트의 눈에서 본 것은? 수수께끼? 혹은 수재녀가 듣는 곳에서 다시는 폴이라고 부르지 말라는 무언의 애원? 그러나 수재녀는 들었는지 못 들었는지 몰라도, 이제 마무리하고 싶은 것 같았다.

"음, 그럼 이걸로 할게요. 보드민에서 쇼핑할 때 딱 좋겠어, 안 그래, 키트? 넉넉하고 안에 구분도 잘 돼 있고. 이봐, 신용카드를 넣을 만한 작은 옆주머니도 있네. 60파운드면 괜찮은 가격인 것 같은데. 안 그래, 키트? 그렇지? 적당해."

이 말을 하는 순간 수재녀가 전혀 예상하지 못했던 도발적인 행동을 해서, 순간 다른 상념이 다 날아가 버릴 정도였다. 그녀는 자신이 들고 있던 아주 멀쩡한 핸드백을 탁자 위에 놓더니 돈을 꺼내러 안을 뒤지기 전에 모자를 벗고 젭에게 들어달라고 내밀었다. 블라우스 단추 하나를 끌렀다고 해도, 키트가 보기에 더 이상 노골적이지는 않았을 것이다.

"무슨 소리야, 내가 내지. 카드라니 무슨." 갑자기 격하게 튀어나온 키트의 말에 수재녀는 물론 그 자신도 놀랐다. 그는 유일하게 동요한 기색이 없는 젭을 향해 말했다. "현금 거래겠죠? 현금만 받으시겠지." 책망하는 듯한 말투. "수표나 카드, 기타 현물거래 같은 건 안 하시고."

현물거래라니, 도대체 무슨 소리를 하는 거야? 그는 끝이 붙어버린 느낌이 드는 두 손가락으로 20파운드 지폐 석 장을 지갑에서 꺼내 탁자 위에 내려놓았다.

"여기. 당신 선물이야. 일주일 늦었지만 부활절 달걀 대신. 낡은 가방은 새 가방 안에 넣어. 물론 들어가지. 자." 그는 약간 거친 손길로 대신 넣어주었다. "고맙습니다, 젭. 아주 좋은 가방입니다. 만나서 반갑습니다. 내년에도 여기서 봤으면 좋겠군요." 왜 돈을 집어 들지 않을까? 왜 보통 사람들처럼 웃지도, 고개를 끄덕이지도, 고맙다고 말하지도, 작별 인사를 하지도 않고 가만히 있을까? 그는 다시 앉아 깡마른 검지로 마치 위조지폐이거나 불명예스럽게 번 돈이기라도 한 듯 지폐를 쿡 찌르더니 다시 청교도 모자 밑으로 얼굴을 숨겼다. 왜 수재녀는 키트가 팔을 날카롭게 잡아당기는데도 저렇게 서서 바보 같은 미소만 지으며 들뜬 얼굴로 그를 바라보고 있을까?

"그럼 본명은 그거였군, 폴?" 젭은 침착한 웨일스 억양으로 물었다. "프로빈? 스피커에서 떠들던 이름인데. 당신이었군?"

"맞습니다, 하지만 이 모든 걸 꾸민 건 여기 내 아내입니다. 난 그냥 따라왔어요." 키트는 아내의 모자를 건네받으려고 손을 뻗었지만, 모자는 계속 젭의 손에 뻣뻣하게 들려 있었다.

"우리 만난 적 있지 않나, 폴?" 젭은 고통과 힐난이 반씩 섞인 눈빛으로 그를 응시하고 있었다. "3년 전, 돌산과 단단한 곳 사이였지." 키트의 시선이 그의 흔들리지 않는 시선을 피하려고 아래를 향하자, 모자챙을 잡은 젭의 강철 같은 작은 손에는 엄지손톱이 하얗게 될 정도로 힘이 들어가 있었다. "그렇지, 폴? 당신은 내 빨간 전화기였어." 엄마 옆에 있으려고 평소처럼 갑자기 나타난 에밀리를 보고 몹시 당황한 키트는 마지막 남은 엉터리 믿음을 동원해서 답했다.

"사람 잘못 봤습니다, 젭. 그럴 수 있죠. 난 당신을 본 적이 없는 것 같습니다만." 그는 젭의 무자비한 시선을 받아냈다. "빨간 전화기란 소리도 무슨 말인지 모르겠군요. 폴? 무슨 소린지. 어쨌든 괜찮습니다."

그는 애써 미소를 잃지 않은 채, 심지어 미안하다는 듯한 웃음까지 남기며 수재녀를 향했다.

"여보, 이제 다른 데로 가보자고. 뜨개질 장수, 도자기 장수가 용서하지 않을 거야. 젭, 만나서 반가웠습니다. 재미있는 이야기였어요. 오해는 유감입니다. 아내의 모자를 주시죠, 젭. 파는 물건이 아닙니다. 골동품입니다."

"잠깐."

젭의 손은 모자를 내주고 가죽 외투 깃으로 올라왔다. 키트는 수재녀 앞을 막아섰다. 하지만 외투 안에서 나온 위험한 무기는 뒷면이 푸른 수첩이었다.

"영수증을 안 드렸군요." 그는 어리석었다는 듯 혀를 차며 말했다. "세금 계산할 때 곤란하죠." 수첩을 무릎 위에 펼친 뒤, 그는 페이지를 골라 열고 먹지가 있는지 확인하더니 갈색 군용 연필로 줄 사이에 뭐라고 썼다. 필기를 마친 뒤─시간이 오래 걸린 것으로 보아 아주 복잡한 영수증인 것 같았다─그는 페이지를 찢어내 반으로 접더니 수재녀의 새 가방 안에 조심스럽게 넣어주었다.

최근까지 키트와 수재녀가 성실한 시민으로 활동했던 외교가에서 사회적 의무는 사회적 의무였다.

뜨개질 모임에서는 힘을 합쳐 구식 베틀을 만들었다던가? 수재너는 베틀이 작동하는 모습을 구경해야 했고, 키트는 컴퓨터가 책상 위에서 마구 움직이지 않도록 깔면 딱 좋은 물건이라고 덕담을 늘어놓으며 손으로 짠 옷감을 사야 했다. 누가 들어도 말이 안 되는 소리라는 점은 상관이 없었다. 에밀리는 멀지 않은 곳에서 어린아이들 셋과 이야기를 나누고 있었다. 도자기 코너에서 키트는 서툰 솜씨로 물레를 돌려보았고, 수재너는 남편의 노력을 장하다는 눈으로 바라보며 미소 지었다.

이 마지막 의식까지 치른 뒤 주최자와 그 부인은 작별인사를 나누고 무언의 합의하에 강변을 따라 장원 옆문으로 이어지는 낡은 철교 아래 길을 걷기 시작했다.

수재너는 모자를 벗은 상태였다. 키트가 대신 들고 가야 했다. 그러다 자신의 밀짚모자를 기억한 그는 그 모자도 벗어서 두 모자를 겹쳐 은제 손잡이가 달린 지팡이와 함께 옆구리에 어색하게 끼었다. 그는 다른 손으로 수재너의 팔을 잡고 있었다. 에밀리가 뒤따라오다가 생각을 바꿨는지 두 손을 입에 모아 장원에 먼저 가 계시라고 소리쳤다. 아늑한 철교 아래에 도착해서야 수재너는 휙 돌아서서 남편을 바라보았다.

"도대체 그 남자 누구야? 당신이 모른다고 한 사람. 젭. 가죽상."

"내가 전혀 모르는 사람이야." 키트는 두려워했던 질문 앞에서 단호하게 대답했다. "미안하지만 절대 말하면 안 되는 부분이야. 미안해."

"당신을 폴이라고 불렀어."

"그랬지. 위법적인 행위야. 감옥에 들어갔으면 좋겠군."

"당신이 폴이야? 폴이었어? 왜 대답을 안 해, 키트?"

"못 해. 그 때문이야. 여보, 이 이야기는 그만두자고. 아무 의미도 없는 이야기야. 할 수 있는 말도 없고."

"보안 때문에?"

"그래."

"당신은 그에게 누군가의 빨간 전화였던 적이 없다고 했어."

"맞아."

"하지만 그런 적이 있었잖아. 따뜻한 곳에 기밀업무가 있다고 떠났다가 다리에 생채기투성이로 돌아왔던 때. 에밀리는 열대질병 연구를 하면서 우리랑 같이 살고 있었고. 그애가 당신한테 파상풍 주사를 맞으라고 했어. 당신은 거절했고."

"그 내용조차 당신에게 말해서는 안 되는 거였어."

"어쨌든 말했어. 했던 말을 돌이키려고 하지 마. 당신은 외무성의 빨간 전화기 노릇을 하러 떠났고, 얼마나 걸릴지, 어디인지는 말할 수 없다고 했어. 따뜻한 곳이라는 말밖에. 우린 멋진 일이라고 생각했고, 축배를 들었어. '자, 빨간 전화기를 위하여.' 그런 일이 분명히 있었잖아. 그것도 부정할 거야? 당신은 상처투성이로 돌아와서 덤불에 걸려 넘어졌다고 했어."

"그랬지. 맞아. 덤불. 사실이야." 하지만 이 말도 수재녀를 만족시키지는 못했다.

"좋아, 스키. 좋아. 들어봐. 난 폴이었어. 저 남자의 빨간 전화기였고. 맞아. 3년 전, 우린 동지였어. 내 평생 수행한 임무 중 최고였고, 당신한테 말할 수 있는 건 그것뿐이야. 저 불쌍한 친구는 완전히 딴판이 됐어. 알아보기도 어려웠어."

"좋은 사람처럼 보였어, 키트."

"그 이상이야. 아주 품위 있고 용감한 사람이야. 아니, 그런 사람이었어. 그와 싸운 적도 없어. 오히려 그 반대야. 그가 날 지켜줬어." 순간 아주 정직한 소리가 튀어나왔다.

"한데 당신은 그를 모른다고 했어."

"그래야 했어. 선택의 여지가 없어. 일고의 가치도 없다고. 그 작전 자체가 최고 기밀, 그 이상이야."

그는 최악의 상황이 끝났다고 생각했으나, 그것은 수재녀의 지능을 얕본 것이었다.

"내가 전혀 이해할 수 없는 건, 키트, 이거야. 젭이 당신이 거짓말을 한다는 걸 알고 당신도 거짓말이라는 걸 아는 상황인데, 왜 그에게조차 거짓말을 한 거야? 나와 에밀리가 들을까 봐?"

무엇이었든, 이 말이 결정타였다. 분노가 치민 그는 퉁명스럽게 중얼거렸다. "내가 지금 가서 그 친구하고 한마디 하고 오지." 그는 모자를 그녀의 팔에 밀어 넣고 지팡이를 든 채 성큼성큼 왔던 길을 돌아가 오래된 '위험' 알림판을 무시하고 삐걱거리는 인도교를 덜컹거리며 넘어가서 베일리 메도 아래쪽 끝의 자작나무 숲을 지났다. 그리고 출입구를 지나 진흙탕으로 들어서서 빠르게 언덕을 올랐다. 언덕 아래쪽을 내려다보니, 장터의 천막은 이미 반쯤 철거되고 전시자들은 하루 종일 물건을 판매할 때보다 더 힘차게 텐트와 사다리, 연단을 걷어내서 밴에 싣고 있었다. 그 밴들 사이로 30분 전만 해도 젭의 밴이 있었던 바로 그 공간은 이미 비어 있었다.

하지만 키트는 잠시도 망설이지 않고 짐짓 익살스럽게 팔을 흔들며 언덕을 내려갔다.

"젭! 젭! 젭, 어디 있지? 누구 가죽 장수 젭을 본 사람 있습니까? 돈을 내지도 않고 가버렸어요. 내가 드릴 돈이 있는데! 아, 젭이 어디로 갔는지 아는 사람 있습니까? 당신도 몰라요?" 그는 줄지어 늘어선 밴과 트럭들 사이를 살피며 외쳤지만 허사였다.

대답 대신 친절한 미소만 돌아왔고 다들 고개를 저었다. "아니, 키트, 미안해요." 아무도 젭이 어디로 갔는지, 어디 사는지 몰랐다. 생각해보니 본명조차 모르겠다. 젭은 외톨이고, 정중하긴 하지만 말수가 많다고는 할 수 없다―웃음. 한 전시자가 커버랙 축제에서 2주 전에 젭을 본 것 같다고 말했다. 작년에 세인트 오스텔에서 본 기억이 난다고 말하는 사람도 있었다. 하지만 아무도 그의 성을 몰랐고, 전화번호도, 심지어 자동차 등록번호도 몰랐다. 아마 여느 장사꾼들과 마찬가지일 것이다. 광고를 보고, 출입구에서 거래권을 사서, 주차를 하고, 장사를 한 뒤, 그냥 떠났을 것이다.

"누구 잊어버렸어요, 아빠?" 귀신같은 에밀리가 바로 옆에 서 있었다. 아마 말 운반용 화물차 뒤에서 마구간 여자들과 잡담을 하고 있었던 것 같았다.

"그래, 사람을 찾고 있다. 젭, 가죽 장수 말이다. 네 어머니가 가방을 샀던 사람."

"그 사람이 무슨 용건이 있는데요?"

"그 사람 쪽이 아니라 내가." 혼란스러운 기분이 그를 덮쳤다. "내가 못 드린 돈이 있어."

"돈은 내셨잖아요. 60파운드. 20파운드짜리 지폐로."

"음, 다른 돈이 있어." 그는 딸의 눈길을 피하며 애매하게 말했다. "오

래된 빚이다. 전혀 다른 돈." 그는 '엄마하고 이야기해야겠다'고 대충 둘
러댄 뒤 다시 길을 돌아가서 장원의 문을 통해 부엌으로 들어갔다. 수재
너는 말로 부인의 도움을 받아 체인 갱들을 위해 야채를 썰며 저녁을 준
비하고 있었다. 그녀는 그를 무시했고, 그는 식당에서 혼자 잠시 휴식을
취했다.

"은식기라도 닦을까?" 그는 수재너가 들을 수 있도록 커다랗게 말하
고 대답을 기대했다.

그러나 그녀는 대답하지 않았다. 어제 이미 그는 장군이 수집해놓은
골동품 은식기를 대대적으로 닦아놓았다. 폴 스토르 촛대, 헤스터 베이
트만 은식기, 마지막 근무지의 장교와 선원들이 퇴역 기념으로 선물한
은제 코르벳 모형까지. 성의 없이 식기를 한 번씩 다시 문지른 뒤, 그는
스카치를 큰 잔에 따라 위층으로 올라가서 옷방 책상에 앉았다. 오늘 밤
해야 할 일이 또 있었다. 좌석표 만들기였다.

보통 때 이 좌석표는 늘 그에게 조용한 만족감을 주었다. 그의 마지
막 외국 근무지에서 발행한 공식 명함이었기 때문이었다. 저녁 손님이
좌석표를 뒤집어보고 거기에 박힌 이름을 손가락으로 문질러 보며 '크
리스토퍼 프로빈 경, 영연방 고등판무관'이라는 마술적인 단어를 읽을
때마다, 은밀히 그 모습을 훔쳐보는 것이 그의 습관이었다. 오늘 밤에는
그런 기쁨을 느낄 수 있을 것 같지 않았다. 그럼에도 불구하고 그는 앞
에 놓인 손님 명단과 팔꿈치께에 놓인 위스키의 도움으로 열심히 ─ 어
쩌면 지나치게 열심히 ─ 일을 시작했다.

"한데 젭은 사라졌더군." 그는 등 뒤 문간에 수재너가 와 있는 것을 느
끼고 일부러 무심하게 던졌다. "싹 챙겨서 떠나버렸어. 아무도 그가 누

군지, 뭘 하는 사람인지, 그 외 신상을 전혀 몰랐어. 불쌍한 사람. 마음이
안 좋군. 아주 안 좋아."

위안의 손길이나 따뜻한 말을 기대하며 그는 애써 입을 다물었지만,
젭에게서 산 가방이 그의 앞 책상 위에 쿵 내려앉았다.

"안을 봐, 키트."

그를 향해 열린 가방을 짜증스럽게 기울이며, 그는 안에다 손을 집어
넣어 젭이 영수증을 써서 반으로 접은 줄 쳐진 수첩 페이지를 찾아냈다.
그는 어색하게 페이지를 펼치고 떨리는 손으로 책상 등불 밑에 비춰보
았다.

죄 없는 여자 하나 사망	배상 없음
죄 없는 아이 하나 사망	배상 없음
의무를 수행한 군인 한 사람	불명예제대
폴	기사 작위

키트는 내용을 읽고 멍하니 응시했다. 서류가 아니라 역겨운 물건처
럼. 그러다 책상 위 카드 사이에 영수증을 펼쳐놓고 혹시 뭔가 놓친 게
있나 다시 훑어보았다. 놓친 건 없었다.

"사실이 아니야." 그는 단호하게 중얼거렸다. "그는 분명 정신이 나갔
어." 그러다 그는 두 손에 얼굴을 묻고 문질렀다. 잠시 후 입에서 속삭이
는 소리가 흘러나왔다. "하느님."

한데 매스터 베일리는, 혹시 실존 인물이었다면, 어떤 사람이었을까?

신도의 말을 들어보면 이 마을의 정직한 콘월 청년으로 부활절에 양을 훔쳤다가 보드민의 사악한 순회판사 때문에 부당하게 교수형을 당한 농사꾼의 아들이었다.

한데 교회 제의실의 유명한 베일리 양피지에 따르면, 매스터 베일리는 교수형을 당한 적도 없었고 죽지도 않았다. 부당한 판결에 분노한 마을 사람들이 한밤중에 그를 줄에서 풀어내려 최고의 사과 브랜디로 되살렸다고 되어 있었다. 7일 뒤 젊은 매스터 베일리는 아버지의 말을 타고 보드민으로 가서 사악한 판사의 머리를 낫으로 베어버렸다고 했다. 속이 후련하지, 그렇게 말하는 사람도 있었다.

헛소리, 몇 시간 동안 소일거리로 기록을 살펴본 아마추어 역사가 키트는 생각했다. 현지 기록실에 증거 하나 남아 있지 않은 감상적인 빅토리아풍의 시시한 전설.

그러나 세인트 피란의 선량한 시민들이 그 이후 여러 해 동안 비가 오나 눈이 오나, 전시나 평화 시나, 사법적 절차를 거치지 않은 살인 행위를 찬양하는 데 입을 모았다는 사실만은 분명했다.

그날 밤 잠을 이루지 못하는 아내 옆에 역시 말똥말똥한 기분으로 누워서, 키트는 분노와 회의, 이유가 무엇이든 너무나 힘든 처지로 추락해버린 동료에 대한 진심 어린 걱정에 휩싸인 채 이제 어떻게 해야 할지 생각했다.

그날 밤은 저녁 파티로 끝나지 않았다. 키트와 수재너는 옷방에서 입씨름을 벌이느라 체인 갱단의 차가 시간이 되어 드라이브웨이를 올라올 때까지도 옷을 갈아입지 못하고 있었다. 수재너는 나중에 다시 붙자고 벼르며 그를 두고 나갔다.

아무리 기분 좋을 때라도 형식적인 자리를 싫어하는 에밀리는 만찬을 사양했다. 교회에서 떠들썩한 파티가 열리는데 거기나 가보겠다, 어차피 내일 저녁까지 런던에 돌아가지 않아도 된다고 했다.

일상이 무너졌다는 기분으로 신경이 곤두선 키트는 저녁 식탁에서 오른쪽에 시장, 왼쪽에 올더맨 부인 사이에 앉아 카리브 해의 낙원에서 영연방 대변인으로 활동하던 시절의 일상과 노고를 늘어놓으며 주인 역할을 훌륭히, 어쩌면 약간은 변덕스러운 태도로 해냈다.

"포상? 무슨 말씀! 그럴 만한 일도 아니었어요. 의전이었습니다. 여왕 폐하가 그 지역을 방문하셨을 때 현지 대사관을 찾아오셨죠. 하필 제 담당이어서 그 자리에 있었던 것만으로 작위를 받은 겁니다. 당신도, 여보." 그는 실수로 물 잔을 쥐고 장군의 폴 스토르 촛대 너머에 앉은 수재너를 향해 들어 보였다. "덩달아 사랑스러운 '레이디'가 되셨지. 원래 난 늘 당신을 그렇게 생각하고 있었지만." 그러나 이 필사적인 항변을 늘어놓는 동안에도, 그의 귀에는 자신의 목소리가 아닌 수재너의 목소리가 메아리치고 있었다.

"내가 알고 싶은 건 이거야, 키트. 정말 죄 없는 여자와 아이가 죽었느냐. 위에서 당신의 입을 막으려고 카리브 해로 배치했느냐, 그 불쌍한 군인의 말이 맞느냐?"

말로 부인이 집에 가고 마지막 체인 갱의 차가 떠난 뒤, 수재너는 여지없이 복도에 꿈쩍도 않고 서서 그의 대답을 기다리고 있었다.

키트도 저녁식사 내내 무의식적으로 대답을 구상하고 있었던 것 같았다. 외무부 대변인 공식 발표문처럼 말이 입에서 쏟아져 나왔고, 수재너의 귀에도 그 비슷하게 들렸을 것이다.

"그 문제에 대해서는 더 이상 할 말이 없어, 스키. 당신에게 말할 수 있는 건 그뿐이고, 어쩌면 벌써 너무 많이 말한 걸지도 몰라." 이 말도 아까 하지 않았나? "내가 영광스럽게도 합류한 극비 작전은 나중에 최고 위급 지휘관에게 들었지만 아주 나쁜 놈들을 물리친, 피 한 방울 흐르지 않은 명백한 승리라고 들었어." 비꼬는 듯한 말투가 목소리에 스며들었지만 그만둘 수가 없었다. "내가 알기로는, 맞아, 어쩌면 그 작전에 참여한 덕분에 그 부임처를 얻었을 거요. 고위층에서 내가 일을 그럭저럭 잘해주었지만, 훈장은 너무 눈에 띈다고 했으니까. 하지만 인력자원실에서 내게 그 부임처를 제시한 이유는 그 작전 때문이 아니라 평생에 걸친 외무부에서의 노력 때문이었고, 내가 부임시켜달라고 특별히 부탁한 것도 아니었어. 내 기억으로 당신이 더 좋아했었고." 아주 약간의 빈정거림. "인사과에서, 아니, 요즘엔 인력자원실이라고 부르던가, 어쨌든 거기서 내가 극도로 미묘한 작전에 모종의 역할을 했다는 걸 알고 있었을까? 그렇진 않을 거요. 내가 알기로 그 사람들도 당신과 마찬가지로 아는 바가 전혀 없어." 이 정도로 설득됐을까? 수재녀가 이런 표정을 짓고 있을 때는 어느 쪽인지 알 수 없었다. 그는 목소리를 높였다―이건 늘 실수였다.

"이봐, 여보, 누구 말이 더 믿기는 거요? 나와 외무성 고위 관료들? 아니면 불행하게 된 전직 군인?"

그녀는 이 질문을 심각하게 생각했다. 무게를 따져보았다. 얼굴은 그에게 못 박혀 있었다. 핏기가 오른, 단호한, 굽히지 않는 청렴한 얼굴이 그의 심장을 아프게 했다. 수석으로 법대를 졸업했지만 그 학위를 사용해본 적이 없는 여자가 지금 그것을 사용하고 있었다. 힘든 질병을 연달아 겪고 사경을 넘나들면서도 겉으로 드러낸 걱정이라고는 '키트가 나 없이 살아갈 수 있을까'뿐이었던 여자의 얼굴.

"그 지휘관에게 피 한 방울 흐르지 않았느냐고 당신이 물어봤어?"

"당연히 아니지."

"왜?"

"그런 사람들의 진실성을 의심하면 곤란하니까."

"그럼 그들이 먼저 말해준 거로군. 정확히 그 표현? '피 한 방울 흐르지 않은 작전?' 그렇게?"

"그래."

"왜?"

"날 안심시키려고 그랬겠지."

"속이려고 그랬을 수도 있어."

"수재너, 이건 당신답지 않아!" 그럼 이건 나다운 일인가? 그는 비참한 기분으로 생각하며 옷방으로 휙 들어갔다가 나중에 살그머니 침대 자기 자리로 들어갔다. 수재너가 약 기운으로 꼼짝도 않고 잠들어 있는 동안, 그는 몇 시간이고 어스름한 허공만 쳐다보고 누워 있었다. 끝이 없을 듯한 새벽녘 어느 시점에선가, 그의 무의식적인 사고과정은 자발적인 결단에 이르렀다.

침대에서 조용히 몸을 굴려 내려와 복도를 지난 그는 플란넬 바지와 스포츠 재킷을 걸친 뒤 충전기에서 휴대전화를 집어 들어 재킷 주머니에 넣었다. 에밀리의 침실 문 앞에서 잠시 귀를 기울였지만 인기척이 없는 것을 확인하고, 그는 뒷계단을 통해 주방으로 내려가서 커피 한 잔을 내렸다. 거대한 계획을 실현하기 위한 필수 예비 품목이었다. 한데 과수원으로 통하는 열린 문간에서 딸의 목소리가 그를 불렀다.

"한 잔 더 있어요, 아빠?"

에밀리가 시바와 함께 아침 조깅을 하고 들어오는 길이었다.

다른 때였다면 에밀리와 기분 좋게 이야기를 나누었을 것이지만, 이 날 아침만큼은 아니었다. 그래도 그는 소나무 탁자 앞에 딸과 얼른 마주 앉았다. 에밀리의 얼굴에는 목적의식이 떠올라 있었다. 그는 에밀리가 베일리 언덕을 올라오는 도중에 부엌 불이 켜지는 것을 보고 일부러 산책에서 돌아왔다는 것을 깨달았다.

"정확히 무슨 일이에요, 아빠?"에밀리는 그 엄마에 그 딸답게 또렷한 목소리로 물었다.

"무슨 일이냐?" 심심한 미소. "무슨 일이 있어야 되냐? 엄마는 자고 있어. 난 커피를 마시는 중이야." 그러나 에밀리 앞에서 얼렁뚱땅 넘어갈 수 있는 사람은 없었다. 특히 요즘에는. 건달 버나드 놈이 그녀를 속이고 바람을 피운 뒤에는.

"어제 베일리에서 무슨 일이 있었어요?" 그녀는 물었다. "가죽 상점에서요. 아빠가 아는 분이었는데 모르는 척하셨잖아요. 그 사람은 아빠를 폴이라고 불렀고, 엄마 가방에 안 좋은 쪽지를 남겼어요."

아내와 딸의 텔레파시에 가까운 의사소통법을 간파하는 노력을 포기한 것은 이미 오래전이었다.

"음, 그건 너와 내가 이야기할 수 있는 문제가 아니야." 그는 시선을 피하며 고압적으로 답했다.

"하지만 엄마하고도 이야기할 수 있는 문제가 아니었잖아요. 맞죠?"

"음, 사실 그게 맞다, 에밀리. 엄마도 그렇겠지만 나도 기분이 좋지 않아. 불행히도 공식 기밀에 관련된 일이라서 그렇다. 엄마도 알고 있어. 받아들였다. 너도 그래야 할 거야."

"내 환자들은 내게 비밀을 말해요. 난 그 비밀을 소문내고 다니지 않는다고요. 엄마가 왜 아빠 비밀을 소문내고 다닐 거라고 생각하세요? 엄마는 입이 정말 무겁다고요. 가끔은 아빠보다 더 조용하세요."

오만한 태도를 취할 때다.

"국가 기밀이라서 그렇다, 에밀리. 내 비밀도, 네 어머니의 비밀도 아니야. 내가 맡은 기밀, 다른 누구와도 공유해서는 안 되는 기밀이다. 논할 수 있는 유일한 사람은 이미 알고 있는 사람들뿐이야. 그러니 약간은 외로운 점이다."

미묘한 자기 연민으로 끝을 맺은 뒤, 그는 일어서서 에밀리의 머리에 키스하고 헛간 앞뜰을 가로질러 임시 사무실로 향했다. 그는 문을 잠그고 컴퓨터를 열었다.

'비밀 개인 문의를 주시면 말런이 답변하겠습니다.'

낡은 캠핑카 대신 마련한 새것과 다름없는 랜드로버 뒷자리에 시바를 자랑스럽게 태우고, 키트는 베일리 언덕을 올라갔다. 그가 도착한 곳은 켈트 십자가가 박혀 있고 아침 안개가 계곡에서 솟아오르는 외딴 긴급대피구역이었다. 첫 전화는 소용없다는 것을 알았지만, 외무성 관료로서의 윤리와 자기보호 본능 때문에 전화를 걸지 않을 수 없었다. 외무성 대표번호로 전화를 걸자 단호한 여자 목소리가 이름을 분명히, 천천히 말해달라고 요청했다. 그는 이름을 말한 뒤 작위를 덧붙였다. 전화를 끊어도 되지 않을까 싶을 정도로 한참 시간이 흐른 뒤, 여직원은 이전 퍼거스 퀸 의원은 3년 전 직위를 그만두었다—키트도 잘 알고 있었지만 그래도 묻지 않을 수 없었다—연락처도 모르고 메시지를 전달할 권한도 없다고 전했다. 크리스토퍼 경—마침내, 고맙게도!—을 상주 사무관과 연결해드릴까요? 아니, 고맙습니다. 그는 상주 사무관 정도와는 논의할 수 있는 내용의 기밀이 아니라는 인상을 풍기며 대답했다.

음, 어쨌든 시도는 했으니 기록에는 남겠지. 이제 까다로운 부분으로 넘어가자.

그는 말런의 전화번호를 적은 쪽지를 꺼내 휴대전화에 입력하고, 청력이 약간 떨어졌기 때문에 음성 크기를 최대로 조절한 뒤 망설이고 싶지 않아 재빨리 녹색 버튼을 눌렀다. 잔뜩 긴장해서 신호음에 귀를 기울이던 그는 문득 휴스턴의 현재 시각을 확인하지 않았다는 것을 뒤늦게 깨달았다. 잠이 덜 깬 말런이 침대 옆에 놓인 전화를 더듬는 광경이 머릿속에 떠올랐다. 한데 텍사스 말투를 쓰는 여자의 상냥한 음성이 흘러나왔다.

"윤리적 결과에 연락해주셔서 감사합니다. 기억하세요. 여기서는 당신의 안전이 무엇보다 최우선입니다!"

그리고 군악이 흐르더니 말런의 전형적인 미국 음성이 흘러나왔다.

"안녕하세요! 말런입니다. 질문하시는 내용은 윤리적 결과의 철저한 비밀보장 원칙에 따라 언제나 극비로 취급된다는 점을 알려드립니다. 죄송합니다. 지금은 고객님의 사적인 질문을 상담할 직원이 없습니다. 하지만 2분 이내로 간단한 메시지를 남겨주시면, 비밀 상담사가 곧 연락드리겠습니다. 신호음이 울린 뒤 말씀해주세요." 2분 이내의 짧은 메시지를 준비했던가? 긴 밤을 새우면서, 말은 정리되어 있었다.

"이쪽은 폴, 엘리엇과 통화해야 합니다. 엘리엇, 폴입니다. 3년 전. 내 의도가 아닌 불쾌한 일이 발생했습니다. 긴급히 통화해야 합니다. 집으로 전화하지 마세요. 내 개인 휴대전화번호는 갖고 계실 겁니다. 전과 동일하고, 암호화는 되어 있지 않습니다. 최대한 빨리 만날 일정을 잡고 싶습니다. 직접 만날 수 없다면, 내가 의논해도 되는 권한이 있는 사람과 연결해주세요. 배경을 알고 있는 사람, 몇 가지 신경 쓰이는 정보를 알려줄 수 있는 사람이 필요합니다. 신속한 연락 기다리겠습니다. 고맙습니다. 폴."

2분 안에 까다로운 이야기를 잘 마쳤다고 생각하며, 그는 전화를 끊고 시바와 함께 산책을 나섰다. 그러나 200야드 정도 갔을까, 성취감이 바래기 시작했다. 응답이 오기까지 얼마나 기다려야 할까? 무엇보다 어디서 기다려야 하지? 세인트 피란에서는 휴대전화 신호가 들어오지 않았다. 오렌지도, 보다폰도, 어떤 통신사도. 지금 집에 들어가면 언제 다시 나올 수 있을까 하는 생각밖에 할 수 없을 것이다. 물론 집안 여자들에게도 적절한 때 기밀로 분류되지 않은 이야기 정도는 해주어야 할 것이다. 물론 일이 해결되고 나서.

그러니 문제는 이것이었다. 말런과 연락을 유지할 수 있으면서 집안 여자들과 떨어진 공간에 있으려면 어떤 핑계를 만들어야 할까? 해답. 최근 자잘한 가족신탁 문제를 정리하느라 알게 된 따분한 변호사가 트루로에 있었다. 무슨 일이 생겼다고 가정해볼까. 서둘러 해결해야 하는 복잡한 법률문제가 있다고? 여러 가지 일이 겹쳐서 지금까지 약속을 까맣게 잊고 있었다고? 괜찮았다. 그럼 이제 수재너에게 전화해야 한다.

용기가 필요하겠지만, 아내를 상대할 마음의 준비는 되어 있었다.

그는 시바를 부른 뒤 랜드로버로 돌아가서 휴대전화를 보관대에 끼우고 시동을 켰다. 순간 최대로 올린 사운드로 귀가 먹을 정도로 날카롭게 전화기가 울렸다.

"키트 브로빈입니까?" 남자 목소리였다.

"프로빈입니다. 누구시죠?" 그는 얼른 볼륨을 조정했다.

"윤리적 결과의 제이 크리스핀입니다. 아주 좋은 소식을 듣고 전화 드리는 겁니다. 엘리엇은 지금 찾을 수가 없어요. 우리 용어로는 사슴 사냥 중이라고 표현합니다만. 저와 대신 통화하실 수 있을까요?"

순식간에 일이 정리되었다. 만나기로 했다. 내일도 아니고 오늘 밤에. 탐색전도, 에둘러 말하기도 없었다. 직선적인 영국 음성, 교육받은, 동질감 있는, 조금도 방어적이지 않은 목소리. 그 자체가 많은 것을 말해주었다. 다른 상황이었다면 알고 지내게 되어서 반가웠을 인물. 그는 이 모든 것을 수재너에게 적당히 애매하게 설명한 뒤 보드민 파크웨이역에서 10시 41분 기차를 타기 위해 서둘러 옷을 입었다.

"당신은 강한 사람이야, 키트." 수재너는 허약한 몸에 남은 힘을 다해 그를 끌어안았다. "당신이 약한 게 아니야. 절대 그렇지 않아. 당신은 친절하고, 남을 잘 믿고, 충직한 사람이야. 젭도 충직한 사람이고. 당신이 그랬지. 그렇지?"

그랬던가? 그랬을지도 모른다. 그는 현명한 척 아내에게 말했다. 그렇지만 사람은 변해, 여보. 아무리 훌륭한 사람이라도. 완전히 탈선해버리는 사람도 있고.

"누군지는 몰라도 그 거물에게 단도직입적으로 물어봐. '불쌍한 젭이 말한 게 사실이냐, 죄 없는 여자와 아이가 죽었느냐?' 난 내용을 알고 싶지 않아. 절대로. 하지만 젭이 그 끔찍한 메모에 적어놓은 내용이 사실이고 우리가 카리브 해에 배치된 게 그 덕분이었다면, 우린 진실을 마주해야 해. 아무리 원한다 해도 거짓된 삶을 살아갈 수는 없어. 그럴 수 있지, 여보? 안 그러면 난 살 수가 없어." 그녀는 잠시 사이를 두고 덧붙였다.

역전에 차를 세우며, 에밀리는 보다 노골적으로 말했다.

"내용이 뭐든, 아빠, 엄마는 제대로 된 답변을 원하실 거예요."

"음, 나도 그렇다!" 그는 아픔 같은 분노에 휩싸여 날카롭게 대꾸하고 곧장 후회했다.

런던 웨스트 엔드의 코노트 호텔은 키트가 전에 와본 적이 없는 곳이었지만, 포스트모던하고 화려한 라운지에서 바삐 오가는 웨이터 사이에 혼자 앉아 있으니 자주 다닐 걸 하는 생각이 들었다. 만약 그랬다면 옷장에서 노인네 같은 시골 슈트와 갈라진 갈색 구두를 고르지는 않았을 것이다.

"혹시 비행기가 연착할 수 있으니, 날 기다린다고 말만 하시면 알아서 대접해줄 겁니다." 크리스핀은 비행기가 어디서 출발한다는 말은 하지 않았다.

과연 연단에 선 지휘자처럼 검은 옷차림을 한 집사에게 크리스핀의 이름을 넌지시 말하니, 그는 미소까지 지었다.

"먼 길을 오셨군요, 크리스토퍼 경? 음, 콘월이라, 멀지요. 크리스핀 씨 앞으로 뭘 좀 드릴까요?"

"차 한 잔, 돈은 내가 내겠습니다. 현금으로." 키트는 독립적인 지위를 유지하기로 작정하고 딱딱하게 대꾸했다.

그러나 코노트 호텔에서는 차 한 잔도 가볍게 내오지 않았다. 키트는 차 한 잔을 마시기 위해 35파운드에 팁까지 붙은 시크&츠크 애프터눈 티를 고르고 웨이터가 케이크, 스콘, 오이 샌드위치를 가져오는 동안 하릴없이 기다려야 했다.

그는 기다렸다.

크리스핀일지도 모르는 사람들이 몇 명 들어왔지만, 그를 무시하고 다른 사람들을 만났다. 전화기에서 들은 강하고 능란한 목소리로 미루어, 그는 본능적으로 그 목소리에 어울리는 남자를 찾고 있었다. 아마 어깨가 넓고, 자신감이 두둑하고, 걸음걸이가 큼직한 사람. 엘리엇이 상관을 찬양하던 목소리가 기억났다. 그런 지도력과 카리스마를 가진 인물은 어떤 형태를 하고 있을까. 그는 초조한 기분으로 농담처럼 자문했다. 재단이 훌륭한 회색 핀스트라이프 슈트를 입은 중키의 우아한 40대 남자가 옆에 조용히 앉아서 손을 잡고 낮게 말을 건넸을 때, 과연 그는 실망하지 않았다. "절 만나러 오신 것 같은데요." 즉각 알아볼 수 있었다. 제이 크리스핀은 목소리만큼 영국적이었고 세련된 사람이었다. 면도도 깔끔히 했고, 뒤로 쓸어 넘긴 건강한 머리카락, 조용한 확신이 깃든 미소, 키트의 부모님이었다면 팔다리가 길쭉길쭉하다고 했을 체구였다.

"키트, 이런 일이 생겨서 정말 유감입니다." 완벽하게 다듬은 목소리에 깃든 진정성이 키트의 심장을 쿡 찔렀다. "정말 끔찍한 시간이었겠어요. 이런, 뭘 마시는 겁니까? 차라뇨." 그는 옆으로 지나치는 웨이터를 불렀다. "위스키에 어울리는 분이. 여기 매캘란 좋습니다. 이건 다 가져가게, 루이지. 18년산 두 잔 가져와. 큰 잔으로. 얼음은? 얼음은 됐어. 소다와 물도 곁들이고." 웨이터는 떠났다. "여기까지 와주셔서 정말 감사합니다. 이렇게 걸음 하게 해서 얼마나 죄송한지 모르겠어요."

제이 크리스핀에게 끌렸다는 것을, 혹은 거부할 수 없는 그의 매력 때문에 판단력이 휘둘렸다는 것을 인정할 수는 없었다. 처음부터 그는 상대에 대해 의혹을 품고 있었고, 미팅 내내 그런 자세를 유지했다고 생각했다.

"음산한 콘월 생활은 어떻습니까? 괜찮으세요?" 크리스핀은 술이 도착하기를 기다리며 사교적으로 말을 건넸다. "빛이 그립진 않으십니까? 개인적으로 저라면 두어 주만 지나도 미쳐서 짐승들과 이야기할 것 같습니다만. 뭐, 그건 제 문제라고들 하더군요. 치료 불가능한 일 중독자. 재미라는 걸 모르는 인간." 그는 사적인 이야기를 꺼냈다. "수재너는 잘 회복되고 계시죠?" 친근감을 슬쩍 드러내는 완벽한 음조.

"아주 좋아졌습니다. 감사합니다. 아주 좋아졌어요. 시골 생활을 워낙 좋아합니다." 그는 어색하게 대답했지만, 상대가 물어보는데 뭐라고 하겠는가? 그는 화제를 돌리기 위해 약간 무뚝뚝하게 말했다.

"한데 그쪽은 근무처가 어디신지? 여기 런던인지, 아니면 휴스턴?"

"아, 런던이죠. 어디겠습니까? 여기 말고는 사람 살 곳이 없어요. 물론 콘월 북부만 빼고."

웨이터가 돌아왔다. 크리스핀의 지시대로 술을 따르는 동안 대화가 끊겼다.

"캐슈너트는?" 크리스핀은 세심하게 물었다. "여행하느라 피곤하셨을 테니 뭐 요기가 될 만한 거라도?"

"괜찮습니다. 이대로 좋습니다." 키트는 경계심을 늦추지 않았다.

"그럼 말씀하시죠." 크리스핀은 웨이터가 물러가고 난 뒤 말했다.

키트는 털어놓았다. 크리스핀은 잘생긴 얼굴에 입을 내밀고 잔뜩 집중해서 귀를 기울였고, 깔끔한 머리통은 잘 알고 있다는 듯 현명하게 끄덕거렸다. 전에 들어본 적도 있다는 투였다.

"그러다 그날 저녁, 이걸 봤습니다." 그는 시골 슈트 안주머니에서 축축한 갈색 봉투를 꺼내 젭이 수첩에서 찢어낸 종잇조각을 크리스핀에게 건넸다. "보시죠." 그는 한층 심각하게 말했다. 크리스핀의 잘 다듬은 손이 종이를 받아들었다. 크림 실크 소매의 이중 커프스와 금이 새겨진 링크스가 눈에 띄었다. 그는 뒤로 몸을 기대더니 두 손으로 종이를 들고 승마 선수처럼 침착하게 빛에 비춰보았다.

음, 죄책감을 느끼는 걸까? 충격이라도 받았나? 아니, 분명 뭔가 있을 텐데!

그러나 크리스핀은, 적어도 키트의 눈에는 아무 기색도 내비치지 않았다. 평정한 얼굴 윤곽은 흔들리지 않았고, 손도 격하게 떨리지 않았다. 그저 말쑥한 머리를 서글프게 흔들며 군인 같은 목소리로 덧붙였을 뿐이었다.

"음, 정말 유감입니다, 정말 유감이에요, 키트. 정말 끔찍한 상황이었겠어요. 수재녀도 그렇고. 섬뜩했겠어요. 수재녀가 어떤 기분이었을까요. 상상도 못 하겠습니다. 정말 충격을 받은 건 부인 아니겠습니까. 이유도 모르고, 상황도 모르고, 물어볼 수도 없고. 한심한 놈. 죄송합니다.

젠장!" 그는 마음의 고통을 억누르는 듯 입 안으로 격하게 중얼거렸다.

"수재녀는 분명한 해답을 원하고 있습니다." 키트는 어떻게든 답을 얻어내겠다는 결의로 강조했다. "아무리 나쁜 상황이라 해도, 수재녀는 무슨 일이 있었는지 알고 싶어합니다. 나도 그렇고요. 우리가 카리브 해에 배치된 것이 내 입을 막기 위한 방법이었다고 생각하고 있어요. 전혀 의도는 아니었지만, 딸도 덩달아 비슷한 생각을 하고 있습니다. 상상하실 수 있겠지만, 그리 유쾌한 상황은 아니지요." 크리스핀은 공감한다는 듯 고개를 끄덕였고, 키트는 좀 더 용기를 얻었다. "은퇴 뒤 이렇게 사는 건 그리 달갑지 않습니다. 국가에 힘을 다해 봉사했는데, 그게 모두 무슨, 노골적으로 말해 살인을 은폐하기 위한 포장이었다는 게 드러난다면." 그는 웨이터가 초가 딱 하나 꽂힌 생일 케이크를 얹은 트롤리를 끌고 지나치는 동안 잠시 입을 다물었다. "게다가 일급 군인의 평생이 완전히 망가졌다면, 그랬을 수도 있다면. 수재녀는 그런 걸 절대 가볍게 여기지 않습니다. 자기 자신보다 다른 사람을 더 많이 배려하는 사람이니까요. 그러니 내 말은, 우리는 이리저리 에두르지 않은 사실을 원한다는 겁니다. 그렇다, 아니다. 단도직입적으로, 우리 둘 다, 우리 모두 다. 누구나 그렇겠지요. 유감입니다."

유감이라니? 목소리에서 자제심이 빠져나가고 얼굴에 핏기가 떠올라서? 전혀 유감스러울 일이 아니다. 드디어 분노가 치밀어 올랐고, 이건 당연한 일이었다. 스키가 봤다면 격려해주었을 것이다. 에밀리도 마찬가지다. 곱슬머리를 맵시 있게 빗어 넘긴 머리통을 잘난 척 끄덕이고 있는 제이 크리스핀이라는 이 사람의 모습을 보았다면, 지금 그처럼 에밀리와 스키 역시 격분했을 것이다.

"게다가 난 이 건의 악역이군요." 크리스핀은 자신을 향한 추궁을 납득했다는 듯 점잖게 대꾸했다. "난 그 일을 꾸민 나쁜 놈이죠. 싸구려 용병을 고용하고, 랭글리와 우리 특수부대에 사기를 쳐서 지원을 요청하고, 어마어마한 실패로 돌아간 작전을 지휘한 놈. 그렇죠? 게다가 난 평정심을 잃고 부하들이 죄 없는 어머니와 그 아이를 쏴 죽이도록 내버려둔 무능한 현장지휘관을 파견했습니다. 이렇게 생각하고 계시는 겁니까, 혹시 제가 모르는 부분이 더 있나요?"

"이보세요, 난 그런 말을 한 적이……"

"아뇨, 키트. 하실 필요 없습니다. 젭이 그렇게 말했고, 그 말을 믿으셨으니. 포장하실 필요 없어요. 3년 동안 내가 겪은 일이고, 앞으로 3년 더 겪는다 해도 상관없습니다." 자기 연민의 흔적이 전혀 없는 말투, 적어도 키트의 귀에는 그렇게 들렸다. "공정하게 말해 젭 같은 사람이 유일한 경우는 아닙니다. 이 일을 하다 보면 온갖 사람을 다 봐요. 사실이든 상상이든 외상 후 스트레스 장애를 겪는 사람들, 퇴직금과 연금에 대한 불만을 품고, 망상을 하고, 자기 인생을 새로 쓰고, 그러다 제때 입을 막지 않으면 변호사에게 달려가죠. 하지만 이 친구는 정말 대단하군요." 갑갑하다는 듯한 한숨, 다시 한 번 서글픈 고갯짓. "젭은 한창때 일을 정말 잘했습니다. 최고였어요. 그게 오히려 더 문제예요. 그럴듯하니까요. 의원, 국방성 장관에게 가슴 아픈 편지를 쓰고. 본부에서는 그를 '난쟁이 독약'이라고 부릅니다. 뭐, 그건 됐고요." 다시 한 번 한숨. 이번에는 거의 들리지 않을 정도였다. "정말 그 만남이 우연이었다고 확신하십니까? 그가 당신을 추적하지 않았을까요?"

"완전한 우연입니다." 문득 의심을 느꼈지만, 그는 힘주어 대답했다.

"혹시 콘월 지역 신문이나 라디오에서 크리스토퍼 경과 레이디 프로 빈이 축제를 주최한다는 소식을 알리지 않았을까요?"

"그럴 수야 있겠죠."

"어쩌면 그게 단서겠지요."

"그럴 리 없습니다." 그는 단호하게 말했다. "젭은 축제에 와서 대면할 때까지 내 이름도 몰랐습니다." 분노를 유지할 수 있어서 다행이었다.

"어디서 당신 사진을 봤을 가능성은?"

"제가 본 건 없습니다. 그런 게 있었다면 말로 부인이 말해줬을 겁니다. 우리 가정부가." 그는 힘주어 말했다. 그리고 한결 확신 어린 투로 덧붙였다. "말로 부인이 뭔가 놓쳤다 해도, 마을 전체가 말해줬을 겁니다."

웨이터는 술 한 잔 더 하시겠느냐고 물었다. 키트는 거절했다. 크리스핀은 두 잔 더 달라고 했고, 키트는 굳이 거부하지 않았다.

"우리 일에 대해 알고 싶으신 게 있습니까, 키트?" 크리스핀은 다시 둘만 남자 물었다.

"그런 건 아닙니다. 내가 참견할 일이 아닙니다."

"그래도 아셔야 할 것 같습니다. 당신은 외무성에서 정말 훌륭한 일을 해내셨습니다. 여왕을 위해 분주하게 일했고, 연금과 작위를 받을 자격이 당연히 있어요. 무엇보다 일급 공무원으로서 당신은 누구도 못 할 일을 했습니다. 아니, 정말 대단했어요. 당신은 일개 참여자가 아니었습니다. 우리 기업가에서 수렵 채집인이라고 일컫는 그런 존재가 아니었단 말입니다. 안 그렇습니까? 인정하세요."

"무슨 말을 하시려는지 모르겠습니다." 키트는 불쾌하게 대답했다.

"인센티브 말입니다." 크리스핀은 끈기 있게 설명했다. "사람들을 아침에 침대에서 일어나 일하러 나가게 만드는 동력 말입니다. 돈. 재물, 황금. 우리 업계에서는—당신 업계 말고요—야생동물 건처럼 성공적인 작전을 펼쳤을 때 보상을 누가 받느냐, 그런 종류의 불만이 생기게 마련입니다. 젭 같은 종류의 인물은 영국 은행 돈 절반을 다 받아 마땅하다고 생각하지요."

"젭이 군인이라는 걸 잊으신 것 같은데." 키트는 목소리를 높이며 말을 막았다. "그는 영국군이었습니다. 물론 같이 일할 때 내게 용병에 대한 반감을 드러낸 적도 있어요. 용인한다, 하지만 그뿐이었습니다. 그는 영국군이라는 것을 자랑스러워했고, 그에겐 그걸로 충분했어요. 그건 확실했습니다. 유감이지만." 얼굴이 더욱 달아올랐다.

크리스핀은 최악의 상황을 확인했다는 듯 부드럽게 혼자 고개를 끄덕였다.

"아, 이런. 젭, 이 친구. 정말 그가 그런 소리를 했단 말입니까? 세상에!" 그는 자세를 다듬었다. "용병과 손을 잡지 않는 영국 군인이 엄청난 전리품을 원했다? 세상에, 훌륭하군, 젭. 이렇게 심오한 위선이라니. 원하는 걸 얻지 못하자, 그는 윤리적 결과의 온갖 출입문을 다 두드리고 다녔습니다. 이 이중인격자 같은……" 그는 미묘하게 문장을 끝맺지 않았다.

이번에도 키트는 단념하지 않았다.

"아니, 이건 모두 요점에서 빗나간 이야기요. 난 아직 대답을 얻지 못했습니다. 수재너도 마찬가지고."

"무슨 대답 말입니까, 정확히?" 크리스핀은 아직 도대체 무슨 악마가 남았느냐는 듯 답답한 목소리로 물었다.

"내가 얻으려고 여기까지 온 질문에 대한 대답 말이오. 맞다, 아니다. 보상이니 전리품 같은 건 상관없습니다. 다 쓸데없는 소리고. 내 질문은 첫째, 작전에서 정말 피 한 방울 흐르지 않았나? 죽은 사람이 있었나? 죽었다면 누가 죽었나? 죄가 없든 있든 상관없어요. 누군가 죽었나? 그리고 둘째." 숫자가 맞는지 알 수 없었지만, 그는 말을 계속했다. "여자가 죽었나? 그녀의 아이가 죽었나? 아니, 누구의 아이든, 아이가 죽었나? 수재너는 알 권리가 있습니다. 나도 그렇고. 우리 딸도 거기, 축제판에 있었으니 에밀리에게도 알려줄 의무가 있어요. 딸도 들었습니다. 듣지 말아야 할 말을. 젭에게서. 딸의 잘못은 아니지만, 어쨌든 들었어요. 얼마나 들었는지는 모르겠지만, 충분히 들었습니다." 기차역에서 에밀리와 헤어지면서 했던 말이 아직 수치스러웠다. 그는 분위기를 누그러뜨리려고 덧붙였다. "엿들었겠지요. 딸을 탓하지 않습니다. 딸은 의사예요. 관찰력이 뛰어납니다. 사실을 알아야 합니다. 그게 직업이니까요." 크리스핀은 이런 질문이 아직 문제가 되느냐는 듯 놀라고 약간 상처 입은 표정을 지었다. 그러나 그는 어쨌든 대답했다.

"당신 문제부터 먼저 이야기하죠, 키트." 그는 친절하게 말했다. "정말 돌섬에 피가 흩뿌려졌다면, 늙은 외무부가 당신에게 그 자리를—그런 영광을—줬을 거라고 생각합니까? 알려지지 않은 장소에서 펀터가 심문관에게 모든 것을 자백했다는 사실을 접어두고라도 말입니다."

"그럴 수도 있지요." 키트는 자신이 한때 몸담았던 부처를 외부자가 비하하는 것을 무시하고 고집스럽게 답했다. "내 입을 막으려고. 날 전선에서 끌어내리고. 내 입에서 뭔가 새어나가지 않게 하려고. 외무부는 그보다 더한 일도 했습니다. 수재너도 그럴 수 있었다고 생각하고. 나도 마찬가집니다."

"그럼 제 입모양을 잘 보세요." 키트는 눈썹을 잔뜩 찌푸리고 시키는 대로 했다.

"키트, 사망자는 단 한 명도, 반복하지만 단 한 사람도 없었습니다. 다시 말할까요? 피 한 방울도, 누구의 피도 흐르지 않았습니다. 죽은 아이도, 죽은 엄마도 없어요. 이제 됐습니까? 수위에게 성경이라도 가져오라고 할까요?"

아늑한 봄날 저녁, 코노트에서 팰맬까지 걷는 길은 즐거움이라기보다 서글픈 자축에 가까웠다. 불쌍한 젭은 정말 심하게 망가진 모양이다. 그 때문에 마음이 아팠다. 한때의 전우, 탐욕과 부당함이라는 감정 앞에 무너져 버린 용감한 군인. 그가 알던 사람은 그보다 훌륭한 사람이었다. 존경할 만한 남자, 뒤따를 수 있는 남자. 그들의 행보가 언젠가 다시 겹친다면 ─ 제발 그런 일이 없기를, 하지만 만에 하나라도 ─ 그는 우정의 손길을 거두지 않을 것이다. 베일리 축제에서의 우연한 만남에 대해서는 크리스핀과 같은 의혹을 품고 있지 않았다. 그건 단순한 우연, 그뿐이었다. 지구상 가장 위대한 배우라도 밴 뒤꽁무니에서 그를 올려다보던 망가진 얼굴을 분장으로 꾸밀 수 없을 것이다. 젭은 정신이 나갔을 수도 있고, 외상 후 스트레스 장애를 앓고 있을 수도, 혹은 요즘 어디나 쉽게 갖다 붙이는 어떤 심각한 병명이라도 갖다 붙일 수 있을 것이다. 그러나 키트에게 그는 영원히 자신을 경력의 정점으로 이끌어준 젭이었고, 그 사실만큼은 무엇도 바꿀 수 없었다.

이 결의에 찬 공식을 머릿속에 새기며, 그는 옆길로 들어서서 수재너에게 전화했다. 진작부터 걸고 싶었지만, 코노트를 나선 뒤로 정체를 알 수 없는 두려운 감정이 있기도 했다.

"아주 잘 됐어, 스키." 그는 조심스럽게 말을 골랐다. 에밀리가 노골적으로 지적했듯, 수재너는 그보다 더 보안에 신경을 쓰는 사람이었다. "인생에서 비극적으로 길을 잃고 사실과 허구를 구별할 수 없는, 아주 많이 아픈 사람이었어. 알겠지?" 그는 다시 말을 이었다. "아무도, 반복하지만, 아무도 사고로 다치지 않았어. 스키? 듣고 있어?"

이런, 그녀는 울고 있었다. 그럴 리가. 스키는 울지 않는다.

"스키, 여보, 사고는 없었어. 모두 괜찮아. 뒤에 남은 아이도 없어. 엄마도 없고. 축제에서 만난 친구의 망상이었을 뿐이야. 불쌍한, 용감한 사람이고, 정신적인 문제가 있어. 돈 문제도 있고, 그런 것 때문에 머릿속이 엉망이 돼버린 거야. 최고위급 인사에게서 분명히 확인했어."

"키트?"

"왜 그래, 여보? 말해봐. 제발. 수재너?"

"난 괜찮아, 키트. 그냥 좀 피곤하고 우울했어. 이제 한결 나아졌어." 아직 우는 건 아니겠지? 스키? 그럴 리가. 스키가. 절대 그럴 리가 없다. 다음으로 에밀리에게 전화를 걸 생각을 하다가, 그는 마음을 돌려먹었다. 내일 거는 게 낫겠다.

클럽은 술 마시는 시간이었다. 오랜 친구들이 그를 환영하고, 술을 샀고, 그도 한 잔씩 돌렸다. 콩팥과 베이컨 요리가 긴 탁자에 놓여 있었고, 진열된 커피와 와인도 적절했다. 엘리베이터는 고장 났지만, 그는 네 개 층을 쉽게 올라간 뒤 소화기를 발로 걷어차지 않고 긴 복도를 지나 더듬더듬 침실로 향했다. 벽을 아래위로 더듬어서 조명 스위치를 찾았지만, 좀처럼 찾을 수가 없었다. 더듬거리고 있는데, 문득 방 안에 신선한 공기가 가득 차 있는 것이 느껴졌다. 전에 있던 손님이 클럽 규칙을 어기고 담배를 피운 뒤 증거를 없애기 위해 창문을 열어뒀을까? 그렇다면 관리인에게 공식적으로 편지를 써야겠다.

마침내 스위치를 찾고 불을 켜자, 열린 창가의 렉신 안락의자에 말쑥한 진청색 블레이저 차림의 젭이 가슴주머니에 흰 삼각형 손수건을 꽂고 앉아 있었다.

IV

총격 사건의 유일한 목격자

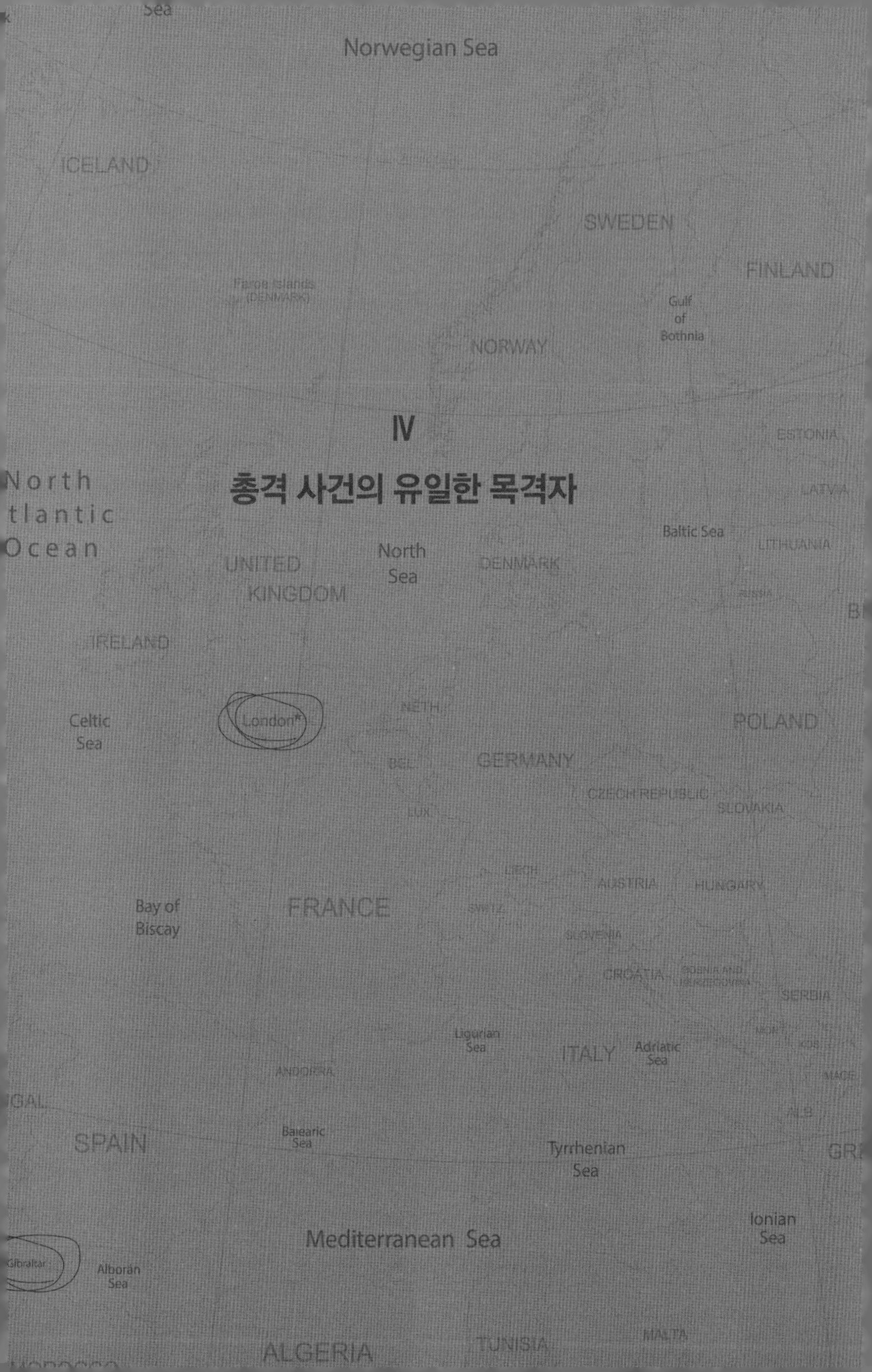

고단하지만 보람 있었던 베이루트 영국 대사관 파견에서 돌아온 직후인 토요일 새벽 3시 20분, 이즐링턴 토비 벨의 아파트 현관 매트에 갈색 A4 봉투가 표지를 위쪽으로 하고 툭 떨어졌다. 본능적으로 보안 문제를 의식한 토비는 침대 옆에서 손전등을 집어 들고 경계 태세로 살금살금 복도를 지났다. 조용히 계단 아래로 멀어지는 발소리와 현관문 닫히는 소리가 들렸다.

봉투는 두꺼웠고 기름칠이 되어 있었으며 소인이 찍혀 있지 않았다. '기밀&사신'이라는 단어가 왼쪽 상단 구석에 대문자로 커다랗게 적혀 있었다. 수신인은 'T. 벨 귀하, 아파트 2호', 눈에 익지 않은, 영국인 같은 필기체였다. 뒷면 뚜껑은 접착테이프 두 개로 봉해져 있었고, 양쪽 끝이 앞쪽까지 둘러져 있었다. 발신인의 이름은 적혀 있지 않았다. 혹시 '귀하'라는 구식 명칭을 정식으로 쓴 것이 그를 안심시키기 위해서였는지는 몰라도, 그 단어는 오히려 반대 효과를 낳았다. 봉투의 내용물은 납작한 것 같았다. 그러니 소포가 아니라 편지였다. 그러나 토비는 경험상 손을 날려버릴 수 있는 장치가 그리 클 필요가 없다는 것을 알고 있었다.

이런 시각에 1층 아파트에 어떻게 편지가 배달될 수 있었는지는 큰 수수께끼가 아니었다. 주말에는 현관문이 밤새도록 잠겨 있지 않을 때가 많았다. 그는 용기를 내어 봉투를 집어 든 뒤 팔을 쭉 뻗어 부엌으로 가져갔다. 전등 불빛에 비춰 검사하고 옆면을 부엌칼로 찢으니 두 번째 봉투가 나타났다. 같은 필체로 적혀 있었다. 'T. 벨 귀하만 보시오.'

안의 봉투도 접착테이프로 봉해져 있었다. 파란 용지 두 장에 빽빽하게 내용이 적혀 있었고, 날짜는 없었다.

발신: 장원, 세인트 피란, 보드민, 콘월

친애하는 벨 씨,

은밀한 편지와 조심스러운 배달 방식을 용서하십시오. 자료 조사를 통해 3년 전 귀하가 모 장관의 개인비서였다는 사실을 알게 되었습니다. 혹시 '폴'이라는 이름을 아신다면, 아마 제 걱정의 성격을 짐작하실 것이고 제가 왜 편지로 길게 설명하지 못하는지 이해하실 겁니다.

제가 처한 상황이 워낙 민감해서 귀하의 인간적인 직관에 호소하고 절대 비밀을 지켜주시기를 부탁하지 않을 수 없게 되었습니다. 최대한 빠른 시일 내에 런던보다 여기 인적 없는 콘월 북부에서 개인적으로, 귀하가 정하는 시각에 만나 뵙기를 청합니다. 이메일이나 전화, 공식적인 우편으로 미리 알려주실 필요는 없고, 권하고 싶지도 않습니다.

제 집은 현재 수리 중이지만, 묵으실 방은 충분합니다. 가능한 한 빨리 만나뵐 수 있지 않을까 하는 희망에, 이 편지를 주말이 시작되는 시각에 보냅니다.

크리스토퍼 (키트) 프로빈

추신 1. 지도와 교통편을 동봉합니다.
추신 2. 귀하의 주소는 옛 동료에게 핑계를 대서 구했습니다.

편지를 읽는 동안, 재판관 같은 평정과 성취감, 후련함 같은 것이 토비의 가슴에 내려앉았다. 3년 동안 그는 이런 신호를 기다려왔고, 지금 그 신호가 그 앞에, 부엌 테이블 위에 놓여 있었다. 베이루트에서 최악의 순간들을 겪으면서도―폭발물 위협, 납치 공포, 통행금지, 암살, 예측할 수 없는 군부 수장들과의 기밀 회의―그는 단 한 번도 '존재하지 않았던 작전'과 자일스 오클리의 설명할 수 없는 입장 전환에 얽힌 수수께끼를 잊은 적이 없었다. 다우닝 스트리트 실세들의 유망주 퍼거스 퀸이 정계에서 물러나 영연방 모 국가의 군수조달 자문위원직을 수락했다는 결정은 토비가 베이루트로 옮긴 뒤 겨우 며칠 만에 발표되었고 주말 동안 정치 가십난을 장식했지만, 달리 내실 있는 소식은 없었다.

목욕 가운 차림으로 토비는 서둘러 데스크톱으로 향했다. '크리스토퍼 (키트) 프로빈, 1950년생, 케임브리지 대학 말버러와 키스 대학에서 2등으로 수학과 생물학을 전공했다.' 인명록에 한 단락 짧게 적혀 있었다. '수재너 카듀와 결혼해서 1녀가 있다. 파리와 부쿠레슈티, 앙카라, 빈에서 근무했고 기타 국내 활동을 하다가 카리브 해 모 군도의 고등판무관이 되었다.

부임지에서 여왕에게 기사 작위를 받았고, 1년 전에 은퇴했다.'

이 평범한 기록을 통해, 기억이 봇물 터지듯 활짝 열렸다.

그래, 크리스토퍼 경, 우린 폴이라는 이름으로 서로 알고 있어!

그리고 키트, 당신 걱정의 성격도 짐작할 수 있고 왜 편지로 길게 설명하지 못하는지도 이해하겠어.

이메일이나 전화, 공식적인 우편이 필요 없고, 권하고 싶지 않은 것도 전혀 놀랍지 않아. 폴이 키트고, 키트가 폴이니까! 당신은 저고도 비행기이자 빨간 전화기였고, 지금 내 인간적인 직관에 호소하고 있어. 그래, 키트─아니, 폴─당신의 호소는 헛되지 않았어.

런던에 사는 독신 남성인 토비는 차를 갖고 있지 않았다. 웹에서 기차 시간표를 찾는 데 10분이나 걸렸고, 보드민 파크웨이 역에서 승용차를 예약하는 데 다시 10분이 걸렸다. 한낮에는 웨스터 컨트리의 구릉진 들판이 천천히 지나치는 것을 바라보며 과연 밤이 되기 전에 목적지에 도착할 수 있을까 하는 암담한 기분으로 기차 식당 칸에 앉아 있었다. 그러나 늦은 오후, 그는 클러치가 잘 미끄러지고 핸들링이 좋지 않은 커다란 세단형 승용차를 몰고 좁은 길을 지나고 있었다. 나뭇가지가 낮게 드리워져 있어 마치 햇살이 군데군데 쏟아지는 터널을 지나는 기분이었다. 곧 기다렸던 이정표가 나타났다. 여울, 급커브, 외롭게 서 있는 공중전화, 막다른 길 표지판, 마침내 '세인트 피란 마을 2마일'이라는 경계석이 보였다.

그는 가파른 언덕을 내려가서 옥수수밭을 뚫고 화강암 울타리로 표시된 군 경계를 지났다. 농가가 한데 모인 마을이 전방에 보였고, 이어

현대적인 1층 건물들이 넓게 펼쳐졌으며, 뭉툭한 화강암 교회와 마을 도로가 나타났다. 도로 끝 낮은 언덕에는 장원이 있었다. 포치에 기둥이 세워져 있고 돌사자 상을 올려놓은 거만한 문기둥 사이에 커다란 철문이 있는 보기 흉한 19세기 소지주의 농장이었다.

토비는 처음 장원을 지나칠 때 곧장 차를 세우지 않았다. 그는 베이루트 사람, 누군가를 만나기 전에 가능한 모든 정보를 수집하는 습관이 있었다. 언덕을 가로지르는 비포장도로를 따라가자, 그는 곧 경사진 슬레이트 지붕들을 내려다볼 수 있었다. 지붕 사이에는 사다리가 걸려 있었고, 낡은 온실, 시계탑은 있지만 시계가 없는 헛간이 있었다. 헛간 앞에는 시멘트 믹서와 모래 더미가 쌓여 있었다. '제 집은 현재 수리 중이지만, 묵으실 방은 충분합니다.'

정찰을 마친 그는 마을 중심가로 돌아와서 짧고 울퉁불퉁한 드라이브웨이를 지나 장원의 포치 앞에 차를 세웠다. 초인종은 없었고, 놋쇠 노커뿐이었다. 노커 소리가 커다랗게 울리자 개 짖는 소리가 들렸고, 집 안 깊숙한 곳에서 격한 망치질 소리가 들렸다. 문이 활짝 열리더니 작고 용감해 보이는 60대 여자의 얼굴이 날카로운 파란 눈으로 그를 엄격하게 관찰했다. 옆에서 진흙투성이인 누런 래브라도 견이 똑같은 짓을 하고 있었다.

"제 이름은 토비 벨입니다. 혹시 크리스토퍼 경과 말씀을 나눌 수 있을지요." 여자의 수척한 얼굴이 풀리더니 따뜻하고 아름다운 미소가 퍼졌다.

"아, 당신이 토비 벨이군요! 잠시 너무 젊다는 생각이 들어서. 미안해요. 나처럼 늙다 보면 이렇게 된답니다. 여기 있어요, 여보! 토비 벨 씨야! 어디 있지? 부엌에 있을 거예요. 낡은 빵 오븐과 씨름하고 있어요. 키트, 제발 그만 두드리고 이리 나와봐! 플라스틱 귀마개를 사줬는데 끼질 않아요. 남자들 고집이란. 시바, 토비에게 인사하렴. 토비라고 불러도 괜찮겠지요? 난 수재너예요. 가만있어, 시바! 이런, 씻겨야겠네."

망치질이 그쳤다. 진흙투성이 래드라도 견이 토비의 다리에 코를 문질렀다. 수재너의 시선을 따라, 그는 판석이 깔린 어두침침한 복도를 내려다보았다.

"정말 그 사람이야? 그 사람 맞아? 조심해야 해. 새로운 배관공일 수도 있어."

목소리를 알아들을 수 있었다. 3년 동안 기다린 끝에, 토비는 마침내 진짜 폴의 목소리를 듣고 있었다.

"당연히 그 사람 맞지!" 수재너는 안쪽을 향해 소리쳤다. "먼 길을 오셨으니 빨리 샤워부터 하고 독한 술도 한잔하고 싶으실 거야. 그렇죠, 토비?"

"여행은 잘하셨습니까, 토비? 길은 잘 찾으셨고? 혹시 위치 설명이 부족해서 애를 먹진 않으셨는지?"

"좋았습니다! 설명은 아주 정확했습니다." 토비는 열심히 복도 저쪽으로 소리쳤다.

"손을 씻고 부츠를 벗어야 하니 30초만 기다려주세요. 곧 나갑니다."

수돗물 흐르는 소리, 관 울리는 소리, 파이프 부글거리는 소리. 진짜 폴의 침착한 발소리가 판석 위로 다가왔다. 마침내 폴 본인이 처음에는 실루엣으로, 마침내 작업복과 낡은 운동화 차림의 실물로 나타났다. 그는 수건으로 손을 닦은 뒤 토비의 손을 두 손으로 잡았다.

"정말 반갑습니다." 그는 열렬히 말했다. "우리에게 얼마나 큰 의미가 있는지 모르실 겁니다. 정말 걱정스러운 일이어서요. 그렇지, 수재너?"

그러나 수재너가 대답하기 전에, 검은 머리, 이탈리아계의 커다란 눈을 지닌 키 크고 날씬한 20대 초반의 여성이 어디서 나타났는지 키트 옆에 서 있었다. 그녀는 인사보다 토비를 관찰하는 데 더 관심이 있어 보였다. 첫인상은 무슨 집안 가정부, 오페어 같았다.

"안녕하세요. 난 에밀리예요. 딸이죠." 그녀는 간결하게 자신을 소개하고 아버지 옆으로 손을 내밀어 사무적인 악수를 청했다. 미소는 짓지 않았다.

"칫솔은 가져오셨소?" 키트는 물었다. "잘했습니다! 차 안에? 물건을 가져오세요. 방을 안내해드리겠습니다. 여보, 얼른 저녁을 준비해줘. 이 친구 아마 오래 여행하느라 뱃가죽이 등에 달라붙었을 거야. 말로 부인의 파이를 먹으면 힘이 나겠지."

주 계단은 수리 중이었기 때문에, 그들은 낡은 하인용 계단으로 올라갔다. 키트는 벽에 페인트칠을 한 것이 마를 때가 됐지만 아직 만지지 말라고 했다. 여자들은 사라졌다. 부엌방에서 시바 씻기는 소리가 들렸다.

"에밀리는 의사요." 키트는 계단을 오르며 말했다. 목소리가 계단참에 메아리쳤다. "바트에서 학위를 받았지. 수석으로 졸업했습니다. 이스트엔드에서 불쌍하고 가난한 사람들을 돕고 있어요. 여기 판자가 삐걱거리니 조심하시오." 그들은 문이 한 줄로 늘어선 위층 복도에 도달했다. 키트는 중간 문을 열었다. 지붕 창 밖으로 담장 안의 정원이 보였다. 싱글 침대는 깔끔하게 정돈되어 있었다. 책상 위에는 인쇄용지와 볼펜이 놓여 있었다.

"씻은 뒤에 서재에서 스카치 한잔하시오." 키트는 문간에서 말했다. "준비가 되면 저녁 전에 산책이나 합시다. 여자들이 없을 때 말하는 게 편할 테니까." 그는 어색하게 덧붙였다. "샤워 조심하시오. 물이 약간 뜨거워요."

욕실에 들어가서 옷을 벗으려는 순간, 토비는 문 너머에서 커다랗게 울리는 화난 음성에 깜짝 놀랐다. 침실로 다시 나가보니 에밀리가 운동복과 스니커즈 차림으로 손에 리모컨을 들고 텔레비전 앞에 서서 채널을 돌리고 있었다.

"텔레비전이 잘 작동하는지 확인하는 게 좋겠다고 생각했어요." 그녀는 소리를 줄일 생각도 하지 않고 어깨 너머로 설명했다. "여긴 외국 근무처예요. 아무도 다른 사람이 말하는 걸 들어서는 안 돼요. 게다가 벽에도 귀가 있고, 카펫은 없어요."

텔레비전은 아직 커다랗게 울리고 있었고, 그녀는 한 걸음 다가섰다. "젭 대신 오신 거예요?" 그녀는 그의 얼굴을 똑바로 보며 물었다.

"누구요?"

"젭. 제이-이-비."

"아뇨. 아닙니다."

"그가 누군지 아세요?"

"모릅니다."

"음, 아빠가 아는 사람이에요. 아주 큰 비밀이죠. 젭은 아빠를 폴이라고 부른다는 것밖에 몰라요. 지난 수요일에 오기로 했는데 오지 않았어요. 사실 이 침대는 그가 묵을 곳이었어요." 그녀는 갈색 눈으로 그를 여전히 바라보고 있었다.

텔레비전에서는 퀴즈 프로그램 사회자가 소란을 피우고 있었다.

"난 젭이란 사람을 모르고, 평생 만나본 적도 없습니다." 토비는 신중하게 계산된 목소리로 대답했다. "난 토비 벨, 외무성 소속입니다." 그는 일부러 사이를 두고 덧붙였다. "하지만 개인이기도 합니다. 그게 무슨 뜻이건."

"지금은 어떤 분이세요?"

"개인입니다. 이 집의 손님으로 온."

"그런데 젭은 모르세요?"

"개인으로도, 외무성 직원으로도 젭이라는 사람은 모릅니다. 그 점은 분명히 말씀드렸습니다."

"그럼 왜 오셨어요?"

"아버님이 나와 할 이야기가 있다고 하셨어요. 이유는 말씀하지 않으셨습니다." 그녀의 목소리는 약간 누그러졌다.

"엄마는 정말 입이 무거워요. 아프기도 하시고 스트레스를 많이 받으셔서, 하필 이런 문제가 생긴 게 불운이죠. 그래서 내가 궁금한 건, 당신은 상황을 풀려고 왔나요, 악화시키려고 왔나요? 혹시 그것조차 모르세요?"

"모르겠습니다."

"외무성에서도 당신이 여기 온 걸 아나요?"

"아뇨."

"하지만 월요일에는 알 거예요."

"그 점은 지레짐작하지 마십시오."

"왜요?"

"일단 아버님과 이야기를 나눠봐야 하니까요."

누가 백만 파운드를 땄는지, 텔레비전에서 승리의 환호가 울렸다.

"오늘 밤 아버지와 이야기를 나눈 뒤 아침에 떠나실 거죠. 그럴 계획 인가요?"

"그때까지 용건이 끝나면."

"세인트 피란에서 아침 기도가 열리는 주예요. 부모님은 10시에 거리행진에 나가시고요. 아빠는 악단원이던가 속관이던가, 그런 걸 맡았 어요. 부모님이 교회로 출발하기 전에 작별인사를 하게 되면, 뒤에 남아 서 나랑 이야기를 좀 해요."

"할 수 있다면 그러죠."

"그게 무슨 뜻이죠?"

"아버님이 비밀을 원하시면 그 뜻을 존중해야 하니까요."

"내가 비밀을 말하고 싶어한다면요?"

"그럼 당신 비밀도 존중해드리죠."

"10시에 봐요."

"10시."

키트가 파카를 움켜쥐고 복도에 서 있었다.

"위스키는 나중에 마시겠나? 날씨가 안 좋을 것 같군."

그들은 물에 젖은 정원을 터벅터벅 걸었다. 키트는 낡은 부지깽이를 들고 있었고, 시바가 그 뒤를 졸졸 따랐으며, 토비는 발에 너무 큰 웰링턴 부츠를 빌려 신고 힘겹게 쫓아가고 있었다. 그들은 블루벨이 피어 있는 길을 따라 '위험' 경고판이 붙은 삐걱거리는 다리를 건넜다. 화강암 출입구를 지나니 탁 트인 언덕이 나타났다. 경사를 오르는 동안, 서풍이 보슬비를 얼굴에 흩뿌렸다. 언덕 꼭대기에는 벤치가 있었지만 젖어서 앉을 수가 없었기에, 그들은 빗속에서 눈을 반쯤 감은 채 서로를 마주 보고 섰다.

"여기 괜찮습니까?" 키트는 물었다. 빗속에 서 있어도 되겠느냐는 뜻이었다.

"괜찮습니다. 좋습니다." 토비는 정중하게 답했다. 키트는 용기를 끌어올리려는지 잠시 사이를 둔 뒤 입을 열었다.

"야생동물작전, 대단한 성공이었다고 들었습니다. 다들 축배를 들었죠. 난 기사 작위를 받았고, 당신은 승진했고. 왜 그러시오?"

그는 얼굴을 찌푸린 채 기다렸다.

"죄송합니다." 토비는 말했다.

"뭐가?"

"난 야생동물작전을 들어본 적이 없습니다." 키트는 그를 멍하니 쳐다보았다. 친근감이 얼굴에서 빠져나갔다.

"야생동물, 맙소사, 이 사람아! 극비작전! 공기관과 사기업이 협조해서 아주 중요한 테러리스트를 체포한 작전 말이야." 토비는 아직 알아듣는 기색이 없었다. "보시오. 들어본 적이 없는 척하려면 뭐하러 여기까지 온 거요?"

그는 얼굴 위로 빗물을 줄줄 흘리면서 토비를 쏘아보며 대답을 기다렸다.

"난 당신이 폴이었다는 걸 압니다." 토비는 에밀리를 대했던 것과 같은 평정한 음성으로 답했다. "하지만 야생동물작전이라는 이름은 방금 말씀하셔서 처음 알았습니다. 야생동물과 관련된 서류는 본 적이 없습니다. 회의에도 참석하지 않았고요. 퀸은 절 완전히 따돌렸습니다."

"하지만 당신은 그의 개인비서였잖소."

"네, 맞아요. 개인비서였죠."

"엘리엇은? 엘리엇은 들어봤소?"

"간접적으로만."

"크리스핀은?"

"네, 크리스핀도 들어봤습니다." 토비는 똑같은 억양으로 인정했다. "크리스핀은 만난 적도 있습니다. 도움이 된다면, 전 윤리적 결과에 대해서도 들은 적이 있습니다."

"젭은? 젭은, 들어봤소?"

"젭도 들어본 이름입니다. 하지만 야생동물작전에 대해서는 들어본 적이 없고, 그래서 당신이 왜 저를 여기까지 부르셨는지 궁금합니다."

키트를 달래기 위한 말이었는지는 몰라도, 반대의 결과를 낳았다. 그는 지팡이로 발밑을 쿡쿡 찌르며 바람결에 소리 질렀다.

"왜 불렀는지 말해주지. 바로 저기가 젭이 밴을 주차했던 곳이요! 바로 저기! 소 떼가 밟고 지나가기 전까지 타이어 자국이 남아 있었소. 용맹한 영국군 대장이었어. 진실을 말했다는 이유로 쫓겨난 남자. 윗사람에게 항명했다는 이유로. 당신은 이 일과 아무 관계도 없소?"

"전혀요."

"그럼 이거라도 말해주시오." 키트는 노기를 약간 누그러뜨렸다. "우리 둘 중 한 사람, 아니면 둘 다 미치기 전에. 야생동물작전은 모르면서, 좀처럼 믿기 어렵지만 의원이 당신을 따돌렸다면서, 어떻게 폴과 젭, 그 밖의 인물들을 알고 있는 거요?"

간단한 대답을 하면서, 토비는 양심의 가책은커녕 기분 좋은 카타르시스를 느끼는 자신이 놀라웠다.

"당신이 의원님과 가진 회의를 녹음했으니까요. 당신이 빨간 전화기라고 말했던 자리였습니다."

키트는 잠시 생각에 잠겼다.

"퀸이 왜 그런 짓을? 난 그렇게 초조해하는 사람을 본 적이 없었소. 자기 비밀 모임을 녹음한다? 왜?"

"그가 녹음한 게 아닙니다. 제가 했습니다."

"누굴 위해서?"

"배후는 없습니다."

키트는 이 말을 믿기 어려운 것 같았다.

"아무도 지시하지 않았다? 혼자 했다. 비밀리에? 허가도 없이?"

"맞습니다."

"그건 정말 쓰레기 같은 짓이군."

"네, 그렇죠." 토비는 동의했다.

두 사람은 한 줄로 서서 집으로 돌아왔다. 키트는 쿵쿵거리며 시바와 앞장섰고, 토비는 예의 바르게 거리를 두고 따라갔다.

그들은 긴 소나무 탁자에 둘러앉아 고개를 숙인 채 키트의 최고 버건디를 마시고 말로 부인의 스테이크 콩팥 파이를 먹었다. 시바는 자기 집에서 부러운 듯 지켜보고 있었다. 키트에게는 주인으로서의 의무를 저버릴 능력이 없었고, 무슨 잘못을 했든 토비는 그의 손님이었다.

"베이루트 생활은 전혀 부럽지 않군." 키트는 토비의 잔을 채워주며 딱딱하게 말했다.

그러나 토비가 화답의 뜻으로 키트의 카리브 해 여행에 대해 묻자, 그는 무뚝뚝하게 말을 잘랐다.

"이 집에서는 좋은 화제가 아닐세. 약간 민감한 부분이라."

그런 뒤 그들은 외무성 관련 잡담으로 분위기를 돌렸다. 요즘 누가 실세인지, 워싱턴과 우호적인지, 아니면 다시 국외자로 머무를지. 그러나 키트는 급격히 인내심을 잃었고, 곧 그들은 쏟아지는 빗속에서 헛간 앞뜰을 지났다. 키트가 손에 손전등을 들고 앞장섰고, 그들은 모래 무덤과 화강암 조각 옆을 빙 돌았다. 그리고 향긋한 건초 냄새가 풍기는 빈 마구간 앞을 지나 낡은 마구실에 들어섰다. 벽은 벽돌이었고, 창문은 높고 아치 모양이었으며, 빅토리아풍 철제 벽난로가 있었다.

소파 탁자로 사용되는 오래된 옷장이 있었고, A4 용지 한 묶음, 최고의 비터 맥주 한 팩, 따지 않은 J&B도 미리 준비한 듯 놓여 있었다. 아마 토비가 아니라 오지 않은 손님 젭을 위해 준비한 것 같았다.

키트는 벽난로 앞에 주저앉아 성냥으로 불을 붙였다.

"여기엔 베일리 축제라는 게 있소." 그는 벽난로를 바라보며 긴 손가락으로 여기저기 불을 쑤시면서 말했다. "언제부터 시작됐는지는 몰라. 쓸데없는 짓거리지." 그는 살아나기 시작한 화염에 열심히 숨을 불어넣었다. "지금부터 난 평생 믿고 산 규칙을 모조리 깨뜨리겠네."

"음, 그렇다면 우리 둘 다 마찬가지겠습니다." 토비는 대답했다.

그때부터 일종의 공모 의식이 싹텄다.

토비는 남의 말을 잘 들을 줄 아는 사람이었고, 두 시간 동안 그는 공감의 뜻으로 몇 마디 중얼거렸을 뿐 거의 말하지 않았다.

키트는 퍼거스 퀸에게 발탁되어 엘리엇과 만난 상황을 털어놓았다. 폴 앤더슨이라는 가명으로 지브롤터에 갔다, 호텔 방은 지긋지긋했다, 젭과 쇼티, 앤디, 돈과 언덕에서 대기했다, 야생동물작전에서 퀸의 눈과 귀 역할을 해서 결국 빛나는 성과를 거두었다고 들었다.

축제 때 일도 설명했다. 그는 말하면서 계속 내용을 점검하고, 말을 잠시 멈추고 작은 사실관계를 바로잡기도 하면서 다시 이야기를 이었다.

어려운 일이었으나, 그는 젭이 손으로 쓴 영수증, 그 내용이 수재너와 그 자신에게 준 충격을 냉정하게 묘사했다. 그는 책상 서랍을 열고 무뚝뚝하게 '직접 보게'라고 한마디 한 뒤 줄이 쳐진 얇은 종이를 토비에게 건넸다.

제이 크리스핀과 코노트에서 만났을 때의 상황을 묘사하는 말투에서는 역겨움을 숨길 수가 없었다. 수재너를 안심시키려고 걸었던 전화야말로 돌아보니 다른 어떤 일보다 더 고통스러웠다.

이제 그는 클럽에서 젭과 만났던 이야기를 하기 시작했다.

"당신이 거기 묵고 있다는 걸 그가 어떻게 알았을까요?" 토비는 놀라서 나직하게 물었다. 키트의 심란한 얼굴에 즐거움 비슷한 것이 스쳤다.

"날 스토킹한 거요." 그는 자랑스럽게 말했다. "방법은 묻지 마. 여기서 런던까지 계속 따라왔어. 내가 보드민에서 기차 타는 걸 보고 따라탔소. 코노트까지, 클럽까지 계속 스토킹한 거요. 미행을." 그는 미행이라는 단어가 새로운 개념이기라도 한 것처럼 신기하다는 듯 덧붙였다.

    클럽 침실에는 기숙사용 침대 틀이 있었고, 손수건만 한 수건이 걸린 세면대, 예전에는 동전으로 운영되었으나 난방을 숙박비에 포함시키기로 한 역사적인 운영진의 결정에 따라 폐기된 전기 벽난로가 있었다. 샤워는 찬장 안에 세워서 밀어 넣은 흰 플라스틱 관 같았다. 키트는 전등 스위치를 찾는 데 성공했지만, 아직 등 뒤로 방문을 닫지는 않았다. 말 한마디 없이, 그는 젭이 의자에서 일어서서 방을 가로질러 다가오더니 그의 손에서 방 열쇠를 빼앗고, 문을 잠그고, 열쇠를 자기 재킷 주머니에 집어넣고, 다시 열린 창가 자리로 돌아가 앉는 모습을 지켜보았다.

    젭은 키트에게 전등을 끄라고 지시했다. 키트는 그 말을 따랐다. 이제 유일한 빛은 창문으로 들어오는 런던의 오렌지색 밤하늘뿐이었다. 젭은 키트에게 휴대전화를 부탁했다. 키트는 말없이 건네주었다. 어둑어둑한데도 젭은 총을 분해하듯이 능숙한 손길로 배터리를 제거하고 심 카드를 뽑아서 침대 위에 던졌다.

    "재킷을 벗어, 폴. 얼마나 취했지?"

    키트는 우물거리며 '별로'라고 대답했다. '폴'이라는 이름이 불편했지만, 어쨌든 재킷도 벗었다.

    "원하면 샤워를 해, 폴. 문은 열어두고."

    샤워할 마음은 없었지만, 술을 깰 생각으로 머리를 세면대에 처박고 얼굴에 물을 끼얹은 뒤 얼굴과 머리를 수건으로 닦았다. 어쨌든 서서히 정신이 멀쩡해져 가고 있었다. 그는 말주변 좋은 미치광이 정신병자라는 제이 크리스핀의 말이 사실이라는 것을 젭이 믿도록 필사적으로 노력했다. 그 안의 관료 성향은 바로 그런 가정하에서 행동하는 것이 최선이라고 판단하고 있었다. 젭을 달래고 공감하는 척해서 치료를 권해볼까? 아니면 자기만족에 빠지게 해서 열쇠를 빼앗아볼까? 그것도 안 되면 열린 창문으로 빠져나가 비상계단으로 내려가야 하나? 머릿속 한구석으로는 수재너에게 사랑을 전하고 부디 용서를 바란다는 마음, 폭력적인 행동을 보일 수 있는 정신이상 환자를 다룰 때는 부디 조심하라는, 에밀리를 향한 충고가 다급하게 스쳐 갔다.

젭의 첫 질문은 너무 평온해서 더욱 두려웠다.

"크리스핀이 나에 대해 뭐라고 했지, 폴? 거기 코노트 호텔에서." 키트는 크리스핀이 야생동물작전은 완전한 성공이었고, 탁월한 정보전이었고, 피 한 방울 흐르지 않았다는 점만 확인해주었다는 요지로 뭐라 중얼거렸다.

"전부 날조라고 했어, 사실." 용감하게 덧붙였다. "자네가 내 아내 핸드백 영수증이랍시고 준 종이에 적혀 있던 고약한 메시지 말일세."

젭은 잘못 듣기라도 한 것처럼 표정 없는 얼굴로 키트를 응시했다. 입 안으로 뭐라 혼잣말했지만, 키트는 알아들을 수가 없었다. 그때, 객관성을 유지하겠다는 결의에도 불구하고, 뭐라 설명할 수 없는 당혹스러운 상황이 펼쳐졌다. 젭은 두 사람 사이에 놓인 올 풀린 양탄자 위로 훌쩍 다가왔다. 어떻게 움직였는지 기억은 없었지만, 키트는 어느새 한 팔을 등 뒤로 돌리고 문간에 몸을 딱 붙인 채 서 있었다. 젭의 한 손이 키트의 목을 움켜잡았고, 그는 키트의 얼굴을 똑바로 쳐다보면서 머리를 문기둥에 밀어붙이고 응답을 강요하고 있었다.

키트는 그 이후 벌어진 상황을 냉정하게 회상했다.

"쿵. 문기둥에 머리를 부딪혔어. 눈에 별이 보이더군. '당신은 뭘 받았나, 폴?' 무슨 뜻이지? 난 말했네. '돈 말이지, 무슨 뜻이겠나?' 한 푼도 안 받았다고 했어. 사람 잘못 봤다고. 쿵. '당신 전리품은 뭐였지, 폴?' 쿵. 전리품 따위는 없었어, 손 치워주게. 쿵. 그 정도 되니 화가 나더군. 그는 내 팔을 아주 심하게 꺾었어. 계속 그러고 있으면 팔이 부러질 거야. 우리 둘 다 좋을 게 없어. 내가 아는 건 다 말해줄 테니 부디 놔주게나."

키트의 목소리가 기분 좋은 듯 높아졌다.

"한데 내 말대로 하더군! 내 말 그대로. 날 놓아줬어. 그는 아주 오랫동안 나를 쳐다보더니 물러서 내가 문에 등을 기댄 채 풀썩 주저앉는 걸 바라봤어. 그리고 날 붙잡아 선한 사마리아인처럼 일으켜 세워주더군."

그것이 전환점이었다. 젭은 의자로 돌아가서 경기에서 진 복싱 선수처럼 풀썩 주저앉았다. 그러나 이제 선한 사마리아인 노릇을 한 것은 키트였다. 그는 젭이 어깨를 들먹이면서 흐느끼는 모습을 두고 볼 수가 없었다.

"흐느끼는 소리가 들려왔어. 꺽꺽거리는 소리. 음." 분한 음성. "아내가 일생의 절반 동안 아팠고 의사 딸을 둔 입장에서 그냥 두고 볼 수는 없는 일 아닌가? 뭔가 해야지."

한동안 각자 구석에 거리를 두고 앉아 있다가, 키트는 우선 젭에게 뭔가 필요한 게 있느냐고 물었다. 속으로 한 생각이었지만, 만일의 경우 에밀리를 찾아서 전화로 24시간 약국에서 사올 수 있는 처방전을 부탁할 생각이었다. 그러나 젭은 대답 대신 고개만 젓고 일어나서 방을 가로지르더니 세면대에서 물을 한 컵 따라 키트에게 권했다가 자기만 마시고 다시 구석 자리에 앉았다.

그러다 잠시 후—몇 분이 흘렀을 수도 있지만, 둘 다 자리를 뜰 생각은 없었네—젭은 흐릿한 목소리로 먹을 것이 있느냐고 물었다. 배가 고픈 게 아니라—자존심 때문이었겠지—연료가 필요하다고 설명했다.

방에 먹을 것이 없는 게 유감이었다. 그는 아래층으로 얼른 내려가서 야간 수위에게 먹을 것이 없나 챙겨달라고 하겠다고 말했다. 젭은 이 말에 다시 긴 침묵을 지켰다.

"젭은 피곤해 보였네. 잠시 생각이 흐름을 잃고 표류하는 것 같았어. 그런 기분은 나도 잘 알지."

하지만 젭은 좋은 군인답게 곧 평정을 되찾고 주머니에 손을 넣어 열쇠를 꺼냈다. 키트는 침대에서 일어나 재킷을 입었다.

"치즈 괜찮나?"

"치즈 좋아." 젭은 말했다. 고급 입맛이 아니라 블루치즈는 싫다. 키트는 그가 하려던 말은 이게 전부라고 생각했지만, 아니었다. 그가 치즈를 찾으러 가기 전에, 젭은 결정적인 한 마디를 덧붙였다.

"전부 다 거짓말이었어, 폴." 키트가 아래층으로 내려가려는 순간, 그는 말했다. "펀터는 지브롤터에 없었어. 전부 엉터리였어. 알라딘은 그를 만날 계획도 없었어, 그 집이든 어디에서든."

키트는 현명하게도 아무 말 하지 않았다.

"그들은 그를 속였어. 윤리적 결과가. 그 의원 퍼거스 퀸을 속였어. 제이 크리스핀, 그 대단하신 정보서비스 1인 기업이. 퀸이 우리에게 했듯이, 그들은 퀸을 꽃이 핀 길로 인도해서 절벽으로 밀어버렸어. 쓰레기 같은 정보를 얻기 위해 수백만 달러를 건네줬다는 걸 인정하고 싶은 사람은 아무도 없겠지. 안 그런가?"

키트도 동의했다.

젭의 얼굴은 다시 어둠 속으로 사라졌다. 소리 없이 웃고 있는지, 소리 없이 울고 있는지 알 수 없었다. 키트는 그를 두고 떠나고 싶지 않은 마음과 그를 성가시게 하고 싶지 않은 마음 사이에서 갈등하며 문간에서 망설였다.

젭의 어깨가 축 내려앉았다. 키트는 이제 아래층으로 가도 되겠다고 결정했다.

클럽 식당을 뒤지고 돌아온 키트는 침대 옆 탁자를 방 한가운데 끌어놓고 양쪽에 의자를 놓았다. 그는 칼과 빵, 버터, 체다치즈, 맥주 파인트 병 두 개, 야간 수위가 20파운드 팁 대신 굳이 가져가라고 떠민 브랜스턴 피클 한 병을 놓았다.

빵은 흰 빵이었고, 내일 아침 준비로 이미 토막 나 있었다. 젭은 빵 한 조각을 손바닥 위에 놓고, 버터를 바르고, 치즈를 올린 뒤 바둑판 모양으로 잘랐다. 그리고 그 위에 피클을 올리고 빵 한 조각을 얹어서 샌드위치를 만들어 4등분했다. 부자연스러울 정도로 정밀한 특수부대 군인의 손놀림을 바라보고 있다가, 키트는 젭의 복잡한 심경을 헤아리고 맥주를 꿀꺽꿀꺽 마셨다.

"그때 우린 언덕을 내려가서 테라스로 갔지. 기억나나?" 젭은 허기를 달랜 뒤 말을 이었다. "그럴 이유가 없었잖아? 우린 조건이 있었어. 정찰하고, 목표물을 찾아내고, 끝낸다. 어쩌면 시작조차 하지 않았을지도 몰

라. 앤디가 엘리엇과 이전에 같이 한 일이 있었고 그에 대해 솔직히 별로 높이 평가하지 않았거든. 능력에 대해서도, 그가 가진 정보에 대해서도. 작전 전 엘리엇의 브리핑에 따르면, 사파이어란 이름의 여자가 정보원이었다고 했어."

"무슨 브리핑이었지, 젭?" 키트는 자신이 참석하지 못했다는 데 순간 분이 치밀어 오르는 것을 느꼈다.

"알헤시라스에서 있었던 브리핑, 폴." 젭은 참을성 있게 답했다. "작전 전에. 지브롤터 해협 반대편에서. 언덕에 배치되기 직전이었어. 스페인 식당 위층 큰 방에서, 다들 사업상 회의인 척하고 모였지. 엘리엇이 연단에 서서 앞으로 작전이 어떻게 전개될지 설명하는 동안, 그가 데려온 싸구려 미국 용병들이 맨 앞줄에 앉아 있었어. 정식 영국 군인인 우리는 모르는 척하고. 정보원 사파이어가 이랬다, 정보원 사파이어가 저랬다. 엘리엇이 그렇게 들었다, 그런 식이었지. 모두 사파이어가 한 말이었고, 그 여자는 지금 알라딘과 함께 그 호화 요트에 있다고 했어. 알라딘의 정부라고 했는데, 베개 밑에서 들었다는 이야기를 종합해보면 정부가 아니라 정부 할아버지라고 해도 믿을 것 같았어. 어깨 너머에서 이메일도 읽고, 침대에서 전화도 같이 듣고, 갑판에서 몰래 엿듣고, 그걸 전부 베이루트에 있는 진짜 남자친구에게 말해줬다는 거야. 남자친구가 윤리적 결과의 크리스핀에게 정보를 전했고, 크리스핀은 둘도 없는 우리 친구다……."

그는 하려던 말을 잊었는지 잠시 입을 다물었다가 다시 계속했다.

"단지 크리스핀은 우리 친구가 아니었다는 게 문제지. 안 그래? 윤리적 결과 입장에서는 그랬는지 몰라도, 우리 영국 정보부 입장에서는 그렇지 않았어. 영국 정보부는 공식적으로 작전에 참여하지 않았잖아? 군대 역시 마찬가지였고. 군에서는 별로 탐탁하게 생각하지 않았어. 당연하지 않나? 하지만 아예 손 놓고 있는 것도 탐탁지 않은 건 마찬가지였지. 정치적인 압력도 달갑지 않았고. 그러니 전형적인 영국식으로 타협한 거야. 발 전체 말고 발가락만 물에 살짝 담그자. 나와 우리 팀원이 발가락이었던 거야. 그리고 여기, 믿을 만한 사람이고 지휘자다. 약간 좀스러워 보였을 수도 있었지만, 빌어먹을 용병들과 같이 일하는데 나쁠 거 없지. 그들은 날 할머니 젭이라고 불렀어. 상관없었어. 불필요한 위험을 감수하지 않을 수 있다면."

젭은 맥주를 한 모금 마시고 눈을 감은 뒤 서둘러 말을 이었다.

"7번 집이었지. 우린 생각했어. 한 사람이 한 집씩 6번과 8번까지 장악하고 내가 엄호를 맡는다. 엘리엇이 지휘를 맡고 있어서 어쨌든 상황은 정신이 없었어. 솔직히 장비 절반은 제대로 작동하지 않았고, 달라질게 뭐 있겠나? 훈련에서 그런 걸 가르쳐줄 리가 없잖아? 하지만 엘리엇의 탁월한 정보력에 따르면 목표물은 무장하지 않은 상태. 게다가 우리가 원하는 건 그중 하나, 다른 하나는 건드리면 안 되는 상대. 그러니 동시에 세 집에 들어가서 방마다 수색하자, 그렇게 결정한 거야. 목표물을 붙잡고, 그가 당사자라는 걸 확인한 뒤, 해상팀에게 넘겨주고, 우리는 어떤 일이 있어도 돌산에 발을 붙이고 있겠다. 간단했어. 집안 구조도를 갖고 있었는데, 모든 집이 동일했어. 바다 쪽에 커다란 발코니가 딸린 거실 하나. 바다가 보이는 침실 하나, 찬장 크기의 아이용 방 하나. 아래층에는 욕실과 주방 겸 식당. 부동산 정보에서 알아보니 벽은 종이처럼 얇았어. 그러니 해상팀에서 아무 연락 없는 이상, 상대가 숨어 있든 없든 극도로 조심하고, 자기방어용이 아니면 무기를 사용하지 말고, 신속하게 빠져나간다. 작전처럼 느껴지지 않았어. 그냥 한심한 귀신 사냥 같았지. 팀원들은 한 집에 한 사람씩 들어갔어. 난 밖에서 해안으로 내려가는 계단을 바라보고 있었지. '아무것도 없어.' 6번 집의 돈이 말했어. '없어.' 8번 집의 앤디가 말했어. '여기 뭔가 있어.' 7번 집의 쇼티였어. 뭐가 있지, 쇼티? '바닥에 뭐가 있어.' 무슨 소리야, 바닥에 뭐가 있다니? '직접 와서 봐.'"

"일부러 빈집인 척할 수는 있지, 나도 알아. 하지만 그 집은 정말 비어 있었어. 쪽마루에 긁힌 자국도 없었고, 욕조에 머리카락도 없었어. 부엌도 마찬가지였고. 단지 바닥에 플라스틱 접시가 있었어. 분홍색 플라스틱 접시. 그 안에는 피타 빵과 닭고기가 있었어. 아주 작게 자른." 그는 적당한 작은 생물을 찾았다. "고양이, 어린 고양이 먹이 같았지." 고양이도 적당하지 않다고 생각한 모양이었다. "아니, 강아지 같은 거. 분홍색 접시는 따뜻했어. 그 접시가 바닥에 놓여 있지만 않았다면, 나도 아마 달리 생각했을 거야. 고양이나 개가 아니라 다른 것. 그랬다면 얼마나 좋았겠나. 내가 달리 생각했다면 그 일은 일어나지 않았을 수도 있겠지. 안 그래? 하지만 난 다른 생각을 못 했어. 고양이나 개라고 생각한 거야. 음식 접시는 따뜻했어. 난 장갑을 벗고 주먹을 대봤어. 따뜻한 몸 같더군. 바깥 계단으로 이어지는 작은 간유리 창이 있었어. 빗장이 풀려 있었지. 그런 공간으로 나가려면 난쟁이여야 할 것 같았어. 하지만 어쨌든 우리가 찾는 게 난쟁이일 수도 있지 않아? 난 돈과 쇼티에게 연락했어. 바깥 계단을 살펴보되 절대 해변으로 내려가지 마라. 해상팀과 얽혀야 할 일이 생길 수도 있으니 내가 직접 내려가겠다."

"기억이 슬로모션처럼 느리게 흘러가기 때문에 말도 그렇게 하겠네." 젭은 사과하듯 설명했다. 키트는 그의 얼굴에 땀이 눈물처럼 흘러내리는 것을 보았다. "내겐 한 장면, 한 장면, 그렇게 흘러가. 정지 화면처럼. 내 기억은 그래. 돈의 목소리가 들렸어. 무슨 소리를 들었다고 했어. 바깥 계단 아래 돌 위에 누가 숨어 있는 것 같다고. '내려가지 마, 돈.' 내가 말했어. '지금 있는 곳에 그대로 있어. 내가 곧 갈게.' 인터컴은 야단법석이었어. 모든 게 엘리엇을 통해야 했으니까. '미확인 물체가 있어, 엘리엇.' 내가 말했어. '바깥 7번 계단. 아래쪽.' 메시지 수신 완료. 돈은 맨 위에서 엄호하면서 엄지손가락으로 아래쪽을 가리키고 있었어."

불빛을 바라보며 젭의 이야기를 전하는 키트의 엄지손가락은 주인의 의지와 상관없이 똑같은 몸짓을 하고 있었다.

"그래서 나는 바깥 계단으로 내려갔어. 한 계단 내려가서 멈추고, 한 계단 내려가서 멈추고. 공백이 없는 콘크리트 계단이었지. 계단 절반쯤에서 방향이 꺾였어. 아래쪽에는 무장한 남자 여섯 명이 있었는데, 넷은 납작 엎드려 있었고, 둘은 무릎을 꿇고 있었어. 그 뒤 보트에 두 명이 더 있었어. 다들 소음기를 낀 반자동 라이플로 사격 자세를 취하고 있었지. 내 밑에서, 바로 발밑에서 커다란 쥐새끼가 뭘 갉아먹는 소리가 났어. 작게 끽하는 소리도 났고. 큰 소리는 아니었어. 숨죽인 소리, 너무 무서워서 말이 안 나오는 그런 소리. 어머니가 냈는지 아이가 냈는지 모르겠어. 아마 영원히 모르겠지? 그들도 모를 거야. 총알은 셀 수도 없었어. 누가 세겠나? 하지만 그 소리는 아직도 들려. 이빨을 뽑을 때 머릿속이 울리듯이, 아직도 들려. 여자는 죽어 있었어. 젊은 무슬림 여성이었고, 갈색 피부에 히잡 차림. 빈집에 숨어서 친구들의 도움을 받아 연명하던 모로코 불법 이민자였을 거야. 어린 딸이 먹을 음식을 만들다가, 딸이 총격을 받지 않도록 옆으로 떼어놓으려던 참에 난사당한 거야. 바닥에 놓여 있었기 때문에 고양이가 먹는 거라고 생각했던 그 음식. 내가 머리를 잘 썼다면, 아이라는 걸 알았겠지. 그랬다면 구할 수 있었을 거야. 어머니도. 엄마는 총알에 날려가서 돌 위에 무릎을 꿇고 웅크린 채 쓰러져 있었어. 아이는 그 앞에 팔을 뻗어도 닿지 않을 거리에 있었고. 해상팀은 어리둥절해 보였어. 한 남자는 찢어발기려는 것처럼 손가락을 쫙 펴서 제 얼굴을 가리더군. 순간 묘한 침묵이 흘렀어. 당장에라도 누구 책임인지 싸움이 일어날 것 같은 분위기였지만, 그쪽은 그럴 시간이 없다고 판단한 것 같았어. 훈련받은 사람들이고, 설사 다른 건 아무것도 모른다 해도, 긴급 상황에는 어떻게 해야 하는지 알고 있었으니까. 시체는 보트에 실어 모선으로 실어갔어. 펀터를 생포했다 해도 그렇게 빨리 퇴각하지는 않았을 거야. 엘리엇의 부하들도 같이 타고 갔어. 여덟 명. 낙오자 없이."

두 사람은 침대 옆 탁자를 사이에 두고 서로를 응시했다. 마치 지금 토비가 키트를 응시하고, 런던의 밤 불빛이 아니라 헛간 벽난로 불빛에 비친 키트의 굳은 얼굴이 토비를 응시하고 있듯.

"엘리엇이 해상팀을 이끌었나?" 키트는 젭에게 물었다.

젭은 고개를 저었다. "미국인은 안 돼, 폴. 면책 자격이 없었어. 엘리엇은 모선에 머물러 있었지."

"그럼 군인들은 왜 발포했죠?" 토비는 마침내 물었다.

"내가 묻지 않았을 것 같나?" 키트는 벌컥 화를 냈다.

"그러셨겠죠. 젭이 뭐라고 했습니까?"

키트는 심호흡을 몇 번 하고 나서야 젭의 대답을 입 밖에 냈다.

"자기방어." 그는 내뱉었다.

"여자가 무기를 갖고 있었다는 뜻입니까?"

"아니야! 젭도 마찬가지였고. 그는 3년 동안 다른 생각은 아무것도 할 수가 없었어. 상상할 수 있나? 자기 잘못이라는 말만 되뇌면서. 여자는 거기 누가 있다는 걸 알고 있었어. 눈치를 챈 거야—봤든지, 소리를 들었든지—그래서 아이를 안고 옷으로 감쌌어. 여자가 왜 내륙으로 가지 않고 계단을 내려왔는지는 물어볼 수가 없었어. 젭도 같은 질문을 수없이 반복했겠지. 어쩌면 육지 쪽이 바다보다 더 무서웠을 수도 있겠지. 음식 봉투는 누가 낚아채 갔는데, 누구였을까? 어쩌면 보트 팀을, 자신을 돌산에 데려다준 인신매매범으로 오해하고, 그 사람들이 남편을 데리고 온다고 생각하며 환영하러 계단을 달려 내려왔을 수도 있겠지. 젭이 아는 건, 어쨌든 여자가 계단을 내려왔다는 사실뿐이야. 아이를 옷 안에 넣어서 불룩한 형체로. 해상팀이 어떻게 생각했겠나? 자살폭탄 테러범이 자기들을 공격한다고 생각한 거야. 그래서 여자를 쐈어. 젭의 눈앞에서 아이를 쐈어. '내가 그들을 막을 수도 있었어.' 젭은 잠도 못 자고 그 말만 되풀이했어."

지나치는 자동차 불빛을 보고, 키트는 아치 모양의 창문으로 다가가 까치발을 하고 불빛이 사라질 때까지 주의 깊게 밖을 살폈다.

"양쪽 팀이 시체를 가지고 모선에 돌아간 뒤에 젭과 그의 군인들에게 무슨 일이 있었는지 들으셨습니까?" 토비는 키트의 등에 대고 물었다.

"그날 밤 대여기 편으로 크레타 섬에 갔다고 들었네. 작전 보고차. 거기 거대한 미국 공군기지가 있는 모양이야."

"작전 보고는 누가?"

"사복 차림의 남자들. 들어보니 세넷 같더군. 젭은 전문가 같았다고 했어. 미국인 둘, 영국인 둘. 이름도, 소개도 없었어. 미국인 중 한 사람은 여성적인 태도를 지닌 뚱뚱하고 작은 남자였던 모양이야. 젭의 말에 따르면 계집애 같은 남자. 그놈이 최악이었다고 했어." 의원실 직원들에게는 악사 브래드라고 알려져 있던 사람이겠군, 하고 토비는 생각했다.

"영국 작전팀은 크레타에 도착하자마자 흩어졌다고 했어." 키트는 말을 이었다. "젭은 대장이었기 때문에 아주 혹독한 취급을 받았지. 계집애 같은 놈이 히틀러처럼 설교를 늘어놓은 모양이야. 분명 본 것을 본적이 없다고 설득하려고 했어. 말로 통하지 않으니까 입을 다무는 조건으로 10만 달러를 내놓았다는군. 젭은 그에게 먹고 꺼지라고 했어. 애매한 죄수를 임시 수용하는 특별 시설 같은 곳에 갇혀 있었던 것 같다고 하더군. 아마 처음부터 정보가 엉터리만 아니었다면 펀터를 가둬두려했던 장소였던 것 같다고."

"젭의 동료들은? 쇼티와 다른 사람들, 그들은 어떻게 됐습니까?"

"사라졌어. 젭은 크리스핀이 거절할 수 없는 제안을 한 것 같다고 했어. 그 친구들을 탓할 수는 없다고. 그런 동료들이 아니었다고. 아주 공정한 사람들이었다고 했어." 키트는 침묵에 빠졌고, 토비도 마찬가지였다. 천장으로 헤드라이트 불빛이 스치다가 사라졌다.

"그럼 지금은?" 토비는 물었다.

"지금? 지금은 아무것도 없지 않나! 빈손이라고. 젭은 지난 수요일에 여기 오기로 했네. 오전 9시 아침식사 시간에 와서 같이 일하기로 했어. 자기는 시간 약속을 철저히 지킨다고. 그 말을 의심하지 않아. 밤에 이동하면 더 안전하다고 했어. 내게 혹시 창고에 밴을 숨겨줄 수 있느냐고 묻더군. 난 당연히 그러겠다고 했고. 아침으로는 뭘 먹고 싶으냐? 스크램블드에그. 스크램블드에그는 얼마든지 먹을 수 있다고. 난 여자들을 미리 내보낼 테니까 우리끼리 스크램블드에그를 해먹고 사연을 정리해서 글로 남기자고 했어. 그가 아는 사연, 내가 아는 사연. 장별로 일목요연하게 정리해서. 그는 확실한 증거도 하나 갖고 있다고 했어. 뭔지 이야기는 하지 않았지. 아주 은밀한 것 같아서 억지로 다그치지는 않았네. 그런 사람은 다그쳐서는 안 돼. 가져올 수도 있고, 안 가져올 수도 있다고 했어. 난 받아들였지. 내가 우리 둘의 이야기를 종합해서 글을 작성하고, 그가 검토하고 서명하면, 적절한 경로를 통해 윗선으로 전달하는 일은 내가 맡기로 했어. 그게 합의 사항이었어. 악수도 했어. 우린……." 그는 불꽃을 바라보며 얼굴을 찌푸렸다. "우린 정말 기뻤네. 기꺼이 싸움을 치를 준비가 되어 있었어. 의욕이 솟았지. 그를 위해서가 아니라, 우리 둘 다를 위해서."

"왜죠?" 토비는 물었다.

"마침내 진실을 말할 수 있게 됐으니까, 왜냐니?" 키트는 화난 듯 쏘아붙이고 스카치를 한 모금 마신 뒤 의자에 몸을 묻었다. "그게 그를 본 마지막이었네."

"좋습니다." 토비는 부드럽게 동의했다. 긴 침묵이 흘렀다. 키트는 내키지 않는 듯 말을 이었다.

"그가 내게 휴대전화 번호를 줬어. 자기 번호가 아니다, 난 번호가 없다, 친구 번호다. 동료. 유일하게 신뢰하는 사람. 부분적으로나마. 아마 쇼티였던 것 같아. 당시 작전을 치를 때도 남달리 마음이 맞는 것 같았거든. 난 물어보지 않았네. 내가 알 바 아니니까. 내가 그 번호로 메시지를 남기면, 누군가 전달해줄 거라고 했어. 중요한 건 그것뿐이었지. 그러고 젭은 떠났네. 클럽을 떠났어. 계단을 내려가서 사라졌지. 어떻게 나갔는지는 묻지 마. 난 비상계단으로 나갈 거라고 생각했는데, 그렇진 않았어. 그냥 나가버렸지." 다시 스카치 한 모금.

"당신은요?" 토비는 다시 조용하고 정중한 어조로 물었다.

"난 집에 왔어. 달리 뭘 했겠나? 이 집으로. 수재너, 내 아내에게로. 모든 게 잘 풀렸다고 전화로 말했는데, 이제 다시 전혀 그렇지 않았다고 말해야 했어. 수재너한테는 둘러댈 수가 없으니까. 자세한 이야기는 하지 않네. 젭이 찾아올 거다, 우리가 문제를 정리할 생각이라고 했어. 수재너는 받아들였어. 특유의 방식으로, '그게 해결이라면 좋아, 키트.' 나는 그렇다고 대답했고, 수재너에게는 그걸로 충분했네." 그는 공격적으로 말을 맺었다.

키트가 기억을 더듬는 동안 다시 침묵이 흘렀다.

"수요일이 됐어. 그렇지? 정오가 됐는데도 젭은 나타나지 않았어. 2시, 3시, 여전히 소식이 없었어. 그가 준 휴대전화 번호로 전화를 걸었는데 자동응답기가 대답해서 메시지를 남겼어. 날이 저문 뒤에, 한 번 더 메시지를 남겼지. 이봐, 나야, 폴. 다시 걸었어. 무슨 일이라도 생겼나 해서. 가명 폴을 써서 그렇게 남겼지. 보안을 위해서. 무선전화 신호가 들어와서 여기 집 전화번호도 줬네. 목요일에도 메시지를 한 번 더 남겼는데, 똑같은 자동응답기가 받았어. 금요일 아침 10시에야 전화가 왔지.

맙소사!" 그는 앙상한 손으로 아래턱을 쓰다듬다가 잠시 붙든 채 고통을 감추려고 애썼다. 최악의 상황이 아직 끝나지 않은 것 같았다.

키트는 이제 클럽 침실에 앉아 젭의 말을 듣고 있지 않았다. 런던 새벽 불빛 아래에서 젭과 악수를 나누고 있지도 않았고, 그가 클럽 계단으로 조용히 내려가 사라지는 모습을 바라보고 있지도 않았다. 기쁘지도 않았고, 들뜬 기분도 아니었지만, 여전히 싸움을 치를 준비가 되어 있었다. 그는 이제 장원으로 돌아와서 좋지 않은 소식을 아내에게 전한 뒤, 걱정스러운 마음으로 가슴을 죄며 젭에게서 뒤늦게나마 소식이 들려오기를 간절히 바라고 있었다. 분주한 일상으로 걱정을 잊기 위해 객실 옆 마룻바닥을 기계로 다듬느라 아무 소리도 듣지 못하고 있었는데, 부엌 전화가 울렸고 응답한 것은 수재너였다. 아내는 계단을 올라와서 키트의 어깨를 두드렸다.

"누가 폴이라는 사람을 찾아." 그녀는 그가 기계를 끄자 말했다. "여자야."

"맙소사, 여자라니, 어떤 여자?" 키트는 서둘러 아래층으로 걸음을 옮기며 물었다.

"설명은 안 했어. 개인적으로 폴과 이야기할 게 있다고." 수재너도 그를 따라 내려왔다.

부엌에서는 말로 부인이 몹시 궁금한 표정으로 주방 앞에서 꽃을 꽂고 있었다.

"혼자 통화해야겠습니다, 말로 부인." 키트는 말했다.

그는 말로 부인이 나갈 때까지 기다렸다가 작은 탁자에 놓인 수화기를 집어 들었다. 수재녀는 등 뒤에서 문을 닫고 팔짱을 낀 채 그 옆에 굳어서 서 있었다. 전화는 에밀리가 전화할 때를 대비해서 스피커 기능이 있었다. 수재녀는 작동 방법을 알고 있었기에 스피커를 켰다.

"폴과 통화할 수 있을까요?" 교육 수준이 높고 전문적인 중년 여성의 목소리였다.

"누구십니까?" 키트는 조심스럽게 물었다.

"저는 코스텔로 박사라고 하는데, 루이슬립 종합병원 정신과에서 일하고 있습니다. 젭이라고만 신원을 밝힌 환자의 요청으로 전화드렸습니다. 폴이라는 분이 맞으신가요?"

수재녀는 얼른 고개를 정신없이 끄덕였다.

"제가 폴입니다. 젭은 무슨 일입니까? 괜찮습니까?"

"젭은 훌륭한 전문 의료진의 치료를 받고 있고, 건강 상태도 좋습니다. 젭이 찾아가기로 했다고 들었는데요."

"맞습니다. 기다리고 있었습니다. 계속 기다리는 중입니다. 왜 그러십니까?"

"젭이 비밀리에 솔직하게 말해달라고 부탁해서요. 지금 말해도 될까요? 정말 폴이 맞으시죠?"

수재녀는 다시 고개를 끄덕였다.

"물론 맞습니다. 제가 폴입니다. 당연하죠. 말씀하세요."

"젭이 몇 년간 정신적으로 문제가 있었다는 건 알고 계시지요."

"알고 있습니다. 그래서요?"

"지난밤에 젭이 자진해서 병원에 입원했어요. 우리는 만성 정신분열증과 급성 우울증 진단을 내렸습니다. 현재는 진정제를 복용하고 자살

방지를 위해 관찰하고 있어요. 정신이 멀쩡할 때 그가 가장 걱정했던 것이 당신이었습니다, 폴."

"왜요? 왜 절 가장 걱정했습니까?" 그의 눈길이 수재너에게 향했다. "제가 젭을 걱정해야지요, 이런 세상에."

"젭은 자신이 친구들에게 퍼뜨렸던 악의적인 이야기 때문에 엄청난 죄책감에 시달리고 있어요. 당신이 있는 그대로 받아들였으면 한다고 했습니다. 정신분열로 인한 증상이었을 뿐, 사실이 아니었다고." 수재너는 그에게 쪽지를 내밀었다. 문병? "음, 코스텔로 박사, 그럼 제가 가서 만나볼 수 있을까요? 도움이 된다면, 제가 지금 당장 차로 가보겠습니다. 방문 시간이 따로 정해져 있습니까? 어떻게 될까요?"

"대단히 유감입니다, 폴. 이 시기에 당신의 문병은 젭의 정신건강에 엄청난 악영향을 줄 수 있어요. 당신은 젭이 느끼는 공포의 대상이고, 그는 당신을 대면할 준비가 되어 있지 않습니다." 공포의 대상? 이 터무니없는 말에 반박하고 싶었지만, 전략적 판단이 앞섰다.

"음, 그럼 혹시 젭에게 보호자가 있습니까?" 그는 수재너의 도움 없이 자기 판단으로 물었다. "찾아오는 다른 친구라든지? 친척이라든지? 사교적인 사람은 아닌 걸로 알고 있는데요. 아내는요?"

"헤어졌어요."

"그가 말해준 것과는 다르지만, 그래도." 카스텔로 박사가 기록을 살펴보는 동안, 잠시 침묵이 흘렀다.

"병원은 어머니와 연락을 취하고 있습니다. 상황이 진척되거나 젭의 치료나 복지에 대해 판단을 내려야 할 사항이 있으면 생모와 상의하고 있어요. 법적 보호자이기도 합니다."

키트는 전화를 귀에 누르고 한 팔을 휘두르며 놀랍고 도저히 믿기지 않는다는 얼굴로 수재녀를 돌아보았다. 그러나 그의 음성은 침착했다. 그는 외교관이었고 섣불리 포기할 생각이 없었다.

"음, 감사합니다, 코스텔로 박사. 정말 친절하십니다. 최소한 돌봐줄 가족은 있는 거군요. 어머니의 전화번호를 알려주시겠습니까? 그분과 통화해보겠습니다." 그러나 코스텔로 박사는 친절한 말투였지만 정보 보호를 언급하며 이 상황에서 젭의 어머니 번호를 알려주는 것은 자신이 할 수 있는 일이 아니라고 답했다. 그녀는 전화를 끊었다.

키트는 폭발했다.

수재녀가 격려하듯 침묵을 지키는 가운데, 그는 1471번에 전화해서 방금 통화한 상대의 전화번호가 비공개 상태라는 사실을 확인했다.

그는 문의전화를 통해서 루이슬립 종합병원과 연결한 뒤 정신과 병동의 코스텔로 박사를 찾았다.

남자 간호사는 너무나 친절했다.

"코스텔로 박사는 교육 중입니다. 다음 주에 돌아오십니다."

"여자분이지요? 얼마나 가 계셨습니까?"

"일주일 됐습니다. 남자분인데요. 호아킴입니다. 독일인 같지만, 포르투갈인이죠."

키트는 평정을 유지했다.

"코스텔로 박사는 그동안 병원에 전혀 들르지 않으셨습니까?"

"네. 전혀. 다른 분을 연결해드릴까요?"

"음, 네. 거기 환자 중 한 사람과 통화하고 싶습니다. 젭이라는 사람이요. 이쪽은 폴이라고 전해주세요."

"젭? 그런 이름은 들어본 적이 없는데요. 잠깐만 기다리세요."

역시 남자인 다른 간호사가 전화를 넘겨받았지만, 이번에는 별로 우호적이지 않았다.

"젭이란 사람은 없습니다. 존이 있고, 잭이 있는데요."

"입원했다고 들었습니다만."

"여긴 아닙니다. 젭이라는 사람은 없어요. 서튼 병원에 걸어보십시오." 키트와 수재너의 머릿속에 똑같은 생각이 동시에 떠올랐다. 에밀리에게 걸어보자. 빨리.

수재너가 전화를 거는 게 좋겠다. 요즘 같아서는 키트에게 약간 까칠하게 굴 수도 있으니까.

수재너는 에밀리의 휴대전화에 메시지를 남겼다.

한낮에 에밀리는 두 번 전화했다. 그녀가 알아본 내용은 호아킴 카스텔로 박사가 최근 루이슬립 정신과 병동에 임시직으로 합류했다. 그러나 포르투갈인이고 영어를 배우기 위해 교육과정을 밟는 중이라고 했다. 통화한 코스텔로 박사가 포르투갈 억양이었나?

"전혀 그렇지 않았어!" 키트는 토비에게 소리치고, 마구간을 서성거리며 에밀리에게 대답한 내용을 반복했다. "게다가 분명 여자였고, 깐깐한 에식스 학교 선생 같은 말투였네. 젭은 어머니가 없고 원래 없었다고 했어. 난 사생활을 이리저리 캐묻는 사람이 아니지만, 젭은 3년 만에 만나 처음으로 흉금을 다 털어놓았다고. 어머니는 만난 적도 없다. 캐런이라는 이름만 알 뿐이다. 그는 15살 때 고아원을 뛰쳐나와 신병으로 군대에 들어갔어. 그런 이야기를 모조리 꾸며냈겠나!"

이제 토비가 창가로 다가가서 묻는 듯한 키트의 시선을 피해 생각에 잠길 차례였다.

"코스텔로 박사가 전화를 끊을 때, 혹시 박사의 말을 못 믿겠다는 말씀을 하셨습니까?" 그는 마침내 물었다.

키트는 아주 오랫동안 생각에 잠겼다.

"아니, 그렇진 않았네. 끝까지 믿는 척했어."

"그럼 코스텔로 박사나 그쪽 입장에서는 작전 성공이었겠군요."

"아마도." 그러나 토비는 '아마도'라는 표현에 만족하지 않았다.

"그쪽이 누구이건, 그쪽 입장에서 당신은 매수된 겁니다. 속아 넘어간 거죠. 자기들 편인 겁니다." 그는 말하면서 차츰 확신을 얻었다. "당신은 크리스핀의 설교를 믿었고, 성별조차 다르지만 코스텔로 박사를 믿었고, 젭이 정신분열증 환자이자 강박적인 거짓말쟁이이며 루이슬립 정신병원 격리병동에 수용되어 있다는 사실도 믿었고, 그의 공포의 대상은 면회해서는 안 된다는 것도 믿은 겁니다."

"아니, 그렇지 않아." 키트는 내뱉었다. "젭은 문자 그대로 내게 사실을 말했네. 그건 직관적으로 알 수 있었어. 그 사실이 그를 고통스럽게 했을 수는 있겠지. 하지만 그건 다른 차원의 문제야. 젭은 자네나 나처럼 제정신이었네."

"그 점은 전적으로 받아들입니다, 키트. 사실입니다." 토비는 최대한 관대하게 말했다. "그러나 수재너와 당신의 안전을 위해, 상대의 눈을 피해 아주 영리하게 확보해놓은 지금 그 입장을 계속 유지하실 필요가 있습니다."

"언제까지?" 키트는 답답한 듯 물었다.

"제가 젭을 찾을 때까지? 절 여기 부르신 게 그것 때문이 아닙니까? 혹시 직접 찾으시려는 겁니까? 무시무시한 적들의 표적이 되시려고요?" 토비는 더 이상 외교적인 말투를 유지할 수가 없었다.

이 말에 키트는 잠시 설득력 있는 대답을 찾을 수가 없었다. 그는 입술을 깨물고 스카치를 한 모금 마셨다.

"어쨌든 자네에게 훔친 테이프가 있지 않나." 그는 씁쓸하게 자신을 위로하듯 말했다. "의원실에서 퀸과 젭, 내가 만난 회의를 녹음한 기록을 어딘가 숨겨뒀다면서. 필요하다면 그게 증거 아니겠나. 자네가 곤란해지겠지. 나 역시 마찬가지일 수도 있어. 어쨌든 그 점은 내겐 더 이상 상관없네."

"제 훔친 테이프는 의도를 입증할 뿐입니다. 작전이 실제로 벌어졌다는 사실은 입증하지 못하고, 그 결과 역시 입증하지 못하는 건 마찬가지입니다."

키트는 답답한 듯 생각에 잠겼다.

"그럼 자네가 말하려는 건……." 그는 토비가 핵심을 피하려 한다는 듯 추궁했다. "젭이 총격의 유일한 목격자라는 거군."

"음, 우리가 아는 한, 증언할 의사가 있는 유일한 목격자지요." 토비는 그 말에 동의했지만 그 자신도 방금 자신이 입 밖에 낸 사실이 유쾌하지는 않았다.

잠시 잠들었다 깼는지 알 수 없었다.

침대에 몇 시간쯤 누워 있었을까, 그는 여자가 흐느끼는 소리를 들었고 수재너라고 생각했다. 흐느낌 뒤로 아래층 복도 먼지막이 커버 위를 빠르게 달려가는 소리가 들렸고, 이어서 두런거리는 소리가 들리는 것으로 미루어볼 때 그 소리의 주인공은 어머니를 돌보러 간 에밀리인 것 같았다.

두런거리는 소리가 그치고, 바닥 판자 틈을 통해 에밀리의 침대 옆 등불이 켜지는 것이 보였다. 책을 읽는 걸까, 생각하는 걸까, 어머니의 방 쪽에 귀를 기울이는 걸까? 둘 다 잠을 잤는지 안 잤는지 몰라도, 불이 꺼진 기억이 없는 것을 보니 토비 자신이 먼저 잠든 것 같았다.

계획보다 늦게 눈뜬 그는 서둘러 아침식사를 하러 아래층으로 내려갔다. 에밀리도, 시바도 없었다. 키트는 교회용 정장, 수재너는 모자를 쓰고 있었다.

"당신은 고결한 분이에요, 토비." 수재너는 그의 손을 잡고 놓지 않았다. "안 그래요, 키트? 키트도 나도 걱정스러워서 죽을 지경이었는데 이렇게 한걸음에 달려오셨잖아요. 불쌍한 젭도 마찬가지예요. 키트는 교활한 술책에 능한 사람이 아니고요. 그렇죠, 여보? 당신이 그렇다는 건 아니에요, 토비. 절대 그런 뜻은 아니에요. 하지만 당신은 젊고 유능하고 외무부에 있으니까, 어떻게 파헤칠 방법이 있을 거예요." 그녀의 얼굴에 작은 미소가 떠올랐다. "연금을 잃지 않고 알아낼 방법이." 그녀는 화강암 포치에 서서 열렬히 토비를 포옹했다.

"우린 아들이 없어요, 토비. 노력했지만, 잃었죠." 키트는 퉁명스럽게 덧붙였다. "계속 연락하세."

토비와 에밀리는 온실에 있었다. 토비는 낡은 일광욕 의자에 앉았고, 에밀리는 방 반대편의 등나무 의자에 앉아 있었다. 두 사람 사이의 거리는 무언의 합의 같은 것이었다.

"간밤에 아빠랑 이야기 잘 하셨어요?"

"그렇다고 볼 수도 있겠죠."

"제가 먼저 이야기를 시작할게요. 그러면 혹시 후회할지도 모를 말을 안 하실 수 있을 테니까."

"고맙습니다." 토비는 공손하게 답했다.

"젭과 아버지는 모종의 문서를 함께 작성할 계획이었어요. 공식적인 곳에서 어마어마한 결과를 낳을 수 있는 문서. 달리 말해 내부고발자 역할을 하기로 한 거죠. 어머니 말씀에 따르면, 문제는 죽은, 혹은 '죽었을지도 모르는' 여자와 아이예요. 우린 모르지만, 최악의 상황을 두려워하고 있어요. 지금까지 맞나요?"

토비가 말없이 그냥 바라보고만 있자, 에밀리는 숨을 들이쉬고 말을 이었다.

"젭은 약속을 지키지 않았어요. 문서도 못 만들었죠. 대신 의사가 아닌 여자가 남자 의사 이름을 빌려 전화를 걸어서 아빠의 가명, 폴이라는 이름을 대고 젭이 정신병원에 입원했다고 말했어요. 이 점은 사실이 아닌 것으로 판명됐고요. 혼잣말하는 것 같네요."

"듣고 있습니다."

"한데 젭을 찾을 수가 없어요. 성도 모르고, 주소도 남겨놓지 않았어요. 경찰 같은 공식적인 탐문 경로는 막혀 있고요. 우리 같은 나약한 여자들한테는. 아직 듣고 계시죠?"

"네."

"토비 벨은 이 시나리오에서 어떤 역할을 맡고 있어요. 어머니는 당

신을 좋아해요. 아버지는 그러지 않을 생각이지만, 당신을 필요악처럼
보고 있어요. 당신이 협력할 마음이 있는지 없는지 아버지가 확신하지
못해서 그런 건가요?"

"그건 직접 물어보십시오."

"당신한테 물어보고 싶었어요. 아버지가 당신에게 젭을 대신 찾아달
라고 하셨나요?"

"네."

"아버지와 당신, 두 사람 모두를 위해서?"

"어떤 면에서는."

"찾을 수 있나요?"

"모르겠습니다."

"그를 찾으면 어떻게 하실 건가요? 젭이 어마어마한 스캔들을 폭로
할 참이라면, 어쩌면 당신이 결정적인 순간에 마음을 바꿔서 그를 당국
에 넘길 수도 있지 않겠어요? 그런가요?"

"아닙니다."

"제가 그걸 믿어야 하나요?"

"네."

"당신이 뭔가 복수하고 싶은 게 있는 건 아니고요?"

"제가 왜 그런 짓을 하겠습니까?" 토비는 항변했지만, 에밀리는 토비
의 작은 성질을 우아하게 막았다.

"내가 그의 등록번호를 갖고 있어요."

무슨 뜻인지 바로 이해할 수 없었다. "뭘 갖고 있다고요?"

"젭의 자동차 번호요." 그녀는 운동복 바지 주머니를 뒤졌다. "그가

베일리에서 아버지를 괴롭힐 때 밴 사진을 찍었어요. 번호판도." 그녀는 아이폰을 내밀고 아이콘을 만졌다. "12개월 유효하고, 8주 전에 지불한 거예요."

"왜 아버지에게 번호를 드리지 않았습니까?" 토비는 어리둥절해서 물었다.

"아버지가 혹여 실수를 하게 되면, 어머니가 대신 사람을 찾으러 다녀야 하니까요."

그녀는 의자에서 몸을 일으키고 토비 쪽으로 다가오더니 폰을 그의 얼굴 앞에 갖다 댔다.

"내 전화에 옮길 수는 없습니다." 토비는 말했다. "키트는 전자장비를 원하지 않습니다. 나도 그렇고요."

그는 펜을 꺼냈지만 적을 곳이 없었다. 그녀는 서랍에서 종이 한 장을 꺼냈다. 그는 젭의 밴 등록번호를 적었다.

"휴대전화 번호를 주시면, 조사의 진행 상황을 알려드리죠." 그는 평정을 회복하고 말했다.

그녀는 전화번호를 알려주었다. 그는 그 번호도 적었다.

"내 수술실과 병원 일정도 알고 계시는 게 좋을 거예요." 토비는 이 내용도 모두 받아 적었다.

"하지만 전화로는 절대 구체적인 내용을 언급해선 안 됩니다." 토비는 엄격하게 말했다. "암시나 장난 같은 것도 안 됩니다." 그는 보안 관련 훈련 내용을 떠올렸다. "당신에게 메시지를 보낼 일이 생기면, 베일리라는 이름을 쓰겠습니다."

그녀는 좋을 대로 하라는 듯 어깨를 으쓱했다.

"혹시 밤늦게 전화 드려도 괜찮을까요?" 그는 최대한 자연스럽고 사무적으로 들리기 위해 애쓰며 물었다.

"난 혼자 살아요. 혹시 그게 궁금하신 거라면."

그게 궁금했다.

V

흑백사진 속의 모녀

런던으로 느릿느릿 돌아가는 기차 안에서, 아파트에서 반쯤 잠들어 있던 몇 시간 동안, 월요일 아침 출근하는 버스 안에서, 토비 벨은 일생 동안 여러 번 고민했던, 자신의 경력과 자유를 굳이 위험에 빠뜨려야 할 이유를 다시금 곰곰이 생각했다.

미래가 장밋빛으로 보인 적은 없지만, 인력관리부에서도 늘 듣는 소리지만, 왜 과거로 돌아가야 하나? 낡은 양심 때문에? 혹은 새로 창조한 양심인가? 뭔가 복수하고 싶은 게 있는 건 아니고요?, 라고 에밀리는 물었다. 그건 도대체 무슨 뜻이지? 그가 볼 때 일고의 가치조차 없는 하찮은 인간들인 이 세상의 퍼거스 퀸과 제이 크리스핀 같은 사람들에게 복수심이라도 품고 있느냐는 뜻인가? 혹 에밀리 자신이 본인의 복수심 같은 것을 숨기고 있는 것은 아닐까—아버지를 포함한 남성이라는 종족에 대한? 분명히 아주 짧긴 했지만, 그녀가 같은 편에 섰다고 생각했을 때조차 그런 인상을 준 순간이 있었다.

그러나 이 모든 무익한 자기탐색에도 불구하고—어쩌면 그 때문에—토비의 새 사무실에서 첫날 업무는 훌륭했다. 11시까지 새 직원 전부와 면담하고, 각자 업무 분장을 마치고, 일이 겹칠 수 있는 영역을 정리하고, 보고와 지휘 계통을 간소화했다. 정오까지 관리자 회의에서 발표한 보고서도 반응이 좋았다. 점심시간에는 지역 관리자의 사무실에서 그녀와 함께 샌드위치를 먹었다. 하루 일과를 그렇게 잘 마치고 난 뒤, 그는 외부 약속을 핑계로 버스를 타고 빅토리아 역까지 간 뒤 러시아워의 혼잡한 거리 한복판에서 오랜 친구 찰리 윌킨스에게 전화를 걸었다.

세계 각지의 영국 대사관에는 찰리 윌킨스 같은 사람이 꼭 한 명씩 있어야 한다. 베를린에서는 그런 농담을 하곤 했다. 평생의 절반을 외교관 보호에 힘써온 이 다정하고 굳건한 60대 전직 영국 경찰관이 없었다면, 도대체 무슨 일을 어떻게 할 수 있을까? 프랑스 대사관에서 바스티유 데이 파티를 마치고 나서는데 갑자기 도로 장애물이 막아선다면? 안 되지! 지나치게 열성적인 독일 경찰이 음주 측정기를 들이댄다면? 제발! 찰리 윌킨스는 이럴 때 분데스폴리차이 쪽의 동료들과 조용히 상의해서 일을 무마할 줄 알았다.

그러나 이 경우 흔치 않게도 토비가 찰리와 그의 독일인 아내 베아트릭스에게 호의를 베풀었던 몇 안 되는 사람 중 하나였다. 첼로 공부를 하던 부부의 어린 딸은 런던의 유명 음악대학에서 오디션을 볼 수 있는 학력 자격이 부족했다. 한데 대학 학장이 음악 선생님인 토비의 이모와 오랜 친구 사이였다. 토비는 서둘러 전화를 걸었고, 오디션 자리가 마련되었다. 이후 토비가 어디로 부임하든, 크리스마스 때마다 베아트릭스가 직접 만든 과자와 재능 있는 딸의 성장을 자랑스럽게 보고하는 금박을 입힌 카드가 날아왔다. 찰리와 베아트릭스가 우아하게 은퇴해서 브라이튼에 정착한 뒤에도 카드는 계속 날아왔고, 토비는 그때마다 잊지 않고 작은 감사편지를 써보냈다.

브라이튼에 있는 찰리의 집은 다른 집과 동떨어져 있어, 마치 독일 '검은 숲'에서 옮겨온 것 같은 분위기였다. 《헨젤과 그레텔》에 나올 것 같은 포치로 이어진 길가에 붉은 튤립이 피어 있었다. 바이에른 복장을 한 정원 요정들이 단추 달린 가슴에서 솟아 나왔고, 거대한 전망 창 앞에는 선인장류가 자라고 있었다. 베아트릭스는 최고의 옷을 갖춰 입고 있었다. 바덴 와인과 간 경단 요리를 앞에 놓고, 세 친구는 옛이야기를 하며 윌킨스 집 딸의 음악적 성취를 축하했다. 커피를 마시고 칵테일을 즐긴 뒤, 찰리와 토비는 뒷마당의 서재로 물러났다.

"제가 아는 여자 이야기입니다, 찰리." 토비는 편의상 그 여자가 에밀리라고 가정하고 이야기를 시작했다.

찰리 윌킨스는 만족스러운 미소를 지었다. "내가 베아트릭스에게 말했다고. 토비라면 틀림없이 여자 문제라고."

"이 여자가, 찰리, 지난주 토요일에 쇼핑하다가 주차한 트럭과 부딪혀서 큰 사고를 냈어요. 이미 면허에 벌점이 많이 달려서 더 곤란한 상태인데요." 그는 적당히 얼굴을 붉히며 설명했다.

"목격자는?" 찰리 윌킨스는 안됐다는 듯 물었다.

"모른대요. 주차장 빈 구석 쪽이었나 봐요."

"잘됐군." 찰리 윌킨스는 약간 회의적인 말투를 담아 말했다. "CCTV 영상은 없고?"

"그것도 없습니다." 토비는 찰리의 시선을 피했다. "우리가 아는 한 에는."

"아는 한에는." 찰리 윌킨스는 정중하게 따라 말했다.

"좋은 여자예요." 토비는 거짓말을 이어나갔다. "비용을 치르지 않고 는 양심상 잠도 못 자겠다는데, 여섯 달 동안 면허정지를 당할 수는 없 지 않습니까, 찰리. 게다가 밴의 등록번호를 적는 상식도 있는 사람이 니, 혹시, 음, 무슨 방법이 없을지······." 토비는 찰리가 문장을 마무리하 도록 여기서 입을 다물었다.

"그 아는 여자분이 이 특별 서비스를 해드리려면 얼마나 드는지 아 나?" 찰리는 할아버지 같은 안경을 꺼내 토비가 건네준 카드 한 장을 들 여다보았다.

"얼마가 들든지, 찰리, 제가 냅니다." 토비는 에밀리를 잘 안다는 듯 통 크게 말했다.

"음, 그렇다면 자넨 베아트리스와 술이나 한잔하면서 10분만 기다리 게. 과부와 고아를 위한 경찰청 펀드에 200파운드만 내면 돼. 현금으로, 영수증 없이, 오랜 우정이 있으니 난 아무것도 필요 없어." 10분 뒤, 찰 리는 경찰관의 꼼꼼한 필적으로 이름과 주소를 적은 카드를 건네주었 고, 토비는 "고맙습니다, 찰리, 잘됐네요. 그녀도 아주 좋아할 겁니다. 역 에 가는 길에 현금 입출금기에 같이 들를까요?"라고 말했다.

그러나 찰리의 이 말도 평소 찰리 윌킨스의 느긋한 얼굴에 구름처럼 드리운 걱정을 완전히 씻어내지는 못했다. 벽에 난 구멍 안에 서서 토비가 200파운드를 건넬 때도 걱정스러운 표정은 여전했다.

"자네가 방금 알아봐 달라고 한 남자 말이야." 찰리는 말했다. "차 문제는 아닌데, 그 소유주 말일세. 주소를 보니 웨일스인이더군."

"그게 왜요?"

"경찰청 친구 말로는 발음도 어려운 그 주소에 사는 그 남자는 상당히 커다란 붉은 고리를 목에 두르고 있다는군. 경찰식 표현을 빌리자면."

"그게 무슨 뜻입니까?"

"그 남자를 보거나 소식을 들으면, 해당 경찰은 아무 행동도 취하지 말고 곧장 경찰청 최고위 관료에게 보고하라는 기록이 있었어. 자네가 그렇게 빨간 고리에 대해서 궁금해하는 이유는 말해줄 생각이 없겠지?"

"미안해요, 찰리. 말할 수 없습니다."

"그게 다인가?"

"네, 다예요." 역 앞에 차를 세우고, 찰리는 시동을 껐지만 문은 그대로 잠가두었다.

"음, 나도 걱정돼, 친구야." 그는 심각하게 말했다. "자네 신변 말이야. 실존 인물인지는 모르지만, 자네 여자도 그렇고. 경찰청에 그런 부탁을 할 때 경고음이 심하게 울리면, 이번 웨일스인 같은 경우가 바로 그렇지만, 그 친구도 자신의 공적인 의무를 모른 척할 수가 없어. 친구가 고맙게도 경고해줬어. 그런 단추를 누르고 모른 척할 수는 없다고. 자기 자신을 보호해야 한다고. 그러니 내가 하고 싶은 말은, 여자분에게, 혹시 존재하는 분이라면, 내 안부를 전해주고 자네도 조심하게. 내 직감상 아주 조심해야 할 것 같아. 특히 우리의 오랜 친구 자일스가 더 이상 우리 곁에 없으니까."

"곁에 없다니요? 죽었다는 뜻입니까?" 토비는 오클리가 어떤 면에서 자신의 보호자였다는 암시를 자기도 모르게 내비치며 소리쳤다.

그러나 찰리는 이미 킬킬 웃고 있었다.

"아니야, 맙소사! 자네도 알고 있는 줄 알았는데. 더 나빠. 우리의 친구 자일스 오클리는 금융가가 됐어. 한데 자넨 죽었다고 생각하는군. 아, 세상에. 이런. 베아트릭스에게 꼭 말해줘야겠군. 자일스가 회전문을 제때 사용할 줄 아는 사람이라는 건 알아줘야 해." 그는 공감 어린 목소리로 낮게 말했다. "그는 윗선에서 허락하는 한 최대한 높은 곳까지 올라갔어. 한계에 부딪힌 거지, 안 그래? 적어도 '그들' 입장에서는. 함부르크에서 그 일이 있었던 뒤로, 누가 그에게 윗자리를 주겠어. 사람 일을 어떻게 알겠나, 안 그래?"

그러나 너무 많은 충격을 한꺼번에 받은 토비는 아무 말도 하지 않았다. 런던으로 돌아와서 일주일, 이어 베이루트에서 근무하는 사이 오클리는 연기처럼 사라졌고, 토비는 자신의 보호자인 그가 언제, 어떻게 나타날지 궁금해하고 있었다.

한데 이제 해답을 얻었다. 일생 투기적인 금융가들과 그들의 업무에 앙숙이었던 사람, 금융가들을 드론, 기생충, 사회적으로 무가치하고 경제를 말라비틀어지게 하는 병충해라고 표현했던 사람이 이제 적의 돈을 받고 있는 것이다.

찰스 윌킨스에 따르면, 오클리가 그렇게 한 이유는?

화이트홀의 현명한 수뇌들이 그가 더 이상 돈이 되지 않는다고 판단해서였다.

오클리가 왜 돈이 되지 않았나?

그는 빅토리아 역으로 돌아가는 야간 기차의 쇠처럼 단단한 쿠션에 고개를 기댔다.

눈을 감고, 함부르크라고 말하고, 절대 입 밖에 내지 않겠다고 맹세한 이야기를 다시 기억해보자.

베를린 대사관에 도착한 직후 토비가 야간당직을 서고 있는데, 레퍼반 성 산업을 감시하고 있는 함부르크 경찰 총경에게서 전화가 걸려왔다. 총경은 지금 통화할 수 있는 가장 높은 사람을 바꿔달라고 했다. 토비는 자기가 그 사람이라고 답했는데, 새벽 3시였기 때문에 이는 사실이었다. 오클리가 선박소유주조합 회의 때문에 함부르크에 있다는 것을 알고 있었기 때문에, 그는 즉각 긴장했다. 토비도 따라가려고 했으나, 오클리가 막았다.

"구치소에 술 취한 영국인이 들어왔습니다." 총경은 유창한 영어를 자랑하며 말했다. "유감이지만 극단적인 업소에서 심각한 풍기문란 행위를 한 혐의로 체포하지 않을 수 없었습니다. 상처도 많았습니다. 특히 상체에."

토비는 총경에게 아침에 영사관으로 연락하라고 건의했다. 총경은 처리를 지연하면 영국 대사관 입장이 곤란해질 거라고 말했다. 토비는 이유를 물었다.

"영국인은 여권도 돈도 없습니다. 모두 도둑맞았답니다. 옷도 입고 있지 않습니다. 시설 주인 말로는 일반적인 방식으로 채찍질을 했는데, 그게 통제할 수 없는 상황이 돼버렸다고 합니다. 한데 당사자 말로는 자신이 영국 대사관에서 중요한 공직자라고 하는군요. 대사는 아니지만, 더 고위급일 수도 있다고."

토비가 새벽안개를 뚫고 아우토반을 전속력으로 달려 함부르크 경찰서 문간에 도착한 것은 겨우 세 시간 뒤였다.

오클리는 총경 사무실에서 경찰 가운을 두른 채 반쯤 눈을 뜨고 나른하게 누워 있었다. 손톱 끝에는 피가 묻어 있었고, 팔은 의자 팔걸이에 묶여 있었다. 입은 삐딱하게 튀어나와 부풀어 있었다. 토비를 알아봤는지는 몰라도, 그런 기색은 없었다. 토비 역시 아는 척하지 않았다.

"이분을 아십니까, 벨 씨?" 총경은 아주 미묘한 말투로 물었다. "평생 못 보신 분으로 해드릴까요, 벨 씨?"

"전혀 모르는 사람입니다." 토비도 맞장구를 치듯 대답했다.

"그럼 사칭한 사람이겠군요." 총경은 역시 지나치게 잘 아는 척하며 답했다.

토비는 정말 사칭했을 수도 있을 거라고 대답했다.

"그러면 이 사칭한 자를 당신이 베를린으로 데려가서 집중 신문하시겠습니까?"

"그러지요. 고맙습니다." 토비는 경찰 제복을 입은 오클리를 데리고 나와 도시 반대편 병원으로 데려갔다. 팔이 부러진 곳은 없었지만, 온통 채찍 자국인 듯한 멍투성이였다. 토비는 북적이는 대형 슈퍼마켓에서 싸구려 옷을 사서 오클리에게 입힌 뒤 허마이오니에게 남편이 가벼운 차 사고를 당했다고 설명했다. "심각한 건 아닙니다, 자일스는 안전벨트를 하지 않고 리무진 뒷좌석에 앉아 있었어요." 베를린으로 돌아오는 길에, 오클리는 한마디도 하지 않았다. 토비의 차에서 남편을 끌어내릴 때, 허마이오니 역시 마찬가지였다.

토비 역시 아무 말도 하지 않았고, 자일스 오클리 역시 그 일에 대해서는 입을 다물었다. 새 옷값으로 봉투에 든 300유로가 대사관 우편함에 놓여 있었을 뿐이었다.

"저기 저 기념탑을 보세요!" 귀네스라는 이름의 운전사는 통통한 팔을 들어 창밖으로 내밀면서 토비가 더 잘 볼 수 있도록 속도를 늦췄다. "300미터 아래에 45명이 있어요. 부디 명복을."

"원인이 뭡니까, 귀네스?"

"낙석 하나. 번쩍 불꽃이 튀고, 그게 다였어요. 형제들, 아버지들, 아들들. 하지만 여자들도 생각해봐요." 토비는 생각해보았다.

잠들지 않는 밤을 하루 더 지새운 뒤 외무부에 들어온 이후 금과옥조처럼 지켜온 모든 원칙을 거스르고, 토비는 심한 두통을 핑계로 병가를 낸 뒤 카디프행 기차에 올라 15마일 더 택시를 잡아타고 찰리 윌킨스가 발음하기도 어려운 주소라고 말한 젭의 집으로 향했다. 계곡은 버려진 탄광의 무덤이었다. 청동빛 빗물을 뒤집어쓴 기둥이 녹색 언덕 위로 솟아 있었다. 운전사는 입심 좋은 50대 여성이었다. 토비는 운전사 옆 앞자리에 앉았다. 언덕이 가까이 다가왔고, 길은 좁아졌다. 그들은 축구장과 학교를 지났고, 학교 뒤에는 풀이 가득 자란 비행장과 무너진 관제탑, 뼈대만 앙상한 격납고가 있었다.

"저기 로터리에 세워주세요." 토비는 말했다.

"친구를 찾아간다면서요." 귀네스는 추궁하듯 말했다.

"맞습니다."

"그런데 왜 친구 집 앞에 세워달라고 하지 않고?"

"놀라게 하고 싶으니까요, 귀네스."

"이곳에서는 그리 놀랄 일이 있지도 않아요, 젊은 양반." 그녀는 돌아갈 때 다시 연락하라고 명함을 건네주었다.

비는 가랑비로 변해 있었다. 여덟 살 정도 되어 보이는 빨강 머리 소년이 새 자전거를 타고 도로를 이리저리 다니며 핸들에 달린 골동품 놋쇠 경적을 울려대고 있었다. 흑백의 소 떼가 숲처럼 빽빽이 솟은 철탑 사이에서 풀을 뜯고 있었다. 왼쪽으로 녹색 지붕을 얹은 조립식 집이 한 줄 늘어서 있었고, 앞마당에도 똑같은 헛간이 하나씩 딸려 있었다. 한때 결혼한 군인 숙소로 쓰이던 집 같았다. 10번 집이 마지막이었다. 흰 칠을 한 깃대가 앞마당에 서 있었지만, 깃발은 걸려 있지 않았다. 그는 대문 걸쇠를 벗겼다. 자전거를 탄 소년이 그의 옆에 끽 멈춰 섰다. 현관문은 조각 유리였다. 초인종은 없었다. 소년이 보는 앞에서, 그는 유리창을 두드렸다. 여자의 그림자가 나타났다. 문이 활짝 열렸다. 금발, 벨과 비슷한 나이, 화장기 없는 얼굴, 움켜쥔 주먹, 앙다문 턱, 화가 머리끝까지 난 얼굴이었다.

"기자라면 꺼져! 당신들은 신물이 나니까!"

"전 기자가 아닙니다."

"그럼 원하는 게 뭐야?" 웨일스 억양은 아니었고, 호전적인 구식 아일랜드 말투였다.

"혹시 오웬스 부인이십니까?"

"그렇다면 어쩔 거야?"

"제 이름은 벨입니다. 혹시 남편 젭과 이야기할 수 있을까요?" 소년은 자전거를 울타리에 기대놓고 그의 옆을 지나 여자 옆에 딱 붙어서 한 손으로 허벅지를 감아 안았다.

"내 남편 젭과 무슨 이야기를 하고 싶은데?"

"저는 사실 친구 대신 왔습니다. 그 친구 이름은 폴이라고 합니다." 반응을 살폈지만, 아무 기색도 없었다. "폴과 젭은 지난 수요일에 만나기로 되어 있었습니다. 젭이 나타나지 않았어요. 폴은 몹시 걱정하고 있습니다. 혹시 사고라도 당했나 해서요. 젭이 준 휴대전화도 응답하지 않고요. 제가 마침 근처를 지나가던 참이라, 저에게 알아봐 달라고 하더군요." 그는 가볍게, 혹은 최대한 가볍게 설명했다.

"지난 수요일?"

"네."

"일주일 전?"

"네."

"엿새나?"

"네."

"어디서 약속했는데요?"

"그 친구 집."

"그러니까 그 친구 집이 어디냐고요."

"콘월. 콘월 북부입니다." 여자의 얼굴은 굳었다. 소년 역시 마찬가지였다.

"친구가 왜 직접 오지 않았어요?"

"폴은 집을 비울 수가 없습니다. 아내가 아파서요. 혼자 두고 다닐 수가 없어요." 얼마나 더 둘러댈 수 있을지 알 수 없었다.

희끗희끗한 머리카락에 버튼 달린 모직 재킷과 안경 차림의 덩치 크고 어색한 남자가 그녀 어깨 너머로 다가와 그를 쳐다보았다.

"무슨 문제지, 브리지드?" 그는 아주 북쪽 지방으로 짐작되는 억양으로 정말 궁금한 듯 물었다.

"젭을 만나고 싶대. 지난 수요일에 콘월에서 폴이라는 친구를 만날 약속이 있었나 봐. 왜 젭이 오지 않았는지 궁금해서 왔대. 믿을 수 있겠어?" 남자는 친척 아저씨 같은 손을 소년의 빨강 머리에 얹었다.

"대니, 제니 집에 잠깐 놀러 갔다 오너라. 손님을 문간에 세워두면 안 되지. 성함이……?"

"토비입니다."

"난 해리요. 반갑습니다, 토비." 천장은 둥근 곡선으로 이루어져 있었고, 철제 빔이 떠받치고 있었다. 잘 닦은 리놀륨 바닥은 반질거렸다. 부엌에는 흰 탁자보 위에 조화가 놓여 있었다. 텔레비전 맞은편 방 한가운데에는 2인용 소파와 어울리는 안락의자가 놓여 있었다. 브리지드는 안락의자에 앉았다. 토비는 그녀 맞은편에 섰고, 해리가 작은 탁자 서랍을 열어 담황색 군용 폴더 같은 것을 꺼냈다. 그는 찬송가집처럼 두 손으로 폴더를 들고 토비 앞에 선 뒤 노래라도 부르려는 것처럼 숨을 들이쉬었다.

"그럼 당신은 젭을 개인적으로 모르는 사이요, 토비?" 그는 조심스럽게 입을 뗐다.

"네, 모릅니다. 왜 그러시죠?"

"당신 친구 폴은 젭을 알지만 당신은 모른다. 맞습니까, 토비?" 그는 재차 확인했다.

"제 친구만 압니다." 토비는 대답했다.

"그렇다면 당신은 젭을 만난 적이 없군요. 얼굴 한 번 본 적이 없는 사이군요."

"맞습니다."

"음, 어쨌든 충격적인 말이겠지만, 토비, 물론 오늘 이 자리에 같이 오지 못한 당신 친구 폴에게도 더 충격일 것이고. 불쌍한 젭은 지난 화요일에 자기 손으로 목숨을 끊었습니다. 우리는 아직도 이 사실을 받아들이려고 애쓰고 있어요. 당연한 일이지만, 대니도 마찬가지고. 물론 아이들은 때로 어른들보다 이런 일을 더 잘 견디는 것 같습니다만."

"신문에도 잔뜩 실렸잖아." 브리지드는 유감의 말을 중얼거리는 토비를 향해 말했다. "이 남자와 친구라는 폴만 빼고 세상 사람들이 다 알고 있다고."

"음, 지방 신문에만 실렸지, 브리지드." 해리가 토비에게 폴더를 건네며 정정했다. "모든 사람이 《아거스》를 읽는 건 아니야."

"《이브닝 스탠더드》에도 실렸어."

"음, 모든 사람이 《이브닝 스탠더드》를 읽지도 않아. 이제 공짜도 아니고. 돈 주고 사서 보는 건 내용이 충실한 걸 읽고 싶지, 아무거나 찍힌 걸 보고 싶겠어. 인간이란 그런 거야."

"정말 유감입니다." 토비는 겨우 끼어들어 한마디 한 뒤 폴더를 열고 기사를 살펴보았다.

"왜? 당신은 젭을 알지도 못하면서." 브리지드가 말했다.

전사의 마지막 전투

경찰은 전 특수부대 요원이었던 올해 34살 데이비드 제베다이아(젭) 오웬스의 총기 사망 사건에 대해 다른 용의자를 찾고 있지 않다고 말했다. 검시관은 사망자가 "외상 후 스트레스 증후군과 그로 인한 병적 우울증으로 인해 오랜 전투를 벌였지만 아쉽게도 지고 말았다"고 말했다.

특수부대 영웅 자살하다

……북아일랜드에서 용감하게 군인으로 복무하다 미래의 아내, 로열 얼스터 경찰대 소속 브리지드를 만났다. 이후 보스니아, 이라크, 아프가니스탄에서…….

"친구분에게 전화를 거시겠습니까, 토비?" 해리가 친절하게 제안했다. "조용히 통화하고 싶으면 뒤쪽에 온실이 있고 근처에 기지국이 있어 신호도 잘 들어옵니다. 어제 화장을 했어요. 가족만 참석하고, 꽃은 받지 않았습니다. 방문하신다고 해도 정중히 사양했을 테니 섭섭해하지 마시라고 전해주십시오."

"친구분에게 또 뭐라고 말할 건가요, 벨 씨?" 브리지드가 물었다.

"여기서 읽은 내용. 정말 끔찍한 소식입니다." 그는 다시 말했다. "정말 유감입니다, 오웬스 부인." 그는 해리를 향했다. "고맙습니다만, 소식은 개인적으로 만나서 전하고 싶습니다."

"그러시지요, 토비. 그게 좋겠습니다."

"당신 친구가 혹시 관심 있다면, 젭은 자기 머리를 날렸어요, 벨 씨.

자기 밴에서. 신문에는 그런 내용이 안 실렸죠. 사려 깊게도. 지난 토요일 저녁 6시에서 10시 사이에 저질렀다고 해요. 서머싯 글래스턴베리 근처 평지 한구석에 차를 세우고. 사람이 사는 가장 가까운 마을에서 600야드 떨어진 곳에. 총열이 짧은 9밀리 스미스앤드웨슨을 사용했어요. 난 그가 스미스앤드웨슨을 갖고 있었던 적이 없다는 걸 알고 있고, 그는 권총도 싫어했어요. 한데 재미있게도, 그들 말로는 그가 그 총열이 짧은 총을 손에 쥐고 있었다고 해요. '공식적인 신원 확인을 해주시겠습니까, 오웬스 부인?' '그러죠, 경관님. 언제든지. 데려다주세요.' 경찰대에 근무하던 때처럼 현장으로 따라갔죠. 오른쪽 관자놀이를 관통했더군요. 오른쪽 옆에 작은 구멍, 반대쪽 얼굴에는 별 상처도 없었어요. 사출구만 작게 있고. 빗나가지도 않았더군요. 젭은 늘 그랬죠. 명사수였으니까. 상도 많이 탔어요."

"음, 그렇게 회상한다고 죽은 사람이 살아 돌아오지는 않아, 브리지드." 해리가 말했다. "여기 토비 씨는 차를 한 잔 드셔야 할 것 같은데. 괜찮으시죠? 친구 부탁으로 여기까지 오시다니, 그게 진정한 우정이죠. 대니하고 같이 만든 쿠키도 드려, 브리지드."

"화장할 때까지 기다려주지도 않더군. 혹시 문제가 생기면, 벨 씨, 알아두세요. 자살이 최우선으로 끝나요." 그녀는 의자에 몸을 잔뜩 묻고 성적 경멸감이라도 표현하듯 골반을 흔들어 보였다. "그 밴을 직접 세척하는 즐거움까지 내 몫이었어요. 그들은 일을 다 끝내자마자, '됐습니다, 오웬스 부인. 이제 알아서 하세요'라고 말했어요. 서머싯 사람들, 사람 좋고 정중하죠. 숙녀에게 예의 바르고. 날 동료 취급해줬어요. 경찰청에서 나온 사람들도 두 명 보이더군요. 시골 경찰 지휘하러 나온."

"브리지드는 저녁때까지 제게 전화하지 않았습니다." 해리가 설명했다. "난 하루 종일 수업이 있었어요. 그녀도 알고 있었습니다. 당신이 워낙 사려 깊어서 말이야, 브리지드. 아이들 50명을 두 시간 동안 내버려둘 수는 없잖아."

"호스도 친절하게 빌려주더군요. 그런 차를 세척하는 건 경찰 업무 아닌가요? 하지만 서머싯에서는 예산 때문에 그런 것도 안 해줘요. '감식은 다 끝났나요?' 내가 물었죠. '내 손으로 단서를 씻어내리고 싶진 않아요.' '필요한 단서는 다 찾았습니다, 오웬스 부인. 혹시 필요하실지 모르니, 여기 솔이 있어요.'"

"당신 자신만 괴롭히고 있어, 브리지드." 해리는 부엌에서 주전자에 물을 채우고 쿠키를 꺼내면서 말했다.

"하지만 여기 벨 씨를 괴롭히는 건 아니잖아. 안 그래? 이분을 봐. 아주 태연하시잖아. 난 죽은 남편 일로 생전 처음 보는 낯선 사람 앞에서 하소연을 늘어놓는 여편네야. 3년 전만 해도 난 잽을 아주 잘 알았고, 대니도 마찬가지였어요. 우리가 3년 전에 알던 남자는 빌어먹을 총신이 짧건 길건 권총으로 자살할 사람이 아니었어. 자기 아들을 아버지 없는 자식으로, 아내를 남편 없는 여자로 만들 사람이 아니었다고. 대니는 그에게 세상 전부였어요. 정신이 나간 뒤에도 대니, 대니. 자살에 대해 잘 알려지지 않은 사실을 알려드릴까요, 벨 씨?"

"토비에게 이런 이야기를 다 할 필요는 없어, 브리지드. 심리학 같은 문제를 알 만큼 아시는 똑똑한 젊은 양반인 것 같은데. 안 그렇습니까, 토비?"

"자살은 살인이에요, 벨 씨. 자기 자신을 죽이는 건 물론이고. 문제는 다른 사람들이에요. 3년 전만 해도 난 꿈꾸던 남자와 멋진 결혼생활을 하고 있었어요. 나도 나쁘지 않았고, 그도 늘 그렇게 말했죠. 잠자리도 좋았고, 그도 날 진심으로 사랑했어요. 어느 모로 보나 믿을 만한 사람이었어요. 아직도 그래요. 난 그를 믿어요. 사랑해요. 늘 그랬어요. 하지만 그 자식이 자신을 쏘면서 우리까지 죽여버린 건 믿어지지 않고, 더 이상 사랑할 수도 없어요. 미워요. 만약 그가 그런 짓을 했다면, 결국 나쁜 놈이죠. 이유가 뭐든 상관없어요."

'만약'이라고? 이 단어에 유난히 힘을 주지 않았나? 그냥 토비의 상상 탓일까?

"생각해보면, 애당초 그가 그렇게 돌아버린 이유도 난 모르겠어요. 이해할 수가 없어요. 안 좋은 작전이 있었죠. 잘못된 살인이 있었어요. 내가 아는 건 그게 다예요. 그것 말고는 아무것도 알려주지 않았어요. 어쩌면 당신과 당신 친구 폴이 알고 있을지 모르겠군요. 날 믿지 않았지만, 당신 친구 폴은 믿었을 수도 있으니. 경찰도 알고 있을지 몰라요. 아니, 세상 사람들이 다 알고 있는데, 나와 대니, 여기 해리만 모르고 있을 수도 있겠지."

"자꾸 생각하는 건 도움이 되지 않아, 브리지드." 해리는 종이 냅킨을 풀었다. "당신에게도, 대니에게도 도움이 되지 않아. 여기 토비 씨에게도 마찬가지일 거야. 그렇죠, 토비?" 그는 설탕을 뿌린 쿠키와 차 한 잔을 접시와 종이 냅킨 위에 놓아 내밀었다. "난 대니를 임신했다는 걸 알고 젭 때문에 경찰을 그만뒀어요. 상급 급여도, 앞두고 있던 진급도 다 잃어버렸죠. 우리 둘 다 집안이 하잘것없었어요. 젭의 아버지는 쓸모없는 게으름뱅이, 어머니는 없었고, 난 내 아버지가 누군지도 몰랐고, 내

어머니도 아버지가 누군지 몰랐어요. 하지만 우린 제대로 살고 싶었죠. 무슨 일이 있더라도 정상적인 시민으로, 난 대니에게 평범한 가족을 만들어주고 싶어서 체육 교사 자격증을 땄어요."

"브리지드는 학교 역사상 최고의 체육 선생님이죠. 그렇지, 브리지드? 아이들이 모두 다 좋아해요. 대니도 얼마나 자랑스러워하는지. 우리 모두 그렇습니다."

"당신은 뭘 가르치십니까?" 그는 해리에게 물었다.

"산수. 학생들이 있을 때는 A레벨까지. 그렇지, 브리지드?" 그는 브리지드에게도 차를 건넸다.

"그럼 콘월에 사는 당신 친구 폴은 젭을 진료한 정신과 의사라도 되나요?" 브리지드는 물었다.

"아뇨. 정신과 의사는 아닙니다."

"당신은 신문기자도 아니고? 확실해요?"

"기자는 절대 아닙니다."

"캐묻는 건 죄송해요, 벨 씨. 하지만 당신이 기자가 아니고 당신 친구 폴이 정신과 의사도 아니라면, 당신들은 도대체 뭐 하는 사람들이에요?"

"자, 브리지드." 해리가 말했다.

"전 여기 순전히 개인적인 용무로 왔습니다." 토비가 말했다.

"그럼 순전히 공식적으로는 뭐 하는 분이죠?"

"공식적으로 저는 외무성 직원입니다." 기대했던 폭발 대신, 주도면밀한 관찰이 되돌아왔다.

"당신 친구 폴은? 그도 외무성에 있었고요?" 그녀의 커다랗게 뜬 녹색 시선은 토비를 비켜나가지 않았다.

"폴은 은퇴했습니다."

"폴이 3년 전에 젭을 알던 사람이라고요?"

"네, 그렇습니다."

"업무적으로?"

"네."

"젭이 그 전날 머리를 날려버리지만 않았더라도 열렸을 그 정상회담이, 젭과 폴의 약속이 그 문제 때문이었다고요? 3년 전 업무적으로 있었던 일에 대한?"

"그렇습니다." 토비는 평정하게 대답했다. "그들이 관계를 갖게 된 게 그 일 때문이었으니까요. 서로 잘 알지는 못했지만, 그 과정을 통해 친구가 됐습니다."

그녀의 시선은 그의 얼굴을 떠나지 않았다. 브리지드는 눈빛을 고정한 채 말했다.

"해리, 대니가 걱정돼. 제니 집에 잠깐 가서 혹시 자전거에서 떨어지지 않았나 봐주겠어? 타기 시작한 지 하루밖에 안 됐잖아."

토비와 브리지드는 둘만 남았다. 경계심은 남아 있었지만, 서로 상대가 먼저 말을 꺼내기를 기다리는 동안 그들 둘 사이에는 뭔가 이해관계가 싹트고 있었다.

"그럼 런던의 외무성에 전화해서 당신 소속을 확인해볼까요?" 브리지드는 한결 누그러진 목소리로 물었다. "벨 씨가 정말 거기 근무하는 사람 맞느냐고?"

"젭이 원하지 않을 겁니다."

"당신 친구 폴은? 그는 어때요? 그도 원하지 않을까요?"

"네."

"당신도?"

"전 직장을 잃게 되겠죠."

"그들이 나누려고 했다는 대화 말이에요. 혹시 야생동물작전이라는 것과 관련 있나요?"

"아, 젭이 당신에게 이야기했습니까?"

"작전에 대해서? 무슨 말씀을. 고문을 해도 그런 내용은 입 밖에 내지 않았을 거예요. 냄새는 고약하지만, 의무였으니까."

"무슨 냄새가?"

"젭은 용병을 좋아하지 않았어요. 원래 그랬죠. 발만 걸치고 돈만 바란다고. 정신병자 주제에 자기들이 영웅이라고 생각한다고. '난 내 나라를 위해 싸워, 브리지드. 다국적 기업가들의 빌어먹을 해외 은행계좌를 위해 싸우는 게 아니라.' 젭은 '빌어먹을'이라는 말을 안 했지만…….젭은 경건한 사람이었어요. 욕도 안 하고 술도 한두 모금 이상 안 마셨죠. 난 달라요. 빌어먹을 프로테스탄트, 이런 소리를 들었죠. 아니, 로열 얼스터 경찰에서 일하는데 어떻게 안 하고 배기느냐고."

"야생동물작전을 그가 싫어한 게 용병 때문이었습니까? 그 작전에 대해 말하면서 그렇게 말하던가요?"

"일반적으로. 원래 싫어했어요. 제발 치워줬으면 좋겠다고, 너무 싫어했으니까. '이번에도 용병 일이야, 브리지드. 가끔 요즘에는 전쟁을 시작하는 게 누구인지 궁금해.'"

"작전에 대한 다른 걱정은 없었습니까?"

"냄새는 나지만 할 수 없었죠."

"그 뒤에는? 작전에서 돌아온 뒤엔?"

브리지드는 눈을 감았다. 눈을 떴을 때 그녀는 다른 사람이 되어 있는 것 같았다. 내면으로 침잠한, 겁에 질린 얼굴이었다.

"귀신 같았어요. 맥이 빠져 있었죠. 나이프와 포크를 들지도 못했어요. 사랑하는 부대에서 보내온 편지를 나한테 계속 보여줬어요. '노고에 감사한다, 잘 쉬어라, 공직 기밀법을, 평생 지켜야 할 의무를 잊지 말기 바란다.' 난 그가 평생 끔찍한 광경은 볼 만큼 봤다고 생각했어요. 우리 둘 다. 북아일랜드. 거리에 널린 피와 뼈. 발목 지뢰, 폭탄 테러. 화형식. 맙소사."

그녀는 심호흡을 몇 번 하더니 평정심을 찾고 다시 말을 이었다.

"그러다 그는 너무 많이 보고 만 거예요. 다들 이야기하는 그 사건. 그가 참여한, 그를 놓아주지 않는 그 작전. 너무 많은 폭탄. 아이들을 가득 싣고 학교에 가는 길에 폭발해버린 버스. 어쩌면 하수구에 죽은 개 한 마리를 봤을 수도 있고, 손가락을 베였는데 피가 흘렀을 수도 있고. 그게 무엇이든, 그 사건 때문에 신경이 툭 끊어진 거예요. 더 이상 자기방어 기제가 없어진 거예요. 세상에서 가장 사랑하는 사람들이 피투성이가 되어 있지 않은 모습을 바라볼 수가 없게 된 거예요."

다시 그녀는 입을 다물었다. 이번에는 무엇을 보고 있는지 분노에 찬 눈을 커다랗게 뜨고 있었다. 분명 토비를 보고 있는 것은 아니었다.

"그는 유령처럼 우릴 따라다녔어요!" 그녀는 역겹다는 듯 손으로 입술을 막았다. "크리스마스에는 탁자에 그를 위해 자리를 만들었어요. 대니, 나야, 해리. 우린 빈자리를 멍하니 바라보며 앉아 있곤 했죠. 대니의 생일에도. 한밤중엔 문간에 선물이 놓여 있곤 했어요. 집에 들어오면 전염병이라도 걸리나? 문둥병이라도? 자기 집인데. 우리가 그를 충분히 사랑하지 않았나?"

"그러셨을 거라고 생각합니다."

"당신이 어떻게 알아요?" 그녀는 손가락을 이로 악문 채 기억 속의 뭔가를 응시하는 듯 꿈쩍도 않고 앉아 있었다.

"가죽공예는?" 토비가 물었다. "가죽공예 기술은 어디서 배웠습니까?"

"자기 아버지였죠. 누구겠어요? 술에 떡이 되도록 취해 있지 않을 때는 맞춤 구두장이로 일했어요. 그래도 젭은 아버지를 사랑해서 그가 죽었을 때 저 헛간에 공구를 성배처럼 모셔놓았죠. 그러다 하루는 헛간이 싹 비고 공구도 사라지고 젭도 같이 사라졌어요. 지금과 똑같네요."

그녀는 돌아서더니 그를 응시하며 말하기를 기다렸다. 그는 조심스럽게 입을 열었다.

"젭은 폴에게 자기가 증거를 갖고 있다고 했습니다. 야생동물작전에 대해서. 콘월 약속 때 그걸 갖고 오기로 했어요. 폴은 그게 뭔지 모릅니다. 당신이 혹시 아시는지 모르겠어요." 그녀는 손바닥을 펼치고 자신의 미래라도 읽으려는 듯 들여다보다가, 훌쩍 일어서더니 앞문으로 향해 문을 활짝 열었다.

"해리! 벨 씨가 친구 폴에게 전할 수 있게 둘러보고 싶대. 대니, 전 엄마가 부를 때까지 제니 집에 있어. 들리니?" 그녀는 토비에게 돌아섰다. "해리 없이 나중에 돌아와요."

비가 다시 내리고 있었다. 해리의 권유로 토비는 비옷을 빌렸지만 너무 작았다. 집 뒤 정원은 좁고 길었다. 젖은 빨래가 줄에 걸려 있었다. 문을 지나니 작은 황무지가 나왔다. 그들은 그라피티로 뒤덮인 전시 사격용 진지 몇 개를 지났다.

"난 학생들에게 이걸 보고 조부모들이 무엇을 위해 싸웠는지 생각해보라고 합니다." 해리가 어깨 너머로 말했다.

그들은 낡은 헛간에 도착했다. 문은 자물쇠로 잠겨 있었다. 해리가 열쇠를 갖고 있었다.

"대니에게는 여기 있다는 걸 알리지 않으려고 합니다. 지금은." 해리가 진심을 담아 말했다. "그러니 집으로 돌아가시면 그 점을 명심해주세요. 소란이 좀 잦아들면 이베이에 내다 팔 생각입니다. 사람들이 혹시 누구 물건인지 알고 구매를 꺼리면 곤란하니까요." 문을 밀어 열자 작은 새 몇 마리가 경쾌하게 날아 나왔다. "젭이 개조를 잘해놓았어요. 솜씨가 좋죠. 개인적인 생각으로는 약간 강박적이긴 하지만. 브리지드에게도 말하지 마세요."

방수포가 텐트 핀으로 바닥에 고정되어 있었다. 토비가 바라보는 동안, 해리는 핀을 뽑고 방수포 한쪽이 헐거워지도록 고리를 풀었다. 그런 다음 전체 방수포를 걷자 녹색 밴이 나타났다. 옆면에는 금박으로 '젭의 가죽상'이라는 대문자가 박혀 있었다. 그 밑에는 '밴에서 판매합니다'라는 작은 글자가 적혀 있었다.

해리가 팔을 뻗는 것을 무시하고, 토비는 뒷자리에 올랐다. 나무판, 떼어낸 판도 있었고, 대롱거리며 열린 판자도 있었다. 접이식 탁자, 나무 의자 하나, 쿠션은 없었다. 밧줄로 얽은 해먹은 끌어내려 깔끔하게 말아놓은 상태였다. 아무것도 없는 잘 닦인 선반. 코를 찌르는 데톨 냄

새로도 아직 완전히 가시지 않은 묵은 피 냄새.

"사슴 가죽들은 어떻게 됐습니까?"

"지금은 태우는 게 최선 아니겠습니까?" 해리는 밝게 말했다. "사실 불쌍한 친구가 엉망진창으로 그렇게 가버린 까닭에 건질 만한 것이 별로 없었어요. 술도 마시지 않은 상태였답니다. 특이한 경우라고 하더군요. 하지만 젭은 원래 그런 사람이었습니다. 고개를 숙이는 사람이 아니었죠. 절대로."

"유서는?"

"손에 총, 탄창에 남은 여덟 발밖에. 자길 쏜 다음에 뭘 하려고 했는지 궁금하죠." 해리는 가르치듯 선선히 대꾸했다. "잘 쓰지 않는 손을 썼어요. 왜일까요? 모르죠. 젭은 왼손잡이였어요. 그런 사람이 오른손으로 쏜 것도 특이점이라고 하더군요. 하지만 직업 저격수였으니 그랬겠죠. 브리지드 말로는, 마음만 먹었다면 발로도 쏠 수 있었을 겁니다. 게다가 우리가 다 알 듯이 이성적인 판단이 안 되는 지점에 다다랐으니. 경찰이 아주 가볍게 말해준 겁니다. 전 전문가도 아니고요." 토비는 차 한 쪽 편의 벽 나무 합판 중간쯤에 테니스공만 한 홈을 발견하고, 그 윤곽을 손으로 더듬었다.

"음, 그건, 총알이 박히지 않았겠습니까. 상식적으로. 허공으로 사라지지는 않으니까요. 폴리필라로 구멍을 메우고, 문지르고, 페인트칠을 하면 눈에 안 띌 겁니다."

"그의 공구는요? 가죽공예 공구."

"음, 사람들이 다들 그걸 궁금해했습니다. 아버지의 공구와 난로가 어디로 갔는지. 돈으로 따져도 상당할 텐데요. 처음 현장에 출동한 건

소방차였는데, 이유는 정확히 모르지만 누군가 부른 것 같아요. 그런 뒤에 경찰이 왔고, 이어서 구급차가 왔습니다. 그러니 누가 슬쩍 했는지 모르죠. 경찰은 분명 아닙니다. 전 우리 법률의 수호자들을 대단히, 어쩌면 본인이 그 업에 종사했던 브리지드보다 더 존경합니다. 어쨌든 아일랜드니까요."

그럴 것이다.

"그는 내게 불평한 적이 없었습니다. 그럴 자격이 있었다는 건 아니고요. 브리지드 같은 여자가 어떻게 혼자 살겠습니까? 난 브리지드에게 잘했고, 젭은 늘 그렇다고 할 수 없었으니까요."

그들은 함께 뒷문을 닫은 뒤 방수포를 다시 씌웠다. 그리고 함께 밧줄을 잡아당겼다.

"브리지드가 잠시 이야기할 게 있다고 했습니다." 토비는 핑계를 찾았다. "폴과 관계된 사적인 이야기 같더군요."

"뭐든 하십시오. 우리와 마찬가지로 브리지드 역시 자유로운 영혼이니까." 해리는 진지하게 말하고 동료처럼 토비의 팔을 두드렸다. "경찰에 대한 그녀의 관점을 너무 진지하게 듣지만 마십시오. 이런 사건에는 늘 누군가 탓할 사람이 있게 마련입니다. 인간이란 게 원래 그렇지 않습니까. 와주셔서 감사합니다, 토비. 만나서 반가웠어요. 이런 때 이런 말을 해도 될지 모르겠지만, 혹시 모르는 일이니까요, 고성능으로 개조된 잘 관리된 밴을 찾는 사람이 있으면, 이쪽으로 알려주시죠."

브리지드는 소파 구석에 몸을 말고 무릎을 감싸 안고 있었다.

"뭘 봤어요?"

"뭐가 보여야 했습니까?"

"핏자국은 논리적이지 않았어요. 뒤 범퍼에 온통 피가 튀어 있더군요. 경찰은 피가 움직인 흔적이라고 했어요. '피가 어떻게 움직이죠?'라고 내가 물었어요. '창문을 통해 튀어나와서 뒷범퍼로 돌아가기라도 했나요?' '너무 신경이 곤두선 것 같습니다, 오웬스 부인. 수사는 우리에게 맡겨두고, 차나 한잔하세요.' 그러다 경찰청 소속의 다른 사복형사가 와서 잘난 척하며 말하더군요. '마음을 좀 놓으시라고 말씀드립니다만, 오웬스 부인, 범퍼의 피는 남편분의 피가 아닙니다. 물감이었어요. 수리를 하고 계셨던 모양입니다.' 그들은 집도 뒤졌어요."

"네? 어느 집을요?"

"이 집이죠. 지금 당신이 앉아서 날 보고 있는 이 집. 어디겠어요? 서랍, 찬장, 다 뒤졌어요. 대니의 장난감 상자까지. 수사할 줄 안다는 사람들이 속속들이 다 뒤졌다고요. 저기 서랍 안의 젭의 서류. 그가 남긴 모든 것. 전부 꺼냈다가 같은 순서로 다시 넣었는데 완벽하진 않았어요. 옷도 마찬가지고. 해리는 나더러 편집증이라고 해요. 음모론이라고. 빌어먹을, 벨 씨, 나도 가택수색을 해볼 만큼 해본 사람이에요. 딱 보면 알 수 있어요."

"언제 그랬습니까?"

"어제요. 언제겠어요? 젭을 화장하러 나간 사이에. 아마추어의 솜씨가 아니었어요. 그들이 뭘 찾아내려 했는지 알고 싶으세요?" 그녀는 소파 아래쪽으로 손을 뻗어 밀봉하지 않은 납작한 갈색 봉투를 꺼내 토비에게 건넸다.

A4 크기의 사진 두 장, 매트한 질감. 경계선은 없었다. 흑백. 해상도

는 좋지 않았다. 밤이었고, 많이 확대한 배율이었다.

길 건너편에서 비밀리에 찍은 용의자 사진들을 떠올리게 하는 흐릿한 이미지였다. 단지 두 용의자는 시체로 바위 위에 누워 있었고, 그중 한 사람은 갈기갈기 찢긴 아랍 복장 차림의 여자, 다른 한 사람은 한쪽 다리가 거의 뜯겨 나갈 정도로 난사당한 아이였다. 전투복 차림의 남자들이 반자동 라이플을 들고 주위를 둘러싸고 서 있었다.

첫 사진에서는 얼굴을 알아볼 수 없는 전투복 차림의 남자가 금방이라도 쏠 태세로 여자에게 총을 겨누고 있었다.

두 번째 사진에서는 전투복 차림의 다른 남자가 한쪽 무릎을 꿇고 무기를 옆에 내려놓은 채 두 손으로 얼굴을 가리고 있었다.

"놈들이 훔쳐가기 전에 난로 밑에서 빼냈어요." 브리지드는 토비가 묻지도 않은 질문에 대해 경멸 섞인 음성으로 대답했다. "젭은 거기다 석면 조각을 붙여놨었죠. 난로는 사라졌더군요. 하지만 석면은 아직 붙어 있었어요. 경찰은 밴을 철저히 조사했다고 생각하고 내게 넘겨줬겠죠. 하지만 난 젭을 알아요. 그들은 몰랐죠. 젭은 숨길 줄 아는 사람이었어요. 어딘가 사진이 남아 있을 거다. 내게는 보여주지 않았지만. 절대 보여주지 않으려고 했어요. '증거가 있어.' 그는 말하곤 했죠. '흑백사진, 아무도 믿고 싶지 않을 거야.' '도대체 무슨 증거 말이야?' 난 말하곤 했어요. '범죄현장에서 찍은 흑백사진.' 하지만 무슨 범죄현장이냐고 물어보면 그저 묵묵부답이었어요."

"사진은 누가 찍었습니까?"

"쇼티, 젭의 동료. 임무를 마친 뒤 곁에 남은 유일한 친구. 다른 사람들이 겁에 질려 숨은 뒤에도 유일하게 곁을 지켰던 사람이었어요. 돈,

앤디, 쇼티. 다들 야생동물작전 이전에는 좋은 친구 사이였죠. 그 뒤에는 아니었어요. 쇼티만 남았는데, 그마저 젭과 싸움을 벌이고 헤어졌어요."

"싸움의 이유는 뭐였습니까?"

"당신이 들고 있는 그 사진이었어요. 당시에 젭은 아직 집에 있었죠. 상태가 안 좋았지만 버티고 있었어요. 그때 쇼티가 할 말이 있다고 찾아와서는 끔찍한 싸움을 벌였어요. 쇼티는 키가 195센티미터죠. 하지만 젭이 몸을 숙이고 들어가서 무릎을 차고 얼굴을 숙이는 틈을 타서 코뼈를 부러뜨렸어요. 교과서 같은 솜씨였죠. 덩치가 절반밖에 안 되는데. 그건 존경해야 해요."

"그가 젭에게 무슨 말을 하려고 했습니까?"

"사진을 돌려달라고요, 그게 첫 마디였어요. 그때까지만 해도 쇼티는 사진을 정부에 돌리고 언론에도 폭로하자고 했는데, 갑자기 마음을 바꾼 거예요."

"왜죠?"

"매수당한 거죠. 방위사업체에서. 입을 닫는 대가로 평생직장을 준 거예요."

"방위사업체 사람은 이름이 뭐였습니까?"

"크리스펀이라는 사람이 있었어요. 미국 돈으로 대단한 회사를 설립했다고요. 진짜 프로들이라고. 이 회사가 미래다, 라고 쇼티는 말했어요. 군대도 필요 없다고."

"젭은 뭐라고 했습니까?"

"전혀 프로가 아니라고요. 뜨내기 장사꾼이라고 하면서, 쇼티에게 그도 마찬가지라고 했어요. 쇼티는 젭에게 함께 합류하자고 했고요. 그들은 작전이 끝나자마자 젭도 끌어들이려고 했어요. 미리 완벽하게 작성된 서류도 들고 왔고요. 서명만 하면 된다, 사진을 돌려주고 회사에 들어오면 돈은 얼마든지 벌 수 있다. 쇼티에게 힘들일 필요 없다, 코뼈 부러질 일 있느냐고 할 수도 있었지만, 내가 그런 말을 해봤자 듣지 않았을 거예요. 사실 난 그 사람이 싫었어요. 자기한테 여자들을 홀리는 재주가 있다고 생각했어요. 젭이 안 볼 때마다 날 얼마나 더듬었는지. 게다가 내게 이따위 위문의 편지를 보냈더군요. 역겨워서 정말."

신문기사 스크랩이 들어 있던 서랍 안에서, 그녀는 손으로 쓴 편지를 꺼내 토비에게 내밀었다.

친애하는 브리지드,

우리 사이가 틀어진 것도 유감이지만, 젭에 관한 비보를 듣고 너무나 유감스러웠습니다. 젭은 최고 중의 최고였고, 오래전의 하찮은 다툼과 관계없이 제 기억 속에는, 당신의 기억에서와 마찬가지로 언제나 최고로 남을 겁니다. 브리지드, 혹시 현금이 부족하시면 동봉한 휴대전화로 전화 주세요. 제가 틀림없이 송금하겠습니다. 그리고 브리지드, 제 개인 소지품인데 젭에게 빌려준 사진 두 장도 보내주시면 정말 감사하겠습니다. 회신용 봉투를 동봉합니다.

슬픔에 젖은 젭의 옛 전우,
쇼티

그때 현관문 밖에서 다투는 소리가 들려왔다. 대니가 악을 쓰고 있었고, 해리가 달래고 있었지만 헛수고였다. 브리지드는 사진을 얼른 집어 들었다.

"제가 가져가면 안 됩니까?"

"안 돼요!"

"복사는?"

"좋아요. 하세요. 복사하세요." 그녀는 한순간도 망설이지 않고 대답했다.

토비는 원판 사진을 식탁에 평평하게 놓고, 자신이 겨우 며칠 전에 에밀리에게 했던 충고를 무시하고 사진을 블랙베리에 저장했다. 사진을 돌려주면서, 그는 브리지드의 어깨 너머로 쇼티의 편지를 다시 한 번 확인하며 그의 휴대전화 번호를 수첩에다 적었다.

"쇼티의 다른 이름이 뭡니까?" 그는 차츰 소란스러워지고 있는 밖을 향해 물었다.

"파이크."

그는 만일을 위해 '파이크'도 적었다.

"그가 요전 날 내게 연락했어요." 브리지드가 말했다.

"파이크가요?"

"대니, 입 좀 다물어라, 제발! 젭 말이에요. 누구겠어요? 화요일, 아침 9시. 해리와 대니가 학교 소풍을 나선 직후에. 수화기를 들어보니, 젭이었어요. 지난 3년간 그런 말투는 한 번도 들어본 적이 없었어요. '증인을 찾았어, 브리지드. 최고의 인물이야. 이번에야말로 그와 내가 힘을 합쳐서 일을 바로잡고 말겠어. 해리는 차버려. 이 일만 마무리하면 우리 다시 시작하자. 당신과 나, 대니, 우리 셋이서 예전처럼.' 자기 머리를 총으로 날려버리기 몇 시간 전만 해도 그가 이 정도로 우울했었다고요, 벨 씨."

10여 년 외교관 생활을 하면서 토비가 배운 것이 있다면, 모든 위기를 일상적이고 해결 가능한 것으로 취급하라는 원칙이었다. 카디프로 돌아가는 택시 안에서 그의 머릿속은 키트와 수재너, 에밀리에 대한 불길한 두려움으로 가득 찼다. 젭에 대한 애석한 마음일 수도 있었고, 살해 시기와 방법, 경찰이 은폐에 공모했다는 사실도 착잡했지만, 겉으로 보기에 그는 올 때와 마찬가지로 말이 많았고 운전사 귀네스도 마찬가지로 수다스러웠다. 카디프에 도착한 뒤에야 그는 여행 내내 계획했던 대로 정확히 실행하기 시작했다.

감시하는 사람이 있나? 아직은, 하지만 그는 찰리 윌킨스의 경고를 잊지 않았다. 패딩턴에서는 열차 표를 현금으로 샀다. 그는 귀네스에게 현금으로 차비를 냈고, 교차로에서 내려서 다시 교차로에서 차를 탔다. 누구를 찾아가는지도 말하지 않았지만, 물론 그건 헛수고라는 것을 알고 있었다. 브리지드의 이웃 중 하나가 경찰에게 정보를 전달하는 감시역을 맡고 있을 가능성이 높았고, 그럴 경우 그의 인상착의가 보고될 것이다. 운이 좋다면 경찰의 무능함이 시간을 조금 지연시켜줄 수 있을 것이다.

생각보다 현금이 많이 필요해서 기계에서 다시 인출하지 않을 수 없었고, 덕분에 카디프에 와 있다는 사실을 입증하는 자료를 남길 수밖에 없었다. 하지만 감수하지 않을 수 없는 위험도 있는 법. 그는 역 근처 전자제품 가게에서 데스크톱에 꽂을 새 하드드라이브, 중고 휴대전화 두

대를 샀다. 하나는 검정, 하나는 은색, 선불 심카드와 충전된 배터리 두 개도 구입했다. 보안 교육에서 배운 것에 따르면, 중고 전자제품의 세계에서 이런 휴대전화는 주인이 몇 시간 만에 버리는 경향이 많기 때문에 '버너'라고 불렸다.

카디프의 실업자들이 많이 찾는 카페에서, 그는 커피 한 잔과 케이크 한 조각을 주문해서 구석 탁자로 갔다. 배경의 시끄러운 소리에 만족한 그는 쇼티의 번호를 은색 버너에 입력하고 녹색 버튼을 눌렀다. 이것은 매티의 세계이지, 그의 세계는 아니었다. 하지만 그도 이 세계 가장자리에 있었고, 연기하는 일도 낯설지 않았다.

신호음이 계속 울리고 또 울렸다. 메시지를 남길까 하는데, 공격적인 남자 목소리가 전화를 받았다.

"파이크요. 업무 중이야. 원하는 게 뭐지?"

"쇼티?"

"맞아, 쇼티. 누구요?" 토비의 목소리였지만, 외교부 특유의 세련미를 벗어버린 음성이었다.

"쇼티, 《사우스 웨일스 아거스》의 피트라고 합니다. 안녕하세요. 음, 젭 오웬스에 대해 특집 기사를 쓰려고 하는데요. 아시겠지만 지난주에 비극적으로 자살하셨습니다. 상당히 친한 분으로 알고 있는데, 맞습니까? 최고의 친구라면서요? 동료였다고. 아주 상심이 크시지요."

"이 번호는 어떻게 아셨소?"

"아, 나름대로 방법이 있습니다. 음, 제가 궁금한 건—우리 편집자가 궁금한 건—혹시 인터뷰가 가능하실까요? 젭이 얼마나 훌륭한 군인이었는지, 최고의 동료에게는 어떤 사람이었는지, 그런 내용으로 한 페이지 전체를 할애할 겁니다. 쇼티? 듣고 계십니까?"

"당신 이름은 뭐라고?"

"앤드루스."

"이건 오프 더 레코드요, 아니오?"

"음, 당연히 공개 가능한 인터뷰로 하고 싶지요. 직접 만나 뵙고요. 뒷조사를 깊숙이 할 수도 있습니다만, 그러면 여러모로 좋을 게 없어서요. 만약 기밀 문제가 있다면, 우린 그런 걸 존중합니다."

다시 긴 침묵이 흘렀다. 쇼티의 손이 전화를 가리고 말하는 것 같았다.

"목요일 괜찮소?"

목요일? 양심적인 외무성 공무원은 머릿속에서 일정표를 확인했다. 오전 10시, 부서 회의, 오후 12시 30분, 런던데리 하우스에서 부서 간 연락담당관 점심 모임.

"목요일 좋습니다." 그는 도전적으로 말했다. "어디로 갈까요? 웨일스로 오실 생각은 없으시죠?"

"런던. 골든 캐프 카페, 밀 힐. 오전 11시. 괜찮소?"

"어떻게 알아볼까요?"

"난 난쟁이요. 부츠를 신어도 80센티미터밖에 안 돼. 혼자 오시오. 사진은 안 되고, 몇 살이신지?"

"전 31살입니다." 토비는 지나치게 빨리 대답하고 곧 후회했다.

패딩턴으로 돌아오는 기차 안에서, 토비는 다시 은색 버너로 에밀리에게 첫 문자 메시지를 보냈다. '최대한 빨리 상의 필요. 이 번호로 연락 주기 바람. 옛날 번호는 더 이상 사용하지 않음. 베일리.'

그는 기차 복도에 서서 만약에 대비해 에밀리의 수술실 번호를 눌렀으나 자리 비움 메시지가 흘러나왔다.

"프로빈 박사에게 메시지를 남겨주세요. 오늘 밤 약속 때문에 환자 베일리가 전화드렸습니다. 예전 번호는 사용할 수 없으니 이 번호로 전화 주십시오. 감사합니다."

그리고 한 시간 동안 그는 에밀리 말고 다른 생각을 할 수가 없었다. 자일스 오클리의 배신부터 여러 가지가 머릿속을 스쳤지만, 어디로 흘러가든 에밀리 생각도 같이 갔다.

무미건조한 텍스트 답장이 날아왔다. 상상했던 그 어떤 것보다 마음이 가벼워졌다.

'난 자정까지 근무예요. 긴급치료센터나 응급실을 알아보세요.'

서명은 없었다. E자조차 없었다.

패딩턴에서 내렸을 때는 8시였고, 그는 작전에 새로이 필요한 물건 목록을 마련해놓고 있었다. 포장용 테이프, 포장 종이, A5 패딩 봉투 반 다스, 크리넥스 티슈 한 박스. 역 중앙홀의 상점문은 닫았지만, 프래드 스트리트에서 필요한 것을 모두 사고 튼튼한 가방, 버너용 충전 쿠폰 한 묶음, 런던 근위병 플라스틱 모형도 구할 수 있었다.

근위병은 잉여 물품이었다. 토비에게 필요한 것은 딸려오는 포장 상자였다.

이슬링턴의 아파트는 현관문 색깔과 창틀 상태, 커튼의 질감을 빼면 모두 똑같은 형태로 한 줄로 늘어선 18세기 주택들 1층에 있었다. 밤은 건조하고 계절에 어울리지 않게 따뜻했다. 집 건너편 보도를 걷다가, 토비는 집 앞을 무심히 지나치며 뭔가 기미가 없는지 살폈다. 사람이 타고 있는 차가 서 있다든지, 길모퉁이에 누군가 서서 휴대전화로 통화 중이라든지, 작업복 차림의 남자가 배선함 앞에서 수상하게 무릎을 꿇고 있다든지. 보통 때처럼 거리에는 이런 사람들이 많았다.

반대편 보도로 건너온 그는 집으로 들어와서 계단을 올라 현관문을 열고 조용히 복도에 서 있었다. 난방이 켜져 있는 것을 보고 놀란 그는 화요일이라는 것을 기억했다. 화요일은 포르투갈인 청소부 룰라가 3시부터 5시까지 오는 날이니, 아마 그녀가 추워서 틀었을 것이다.

하지만 누군가 전문적인 손길로 샅샅이 가택수색을 했다는 브리지드의 담담한 말이 아직 뇌리에 남아 있었으니, 방마다 돌아다니면서 어딘가 특이한 점이 눈에 들어오는 것도 당연한 일이었을 것이다. 그는 이상한 향이 나지는 않는지 냄새를 맡아보고, 물건을 이것저것 들춰보고, 원래 어디 두었는지 기억해내려 애쓰고, 찬장과 서랍을 일일이 열어보았다. 별 소득은 없었다. 보안 훈련시간에 그는 전문 수색가들은 모든 것을 원래 상태로 되돌려놓기 위해 수색 진행 과정을 일일이 영상으로 남긴다고 했다. 그는 낯선 사람들이 이 아파트에서 그런 짓을 하는 광경을 상상해보았다.

그러나 3년 전 외조부모의 결혼사진 뒤에 붙여놓은 백업메모리 사진을 확인하러 갔을 때는, 진짜 전율을 느꼈다. 사진은 늘 걸려 있던 장소에 걸려 있었다. 홀과 화장실 사이의 막다른 복도. 몇 년 동안 위치를 옮길까 하는 생각이 들 때마다, 더 은밀하고 눈에 띄지 않는 곳을 찾기가 어려워서 결국 그대로 두곤 했다.

메모리 스틱은 아직도 거기에 몇 겹 두른 공업용 테이프 아래 안전하게 붙어 있었다. 누가 손을 댄 흔적도 없었다. 문제는 사진틀 액자에 먼지를 턴 흔적이 보인다는 점이었다. 룰라의 기준으로는 최초였다. 유리뿐만 아니라 틀까지 닦아낸 것 같았다. 그냥 틀이 아니라 틀 위쪽, 키가 작은 룰라가 손을 뻗어서 닿는 훨씬 위쪽 높이였다.

의자 위에 올라섰을까? 룰라가? 평소와 달리 봄날을 맞아 유독 깨끗하게 대청소를 하겠다는 충동이라도 느낀 걸까? 그는 전화를 걸려고 하다가 스스로의 편집증적인 사고에 한심하다는 듯 웃음을 터뜨렸다. 룰라가 급하게 휴가를 얻어서 키가 160센티미터인 훨씬 효율적인 친구 티나가 대신 왔다는 사실을 잊고 있었던 것이다.

그는 여전히 미소를 지으며 수색 작업에 돌입하기 전 생각하던 일에 다시 정신을 집중했다. 그는 테이프를 뜯어내고 메모리 스틱을 거실로 가져왔다.

데스크톱 컴퓨터는 근심거리였다. 그는 컴퓨터가 절대 안전한 은신처가 아니라는 것을 ─ 늘 자신에게 종교적으로 주입시켰다 ─ 알고 있었다. 소중한 보물을 아무리 깊이 숨겨두었다 해도, 오늘날 분석가들은 시간만 있으면 얼마든지 찾아낼 수 있다. 반면 낡은 하드드라이브를 카디프에서 산 새 드라이브로 교체하는 데도 위험이 있었다. 아무것도 적혀 있지 않은 새 드라이브의 존재를 어떻게 설명할 것인가? 그러나 어떤 설명도, 아무리 믿기 어려운 평계도, 3년 전 재난으로 끝난 야생동물 작전이 시행되기 며칠, 혹은 몇 시간 전에 녹음된 퍼거스 퀸과 젭 오웬스, 키트 프로빈의 대화보다는 훨씬 그럴듯하게 들렸다.

일단 데스크톱 깊이 숨겨둔 비밀 녹음파일을 찾아낸다. 토비는 그렇게 했다. 그런 다음 복사본 두 개를 각각 다른 메모리 스틱에 저장한다. 그렇게 했다. 그다음 하드디스크를 제거한다. 작전에 필수적인 장비는 작은 스크루드라이버, 기본적인 기술적 지식과 재빠른 손가락. 긴장한 상태였지만, 토비는 그 모든 것을 갖추고 있었다. 이제 하드디스크를 어떻게 처리할 것인가. 그는 이 문제를 해결하기 위해 장난감 상자와 충격 완화용 크리넥스 티슈를 준비했다. 수신자는 남편의 성으로 더비셔에서 변호사로 일하기 때문에 토비와 별 상관이 없어 보이는 사랑하는 이모 루비였다. 그리고 내용물을 아주 소중하게 보관해달라, 설명은 다음에 하겠다고 짧게 쪽지를 적었다. 루비는 더 이상 기대하지 않을 것이다.

상자를 봉하고, 루비의 이름을 적었다.

다음으로는 부디 오지 않기를 바라는 날을 대비해서, 봉투 두 개에 자신의 이름을 적고, 리버풀과 에든버러 중앙우체국 보관소에 각각 우편 보관을 신청했다. 추적하는 어둠의 세력을 피해 도주 중인 토비 벨이 에든버러 중앙우체국 카운터에 헐떡이며 도착하는 모습이 눈앞에 스쳐 갔다.

세 번째, 원본, 메모리 스틱이 있었다. 보안 교육 시간에는 언제나 숨바꼭질 놀이가 있었다.

"자, 여러분, 이제 이 극비 서류가 여러분 손에 들려 있는데 비밀경찰이 방문을 두드린다고 해봅시다. 그들이 아파트를 뒤지기 전에 남은 시간은 정확히 90초입니다."

처음 생각나는 장소는 포기하라. 그러니 물탱크 안도 안 되고, 느슨한 판자 아래도 안 되고, 샹들리에에도 안 되고, 냉동실 얼음 칸도 안 되고, 구급약 상자도 안 되고, 줄에 매달아 부엌 창문 밖에 매달아놓아도 안 된다. 그럼 어디? 해답. 생각나는 가장 뻔한 장소에, 가장 뻔한 물건들과 함께 둔다. 베이루트에서 가져온 물건들을 아무렇게나 넣어놓은 옷장 맨 아래 서랍에는 CD, 가족사진, 옛 여자친구에게서 온 편지, 그리고 플라스틱 상자에 손으로 적은 라벨을 둘러 붙인 메모리 스틱 여러 개가 있었다. 하나가 시선을 사로잡았다. 대학 졸업파티, 브리스틀. 그는 라벨을 떼어내서 세 번째 메모리 스틱에 둘러 감은 뒤 서랍 안 다른 물건들 사이에 던져 넣었다.

그런 다음 키트의 편지를 부엌 싱크대로 가져가서 불에 태우고 재를 부수어 물에 흘려보냈다. 보드민 파크웨이 기차역에서 빌린 차 계약서 사본도 마찬가지로 처리했다.

지금까지의 결정에 만족한 그는 샤워를 하고, 새 옷으로 갈아입고, 주머니에 버너 두 개를 넣고, 봉투와 소포를 종이가방에 넣었다. 가장 먼저 도착하는 택시는 타지 말라는 보안부서의 격언에 따라 두 번째 택시도 보내고 세 번째 택시를 잡아탄 그는 운전사에게 늦은 밤에도 우편 창구를 운영하는 스위스 카티지의 미니마켓 주소를 알려주었다.

스위스 카티지에서도 그는 다시 순서를 무시하고 두 번째 택시로 유스턴 역까지 가서 세 번째 택시를 타고 런던 이스트 엔드로 향했다.

병원은 창문에 환히 불을 켜고 함교와 계단도 전투태세를 갖춘 군함의 동체처럼 어둠 속에 우뚝 서 있었다. 위쪽 앞마당은 주차장이었고 서로 얽힌 백조 철동상이 세워져 있었다. 1층에는 구급차에서 붉은 담요를 덮어쓴 환자들이 들것에 실려 나왔고, 작업복 차림의 간호사들이 담배를 피우러 나와 있었다. 비디오카메라가 지붕과 가로등마다 자신을 지켜보고 있다는 사실을 의식하고, 토비는 환자 행세를 하며 걱정 가득

한 얼굴로 안에 들어섰다.

들것 운반대를 따라, 그는 사람들이 모여드는 곳으로 보이는 번쩍거리는 홀로 들어섰다. 한 의자에는 베일을 쓴 여자들이 모여 앉아 있었다. 다른 세 의자에는 베레모를 쓴 노인들이 묵주 위에 고개를 숙이고 있었다. 그 근처에는 하시딕 유대인 남자들이 공동 예배를 올리고 있었다.

데스크에는 '환자 안내 및 연락'이라는 표지판이 있었지만, 사람이 없었다. 표지판에는 인력관리실, 운영실, 성 진료실, 탁아실이 적혀 있었지만, 그가 가야 할 곳을 알려주는 표지판은 없었다. 경고 문구가 눈에 들어왔다. '잠깐! 응급진료실을 찾으십니까?' 하지만 그렇다 해도 어떻게 하라고 알려주는 사람이 없었다. 그는 가장 밝고 넓은 복도를 골라 커튼이 쳐진 칸막이 앞을 지나며 대담하게 걷기 시작했다. 나이 지긋한 흑인 남자가 책상 컴퓨터 앞에 앉아 있었다.

"프로빈 박사를 만나러 왔습니다." 그는 말했다. 희끗희끗한 머리통은 고개를 들지 않았다. "아마 긴급치료실에 계실 겁니다. 상담소일 수도 있고요. 자정까지 계신다고 했습니다."

늙은 남자의 얼굴에는 부족 마크 같은 것이 그려져 있었다.

"이름은 알려주지 않아, 젊은이." 그는 토비를 잠시 관찰하다 말했다. "상담소는 왼쪽으로 꺾어서 문 두 개를 지나면 돼. 긴급치료실은 로비로 돌아가서 응급실 복도로 가보게." 그는 토비가 휴대전화를 꺼내는 것을 보고 말했다. "여기서는 전화가 안 돼. 휴대전화는 쓸 수가 없어. 밖에 나가봐."

상담소 대기실에는 서른 명 남짓한 사람들이 똑같은 빈 벽을 쳐다보고 있었다. 녹색 작업복 차림의 엄격한 백인 여성이 목에 열쇠 키를 두르고 클립보드를 바라보고 있었다.

"프로빈 박사에게서 급히 만나자는 전갈을 받았습니다."

"긴급 치료." 그녀는 클립보드에 대답했다.

서글픈 흰 조명 아래에서 보니, 줄지어 앉아 있는 환자들이 '평가'라는 표지판이 붙은 문을 응시하고 있었다. 토비는 대기표를 찢어 들고 그 사이에 앉았다. 조명 상자에 현재 평가 중인 환자의 번호가 표시되어 있었다. 어떤 사람은 5분, 어떤 사람은 채 1분도 걸리지 않았다. 갑자기 그는 다음 순서였고, 갈색 머리를 하나로 질끈 묶고 화장기 없는 에밀리가 탁자 너머에서 그를 바라보고 있었다.

그녀는 의사다. 그는 이른 오후부터 위안하듯 되뇌었다. 단련된 사람이다. 매일 죽음을 다룬다.

"젭은 당신 부모님 집에서 만나기로 약속한 전날 자살했습니다." 그는 단도직입적으로 말했다. "권총으로 머리를 쐈어요." 그녀는 아무 말도 하지 않았다. "어디서 이야기를 할까요?" 그녀의 표정은 변하지 않고 그대로 얼어붙었다. 꽉 쥔 주먹이 얼굴로 올라왔고, 엄지손가락 관절이 이에 눌렸다. 평정을 회복한 뒤 그녀는 입을 열었다.

"내가 그를 완전히 잘못 봤군요. 난 그가 아버지를 위협한다고 생각했어요. 그게 아니었군요. 자기 자신에게 위협이 되는 사람이었군요."

하지만 토비는 생각했다. '나도 당신을 완전히 잘못 봤어.'

"왜 자살했는지 이유를 아는 사람이 있나요?" 감정이입을 막으려고 애썼지만 잘 되지 않는 것 같았다.

"유서도, 마지막 전화도 없었습니다." 토비 역시 냉정하게 대답하려고 노력했다. "아내가 아는 한, 마음을 털어놓은 사람도 없었답니다."

"그럼 결혼한 사람이었군요. 불쌍한 여자." 마침내 침착한 의사의 모습이 나왔다.

"부인과 어린 아들. 지난 3년 동안 같이 살지도 못했고, 가족 없이 살지도 못했던 모양입니다. 부인 말로는."

"유서는 없었다고요?"

"그런 모양입니다."

"탓할 사람이 없다? 잔인한 세상도? 아무도? 그냥 자살했다. 그냥 그렇게?"

"그런 것 같습니다."

"아버지와 나란히 앉아 뭔지는 몰라도 내부고발을 할 계획을 짜기 직전에 그렇게 된 거군요?"

"그런 것 같습니다."

"전혀 논리적이지 않네요."

"그렇죠."

"아버지도 알고 계세요?"

"아직 말씀 안 드렸습니다."

"밖에서 기다려주시겠어요?"

그녀는 다음 환자를 들이라는 신호로 책상의 단추를 눌렀다.

걷는 동안 두 사람은 마치 방금 싸우고 화해하지 않은 사람들처럼 의식적으로 거리를 유지했다. 할 말이 있으면 일부러 화난 듯 말했다.

"그의 죽음이 전국 뉴스에 나왔어요? 신문에, 텔레비전에?"

"지방 신문에 실렸고, 《이브닝 스탠더드》에도 났습니다. 제가 아는 한에는."

"하지만 더 널리 퍼질 수도 있죠?"

"그렇겠죠."

"아빠는《타임스》를 봐요." 그녀는 갑자기 생각났는지 덧붙였다. "엄마는 라디오를 듣는데."

잠겨 있어야 하지만 열려 있는 대문을 지나자 지저분한 공중 공원이 나왔다. 아이들이 개와 함께 나무 아래 앉아 마리화나를 피우고 있었다. 교통 안전지대에 긴 1층 구조물이 서 있었다. '건강센터'라는 간판이 걸려 있었다. 에밀리는 건물 앞을 죽 걸어가며 깨진 창문이 있는지 살폈고, 토비는 그 뒤를 따랐다.

"아이들은 우리가 여기 마약을 보관한다고 생각해요. 아니라고 말하지만 믿지 않아요."

그들은 빅토리아풍 런던 저지대 벽돌 거리로 들어섰다. 별이 반짝이는 환히 트인 하늘 아래 둘씩 짝을 지은 집들이 줄줄이 늘어서 있었고, 집집이 커다란 굴뚝이 달려 있었으며, 집 앞마당은 반씩 나뉘어 있었다. 그녀는 대문을 열었다. 바깥 계단이 1층 포치로 이어져 있었다. 그녀는 올라갔다. 그도 뒤따랐다. 포치 불빛에 한쪽 앞발이 없는 못생긴 회색 고양이가 에밀리의 발에 몸을 문지르는 모습이 보였다. 그녀는 열쇠로 문을 열었고, 고양이는 쏜살같이 먼저 들어갔다. 그녀는 뒤따라 들어가더니 그를 기다렸다.

"배고프면 냉장고 안에 있는 음식을 드세요." 그녀는 침실 쪽으로 사라지며 말했다. 문이 닫히며 목소리가 들려왔다. "이놈의 고양이는 내가 동물병원 의사라고 생각해."

그녀는 손에 머리를 묻고 앉은 채 탁자 위에 놓인 손도 대지 않은 음식을 응시했다. 거실은 자기부정처럼 보일 정도로 황량했다. 단출한 부엌이 한쪽 끝에 있었고, 낡은 소나무 의자 두 개, 울퉁불퉁한 소파 하나, 작업대로 사용하는 소나무 탁자가 있었다. 의학서적 몇 권, 아프리카 잡지 한 더미. 그리고 벽에는 커다란 흰 모자 차림의 수재녀가 바라보는 가운데 정식 외교관 복장을 한 키트가 통통한 카리브 해 여성 국가원수에게 신임장을 제출하는 사진이 걸려 있었다.

"당신이 찍었어요?" 그는 물었다.

"아뇨. 관저 담당 사진사가 찍었죠." 그는 냉장고에서 더치 치즈, 토마토 몇 개를 얼른 준비하고, 잘라서 구워놓은 빵을 냉동실에서 꺼냈다. 4분의 3 정도 남은 오래된 리오하 와인도 에밀리의 허락을 받고 녹색 텀블러에 두 잔 따랐다. 그녀는 형체를 알아볼 수 없는 실내복과 납작한 슬리퍼 차림이었지만, 머리칼은 묶고 있었다. 실내복은 발목까지 단추가 채워져 있었다. 납작한 신발에도 불구하고 키가 너무나 커서 토비는 놀랐다. 걸음걸이는 너무나 당당했다. 몸짓은 처음 봤을 때는 서툴러 보였지만, 다시 생각하면 우아했다.

"그 여의사는 의사가 아니었다고요?" 그녀는 물었다. "젭이 이미 죽은 뒤였는데도 살아 있다고 한 그 의사? 경찰은 별 관심이 없을까요?"

"지금 생각으로는, 그럴 것 같아요."

"아빠도 자살할 가능성이 있나요?"

"맙소사, 아닙니다." 그는 단호하게 대답했다. 브리지드의 집을 떠날 때부터 그 자신도 같은 질문을 해왔었다.

"왜 아니죠?"

"가짜 의사 이야기가 진짜라고 믿는 한, 키트는 위협이 되지 않으니까요. 가짜 의사가 전화한 목적이 그것이었으니까요. 부디 상대가 누군지는 몰라도 성공했다고 믿게 해둡시다."

"하지만 아빠는 믿지 않아요." 이건 오래된 이야기였지만, 그는 에밀리를 위해 다시 한 번 설명했다.

"다행히도 가장 가까운 사람, 가장 사랑하는 가족, 그리고 저 앞에서만 아주 크게 말씀하셨죠. 하지만 전화상으로는 믿는 척하셨으니까 일단 계속 그런 척해야 합니다. 시간을 버는 거예요. 며칠 동안 조용히 지내야 합니다."

"언제까지?"

"제가 단서를 모으고 있어요." 토비는 실제 기분보다 더 대담하게 대답했다. "퍼즐 조각을 조금 맞췄는데, 더 필요합니다. 젭의 부인은 사진을 가지고 있는데 그게 유용할지도 몰라요. 제가 복사해왔습니다. 도움이 될 만한 사람의 이름도 알아냈어요. 그를 만날 약속도 잡았습니다. 원래 문제의 일부였던 사람."

"원래 문제의 일부였던 사람은 당신 아닌가요?"

"아뇨, 저는 그저 죄지은 목격자일 뿐입니다."

"단서를 다 모으면, 당신은 어떻게 될까요?"

"직장을 잃겠지요, 아마." 그는 분위기를 누그러뜨리기 위해 그동안 내내 에밀리의 발치에 앉아 있던 고양이에게 손을 뻗었지만, 짐승은 그를 외면했다.

"아버지는 아침 몇 시에 일어나죠?"

"일찍 일어나세요. 엄마는 더 오래 주무시고요."

"몇 시쯤?"

"6시쯤."

"말로 부부는? 언제쯤?"

"아, 그분들은 새벽 일찍 일어나세요. 잭은 필립스 농장에서 소젖을 짜죠."

"장원은 말로 씨 집에서 얼마나 떨어져 있습니까?"

"가까워요. 옛 장원 농가예요. 왜요?"

"최대한 빨리 키트에게 젭의 죽음을 알려야 합니다."

"다른 사람에게서 듣고 실수하시기 전에?"

"그런 식으로 표현하신다면."

"네."

"문제는 장원까지 직접 일반전화를 걸면 안 된다는 겁니다. 휴대전화도 안 돼요. 이메일도 안 되고. 키트의 의견도 그럴 겁니다. 제게 편지를 썼을 때 그 점을 분명히 하셨어요."

그는 에밀리의 말을 기다리며 잠시 입을 다물었지만, 그녀는 계속 말하라는 듯 가만히 바라보고 있었다.

"그러니 당신이 말로 부인에게 아침 일찍 전화해서 장원으로 넘어오라고 한 다음에 농가로 키트를 부르세요. 저보다 당신이 직접 말씀드리고 싶어하실 것 같아 드리는 말씀입니다."

"말로 부인에게 뭐라고 거짓말하죠?"

"장원 전화선에 이상이 있다고 하세요. 직접 전화를 걸 수가 없다. 당황하지 말고, 키트에게 할 말이 있다. 이런 핑계 정도는 가능하지 않습니까. 그게 안전해요."

그녀는 검은 버너를 집어 들더니 한 번도 휴대전화를 써본 적이 없는 사람처럼 생각에 잠겨 긴 손가락으로 돌려보았다.

"일이 쉬워진다면, 제가 옆에 있겠습니다." 그는 빈약한 소파를 조심스럽게 가리켰다.

그녀는 그를 보더니 시계를 확인했다. 오전 2시. 그녀는 침실에서 이불과 베개를 가져왔다.

"그쪽은 추울 텐데요."

"난 괜찮아요."

VI

공식 기밀 진술서

짙은 콘월의 안개가 계곡에 내려앉아 있었다. 벌써 이틀째 서풍도 안개를 몰아내지 못하고 있었다. 키트가 사무실 대용으로 사용하는 마구간의 아치 모양 벽돌 창문은 지금쯤 싹트는 나뭇잎으로 가득 차 있어야 했다. 한데 나뭇잎은 서늘한 성에 가려 보이지 않았다. 3년 전 작전 소집 전화를 기다리며 지긋지긋했던 지브롤터의 감옥 같은 호텔 침실을 서성거리던 때와 마찬가지로, 긴장 때문에 마구실을 서성거리느라 그렇게 보이는지도 몰랐다.

아침 6시 30분이었고, 그는 에밀리의 전화를 받아보라는 말로 부인의 말을 듣고 서둘러 과수원을 건너오느라 웰링턴 부츠 차림이었다. 에밀리는 본가 쪽으로 전화가 연결되지 않는다는 터무니없는 핑계를 댔다. 전화 통화 내용은 머릿속에 생생히 남아 있었으나 두서가 없었다. 일부는 정보, 일부는 권고, 통화 전체가 내장을 칼로 찌르는 아픔이었다.

지브롤터에서와 마찬가지로 여기 마구간에서도 그는 혼자 소리 내어 중얼거리며 자신에게 욕설을 내뱉고 있었다. "젭, 하느님 맙소사. 정말 말도 안 돼……. 순조롭게 되어 가고 있었는데……. 모든 준비가 다 끝났는데. 빌어먹을 살인범들의 저주가 이 모든 것에 뿌리내려 있었다니."

"아빠는 조용히 계셔야 해요. 아빠뿐만이 아니라 엄마를 위해서. 젭의 아내를 위해서. 며칠만이에요, 아빠. 젭의 엉터리 정신과 의사가 한 말을 다 믿으시고요. 아빠, 토비 바꿔드릴게요. 그가 더 잘 말해줄 거예요."

'토비라고? 도대체 에밀리는 그 건방진 벨 놈하고 새벽 6시에 같이 뭐 하는 거야?'

"키트? 접니다. 토비."

"누가 그를 쐈지?"

"아무도. 자살이었습니다. 공식적으로. 검시관이 서명했고, 경찰은 별다른 관심을 갖지 않았습니다."

'음, 아주 관심이 많았을 텐데!' 하지만 그는 아무 말도 하지 않았다. 당장은. 당장은 아무 말도 할 마음이 들지 않았다. 그저 '음, 아니, 아 그렇지, 맞아, 그래, 알겠네'라고만 말했다.

"키트?" 다시 토비가 말했다.

"그래, 뭔가?"

"젭이 장원에 도착할 때를 대비해서 뭔가 서류를 작성하셨다고 했지요. 3년 전에 일어났던 일에 대해 당신의 관점에서 작성한 이야기와, 클럽에서 나눈 대화를 기록해서 젭에게 서명을 받겠다고요, 키트?"

"그게 무슨 문제지? 한 치의 오차도 없는 사실이야. 전부 다." 키트는 퉁명스럽게 대꾸했다.

"문제는 없습니다, 키트. 언젠가 필요할 때 아주 요긴할 거라고 생각합니다. 단지 며칠만 철저히 숨겨놓을 곳을 찾을 수 있을까요? 들키지 않도록. 금고같이 뻔한 곳 말고요. 창고 중 어디든, 다락방 같은 데 두어도 되고요. 수재너에게 좋은 생각이 있을 수도 있습니다. 키트?"

"매장도 했나?"

"화장했습니다."

"좀 빠르군. 누가 처리했지? 들어보니 뭔가 협잡이 있는 것 같은데. 맙소사."

"아빠?"

"그래, 에밀리. 듣고 있다. 뭐냐?"

"아빠? 토비가 하라는 대로 하세요. 부탁이에요. 질문은 더 하지 말고요. 아무 일도 하지 말고, 안전 조심하고, 엄마를 잘 돌보세요. 여기서 할 일은 토비에게 다 맡기세요. 그가 정말 모든 각도에서 이 일을 제대로 처리하고 있으니까요."

'그럴 거다. 약삭빠른 놈.' 하지만 그는 아무 말도 하지 않았다. 교활한 벨이라는 놈이 감히 자기에게 뭘 하라 말라 지시하는 것도 그렇고, 에밀리가 그를 완전히 믿고 있는 것도 그렇고, 말로 부인이 거실문에 귀를 대고 있는 것도 그렇고, 불쌍한 젭이 제 머리에 총을 쏴서 죽은 것도 그렇고, 뭐라 한 마디도 나오지 않는 것이 놀라웠다.

제정신을 잃지 않으려고 애쓰며, 그는 다시 처음부터 점검해보았다.

그는 말로 부인의 부엌에 웰링턴 부츠 차림으로 서 있었고, 세탁기가 돌아가고 있었다. 그는 부인에게 기계를 꺼달라고, 한 마디도 들리지 않는다고 말했다.

"아빠, 에밀리예요."

"알고 있어, 에밀리, 맙소사! 괜찮니? 무슨 일이야? 넌 어디 있니?"

"아빠, 정말 슬픈 소식이 있어요. 젭이 죽었어요. 듣고 계세요? 아빠? 아빠?"

"맙소사."

"아빠? 자살이었어요, 아빠. 총으로 자신을 쐈어요. 자기 권총으로요. 자기 밴 안에서."

"아니, 그럴 리가 없다. 말도 안 돼. 그는 여기 오는 중이었어. 언제?"

"화요일 밤에. 일주일 전."

"어디서?"

"서머싯에서요."

"그럴 리가 없다. 그날 밤 자살했다는 거냐? 엉터리 의사가 내게 전화한 게 금요일이었어."

"맞아요, 아빠."

"신원 확인도 됐어?"

"네."

"누가? 그 엉터리 의사는 아니겠지?"

"그의 아내가요."

"하느님 맙소사."

시바가 낑낑거리고 있었다. 키트는 허리를 굽혀 머리를 토닥여주고 먼 곳을 쏘아보며 젭이 클럽을 나서면서 중얼거렸던 말을 떠올렸다.

"가끔 버려졌다는 생각을 하게 돼. 쫓겨났다는 생각. 게다가 아이와 그 엄마는 머릿속에서 뒹굴고 있고. 책임감을 느껴. 하지만 이제 더 이상 그런 기분이 아니야. 그러니 괜찮다면, 크리스토퍼 경, 악수를 하자고."

그는 언젠가 자신의 머리를 쏘게 될 손을 내밀었다. 단단한 악수, 그럼 수요일 아침에 보자는 말. 나는 즉석 요리사를 자원해서 그가 좋아한다는 스크램블드에그를 아침식사로 만들어주기로 약속했다.

키트라고 부르라고 했는데도 그러지 않았다. 크리스토퍼 경에게는 무례한 행동이라면서. 자신은 애당초 기사 작위 같은 걸 받을 자격이 없다고 말했다. 그는 자신이 저지르지 말았어야 했던 행동을 자책했다. 그리고 이제 그는 자신이 저지르지 않은 또 다른 행동에 대해 죄를 뒤집어쓰고 있다. 자살.

한데 나보고 뭘 하라고? 빌어먹을. 서류를 어디 건초 더미 속에 숨겨놓고, 모든 걸 엉큼한 벨 놈에게 맡겨놓고 입을 다물고 있으라니.

음, 어쩌면 지나치게 입을 다물고 있었는지도 모른다.

어쩌면 내 문제는 이것인지도 모른다. 조금도 중요하지 않은 문제에는 입을 나불거리고, 곤란한 질문에는 입을 떼지 않으려 하는 것. 그 집 뒤 돌 위에서는 실제로 무슨 일이 벌어졌는가? 혹은, 나보다 더 나은 사람들이 몇 명이나 있는데, 왜 하필 내가 카리브 해에 안락한 은퇴 발령을 받았는가?

무엇보다 자신의 딸 에밀리가 믿을 수 없는 염탐꾼 젊은 벨의 말에 휘둘려서—다시 속에서 울화가 치밀었다—어머니에게서 엿들었거나 주워들은 말만 듣고 자기가 잘 알지도 못하는 일에 간섭하면서 입을 다물라고 하다니. 게다가 당연한 사실 하나. 혹시라도 에밀리가 야생동물 작전과 그에 관련된 사실들을 알게 된다면, 그것은 자기 상관을 염탐하는 짓 외에 한 일이 없는 벨 녀석을 통해서도, 수재녀를 통해서도 안 된다. 에밀리의 아버지로서, 내가 직접 시간과 노력을 들여 내 방식대로 해결해야지.

두서없는 생각이 머릿속에서 맹렬하게 휘몰아치는 가운데, 그는 안개 낀 정원을 성큼성큼 지나 본채로 향했다.

키트는 수재너가 아침잠에서 깰까 봐 최대한 은밀하고 조용하게 면도하고, 빌어먹을 크리스핀을 만나러 갔을 때 실수로 선택했던 시골풍 복장 대신 검은 정장을 차려입었다. 설사 연금과 작위를 잃는 한이 있어도, 그는 이번 일에 크리스핀이 어떤 역할을 했는지 명명백백하게 밝힐 생각이었다.

옷방 거울 앞에서 자기 모습을 점검한 뒤, 그는 젭에 대한 추모의 뜻으로 검은 타이를 맬까 하다가 결정했다. 아니, 너무 눈에 띄고 잘못된 메시지를 전달할 수 있다. 그는 열쇠고리에 최근 끼워 넣은 골동품 열쇠로 장군의 책상 서랍을 열고 젭의 엉터리 영수증을 넣어둔 봉투를 꺼낸 뒤 그 밑에서 손수 작성한 문서가 들어 있는 '원고'라고 적힌 폴더를 꺼냈다.

잠시 멈춘 그는 자신이 슬픔과 분노에 뜨거운 눈물을 흘리고 있다는 것을 깨달았다. 차라리 마음이 놓였다. 서류 제목을 바라보자 힘과 결의가 솟았다.

'야생동물작전 1부. 영국 특수부대 작전 지휘관의 정보에 기반을 둔 지브롤터에서의 의원 현장 대변인 목격자 진술.'

'영국 특수부대 작전 지휘관의 목격자 진술'이라는 부제를 단 2부는 영원히 미결 상태로 남게 되었으므로, 1부가 두 배의 역할을 해내야만

했다.

그는 조용히 침실로 나가 부끄러움과 경외심이 깃든 눈으로 잠든 아내를 바라보았지만, 깨우지 않도록 조심했다. 부엌에 다다른—침실에서 엿들을 수 없는 유일한 전화가 있는 곳이었다—그는 엉큼한 벨을 뺨치는 정확성으로 일에 착수했다.

'말로 부인에게 전화하자.'

그는 목소리를 낮추고 전화를 걸었다. 물론 부인은 수재녀가 원한다면 기꺼이 장원에서 하룻밤 지내겠다고 했다. 그게 가장 중요한 일이니까—장원의 전화도 다시 잘 되죠? 완벽하게 잘 들립니까?

'월터와 애너, 지루하지만 상냥한 친구들에게 전화를 걸자.'

그는 전화를 걸었고 월터는 자는 중이었지만, 별문제 삼지는 않았다. 키트가 혹시 내일까지 사업상 출장에서 돌아오지 않아도 수재녀가 섭섭해하지 않도록 오늘 저녁에 애너와 같이 들르겠다. 스카이 채널에서 〈스니커즈〉를 봐야 하는데, 수재녀도 볼까?

그는 심호흡하고 부엌 식탁에 앉아서 편집도, 수정도, 주석도 없이 일필휘지로 썼다.

사랑하는 스키,

당신이 자는 동안 군인 친구 때문에 많은 일이 생겼는데, 결과적으로 내가 런던에 급히 직접 가봐야겠어. 운이 좋아서 일이 제시간에 다 풀린다면 5시 기차를 타고 돌아올 수도 있겠지만, 그러지 못한다면 침대칸이 없어도 야간 기차로 돌아오지.

펜이 마음대로 움직이기 시작했다.

당신을 너무나 사랑하지만, 내가 떨쳐 일어나 목소리를 내야 하는 때가 왔어. 당신도 상황을 안다면 전적으로 응원할 거야. 아니, 당신이라면 나보다 더 잘 해내겠지만, 이제 내가 총알을 피하지 않고 당신 수준의 큰 용기를 내서 일어서야 할 때야.

다시 읽어보니 마지막 줄이 나머지보다 한결 암담해 보였지만, 8시 42분 기차를 타려면 다시 쓸 시간은 없었다.

그는 편지를 위층으로 가져가서 침실 문밖에 놓고 빛바랜 캔버스 공구상자에서 끌을 꺼내 그 위에 올려놓았다.

그는 마지막 근무지에서 사용하고 남은 공식 외무성 문장이 찍힌 A4 봉투를 서재에서 찾아내서 서류를 안에 넣고, 지난주 젊은 벨에게 편지를 보낼 때 그랬듯이 셀로판테이프를 넉넉하게 붙여 봉했다.

교교한 달빛 아래 바람이 휘몰아치는 보드민 무어를 차로 달리는 동안, 그는 해방감과 고양감을 느꼈다. 그러나 낯선 얼굴들로 가득 찬 기차역에 혼자 서 있으니, 아직 시간이 있을 때 편지를 들고 집으로 되돌아가서 낡은 옷을 입고 월터와 애너, 말로 부인에게 신경 쓰지 말라고 전화하고 싶은 충동이 치밀어 올랐다. 그러나 특급열차가 패딩턴에 도착하자 이런 기분도 사라졌고, 그는 좌석에서 정식 영국식 아침식사를 먹었다. 수재너가 그의 심장 건강에 신경 쓰고 있었기 때문에 커피 대신 차를 마셨다.

키트가 런던으로 향하는 동안, 토비 벨은 새 사무실 책상 앞에 앉아 최근 리비아에서 발생한 사태를 검토하고 있었다. 에밀리의 소파에서 잔 탓에 허리가 끊어질 듯 아팠다. 그는 뉴로펜을 남은 스파클링 워터로 복용한 뒤 그녀의 아파트에서 같이 보낸 지난 몇 시간 동안의 단편적인 기억을 계속해서 되새겼다.

베개와 담요를 갖다 준 뒤, 에밀리는 일단 자기 침실로 물러갔다. 그러나 곧 그녀는 같은 옷차림으로 돌아왔다. 그는 말똥말똥하고 한결 불편해진 기분으로 그녀를 바라보았다.

에밀리는 아주 멀리 떨어져 앉더니, 웨일스 여행을 자세히 들려달라고 했다. 토비는 기꺼이 그렇게 했다. 그녀는 암울한 세부 묘사까지 원했고, 그는 들려주었다. 피가 이동했다는 말도 안 되는 이야기부터, 사실인지 아닌지 몰라도 붉은 물감으로 판명 났다는 이야기. 젭의 밴을 최대한 비싸게 팔고 싶다는 해리의 걱정. '빌어먹을'이라는 단어를 사용하는 브리지드의 거친 말투와, 키트를 클럽에서 만난 후에 젭이 돌아갈 테니 해리를 버리라고 마지막으로 브리지드에게 기분 좋게 전화를 걸었다는 수수께끼 같은 이야기.

에밀리는 끈기 있게 들었다. 이른 새벽의 어스름한 여명 속에서 커다란 갈색 눈동자는 불편할 정도로 움직이지 않고 그를 바라보고 있었다.

사진 때문에 젭이 쇼티와 싸운 이야기, 그 뒤 젭이 사진을 어떻게 숨겼는지, 브리지드가 어떻게 발견했는지, 사진을 블랙베리에 저장해왔다는 이야기도 했다.

그는 사진을 그녀에게 보여주었다. 병원에서처럼 그녀의 시선은 얼어붙었다.

"브리지드가 왜 당신을 신뢰했다고 생각해요?" 에밀리는 물었다. 지푸라기라도 잡는 심정이었기에 신뢰할 수 있는 사람이라는 결론을 내린 것 같다는 대답밖에 할 수가 없었지만, 그녀는 만족하지 않았다.

다음으로 에밀리는 젭의 이름과 주소를 당국에서 어떻게 알아냈는지 물었다. 토비는 찰리의 이름을 말하지 않고 그냥 부부가 오랜 친구 사이다, 음악을 공부하는 딸을 위해 부탁을 들어준 적이 있다고 답했다.

"지금은 정말 유망한 첼리스트로 성장한 모양입니다." 그는 불필요한 정보를 덧붙였다.

그러니 에밀리의 다음 질문은 너무나 터무니없이 들렸다.

"그녀랑 잤어요?"

"아니, 무슨 소리를! 말도 안 돼요!" 그는 진심으로 놀라 대답했다. "도대체 왜 그런 생각을 하는 겁니까?"

"우리 엄마 말로는 당신은 여성 편력이 대단하다던데요? 외무성 부인들한테 물어봤대요."

"당신 어머니가?" 토비는 분해서 대답했다. "아니, 그 부인들이 당신에 대해서는 뭐라고 했답니까?"

이 말에 둘 다 어색하게나마 웃었고, 긴장은 풀렸다. 에밀리는 젭이 살해당했다면 누가 죽였을까 궁금해했고, 토비는 정부기관 내부세력을 약간 애매하게 비난한 뒤 화이트홀과 웨스트민스터에서 공식 인정하지 않는 극비 정보에 접근할 자격이 있는 금융, 산업, 무역계 내부자가 정치에 개입하는 경향이 늘어가는 현실을 개탄했다.

이 어색한 독백을 마무리 지을 때쯤 토비는 어느새 소파에 일어나 앉아 있었고, 에밀리는 앞의 탁자에 버너를 내려놓고 새침하게 옆에 앉아 있었다.

그녀의 다음 질문은 학교 선생 같았다.

"그럼 쇼티를 만나면 어떤 정보를 얻고 싶은데요?" 그녀는 그가 대답을 생각해낼 때까지 기다렸다. 딱히 대답할 말이 없었기에 그 순간은 더욱 힘들었다. 그는 에밀리가 놀랄까 봐, 일단 기자라고 신분을 속이고 쇼티를 끌어낸 뒤에 진짜 신분을 밝힐 예정이라는 말도 하지 않았다.

"그가 어떤 반응을 보이는지 봐야죠." 그는 무심하게 대답했다. "쇼티가 젭의 죽음에 대해 자기 말처럼 슬픔에 잠겨 있다면, 어쩌면 젭 대신 우리를 위해 증언해줄지도 모릅니다."

"그럴 생각이 없다면?"

"음, 그러면 악수를 하고 헤어져야죠."

"당신에게서 지금까지 들은 말을 종합하건대, 쇼티는 그럴 것 같지 않은데요." 이 지점에서 대화는 끊겼다. 에밀리는 눈길을 내리깔고 손가락 끝을 턱밑에 모은 자세로 생각에 잠겼다. 아마 말로 부인을 통해 아버지와 나눌 통화 내용이라도 준비하고 있는 것 같았다.

그녀는 손을 뻗었다. 토비는 에밀리가 검은 버너를 집어 들려는 줄 알았다. 하지만 그녀가 잡은 것은 토비의 손이었다. 그녀는 맥이라도 짚는 듯 그의 손을 양손으로 엄숙하게 붙들고 있다가, 아무 말도 설명도 없이 다시 손을 그의 무릎 위에 올려놓았다.

"신경 쓰지 마." 혼잣말인지, 그에게 하는 말인지 알 수 없었지만, 그녀는 답답한 듯 중얼거렸다.

이 위기의 순간에 그에게서 위안을 얻고 싶었지만 자존심 때문에 마음을 내보일 수 없는 것일까?

그에 대해 생각해보았지만 관심이 없다는 결론을 내리고 손을 돌려준 걸까?

혹시 긴장해서 현재의, 혹은 과거의 연인 손이라고 생각하고 대신 잡은 걸까? 외무성 1층 새 책상 앞에 앉아 열심히 일하는 동안, 가장 마음에 들었던 해석은 바로 이것이었다. 그때 재킷 주머니에 들어 있던 은색 버너에서 문자 메시지가 들어왔다는 신호가 요란하게 울렸다.

지금 토비는 재킷을 입고 있지 않았다. 재킷은 의자 등받이에 걸려 있었다. 그는 얼른 돌아앉았다. 무시무시한 부대장 힐러리가 문간에 서서 급히 할 말이 있다는 신호를 보내고 있다는 걸 알았더라면, 메시지한 통에 그렇게 열렬한 반응을 보이지 않았을 텐데. 그럼에도 불구하고 그는 잠시 기다려달라는 미소를 보내며 주머니에서 버너를 꺼내 익숙하지 않은 버튼을 찾아 누른 뒤, 미소를 잃지 않은 얼굴로 메시지를 읽었다.

'아빠가 엄마 앞으로 정신 나간 편지를 써놓고 런던행 기차를 타셨어요.'

외무부 대기실은 창문이 없는 동굴 같은 공간에 삐걱대는 의자, 유리탁자, 영국의 사업기술에 대한, 잘 읽히지도 않는 잡지가 놓인 곳이었다. 문간에는 노란 견장을 단 갈색 제복 차림의 덩치 큰 흑인 남자가 서있었고, 책상에는 무표정한 아시아계 여자가 같은 제복 차림으로 앉아있었다. 키트의 동료 대기자들 중에는 턱수염을 기른 그리스계 성직자, 나폴리의 영국 영사관에서 당한 부당한 대우를 항변하러 온 화난 동갑내기 여자 둘이 있었다. 물론 전직 고위 외무성 직원이 여기서 기다려야한다는 것은 얼토당토않은 모욕이었고, 적절한 상대를 찾으면 이런 심기를 꼭 전할 생각이었다. 그러나 패딩턴에서 기차를 타면서, 그는 예의를 지키되 결단력을 갖고 어떤 일이 벌어지든 평정을 잃지 않기로, 어떤 조롱과 화살이 날아와도 대의를 위해 참기로 결심했다.

"내 이름은 프로빈일세." 그는 정문에서 기분 좋게 말하며 신원 확인이 필요할 경우를 대비해서 운전면허증을 꺼냈다. "크리스토퍼 프로빈 경, 전직 고등판무관. 날 아직 외무성 직원으로 생각해도 될까? 물론 아니겠지. 됐네. 안녕하신가."

"누굴 만나러 오셨습니까?"

"사무차관, 요즘엔 아마 기획조정실장이라고 할 걸세." 그는 외무성의 기업화에 대한 강렬한 혐오를 조심스럽게 감추며 유창하게 말했다. "높은 분이라는 건 알고 있는데, 약속이 없어. 하지만 아주 민감한 서류를 갖고 있네. 그분이 안 되면, 그분 개인비서라도. 극비문서이고, 긴급 사항이야." 모두 방탄 유리벽에 뚫린 6인치 구멍을 통해 기분 좋게 오간 말이었다. 상대는 계급장이 달린 청색 셔츠 차림으로 웃음기 없이 컴퓨터를 두드리는 젊은이였다.

"키트, 거기 사무실에서는 아마 날 키트로 알고 있을 걸세. 키트 프로빈. 내게 직원 자격이 없나? 프로빈에는 Y자를 쓰네."

보안요원이 전자 막대로 몸수색을 하고 휴대전화를 압수해서 숫자키가 달린 유리 금고에 넣는 동안에도, 그는 침착함을 유지했다.

"자네들은 여기 상근직인가, 다른 정부기관 건물도 지키나?"

대답은 없었지만, 그는 꺾이지 않았다. 그들이 소중한 서류에 손을 대려고 할 때에도, 키트는 단호했지만 예의를 지켰다.

"유감스럽지만 이건 안 돼. 자네들은 자네들이 할 일이 있고, 난 내가 할 일이 있어. 이 봉투를 직접 전하기 위해 콘월에서 여기까지 왔네."

"엑스레이에 통과시키기만 할 겁니다." 남자는 동료를 힐끗 보고 답했다. 키트는 그들이 기계를 작동시키는 동안 유순하게 지켜보았고, 그런 뒤 다시 봉투를 움켜잡았다.

"그럼 기획조정실장님을 직접 만나고 싶다고 하셨습니까?" 동료가 물었다. 비꼬는 말투처럼 들리기도 했다.

"물론일세." 그는 경쾌하게 대답했다. "지금도 마찬가지야. 대장을 직접 만나야겠어. 위층으로 전갈만 보내주면 아주 고맙겠네."

둘 중 한 사람이 방탄유리 밖으로 나왔다. 다른 한 사람은 안에서 미소 지었다.

"기차로 오셨습니까?"

"그래."

"여행은 즐거우셨습니까?"

"아주. 고맙네. 아주 즐거웠어."

"다행입니다. 제 아내도 사실 로스트위디엘 출신이지요."

"그런가. 진짜 콘월 분이군. 이런 우연이 있나."

첫 남자가 돌아왔다. 하지만 그는 키트를 지금 앉아 있는 특징 없는 방으로 데려왔고, 키트는 30분 동안 속으로 분통을 터뜨리며, 하지만 절대 겉으로 내색하지 않겠다고 다짐하며 앉아 있었다.

마침내 인내가 보답을 받았는지, 예비 병참과의 오랜 친구 몰리 크랜모어가 이름표를 달고 목에 열쇠 키를 걸고 여학생처럼 미소 지으며 서둘러 이쪽으로 다가와서 두 손을 내밀었다. "키트 프로빈, 이렇게 반가운 일이!" 키트도 대답했다. "몰리, 세상에, 하필 당신이. 난 당신도 오래

전에 은퇴한 줄 알았어. 여기서 뭐 하는 거야?"

"졸업생이에요." 그녀는 기분 좋게 고백했다. "우리 늙은이들이 도움이 필요하거나 곤경에 빠지면 만나는 역할이죠. 물론 당신 경우는 아니지만, 이 운 좋은 양반. 당신은 업무차 오셨죠. 알아요. 자, 무슨 업무죠? 무슨 서류가 있는데, 그걸 꼭대기에 직접 전달해야 한다면서요. 하지만 그분은 아프리카에 놀러 가셨어요. 오랜만에 맞는 휴가죠. 당신을 못 만났다는 소식을 들으면 얼마나 섭섭해하실까요? 무슨 일이죠?"

"그건 말할 수가 없어, 몰리."

"그럼 제가 문서를 비서실로 가져가서 적당한 담당직원을 찾아볼까요? 안 돼요? 문서가 내 눈 밖으로 절대 사라지지 않도록 지켜보겠다고 약속해도? 안 된다. 아, 그럼." 키트는 계속 고개를 저었다. "그럼 봉투에 이름이라도 적혀 있나요? 1층에서 누군가 관심을 보일 만한 단어라도?"

키트는 속으로 갈등했다. 작전명은 작전명이다. 숨기기 위해 존재하는 이름이다. 아, 작전명 자체가 숨겨야 할 것이었던가? 그렇다면 작전명에 대한 작전명이 다시 무한정 필요할 터인데. 그러나 야생동물이라는 신성한 단어를 그리스 성직자와 화난 두 여성 앞에서 내뱉는다는 것은 도저히 용납할 수 없었다.

"그럼 가장 높은 공식 대변인과 만나야겠다고 전해줘." 그는 봉투를 가슴에 품으며 말했다.

'점점 풀려가고 있어.' 그는 생각했다.

한편 토비는 제인트 제임스 공원에 본능적으로 도피해 있었다. 그는

3년 전 자일스 오클리에게 루이자라는 가상의 여자가 자신을 떠났다, 조언을 해달라는 문자를 보냈던 바로 그 나무 아래에 웅크리고 앉은 채 은색 버너를 귀에 대고 있었다. 그는 지금 에밀리의 말에 귀를 기울이고 있었다. 그녀의 목소리는 토비 못지않게 침착했다.

"옷차림은요?"

"아주 점잖은 차림. 어두운 색 정장, 가장 좋은 검은 구두, 제일 좋아하시는 타이, 군청색 비옷. 지팡이를 안 들고 가셨는데, 엄마는 이걸 좋지 않은 징조라고 생각하세요."

"키트가 어머니에게 젭이 죽었다는 사실을 알렸습니까?"

"아뇨, 제가 말씀드렸어요. 엄마는 괴로워하고 많이 두려워하세요. 엄마 자신이 아니라 아빠를 위해서. 그리고 늘 그렇지만 실질적이세요. 엄마가 보드민 역에 확인하셨어요. 랜드로버는 주차장에 세워져 있고, 역무원들은 아빠가 노인용 1등석 왕복표를 샀을 거라고 했어요. 기차는 정시에 보드민을 출발했고, 정시에 패딩턴에 도착했어요. 엄마는 아빠의 클럽에도 전화하셨어요. 아빠가 나타나면 연락해달라고. 난 엄마에게 그걸로 충분하지 않다고 했어요. 아빠가 나타나면 꼭 연락해야 한다고. 엄마는 다시 전화하겠다고 하셨고요. 그런 다음에 내게도 알려주겠다고 했어요."

"키트는 집을 나선 뒤 아무와도 연락하지 않았습니까?"

"네. 휴대전화도 안 받으세요."

"전에도 이런 일을 하신 적이 있습니까?"

"우리 통화를 거부한 적이 있냐고요?"

"분노해서—무단이탈 말입니다—혼자 일을 해결하겠다고 나선 일

말입니다. 어떤 사안이었건."

"내 사랑하는 전 애인이 새 여자친구를 만나 내 집 대출금 절반을 들고튀었을 때요. 아빠가 그들 아파트에 가서 진을 치셨죠."

"거기서 어떻게 하셨습니까?"

"주소를 잘못 찾아가셨어요." 토비는 사무실로 돌아가기로 한 뒤 외무성 건물의 커다란 아치 모양의 유리창들을 불안한 눈으로 올려다보았다. 클라이브 계단을 줄지어 오르내리는 검은 옷차림의 무표정한 공무원들 틈에 끼어 있자니, 3년 전에 불법 도청한 테이프를 빼내려고 여기 왔던 화창한 봄날 일요일 아침처럼 신경질적인 구역질이 올라왔다.

현관에서, 그는 치밀한 계산하에 모험을 했다.

"궁금한 게 있습니다." 그는 보안요원에게 출입증을 보여주며 말했다. "혹시 은퇴한 직원 중에 크리스토퍼 프로빈 경이라는 사람이 오늘 여기 왔습니까?" 그리고 철자도 불러주었다. P-R-O-B-Y-N.

경비는 컴퓨터를 확인했다.

"여기엔 안 왔습니다. 다른 입구로 들어갔을 수도 있습니다. 혹시 약속이 있습니까?"

"모릅니다." 토비는 말했다. 그는 자기 자리로 돌아가서 리비아를 어떻게 보아야 할 것인지 검토하는 부서 업무를 재개했다.

"크리스토퍼 경?"

"네."

"저는 기획조정실 아시프 랭커스터입니다. 안녕하십니까?"

랭커스터는 흑인이었고 맨체스터 억양이었으며 열여덟 살쯤 되어 보였지만, 요즘 키트의 눈에는 모든 사람들이 다 그 나이로 보였다. 그럼에도 불구하고 그는 즉시 상대에게 마음을 열었다. 외무부가 랭커스터 같은 사람들에게 마침내 문을 열었다면, 분명 야생동물작전과 그 결과에 대한 몇 가지 내부고발에 대해 귀를 열어줄 사람도 있을 거라고, 그는 막연히 생각했다.

그들은 회의실에 도착했다. 편안한 의자. 긴 탁자. 레이크 지방 수채화. 랭커스터는 손을 내밀었다.

"여기, 한 가지 물어볼 게 있습니다." 키트는 아직 서류를 넘길 마음이 없었다. "혹시 당신이나 그쪽 팀원들이 야생동물작전을 다룰 권한이 있습니까?"

랭커스터는 그를 보고, 봉투를 보더니, 삐딱한 미소를 지었다.

"그렇다고 말씀드릴 수 있습니다." 그는 키트의 손에서 부드럽게 봉투를 빼내더니 옆방으로 사라졌다.

수재너에게 선물받은 까르띠에 금시계로 90분이 흐른 뒤, 랭커스터는 문을 열고 법률고문과 그 조수를 회의실에 들였다. 그동안 랭커스터는 네 번이나 드나들며, 한 번은 커피를 권하고, 한 번은 커피를 배달하고, 두 번은 라이오넬이 사건을 담당하고 있으며 '그와 프랜시스가 서류를 다 훑어보는 즉시' 올 거라고 전했다.

"라이오넬?"

"외무부 부법률고문입니다. 일주일에 절반은 국무조정실에서, 절반은 여기서 근무하죠. 크리스토퍼 경이 파리에서 상공고문으로 일하실 때 법률 담당 수행원으로 일하셨습니다."

"음, 음, 라이오넬이라." 키트는 말수 적고 일 잘하던 주근깨투성이 금발 머리 청년을 떠올리며 밝아졌다. 파티장에서 가장 평범하게 생긴 여성과 춤추는 것을 명예로 생각하던 친구였다.

"프랜시스는?" 그는 기대감 어린 목소리로 물었다.

"프랜시스는 기획조정실 아래에 속한 새 보안부서 팀장입니다. 역시 법률가입니다." 그는 미소 지었다. "예전에는 개인 변호사로 일하다가, 지금은 기쁘게 우리와 함께 일하고 있습니다."

키트는 이 정보에 흡족했지만, 이 말을 듣지 않았다면 프랜시스가 행복하다는 생각은 하지 못했을 것이다. 탁자 맞은편에 앉은 여성은 장례식에라도 참석한 듯한 태도였다. 검은 정장, 짧은 머리, 눈을 똑바로 쳐다보려 하지 않는 시선 역시 마찬가지였다.

반면 라이오넬은 20년이 지난 지금도 변함없이 정중하고 얌전했다. 주근깨는 검버섯으로 바뀌었고, 금발은 희끗희끗한 회색으로 변했다. 그러나 나무랄 데 없는 미소는 빛바래지 않았고, 악수는 힘찼다. 라이오넬이 파이프담배를 피웠다는 것이 떠올랐다. 아마 끊은 모양이었다.

"키트, 정말 반갑습니다." 그는 얼굴을 약간 지나치게 가까이 들이대며 말했다. "은퇴 생활은 어떠십니까? 아, 저도 제발 빨리 그날이 왔으면 좋겠습니다! 카리브 해 근무에 대해서도 좋은 소식은 익히 들어왔습니다." 그는 목소리를 낮췄다. "수재너는? 몸은 좀 어떠십니까? 좋아지셨나요?"

"아주 좋아졌어. 고맙네, 좋아. 많은 진척이 있어." 키트는 대답했다. 그리고 약간 통명스럽게 덧붙였다. "이 일을 빨리 끝내고 싶네, 솔직히, 라이오넬, 우리 둘 다 그렇잖아. 고역이야. 특히 스키에게는."

"음, 물론 우리도 그 점을 잘 알고 있습니다. 적시에, 너무나 도움이 되는 서류를 가져와 주신 것에 대해 뭐라 감사해야 할지 모르겠습니다. 일을 시끄럽게 만들지 않고 이렇게 조용히 알려주신 것 또한." 더 이상 말수가 적지 않은 라이오넬은 탁자 앞에 앉으며 말했다. "안 그래, 프랜시스? 그리고 물론……." 그는 파일을 펼치고 키트가 손으로 작성한 진술서 사본을 꺼냈다. "너무나 공감합니다. 어떤 심경이셨을지 짐작조차 할 수가 없어요. 수재너도 마찬가지고요. 프랜시스, 당신도 그렇지요?" 동의하는지 몰라도, 보안부서 팀장 프랜시스는 아무 내색도 하지 않았다. 그녀는 키트의 진술서 사본을 넘기고 있었다. 너무나 진지하고 천천히 보고 있어서 혹시 암기하고 있나 싶을 정도였다.

"수재너가 진술서에 서명한 적이 있습니까, 크리스토퍼 경?" 그는 고개를 들지 않고 물었다.

"무슨 진술서?" 크리스토퍼 경이라는 명칭이 전혀 달갑지 않았다. 그는 물었다. "무슨 서명 말입니까?"

"공식 기밀 진술서 말입니다." 그녀는 아직 서류에 머리를 묻고 있었다. "기밀 조건과 위반 시 처벌 조항을 알고 있다는 진술." 그녀는 키트가 대답하기 전에 라이오넬에게 말했다. "이분 시절에는 배우자에게 그런 걸 요구하지 않았나? 언제 그 조건이 도입됐는지 정확히 모르겠어."

"음, 나도 잘 모르겠는데요." 라이오넬은 빈틈없이 답했다. "키트, 어떻게 생각하십니까?"

"모르겠네." 키트는 불쾌한 듯 답했다. "아내가 그런 종류의 서류에 서명한 건 본 적이 없어. 서명했더라도 나한테 말하지는 않았을 걸세." 오랫동안 억누르고 있던 분노가 표면으로 드러났다. "아내가 서명했는지 안 했는지가 중요한가? 그녀가 알고 있는 걸 알게 된 건 내 잘못이 아니야. 아내 잘못도 아니고. 아내는 절박해. 나도 마찬가지고. 아내는 해답을 원해. 우리 모두 그렇다네."

"모두?" 프랜시스는 반복해서 말하며, 창백한 얼굴에 싸늘한 경계심을 띠우고 고개를 들었다. "여기서 '모두'란 누구를 말하죠? 이 서류의 내용을 아는 사람이 더 있다는 말씀입니까?"

"있다 해도 내가 한 일은 아니오." 키트는 화난 듯 대꾸하고 남성 간의 유대를 찾아 라이오넬을 돌아보았다. "젭도 마찬가지고. 젭은 수다쟁이가 아니었고, 규칙을 엄격히 따랐어. 언론에 폭로하거나 하는 짓도 안 했어. 철저히 내부자 안에 머물러 있었지. 자기 의원에게, 부대에 편지를 썼어. 어쩌면 당신들에게도, 내가 아는 한." 그는 비난하듯 말을 맺었다.

"네, 모두 너무나 고통스럽고 부당한 일이었습니다." 라이오넬은 부스스한 회색 머리 꼭대기를 달래기라도 하는 듯 손바닥으로 섬세하게 쓸어 넘겼다. "우리도 지난 몇 년 동안 대단히 논란 많고 복잡하고 다면적인 이—뭐라고 불러야 하지, 프랜시스?—일화의 자초지종을 알아내기 위해 많은 노력을 기울였습니다."

"여기서 '우리'란 누구지?" 키트는 물었지만, 상대는 듣지도 못한 것 같았다.

"모두 다 솔직했고 도움이 많이 되었습니다. 그렇지, 프랜시스?" 라이오넬은 말을 이으며 손을 아랫입술에 갖다 대고 살짝 비틀었다. "평소 이런 일에 대단히 깐깐한 미국인들도 그쪽 정보국이 모종의 지원을 했을 거라는 추측을 일축하는 아주 분명한 입장 표현을 했습니다. 그 점을 우리는 대단히 감사하게 생각했습니다, 그렇지, 프랜시스?"

그는 다시 키트를 돌아보았다.

"물론 우리는 수사를 했습니다. 물론 내부적으로. 하지만 아주 철저히. 그 결과 퍼거스 퀸이 할복을 했고요—프랜시스, 당신도 같은 생각이겠지만—당시에는 정말 품위 있는 행동이었습니다. 그러나 요즘 세상에 누가 그런 품위를 지킵니까? 아니, 사임해야 하지만 그러지 않는 정치가들을 생각해보면, 퍼거스는 차라리 기사도 정신을 발휘한 겁니다. 프랜시스, 당신도 할 말이 있을 것 같은데."

프랜시스는 말을 받았다.

"제가 이해할 수 없는 것은, 크리스토퍼 경, 이 서류의 목적이 무엇입니까? 고발? 목격자 진술? 누군가에게서 잠시 듣고 그냥 알아서 하라는 식으로 던져주는 겁니까?"

"그 서류는 보시는 그대로요, 맙소사!" 키트의 분노가 폭발했다. "야생동물작전은 완전히 실패했소. 전적인 실패. 작전의 기반이 된 정보는 엉터리였고, 무고한 두 사람이 총에 맞아 죽었고, 모든 관련자들이 3년 동안 그 사실을 은폐해왔소—강력하게 의심하지만 그중에는 바로 이 외무성도 포함되고. 그리고 내부고발을 하려던 남자가 때 이른 죽음을 당한 것도 심각하게 재조사가 필요하다고 생각해. 아주 심각하게." 그는 호통치듯 말을 맺었다.

"음, 네. 비청탁 기록으로 남길 수는 있겠어." 라이오넬은 프랜시스에게 도움을 주듯 중얼거렸다.

프랜시스는 누그러지지 않았다.

"혹시 크리스펀 씨와 그 밖의 인물들에 대한 당신의 증언이 오로지

클럽에서의 그날 밤 11시부터 오전 5시까지 젭 오웬스에게 들은 내용에서 나왔다면 제가 과장하는 것입니까, 크리스토퍼 경? 젭이 당신 아내에게 건넨 영수증이라는 것도 첨부하셨는데, 그건 일단 제외하겠습니다."

잠시 키트는 너무나 충격을 받아 말을 잇지 못하는 것 같았다.

"내 증언은? 나는 그 자리에 있었어! 그 언덕에! 지브롤터에! 의원의 대리인으로 현장에 있었단 말이오. 그는 내 조언을 원했어. 내가 조언을 했고. 당시 오간 말을 아무도 녹음하지 않았다는 말은 마시오. 진입할 이유는 없다, 나는 분명히, 아주 똑똑히 말했어. 젭도 동의했고. 그들 모두. 쇼티도, 그 자리에 있던 모든 사람들이. 그러나 그쪽에서 진입 명령을 내렸고, 그래서 들어갔소. 그들이 겁쟁이여서가 아니라, 군인으로서 해야 할 일이었기 때문에! 아무리 어리석은 명령일지라도. 사실 어리석은 명령이었소. 너무나 어리석었어. 이성적 근거가 없다? 명령은 명령이야." 그는 강조하듯 덧붙였다.

프랜시스는 키트의 서류 다음 페이지를 훑어보고 있었다.

"그러나 당신이 지브롤터에서 보고 들은 모든 것은 작전을 계획하고 결과를 평가할 입장에 있는 사람들에게서 '사후에' 들은 내용과 일치하지 않습니까? 당신은 그런 입장이 아니었고요. 당신은 결과를 전혀 알지 못했습니다. 당신은 그저 다른 사람에게서 듣고 짜맞추고 있어요. 처음에는 기획자들을 믿었습니다. 그다음에는 젭 오웬스를 믿었습니다. 이 과정에서 개인적인 선호 이상의 실질적인 증거가 달리 없어요. 제 말이 틀렸습니까?"

키트에게 대답할 여유를 주지 않고, 그녀는 다른 질문을 이었다.

"그날 밤 위층에 올라가기 전에 술은 얼마나 드셨죠?" 키트는 당황하다가 몇 번 눈을 깜빡였다. 순간 시간과 장소 감각을 잃었는지, 다시 정신을 차리려고 애쓰는 것 같았다.

"그리 많이 마시진 않았소. 곧 깼어. 난 알코올에 익숙하오. 그런 충격을 접하면 술이 아주 빨리 깨지."

"잠은 주무셨나요?"

"어디서?"

"클럽에서. 클럽 침실에서. 그날 밤부터 다음 날 새벽까지. 주무셨나요, 안 주무셨나요?"

"내가 어떻게 잠을 잘 수 있겠소? 우리는 계속 이야기를 했어!"

"당신 서류에는 젭이 동 트자마자 방을 나서서 클럽을 떠났다, 어떻게 나갔는지는 모르겠다고 되어 있습니다. 젭이 그렇게 기적처럼 사라진 뒤 다시 잠들지 않으셨나요?"

"잠을 자지 않았다니까. 어떻게 다시 잠이 들겠나? 그가 사라진 건 기적이 아니었소. 전문가의 솜씨였지. 그는 프로요. 프로였소. 온갖 기술에 능숙한 사람이었단 말이오."

"당신이 깨어나셨을 때, 그는 마술처럼 거기 없었군요."

"그는 이미 떠났다니까. 마술이 아니라! 은밀한 잠행이었소. 그 친구는 잠복의 명수였어." 새로운 개념이라도 제시하는 듯한 말투였다.

점잖은 라이오넬이 끼어들었다.

"키트, 남자 대 남자로, 당신과 젭이 그날 밤 얼마나 마셨는지 대략적으로 이야기해주세요. 실제로 얼마나 마셨는지 이런 이야기는 누구나 꺼립니다. 하지만 진상 파악을 제대로 하려면 처음부터 끝까지 아주 시

시콜콜하게 다 필요해요."

"미지근한 맥주를 마셨소." 키트는 경멸 어린 목소리로 대꾸했다. "젭은 맥주를 조금 홀짝거리다 대부분 남겼어. 만족하셨나?"

"하지만 사실……." 라이오넬은 키트에게서 시선을 피해 생강빛 털이 난 자기 손가락을 바라보았다. "솔직하게 말하자면 맥주 2파인트였습니다. 안 그래요? 젭은 술을 많이 마시지 않았고, 그러니 나머지는 당신이 다 마셨을 겁니다. 맞습니까?"

"그럴 거요." 프랜시스는 다시 한 번 메모를 들여다보며 말했다.

"그러니 사실상 저녁식사 중에, 이어 그 뒤로 마신 상당량의 술에다 맥주 2파인트까지 더 마시지 않으셨습니까. 클럽에 도착하기 전에도 크리스핀과 코노트에서 18년산 매캘란 더블 두 잔을 드셨고요. 합산하면 18에서 20 단위. 야간경비에게 술을 부탁할 때 맥주잔 하나만 달라고 지시한 데서도 결론을 끌어낼 수 있어요. 사실 경은 혼자 마시려고 주문한 겁니다."

"내 클럽도 뒷조사를 한 거요? 이렇게 치사할 데가! 물론 맥주잔은 하나였지. 경비에게 내 방에 남자 하나가 더 들어와 있다는 사실을 뭐하러 알리고 싶었겠나? 한데 누구하고 이야기한 거요? 지배인? 맙소사!"

그는 라이오넬을 바라보았지만, 그는 자기 머리칼을 쓸어 넘기고 있었다. 프랜시스가 말을 이었다.

"또한 아무리 잠행의 명수라 할지라도 남의 눈에 띄지 않고 클럽에 잠입하는 건 불가능에 가깝다는 사실도 알아냈습니다. 뒷문이든 앞문이든 항상 문지기와 CCTV가 감시하고 있어요. 게다가 모든 클럽 직원들은 경찰 출신이고 보안 원칙을 잘 알고 있습니다."

키트는 목구멍이 막히는 기분으로 명료한 표현을 찾아, 온건함을 찾아, 이성을 찾아, 더듬거렸다.

"이것 보시오. 당신들 둘 다. 날 심문하지 마시오. 크리스핀을 심문해. 엘리엇을 심문해. 미국인들한테 가보시오. 젭이 이미 죽었는데도 내게 정신병원에 있다고 한 그 가짜 여의사를 찾아내시오." 다시 말이 막혔다. 심호흡. 침을 삼켰다. "어디 있는지 몰라도 퀸을 찾아내시오. 그에게 집 뒤 돌산에서 실제로 무슨 일이 있었는지 물어보시오." 그는 말을 마쳤다고 생각했지만, 그렇지 않았다.

"제대로 된 공개수사를 하시오. 그 불쌍한 여자와 아이를 추적해서 친척에게 보상을 하시오! 그것부터 끝낸 뒤에, 젭이 내 서류에 사인하고 자기 증언을 덧붙이기로 약속한 바로 전날 누가 그를 죽였는지 알아내시오." 그는 약간 비약처럼 덧붙였다. "제발 그 사기꾼 크리스핀의 말은 절대 믿지 마시오. 그 사람은 새빨간 거짓말쟁이야." 라이오넬은 머리를 쓰다듬던 손을 멈췄다.

"네, 음, 키트. 저는 이 일을 크게 만들고 싶은 생각이 없지만, 혹시 시끄러워지면 솔직히 당신이 아주 곤란한 입장에 처하십니다. 말씀하시는 공개수사는—이 서류를 기반으로 하는—프랜시스와 제가 염두에 둔 수사와 몇 광년은 떨어져 있어요. 국가안보에 조금이라도 위해가 되는 내용은—성공이었든 실패였던 기밀 작전, 계획만 한 것이든 실제로 실행된 것이든 특수한 작전, 극단적인 취조 방식, 우리든, 미국이든—즉각 공식 기밀함으로 들어가고 증인도 마찬가지입니다." 그는 프랜시스를 향해 존경스럽게 시선을 들었고, 그녀는 어깨를 세우더니 공중부양이라도 할 것처럼 두 손바닥을 열린 폴더 위에 나란히 놓았다.

"당신에게 조언하는 것은 내 의무입니다, 크리스토퍼 경." 그녀는 선언했다. "당신은 아주 심각한 입장에 처해 있어요. 네, 알겠습니다, 경은 분명 특정한 기밀 작전에 참여하셨어요. 기획자들은 흩어졌지요. 경이 작성하신 것 말고, 문서기록은 완벽하지 않습니다. 외무성이 갖고 있는 몇몇 파일에 따르면 참여자의 이름도 없습니다. 단 하나, 경의 기록만 빼고. 그러니 이 서류로 인해 형사수사가 이루어진다면, 당신이 현장에 있었던 고위 영국 대변인으로 집중 거론될 겁니다. 그에 따른 답변을 하실 책임을 지게 되실 거고요. 라이오넬?"

"네, 음, 안 좋은 소식입니다, 키트. 그리고 좋은 소식은 솔직히 거의 없어요. 외무성에는 민감한 사안과 관련해서 경이 근무하던 시절과 다른 규칙이 생겼습니다. 이미 적용 중인 규율도 있고, 곧 발효될 예정인 것도 있습니다. 불행히도 야생동물작전은 그 규칙들을 너무 많이 건드려요. 즉, 어떤 수사도 닫힌 문 안에서 진행되어야 한다는 겁니다. 혹시 그 점이 마음에 안 드신다면, 그 결과 발생할 청문회는 외무성이 직접 선택한 대단히 능력 있는 법률가가 진행할 것이고, 그중 어떤 사람은 경의 편을 들겠지만 어떤 사람은 그렇지 않을 겁니다. 그리고 정부가 판사 앞에서 사건을 설명하는 동안, 경이나 경의 대변인이 직접 반론하는 것을 막기 위해 법정 출두도 허락되지 않을 겁니다. 현재 논의 중인 규율에 따르면, 그런 청문회가 진행되고 있다는 것 자체가 비밀이어야 합니다. 판결조차도요."

더 나쁜 소식을 예고하는 유감스러운 미소를 짓고 머리를 다시 한 번 두드린 뒤, 그는 말을 이었다.

"프랜시스도 정확히 말했지만, 혹시 경이 형사 고발을 당하는 일이 생기면, 선고가 내려질 때까지 모든 기소가 극비로 진행됩니다. 즉, 유감스럽지만, 키트……." 그는 다시 한 번 동정 어린 미소를 지었다. 법을 동정하는 것인지, 그 피해자를 동정하는 것인지 알 수 없었다. "가혹하다고 생각하실 수도 있겠지만, 수재너조차 당신이 재판 중이더라도 그 사실을 알아야 할 이유가 없을 수 있어요. 최소한 당신이 유죄판결을 받기 전까지는 말입니다. 배심원단이 꾸려질 텐데, 물론 구성원을 선택하기 전에 정보국이 엄격하게 심사를 할 것이고요, 이 점도 피고에게 불리할 겁니다. 그리고 경은 경에게 불리한 증거를 볼 수 있겠지만, 가장 가까운, 소중한 사람들은 그럴 수가 없습니다. 아, 그리고 내부고발 그 자체가 방어가 되지는 못하는 것이 — 개인적으로 영원히 그래야 한다고 생각합니다만 — 내부고발은 본질적으로 모험이니까요. 정말 일부러 노골적으로 말씀드린 겁니다. 프랜시스와 나는 경에게 그럴 책임이 있다고 생각해서입니다. 안 그래, 프랜시스?"

"그는 죽었어." 키트는 두서없이 중얼거렸다. 입 밖으로 나오지 않았나 싶어, 다시 한 번 말했다. "젭은 죽었어."

"불행히도 맞습니다." 프랜시스는 키트의 주장에 처음으로 인정할 부분이 있다는 듯 동의했다. "어쩌면 경이 의도하신 상황은 아니었겠지만요. 정신이 이상해진 군인이 자기 총으로 자살한 겁니다. 불행히도 이런 사고가 증가하는 추세입니다. 경찰은 의심할 이유가 없고, 우리가 어떻게 경찰의 판단을 의심하겠습니까? 어쨌든 주신 서류는 부디 경을 공격하는 데 사용되지 않기를 바라며 보관해놓겠습니다. 경도 같은 소망이시길 바랄 뿐입니다."

거대한 계단을 내려온 키트는 어느 쪽으로 돌아야 할지 잊어버린 것 같았지만, 랭커스터가 다행히 그를 현관으로 인도해주었다.

"이름이 뭐라고 했지, 젊은 양반?" 키트는 악수를 나누며 물었다.

"랭커스터입니다."

"친절하게 안내해줘서 고맙소." 키트는 말했다.

키트 프로민이 팰맬의 클럽 흡연실에서 목격되었다는 소식은—어머니의 정보를 전해 들은 에밀리가 검은 버너를 통해 텍스트로 전송해주었다—토비가 3층 회의실의 긴 탁자에 앉아서 리비아 반란군과의 협상 타당성을 논의하고 있을 때 휴대전화로 들어왔다. 자리에서 벌떡 일어나 밖으로 나오며 무슨 핑계를 댔는지도 기억나지 않았다. 모든 사람들이 보는 앞에서 은색 버너를 주머니에서 꺼낸 뒤—대안이 없었다—텍스트를 읽고 '이런 세상에, 정말 죄송합니다'라고 말한 뒤, 젭이 죽었다는 소식이 아직 뇌리에 남아 있었는지 누군가 죽어간다는 말을 남기고 자리를 뜬 것 같았다.

그는 계단을 올라오는 중국 대리인 옆을 지나 허겁지겁 내려와서 사무실에서 팰맬까지 1킬로미터 정도 거리를 뛰듯이 걸으며 계속 에밀리와 미친 듯이 통화했다. 에밀리 역시 저녁 수술 일정을 미루고 세인트제임스 공원으로 향하는 지하철을 타고 있었다. 클럽 지배인은 키트가 받아 마땅한 존경을 표하지는 않았지만 최소한 그가 나타나는 즉시 수재너에게 알린다는 약속을 지킨 모양이었다.

"엄마 말로는 아빠를 무슨 수배 중인 범죄자 취급하는 말투였다고 했어요. 아마 경찰이 오늘 오후에 들러서 꼬치꼬치 질문한 모양이에요.

'엄중 수사'라고 하면서. 최근 클럽에 머물렀을 때 술을 얼마나 마셨는지, 다른 남자를 방에 들인 적이 있었는지, 뭐 그런 질문. 혹시 야간 문지기에게 음식과 술을 구해달라고 뇌물을 준 적이 있는지. 이건 도대체 무슨 소리예요?"

가쁜 숨을 몰아쉬고 은색 버너를 귀에 딱 붙인 채, 토비는 키트의 클럽 입구로 이어지는 여덟 단의 돌계단 바로 옆 약속장소에 다다랐다. 갑자기 에밀리가—그가 한 번도 본 적이 없는 에밀리가—그를 향해 날아오고 있었다. 그녀는 고삐 풀린 망아지처럼, 비옷 자락을 펄럭거리며 회색 하늘을 배경으로 검은 머리를 휘날리면서 달려오고 있었다.

토비가 앞장서서 계단을 올라갔다. 로비는 어두웠고 양배추 냄새가 났다. 지배인은 키가 크고 무기력했다.

"아버님은 롱 서재에 계십니다." 그는 맥없는 비음으로 에밀리에게 알렸다. "여자분은 들어가실 수 없습니다. 아래층에 계시는 것은 괜찮지만, 6시 30분 이후부터입니다." 그리고 토비를 돌아보고 차림새를 훑었다. 타이, 재킷, 바지. "손님으로 초대받으셨으면 들어가셔도 좋습니다. 키트 경이 손님으로 받아주실까요?"

토비는 질문을 무시하고 에밀리를 돌아보았다.

"당신은 여기에 있을 필요가 없어요. 택시를 잡아타고 우리가 나올 때까지 기다리는 게 좋겠습니다."

고서가 꽂힌 책장 사이 어둑하게 불 켜진 탁자에, 머리가 희끗희끗한 남자들이 머리를 맞대고 술을 마시며 두런거리고 있었다. 그들 너머로 대리석 흉상이 놓여 있는 움푹 팬 공간에, 키트가 위스키 잔 위로 고개를 숙이고 혼자 앉아 있었다. 숨을 쉴 때마다 어깨가 불규칙하게 떨리고 있었다.

"벨입니다." 토비는 그의 귀에 대고 말했다.

"자네도 회원인 줄은 몰랐는데." 키트는 고개를 들지 않고 대답했다.

"아닙니다. 저는 경의 손님으로 온 겁니다. 그러니 제게 술을 사주십시오. 괜찮다면 보드카. 아주 큰 잔으로." 그는 웨이터에게 말했다. "크리스토퍼 경 앞으로 토닉, 얼음, 레몬." 그는 앉았다. "외부성에서 누구와 이야기하셨습니까?"

"자네가 알 바 아니야."

"그럴 리가요. 경은 당신 방식으로 항의하셨습니다. 맞지요?"

키트는 고개를 숙인 채 스카치를 길게 한 모금 마셨다.

"빌어먹을 항의." 그는 중얼거렸다.

"당신이 쓴 서류를 보여주셨지요. 젭을 기다리면서 작성한 진술서."

웨이터는 믿기지 않는 민첩한 손길로 토비의 보드카와 영수증, 볼펜을 탁자 위에 내려놓았다.

"잠시만." 토비는 날카롭게 말하고 웨이터가 떠날 때까지 기다렸다. "부디 이것만 말씀해주십시오. 그 서류에 제 이름이 들어가 있습니까? 혹시 불법 테이프 도청 기록이 있다는 이야기를 넣으셨습니까? 혹은 퀸의 예전 개인비서라는 언급이라도 하셨습니까, 키트?"

키트의 고개는 여전히 숙인 채였지만, 양옆으로 흔들렸다.

"그럼 제 이야기는 전혀 안 하셨군요? 맞습니까? 혹시 그냥 대답을 거부하시는 겁니까? 토비 벨이라는 이름은 없어요? 전혀? 진술에도, 대화 중에도 전혀 안 나왔습니까?"

"대화!" 키트는 쉰 목소리로 픽 웃으며 대꾸했다.

"이번 일에 제가 개입했다는 사실을 언급하셨습니까, 안 하셨습니까? 그렇다, 아니다만 말씀해주세요."

"안 했어! 날 어떻게 생각하는 건가? 멍청이에 고자질쟁이인 줄 아는 거야?"

"전 어제 젭의 부인을 만났습니다. 웨일스에서. 아주 오랫동안 이야기했어요. 부인이 제게 단서를 줬습니다."

키트는 마침내 고개를 들었다. 당황스럽게도, 붉게 충혈된 눈가에 눈물이 고여 있었다.

"브리지드를 만났다고?"

"네. 맞습니다. 브리지드를 만났습니다."

"어떻든가, 그 불쌍한 여자는? 하나님, 맙소사."

"남편처럼 용감했습니다. 아들도 마찬가지고요. 그녀가 쇼티의 연락처를 줬어요. 그를 만나기로 했습니다. 다시 말씀해주세요. 정말 제 이름은 말씀 안 하셨습니까? 하셨다 해도 이해합니다. 확실히 알고 있어야 해서 이러는 겁니다."

"아니, 반복하지만 아니야. 하느님, 도대체 몇 번을 이야기해야 하나?"

키트는 영수증에 사인하고 토비가 내민 팔을 물리친 뒤 비틀거리며 일어섰다.

"자넨 내 딸과 도대체 뭘 하고 있는 거야?" 그는 느닷없이 얼굴을 나란히 마주한 상태로 물었다.

"우린 잘 지내고 있습니다."

"버나드 놈이 한 짓은 하지 말게나."

"따님은 지금 밖에서 기다리고 있어요."

"어디?" 토비는 한 손으로 키트를 부축할 자세를 잡은 채 롱 서재를 지나 로비로 나간 뒤 지배인 앞을 지났다. 계단을 내려가니 에밀리가 택시와 함께 기다리고 있었다. 그녀는 토비가 지시한 대로 택시 안에 앉아 있지 않고 비를 맞으며 아버지를 위해 문을 연 채 서 있었다.

"패딩턴으로 곧장 가요." 그녀는 키트를 택시 안에 단단히 앉힌 뒤 말했다. "아빠는 야간열차를 타기 전에 뭘 드셔야 해요. 당신은요?"

"채섬 하우스에서 강의가 있습니다. 내가 참석하기로 되어 있어요."

"그럼 나중에 저녁때 이야기해요."

"그러죠. 상황을 보겠습니다. 좋은 생각이에요." 그는 키트의 만취한 시선이 택시 안에서 두 사람을 노려보는 것을 의식하고 얼른 동의했다.

거짓말을 했나? 그렇지는 않았다. 채섬 하우스에서 강의가 있었고 그가 가리라 예견되었지만, 참석 의사를 밝힌 것은 아니었다. 재킷 주머니에 든 은색 버너 뒤에는―쇄골을 찌르는 것까지 느낄 수 있었다―유명한 금융회사에서 온, 그날 오후 3시 외무성 현관에 누군가 직접 갖고 와서 맡긴 빳빳한 편지가 꽂혀 있었다. 컴퓨터로 출력한, 지금부터 자정까지 캐너리 워프에 있는 회사 본부에 언제든 와달라는 내용이었다.

서명은 부사장 G. 오클리라고 되어 있었다.

서늘한 밤공기가 템스 강에서 불어와서 담배 연기로 찌든 가짜 로마식 회랑과 나치 스타일 현관에서 냄새를 몰아냈다. 빨간 셔츠의 조깅하는 사람들, 머리끝부터 발끝까지 검은색 제복을 차려입은 비서들, 짧은 머리에 종잇장처럼 얇은 검은색 서류가방을 들고 성큼성큼 걷는 남자들이 마치 죽음의 춤을 추는 무언극 배우처럼 튜더풍 나트륨 전등 불빛에 스쳤다. 불을 밝힌 타워 앞, 길모퉁이마다 두툼한 파카 차림의 보안 요원들이 그를 바라보고 있었다. 토비는 그중 한 사람을 골라 편지의 회사 이름을 보여주었다.

"캐나다 광장일 겁니다. 음, 맞아요. 난 여기 온 지 1년밖에 안 됐습니다." 길 저쪽에서 요란한 웃음소리가 들려왔다.

그는 공중통로 아래를 지나 금시계와 캐비아, 코모 호수의 빌라를 선전하는 24시간 쇼핑센터로 들어갔다. 화장품 카운터에서 어깨를 드러낸 미인이 향수 냄새를 맡아보라고 불렀다.

"혹시 아틀란티스 하우스가 어디에 있는지 아십니까?"

"살 생각 없어요?" 여자는 이해하지 못한 듯 미소 지으며 폴란드 억양으로 다정하게 물었다.

타워 밀집구역이 전방에 보였다. 창문은 온통 불을 밝히고 있었다. 아래쪽은 기둥을 세운 큐폴라 구조였다. 바닥에는 프리메이슨풍의 금색 별 모양 모자이크가 깔려 있었다. 파란 돔 가장자리에 '아틀란티스'라는 단어가 새겨져 있었다. 그가 접근하자 큐폴라 뒤쪽에서 고래가 새겨진 유리문이 한숨 같은 소리를 내며 저절로 열렸다. 돌을 깎아 만든 카운터 뒤에서 덩치 큰 백인 남자가 크롬 클립과 그의 이름이 적힌 플라스틱 카드를 내밀었다.

"중앙 엘리베이터를 타세요. 아무것도 누를 필요가 없습니다. 좋은 저녁 되십시오, 벨 씨."

"당신도요." 엘리베이터는 올라가다 멈췄고 문이 열렸다. 흰 아치형 통로로, 흰 천상의 님프 석고상이 서 있는 별이 총총한 원형 광장이 나왔다. 돔 모양의 창공 한복판에는 불 켜진 조개껍데기 무더기가 매달려 있었다. 그 아래에서—토비에게는 그 조개껍데기에서 나온 것 같기도 했다—한 남자가 그를 향해 성큼성큼 다가오고 있었다. 등 뒤의 조명을 받아 키가 커 보이고 위협적이기도 했지만, 다가오자 작아졌다. 자일스 오클리가 새로 찾은 기업적 영광을 등에 업고 그의 앞에 서 있었다. 성취한 사람 특유의 단호한 미소, 영원히 젊고 날렵한 몸매, 검게 물들인 머리카락과 완벽한 치아.

"토비, 이 친구야, 반가워! 급하게 연락했는데. 감동이고 영광이야."

"만나서 반갑습니다, 자일스."

에어컨이 켜진 방은 온통 로즈우드 나무였다. 창문도, 신선한 공기도, 밤낮도 없었다. 조부모를 매장했을 때, 우린 여기 앉아서 장의사와 이야기했지. 로즈우드 책상, 왕좌. 그 아래에는 보다 미천한 평민들을 위해, 로즈우드 커피탁자와 로드우드 팔걸이가 달린 가죽의자 두 개가 놓여 있었다. 탁자 위에는 로즈우드 쟁반 위에 아주 오래된 칼바도스 병이 놓여 있었고, 술은 약간 비어 있었다. 지금까지 두 사람은 서로 눈을 바라보지 않았다. 자일스는 협상할 때 원래 눈을 바라보지 않는 사람이었다.

"그래, 토비. 연애사는 좀 어떤가?" 토비는 칼바도스 잔을 기울인 뒤, 자일스가 자기 잔을 채우는 것을 바라보았다.

"괜찮습니다. 허마이오니는요?"

"대하소설은? 집필은 끝났나?"

"절 왜 부르신 겁니까, 자일스?"

"자네가 온 것과 같은 이유겠지." 오클리는 요점으로 바로 들어가는 것이 마음에 들지 않는다는 듯 입술을 약간 내밀었다.

"그게 무슨 이유죠?"

"특정한 비밀작전, 3년 전 기획했으나, 우리 둘 다 알듯이 다행히 실행에 옮기지 않았던 작전. 그게 이유가 아닐까?" 오클리는 거짓 익살을 섞어 물었다.

그러나 장난스러운 기색은 사라졌다. 한때 생동감 있었던 입가의 주름과 눈빛은 영원히 거부하듯 아래로 늘어져 있었다.

"야생동물작전 말씀이시죠."

"국가 기밀을 굳이 입에 올리고 싶다면, 맞아. 야생동물작전."

"야생동물작전은 실행되었습니다. 무고한 사람 둘이 죽었고요. 당신도 잘 알고 계십니다."

"내가 아느냐 자네가 아느냐 하는 건 이것도 저것도 아니야. 중요한 것은 세상이 아느냐, 알아야 하느냐 하는 거지. 그 두 질문에 대한 대답은, 친구―자네처럼 훈련받은 외교관이 아니라 눈먼 바보라도 알 수 있어―분명해. 아니, 그럴 필요 없어. 절대로. 시간이 그 사건들을 치유하지는 않아. 오히려 곪게 만들지. 영국 정부가 부정하는 가운데 한 해 한 해 흐를수록, 대중의 윤리적 분노는 수백 데시벨씩 올라간다네." 이 수사적 표현에 만족했는지, 그는 음울하게 미소 짓고 뒤로 기대앉아 박수를 기다렸다. 기대했던 반응이 나오지 않자, 그는 칼바도스를 한 모금 마시고 가볍게 말을 이었다.

"생각해봐, 토비. 미국 용병 폭도들이 신분을 숨긴 영국 특수부대의 지원을 받아 공화당 복음주의자들의 자금으로 작전을 실행했어. 게다가 작전을 기획한 것은 뒤가 구린 방위사업자와 빠르게 분해되고 있는 신노동당 지도층 내부의 불을 뿜는 네오콘 찌꺼기야. 얻은 것은? 무고한 무슬림 여성과 그 어린 딸의 망가진 시체. 언론이라는 시장에서 이 사건이 어떻게 팔리겠나! 지브롤터의 오랫동안 고통받은 다민족 주민들 입장에서는, 스페인으로 주권을 이양하라는 함성이 수십 년 동안 귀가 멀도록 메아리칠 거야. 이미 그러고 있고."

"그래서요?"

"무슨 뜻이지?"

"제게 어떻게 하라는 뜻입니까?"

늘 수수께끼 같기만 하던 오클리의 시선이 갑자기 간곡한 권고의 빛을 담고 토비의 눈에 고정되었다.

"아무것도 하지 마, 이 친구야! 멈춰. 영원히 단념하라고! 너무 늦기 전에."

"뭘 위해서 너무 늦어요?"

"자네 경력을 위해서. 뭐겠나? 찾을 수 없는 해답을 향한 아집을 그만 버리란 말일세. 자넬 파멸시킬 거야. 예전의 자네로 돌아가. 모두 용서될 걸세."

"누가 용서한다고 그러던가요?"

"내가."

"그리고 다른 사람은? 제이 크리스핀? 누구?"

"다른 사람이 누구인가가 왜 중요한가? 자국의 이익을 최우선으로 삼는 현명한 남녀가 모인 비공식 컨소시엄이야. 됐나? 어린아이처럼 굴지 마, 토비."

"젭 오웬스는 누가 죽였습니까?"

"죽여? 아무도. 그는 자살했어. 몇 년 동안 정신이 이상했지. 아무도 말 안 하던가? 그 진실이 자네에게는 너무 불편해?"

"젭 오웬스는 살해당했습니다."

"말도 안 돼. 선정적인 헛소리. 무엇 때문에 그런 소리를 하지?" 오클리는 도전적으로 턱을 들어 올렸지만, 그의 목소리는 더 이상 확신에 차 있지 않았다.

"젭 오웬스는 프로빈과 만나 내부고발을 의논하기 하루 전날, 자기 것이 아닌 총으로, 원래 잘 사용하지 않는 손으로 자기 머리를 쏘아 자살했습니다. 죽기 전만 해도 희망으로 가득 차 있었어요. 살해당한 날 아침 별거 중인 아내에게 전화해서 얼마나 희망이 넘치는지, 다시 시작해보자고 할 정도였습니다. 그를 살해한 사람은 B급 여배우를 섭외해서 의사인 척―실제는 남자 의사였는데, 배우는 그것조차 몰랐더군요―젭이 살해된 뒤에 프로빈의 집에 전화해서 젭이 살아 있고 정신병원에 입원해 있는데 아무하고도 이야기하고 싶지 않다고 했습니다."

"누가 그런 헛소리를 하던가?" 하지만 오클리의 얼굴에서는 목소리와 같은 확신이 사라졌다.

"경찰 수사는 런던 경찰에서 나간 용의주도한 사복 경찰이 주도했습니다. 그 성실함 덕분에 단서가 단 하나도 남지 않았어요. 법과학적 분석도, 형식상의 어떠한 절차도 밟지 않고, 믿기지 않을 속도로 화장이 이루어졌습니다. 수사 종료."

"토비."

"왜요?"

"그것이 사실이라면, 내겐 금시초문이야. 맹세하지만 난 전혀 몰랐네. 그들이 말하기로……."

"그들? 그들이 누구죠? 도대체 누굽니까? 그들이 뭐라고 했어요? 젭의 죽음은 잘 덮었으니 안심해도 좋다고 하던가요?"

"내가 알기로 오웬스는 우울증이나 좌절감, 평소 앓던 질환 때문에 총으로 자살했다고 들었어. 잠깐! 뭐 하는 거지? 기다려!" 토비는 문간에 서 있었다.

"돌아와. 부탁이네. 앉아." 오클리의 음성은 무너지기 직전이었다. "어쩌면 내가 속았을 수도 있어. 가능해. 그렇다고 가정하세. 자네 말이 처음부터 끝까지 옳다고 쳐. 논의 전개를 위해서. 자네가 아는 걸 말해주게. 모순되는 사실이 있을 거야. 항상 있기 마련이지. 반석 위에 있는 논증은 없어. 실제 세계에서는. 그럴 수가 없다네. 앉아봐. 말이 끝나지 않았어."

오클리의 애원하는 듯한 눈빛을 보고, 토비는 문간에서 돌아왔으나 자리에 앉지는 않았다.

"다시 말해주게." 오클리는 예전의 권위 비슷한 것을 잠시 회복했다. "상세하게. 어디서 들었나? 뜬소문이겠지, 물론. 어쨌든 괜찮아. 그들이 그를 죽였다. 자네가 그렇게 걱정하고 있는 '그들'이. 그렇게 가정하세. 그 가정하에서 어떤 결론을 이끌어낼 수 있지? 이렇게 말해보지." 단어가 숨 가쁘게 흘러나왔다. "자네가 공격에서 후퇴할 때가 왔다는 결론은 확실하게 내릴 수 있어. 아직 시간이 있을 때 일시적인, 전략적인, 질서정연한, 위엄 있는 후퇴를 선택하는 것이 좋다. 긴장 완화, 양측이 각자 입장을 숙고하고 이성을 찾을 수 있는 일시 휴전. 자네가 전쟁에서 물러서는 게 아니야. 그건 자네 스타일이 아니라는 걸 알고 있네. 다음 기회를 위해 탄약을 아끼는 거야. 더 강해지고, 더 많은 권력을 쥐고, 더 영향력을 확보하게 될 때를 위해. 지금 계속 밀고 나가면, 자넨 평생 떠돌이 신세가 돼. 자네가, 토비! 하필 자네가! 자네가 떠돌이 신세가 된다고. 자기 카드를 너무 일찍 내보인 추방자. 자네가 세상에 태어난 건 그걸 위해서가 아니야. 난 누구보다 잘 알고 있어. 온 나라가 새로운 엘리트를 갈구하고 있어. 부디 나타나 달라고. 자네 같은 사람—진짜 남자—망가지지 않은, 진짜 영국 남자—알아, 몽상가지—하지만 현실에 발을 단단히 디딘 사람. 벨은 진짜다, 내가 그들에게 말했어. 맑은 정신과 심장과 몸을 지닌 사람. 자네는 진짜 사랑의 의미조차 몰라. 나 같은 사람의 사랑. 눈이 멀었어. 순수해. 자넨 언제나 그랬어. 난 알고 있네. 이해해. 난 그 때문에 자넬 사랑해. 난 생각했지, 언젠가 그 친구는 내게 올 것이다. 하지만 자네가 절대 그러지 않을 거라는 것도 알고 있었어."

하지만 자일스 오클리는 이미 빈방에서 홀로 말하고 있었다.

어둠 속에서 침대에 누워 오른손에 은색 버너를 든 채, 토비는 거리의 야경꾼 소리에 귀를 기울이고 있었다. 그녀가 집에 도착할 때까지 기다리자. 야간열차는 11시 45분에 패딩턴 역을 떠났다. 그가 확인했고, 기차는 제시간에 떠났다. 그녀는 택시 타는 것을 싫어한다. 가난한 사람들이 할 수 없는 일들을 모두 싫어한다. 그러니 기다리자.

그는 녹색 버튼을 눌렀다.

"채섬 하우스는 어땠어요?" 그녀는 졸린 음성으로 물었다.

"가지 않았습니다."

"그럼 뭘 했는데요?"

"오랜 친구에게 연락했어요. 이야기를 나눴죠."

"뭐에 대해서?"

"그냥 이런저런 이야기. 아버님은 어떠십니까?"

"승무원에게 넘겨줬어요. 도착하면 엄마가 데려가실 거예요."

부스럭거리는 소리. 그리고 금방 잦아들었다. '저리 가!' 하고 소곤거리는 소리.

"이 빌어먹을 고양이. 밤마다 침대에 올라오려고 해서 밀어냈어요. 누구일 거라고 생각했어요?"

"아무 생각도 안 했습니다."

"아빠는 당신이 내게 마음이 있다고 하시던데. 맞아요?"

"아마도." 긴 침묵.

"내일 무슨 요일이죠?" 그녀가 물었다.

"목요일."

"그 사람을 만나는 날이죠?"

"맞습니다."

"난 진료가 있어요. 정오경에 끝나요. 그런 다음 방문 치료를 해야 하고요."

"그럼 저녁에 볼까요?"

"어쩌면." 긴 침묵. "오늘 밤 혹시 잘못된 게 있어요?"

"그냥 내 친구 때문에. 내가 게이라고 생각하더군요."

"아닌가요?"

"아닙니다."

"예의상 그런 척하진 않았어요?"

"그랬던 것 같진 않군요."

"그럼 된 거 아닌가요?"

계속 말해달라고, 그는 그녀에게 말하고 싶었다. 당신의 희망이나 꿈이 아니라도 좋다고, 옛 추억이라도. 그저 자일스를 머릿속에서 몰아낼 수 있게 아무 말이나 계속해달라고.

VII

옛 동료가 전해온 소포

그는 떨쳐야 할 감정과 긴급히 되살려야 할 감정이 뒤섞인 상태에서 잠에서 깨어났다. 에밀리의 위안이 되는 말들에도 불구하고, 눈을 떴을 때 뇌리에 남은 것은 오클리의 비통한 얼굴과 애원하는 목소리였다.

난 매춘부야.

난 몰랐어.

알고서도, 그를 그 길로 이끌었지.

몰랐지만, 알았어야 했어.

나 말고 모두가 다 알고 있었어.

그러나 가장 자주 떠오른 것은 이런 생각이었다. 함부르크 이후 내가 어쩌면 그렇게 어리석을 수 있었을까, 모든 사람에게는 각자의 욕구가 있고, 자일스 외에는 아무도 다친 사람이 없었다고 자신을 설득했다니.

동시에 토비는 자신의 교외 행보가 어느 정도 드러났는지, 오클리에게서 알아낸 정보의 손해 사정에 착수했다. 찰리 월킨스가, 혹은 경찰청에서 정보를 알려준 그의 친구가 오클리의 정보통이었다면, 이 점은 당연하다고 생각되었지만, 만약 그렇다면 그가 웨일스로 갔던 일, 브리지드를 만난 일도 들통 났을 것이다.

그러나 사진은 들통 나지 않았다. 쇼티와의 연락처도 들통 나지 않았다. 내가 콘월을 찾은 건 들통 났을까? 아마 그럴 것이다. 경찰이, 혹은 경찰을 자처하는 자들이 키트의 클럽을 뒤집어놓았고, 이제 아마 에밀리가 가족의 친구를 대동하고 아버지를 데려갔다는 것도 알고 있을 것이다.

그렇다면, 뭐?

그렇다면, 쇼티에게 자신을 웨일스 기자라 소개하고 내부고발을 해달라고 부탁하는 것은 현명한 선택이 아니다. 어쩌면 사실상 자살행위일 수 있다.

그렇다면 그냥 포기하고, 이불을 뒤집어쓰고, 오클리의 충고를 따라 아무 일도 없던 척하는 것은?

아니면 그냥 단순하게 생각해선 답할 수 없는 질문들로 속을 끓이지 말고 밀힐로 가서 쇼티를 만나는 건? 살아서 증언할 수 있는 한 사람의 목격자가 그 무엇보다 중요하니까. 쇼티가 동의하면 키트와 젭이 하려던 일을 같이 하면 될 것이고, 싫다고 하고 크리스핀에게 일러바치러 가면 지붕이 그대로 내려앉는 꼴일 것이다.

어떤 일이 생기든, 이제 드디어 적들을 마주해야 할 때였다.

비서 샐리에게 전화를 걸었다. 음성사서함이 받았다. 고통스럽고 용감한 말투를 쓰자.

"샐리. 토비입니다. 사랑니가 나는 것 같아요. 한 시간 뒤에 치과를 예약했습니다. 그러니 부탁 좀 들어주세요. 날 오늘 아침 회의에서 빼주세요. 나토 비판이라면 그레고리가 대신할 수 있을 겁니다. 사과의 말을 전해주세요. 다시 연락하겠습니다. 죄송해요."

이제 의상 문제. 야심만만한 지방 신문 기자가 런던을 방문할 때는 어떤 옷을 입을까? 그는 청바지와 운동화, 가벼운 파카를 고르고, 기자수첩과 볼펜도 챙겼다.

블랙베리에 손을 뻗다가, 그는 그 안에 쇼티의 것이기도 한 젭의 사진이 들어 있다는 것을 깨달았다.

블랙베리는 갖고 가지 말아야겠다.

골든 캐프 카페 겸 빵집은 중심가 한복판에 있는 할랄 정육점과 코셔 과자점 사이에 끼어 있었다. 분홍색 불을 밝힌 상점 유리창 안에는 생일 케이크와 결혼 케이크, 타조 알만 한 메링그 같은 것이 진열되어 있었다. 놋쇠 난간이 빵집과 카페를 분리하고 있었다. 토비는 길 건너편에서 가게 구조를 살핀 뒤 골목으로 꺾어들어 주차된 자동차와 밴, 보도를 가득 채운 붐비는 아침 손님들을 마저 확인했다.

이제 길을 건너 두 번째로 카페에 다가가면서, 토비는 처음 지나칠 때 눈에 들어왔던 점을 다시 한 번 확인했다. 이 시간에 카페 쪽에는 손님이 없었다. 강사들이 보디가드용 탁자라고 불렀던 자리에 앉아 ― 구석, 입구를 바라보는 자리 ― 그는 카푸치노를 주문하고 기다렸다.

놋쇠 난간 반대편 상점 쪽에는 플라스틱 집게를 든 손님들이 종이상자에 빵을 집어넣고 카운터로 줄지어 다가가서 계산대에서 현금으로 돈을 내고 있었다. 그러나 키가 195인 쇼티 파이크로 짐작되는 사람은 없었다—"하지만 젭이 몸을 숙이고 들어가서 무릎을 차고 얼굴을 숙이는 틈을 타서 코뼈를 부러뜨렸어요."

11시에서 10분이 더 흘렀다. 겁을 먹었구나, 하고 토비는 생각했다. 그가 위험인물이라고 판단하고, 어쩌면 그 역시 잘 쓰지 않는 손으로 자기 머리를 날려버릴지도 모른다.

곰보 자국이 있는 올리브색 피부의 덩치 큰 대머리 남자가 유리창 밖에서 안을 유심히 들여다보았다. 처음에는 케이크와 페이스트리를, 다음에는 토비를, 다시 케이크를 바라보았다. 눈을 깜빡이지도 않았고, 어깨는 역도 선수 같았다. 말쑥한 검정 슈트, 타이는 매지 않았다. 이제 그는 멀어지고 있었다. 정찰한 걸까? 그냥 크림빵을 먹으려다가 몸매 관리를 위해 마음을 돌린 걸까? 그때 토비는 쇼티가 자기 옆에 앉아 있다는 것을 깨달았다. 카페 뒤쪽 화장실에서 줄곧 기다리고 있었던 모양이었다. 토비가 생각조차 하지 못했던, 생각했어야 했던 가능성이지만, 어쨌든 쇼티는 그 생각을 했던 것 같았다.

허리를 똑바로 세우고 앉아 있어서 그런지 195센티미터보다 더 커보였고, 아주 큰 두 손은 반쯤 쥔 채 탁자 위에 놓여 있었다. 검은 머리는 기름을 발라 넘겼고, 뒷머리와 옆머리는 짧게 쳤고, 영화배우 같은 광대뼈에 그려 넣은 듯한 미소를 짓고 있었다. 어두운 색 피부는 너무나 반짝거려 마치 면도를 하고 거품을 묻혀 손톱 솔로 문지른 것 같았다. 코한복판에 작은 홈이 있었는데, 어쩌면 이것이 젭의 솜씨인지도 모른다. 반듯하게 다림질한 청색 데님 셔츠 차림이었는데, 단추가 달린 가슴주머니 한쪽에는 담배가, 다른 한쪽에는 빗이 삐져나와 있었다.

"당신이 피트군, 그렇지?" 그는 입가로 물었다.

"당신이 쇼티군요. 뭘 드실 건가요? 커피? 차?"

쇼티는 눈썹을 치켜세우더니 천천히 가게 안을 둘러보았다. 늘 이렇게 연극적으로 구는 사람인지, 키가 크고 자기도취적인 성격이다 보면 이런 식으로 행동하게 되는 건지 알 수 없었다.

이런 생각을 하고 있는데, 크림빵을 살까 말까 고민하다가 관심 없다는 듯 무심하게 가게 유리창 앞을 서둘러 지나쳤던 덩치 큰 대머리 남자가 다시 눈에 띄었다. 아니, 분명 눈에 띈 것 같았다.

"한 가지 알려줄까, 피트." 쇼티가 말했다.

"뭡니까?"

"여기에 앉아 있는 게 별로 마음이 편하지 않아. 괜찮다면 좀 더 조용한 곳으로 가고 싶은데. 이렇게 정신없이 사람 많은 곳 말고."

"어디든 좋습니다, 쇼티. 당신이 정하세요."

"혹시 속셈 같은 게 있는 건 아니지? 길모퉁이에 사진작가를 숨겨놨다든지?"

"난 아무 속셈도 없고 혼자 왔습니다, 쇼티. 앞장서세요." 쇼티의 눈썹에는 땀방울이 맺혀 있었고, 데님 셔츠 주머니에서 담배를 뽑아들려다가 그만두고 다시 탁자로 내려오는 손은 떨리고 있었다. 금단증상? 간밤에 너무 심하게 놀았나?

"모퉁이를 돌면 내 새 차가 있소. 아우디. 일찌감치 와서 세워뒀지. 그러니까 차를 타고 공원이나 뭐 그런 데 가서 이야기하는 게 어떻겠소? 눈에 띄지 않는 곳, 내가 워낙 남들 눈에 잘 띄니까. 솔직히 터놓고 대화를 하세. 신문기사를 위해서.《아거스》라고 했소?"

"맞습니다."

"큰 신문이오, 아니면, 뭐라고 하더라, 지방 신문이오, 혹시 전국 신문이오?"

"지방 신문이지만 온라인 서비스도 있습니다. 그러니 독자는 상당할 겁니다."

"음, 좋군. 당신은 괜찮겠지?" 그는 커다랗게 코를 들이마셨다.

"뭐가 말입니까?"

"여기 말고 다른 데 가는 거 말이오."

"좋습니다."

토비는 카운터에 가서 카푸치노 값을 냈고, 그동안 쇼티는 얼굴에서 땀을 줄줄 흘리며 다음 손님처럼 뒤에 서 있었다.

그러나 토비가 계산을 마치고 나자, 쇼티는 긴 팔을 옆으로 들어 올리고 손님들을 밀어내며 앞장서서 입구로 나갔다.

토비가 보도로 나가자, 쇼티는 북적이는 쇼핑객을 뚫고 나갈 만반의 태세를 갖추고 그를 기다리고 있었다. 한데 왼쪽을 흘끗 보니, 아까 봤던 페이스트리와 케이크를 좋아하는 덩치 큰 대머리 남자가 다시 눈에 띄었다. 이번에는 이쪽으로 등을 보인 채 보도에 서서, 마찬가지로 이쪽 시선을 피하는 것 같아 보이는 두 남자와 이야기하고 있었다.

도망치자는 생각이 들었던 순간이 있었다면, 바로 이 순간이었다. 평생 받아온 모든 훈련이 그에게 말하고 있었다. 망설이지 마라. 전형적인 함정이다. 직감을 믿고 달아나라. 한 시간 뒤에 너는 신발이 벗겨진 채 라디에이터에 쇠사슬로 묶여 있을 것이다.

그러나 모든 것을 알고 싶다는 욕구가 이런 위험 신호를 억눌렀을 것이다. 그는 이미 쇼티를 따라 길모퉁이를 돌아 일방통행로에 접어들었다. 반짝이는 청색 아우디가 왼쪽에 서 있었고, 그 바로 뒤에는 검은 메르세데스 살롱이 서 있었다.

이번에도 강사들이 봤다면 전형적인 함정이라고 했을 것이다. 납치용 차량 하나, 추적용 차량 하나. 쇼티가 1야드 떨어진 지점에서 리모컨을 누르고 조수석 대신 아우디 뒷문을 여는 순간, 토비의 팔을 잡은 손에 힘이 들어가더니 덩치 큰 남자와 일당 둘이 모퉁이를 돌아왔다. 토비의 마음속에 남아 있던 의혹은 순간 완전히 사라졌다.

자존심상 가볍게 항의하지 않을 수 없었다.

"뒷자리에 앉으라고요, 쇼티?"

"주차 시간이 30분 남았소. 안 쓰면 아깝잖아. 뒷자리에 앉아서 이야기하는 게 어떻소?" 토비는 망설였다. 그도 당연한 것이, 쇼티의 말처럼 두 남자가 북적이는 행인들을 피해서 단둘이 차에 앉아 이야기하고 싶다면, 앞자리에 나란히 앉아야 할 것이다.

그러나 그는 어쨌든 차에 들어갔고, 쇼티가 옆에 올라탔다. 그 순간 덩치 큰 대머리 남자가 얼른 옆길로 들어와 운전석에 앉더니 차 문을 모두 잠갔고, 사이드미러를 통해 그와 함께 있던 남자 둘이 메르세데스에 타는 모습이 보였다.

대머리는 시동을 걸지 않았고 고개를 돌려 토비를 보지도 않았다. 작고 둥근 눈이 백미러를 통해 약삭빠르게 그를 관찰했고, 쇼티는 보란 듯이 창밖의 행인들만 바라보았다.

대머리 남자는 운전대에 손을 얹었지만, 시동도 걸려 있지 않고 차도 움직이지 않았기 때문에 이상하게 보였다. 강한 손, 아주 깨끗하고 반지를 잔뜩 낀 손이었다. 쇼티와 마찬가지로, 대머리 남자 역시 군인처럼 위생적인 분위기를 풍겼다. 백미러에 비친 입술은 분홍색이었으며, 말하기 전에 혀끝으로 입술을 축였다. 쇼티와 마찬가지로 긴장했다는 뜻이었다.

"외무성 직원 토비 벨 씨를 영접하게 된 것을 영광으로 생각합니다. 맞습니까?" 그는 정석적인 남아프리카 억양으로 물었다.

"맞습니다." 토비는 동의했다.

"제 이름은 엘리엇입니다. 여기 쇼티의 동료이지요. 감히 토비라고 불러도 되겠습니까? 저는 우리가 영광스럽게 모시고 있는 제이 크리스핀 씨의 찬사를 전해드리라는 지시를 받았습니다. 지금까지 겪으신 불편이 있다면 미리 사과드리라고 하셨고, 진심 어린 호의도 전하라고 하셨습니다. 긴장을 푸시고, 목적지에 도착하는 즉시 발전적이고 우호적인 대화를 기대한다고도 하셨고요. 혹시 지금 크리스핀 씨와 개인적으로 이야기하시고 싶으십니까?"

"아니, 됐습니다, 엘리엇. 이대로 좋습니다." 토비는 똑같이 예의 바른 태도로 대답했다.

"알바니아-그리스계 변절자. 한때 이글레시아스라는 이름으로 불렸던 전 남아프리카공화국 특수부대 요원. 요하네스버그의 술집에서 사람을 죽인 뒤 유럽으로 도피한 자야. 들어봤나? 엘리엇?" 오클리는 저녁식사를 마친 뒤 칼바도스를 마시며 물었었다.

"승객 탑승 완료." 엘리엇은 마이크에 대고 보고하더니 뒤따라오는 메르세데스를 위해 사이드미러 앞에서 엄지손가락을 세워 보였다.

"불쌍한 젭에 대한 소식은 유감입니다." 토비는 쇼티에게 대화하듯 말을 걸었지만, 상대는 행인들에게만 더욱 관심을 보일 뿐이었다.

그러나 엘리엇은 즉각 대답했다.

"벨 씨, 모든 사람에게는 각자의 운명, 각자의 시간이 있습니다. 운명이란 거지요. 누구도 그 법칙을 깨뜨릴 수 없습니다. 뒷자리는 편안하십니까? 우리 같은 운전사들은 가끔 배려를 잊곤 하지요."

"아주 편안합니다. 당신은요, 쇼티?"

그들은 남쪽으로 향하고 있었고, 토비는 대화를 이어가는 것을 포기했다. 생각나는 질문이라고는 악몽에서 튀어나온 것들뿐이었으니, 아마도 현명한 판단이었을 것이다. "개인적으로 젭의 살해에 가담했습니까, 쇼티?" "말씀해주세요, 엘리엇. 그 여자와 아이의 시체는 어떻게 처리했습니까?" 그들은 피츠존 애비뉴를 내려와 세인트존스 우드 경계로 다가가고 있었다. 혹시 도청한 테이프 녹음에서 퍼거스 퀸이 크리스핀에게 아부하듯 언급했던 '숲'이라는 것이 여기를 말하는 것이었을까?

"……좋아, 그래. 4시경……. 나는 숲이 훨씬 더 좋겠는데, 은밀하고……."

자동소총을 든 근위병이 보초를 서고 있는 군부대가 언뜻 지나쳤고, 미 해병대가 지키고 있는 정체불명의 벽돌 건물이 보였다. '막다른 골목'이라는 표지판이 보였다. 5백만 파운드짜리 녹색 지붕 빌라들. 높은 벽돌 담장. 목련꽃이 활짝 피어 있었다. 벚꽃이 도로에 꽃술처럼 떨어져 있었다. 녹색 대문 두 개가 이미 열려 있었다. 사이드미러를 통해, 검은 메르세데스가 손에 닿을 정도로 가까이 접근하는 것이 보였다.

이렇게 흰색이 많은 곳은 상상하지 못했다. 그들은 흰 페인트를 칠한 돌이 가장자리에 박힌 둥근 자갈밭을 돌았다. 차는 깔끔하게 장식한 정원으로 둘러싸인 나지막한 흰색 저택 앞에 멈춰 섰다. 흰 팔라디오풍 포치는 저택에 비해 지나치게 컸다. 비디오카메라가 나뭇가지 사이에서 그들을 내려다보고 있었다. 검은 유리온실이 양쪽으로 뻗어 있었다. 파카와 타이 차림의 남자가 차 문을 열어주었다. 쇼티와 엘리엇은 차에서 내렸지만, 토비는 누군가 맞으러 올 때까지 고집스럽게 차 안에 남아 있기로 했다. 그러다 마음을 바꾸고 차에서 내려서는 자연스럽게 몸을 뻗었다.

"캐슬 킵에 오신 것을 환영합니다." 파카와 타이 차림의 남자가 말했다. 이 말을 농담처럼 들어 넘기려는데, 현관 옆 놋쇠판에 체스 말처럼 성 모양과 그 위에 교차된 칼 한 쌍이 그려져 있는 것이 눈에 띄었다.

그는 계단을 올랐다. 남자 둘이 미안하다는 듯 몸수색을 했고, 그의 볼펜과 기자수첩, 손목시계를 빼앗은 뒤, 전자 수색기를 통과시켰다. "대장을 만나고 나오시면 돌려드리겠습니다." 토비는 마음을 바꿔 먹었다. 그는 죄수가 아니었다. 그는 자유인으로서 스페인풍 타일이 깔리고 조지아 오키프의 꽃 판화가 걸린 반짝이는 복도를 걸어갔다. 복도 양쪽에는 문이 있었다. 어떤 문은 열려 있었다. 쾌활한 목소리가 흘러나왔다. 엘리엇이 옆에서 걷고 있었지만, 그는 교회에 들어설 때처럼 경건하게 두 손을 허리 뒤로 돌리고 있었다. 쇼티는 사라졌다. 긴 검은색 치마와 흰 블라우스 차림의 예쁜 비서가 얼른 복도를 달려왔다. 그녀는 엘리엇에게 자연스럽게 '안녕하세요'라고 인사했지만, 그녀의 미소는 토비를 향한 것이었다. 그는 자유인답게 마주 미소 지었다. 흰 유리 천장이

비스듬하게 깔린 흰색 사무실에서는, 희끗희끗한 머리칼을 가진 얌전한 50대 여자가 책상 뒤에 앉아 있었다.

"아, 벨 씨. 잘 오셨습니다. 크리스핀 씨가 기다리고 계세요. 고마워요, 엘리엇. 대장은 벨 씨와 일대일로 말씀하고 싶으시답니다." 토비는 대장과 일대일로 이야기해야 할 모양이었다. 그러나 크리스핀의 거대한 사무실에 들어서자 3년 전의 그날 저녁, 브뤼셀과 프라하에서 그가 목격했던 수수께끼의 실루엣이 잘생긴 40대 사업가로서 미스 메이지를 대동하고 퀸의 개인사무실에 들어섰을 때 느꼈던 것과 비슷한 실망감이 밀려왔다. 바로 이 순간, 동일한 인물이 기분 좋은 놀라움과 장난기 많은 소년 같은 분함, 남자다운 동료애를 적절히 조합한 태도로 의자에서 일어나고 있었다.

"토비! 이렇게 만나다니. 정말 희한하지. 불쌍한 젭의 부고를 쓰려는 지방 신문 기자라니. 물론 쇼티에게 외무성 공무원이라고 말할 수는 없었을 거야. 그랬다면 꽁지가 빠져라 도망쳤을 테니까."

"쇼티가 야생동물작전에 대해 말해주기를 기대했습니다."

"음, 그랬을 거야. 쇼티는 젭에 대해 약간 속상한 점이 있어. 당연한 일이겠지. 우리 둘 사이니까 하는 말이지만, 제정신이 아니야. 자네한테 많이 말했을 것 같지는 않은데. 자신을 위해서도, 어느 누구를 위해서도. 커피? 디카페인? 민트 차? 좀 더 센 걸로? 외무부 최고 직원을 모시는 건 매일 있는 일이 아니야. 얼마나 진행됐나?"

"뭐가 말입니까?"

"수사 말이야. 그 이야기를 하고 있었던 것 같은데. 자네는 프로빈을 만났고, 젭의 부인을 만났어. 젭의 부인이 쇼티의 연락처를 알려줬고.

자넨 엘리엇을 만났어. 그러면 남은 카드는 뭐지? 그냥 돌아보라고." 그는 기분 좋게 설명했다. "프로빈? 아무 실권이 없어. 아무것도 본 게 없지. 나머지는 그저 소문이야. 법정에서는 들은 체도 안 할 거야. 젭의 부인? 비탄에 젖어서 피해망상에 빠진 여자의 히스테리지. 들을 가치도 없고. 또 뭐가 있나?"

"당신은 프로빈에게 거짓말을 했습니다."

"자네도 마찬가지였을 거야. 그게 편리하니까. 혹시 그 늙은 외교관은 편의상 거짓말이라는 개념을 들어보지도 못했다던가? 자네 문제는, 곧 직장을 잃을 거고, 더한 일이 뒤따르겠지. 내가 도울 수 있을 것 같은데."

"뭐죠?"

"우선 약간의 보호와 직장 정도면 어떤가?"

"윤리적 결과?"

"맙소사, 그 공룡." 크리스핀은 토비가 말을 꺼내기 전만 해도 윤리적 결과에 대해서는 완전히 잊고 있었다는 듯 웃음을 터뜨렸다. "그건 아무 관계가 없어. 우린 일찌감치 손을 털고 나왔지. 윤리적 결과도 판을 접고 나갔어. 주식을 갖고 있는 사람이 책임을 져야지. 캐슬 킵과는 겉으로 드러난 아무런 관련이 없다네."

"미스 메이지는?"

"오래전에 떴어. 마지막으로 소식을 들은 게 아마 소말리아의 이교도들에게 전도를 하고 있다지."

"당신 친구 퀸은?"

"아, 음, 불쌍한 퍼거스. 그래도 당에서는 그를 복귀시키려는 내부 논의가 치열하다고 들었어. 권력에서 밀려난 지 오래지만, 과거 장관 경험은 무엇과도 비교할 수 없는 가치가 있다. 물론 조건은 신노동당과 그쪽 정책을 완전히 포기하는 거야. 물론 그는 기꺼이 그렇게 하겠지. 우리끼리 얘기지만, 그도 이쪽에 가담하고 싶어했어. 문자 그대로 무릎을 꿇고 사정했지. 유감이지만 자네와 달리 그는 기대에 미치지 못했네." 회상하는 듯한 향수 어린 미소. "이 게임을 시작할 때는 항상 결정적인 순간이 있어. 작전을 결행하고 진입할 것인가, 아니면 도망칠 것인가? 훈련받고 몸이 근질거리는 용병들이 대기하고 있어. 한쪽에는 50만 달러짜리 정보가 있고, 자금도 지원받고, 성공하면 엄청난 부와, 뒤를 봐줄 권력층에서도 더도 덜도 아니고 딱 적당한 수준의 녹색 신호를 받게 되지. 맞아, 우리 정보의 신뢰성에 대한 갑론을박이 있었지. 없는 적이 있었던가?"

"그게 야생동물작전이었습니까?"

"그렇지."

"부수적 피해는?"

"가슴 아픈 일이야. 늘 그래. 우리 사업에서 단연 최악의 일이지. 침대에 들 때마다 생각한다네. 하지만 대안이 뭔가? 나한테 프레데터 드론과 헬파이어 미사일 두 기를 주면, 진짜 부수적 피해가 어떤 건지 보여줄 수 있어. 정원에서 잠시 산책이나 할까? 이런 날에는 햇빛을 낭비하는 게 아깝지."

그들이 서 있는 방은 일부 사무실이었고, 일부 온실이었다. 크리스핀은 밖으로 나갔다. 토비는 따라가지 않을 수 없었다. 정원에는 담장이 있었고, 동양식으로 자갈이 깔린 오솔길과 슬레이트 물길을 따라 연못으로 흘러가는 물이 길게 펼쳐져 있었다. 하카족 모자를 쓴 청동 중국 여인상이 바구니에 물고기를 잡아넣고 있었다.

"로즈손 보호서비스라는 작은 회사 들어봤나?" 크리스핀은 어깨 너머로 물었다. "지난 분기에 30억 달러 가치로 평가되었는데."

"아뇨."

"음, 난 그쪽에 열중해야 해. 한동안 거기서 우릴 소유하고 있으니까. 현재 우리 성장세로는 2년 뒤에 팔고 나올 수 있어. 최대 4년. 우리가 전 세계적으로 얼마나 많은 사람들을 고용하고 있는지 아나?"

"아뇨. 모릅니다."

"풀타임 직원만 6백 명. 취리히, 부쿠레슈티, 파리에 사무실이 있어. 개인 보호부터 주거 보안, 폭동 대응, 누가 회사를 염탐하고 있나, 누가 아내와 바람을 피우나, 이런 것들을 죄다 다루지. 우리가 고용하는 사람들이 어떤 사람인지 혹시 감이 오나?"

"아뇨, 말씀해주시죠." 그는 휙 돌아서서 토비의 얼굴에 대고 손가락을 꼽기 시작했다. 퍼거스 퀸이 생각났다.

"해외 정보국 우두머리 다섯. 네 명은 현직에 재직 중. 전직 영국 정보국 국장 다섯 명. 모두 정보국과 계약 중인 사람들이지. 셀 수 없을 정도로 많은 경찰서장, 부서장, 가외로 돈을 벌고 싶은 화이트홀 고용인들, 게다가 귀족들, 하원의원들, 상당히 강력한 일손이야."

"그렇겠군요." 토비는 크리스핀의 목소리에 어떤 종류의 감정이 실렸다는 것을 감지하며 점잖게 대꾸했다. 어른이라기보다 어린아이의 승리감 같기도 했다.

"혹시 자네의 아름다운 외무부 경력이 끝장났다는 점에 의문이 남았다면 나를 따라오게나." 그는 친근감 있게 말을 이었다. "갈까?"

그들은 쿠션을 붙인 벽과 평평한 화면이 놓여 있는, 창문 없는 녹음실 같은 방에 서 있었다. 크리스핀은 토비가 도청한 녹음 내용 발췌본을 커다랗게 틀고 있었다. 퀸이 젭에게 압력을 가하던 부분이 흘러나왔다.

"그러니 내 말은, 젭, 카운트다운이 이미 시작된 상황에서, 당신은 영국 군인으로서, 나는 각료로서……."

"됐나, 더 듣겠나?" 크리스핀은 묻더니 대답을 기다리지 않고 꺼버린 뒤 아주 현대적인 안락의자에 앉았다. 토비는 티나를 떠올렸다. 급히 휴가를 얻은 룰라 대신 왔던 임시 포르투갈 청소부. 키가 크고 양심적이어서 조부모의 결혼사진 틀 위쪽에 쌓인 먼지까지 닦아냈던 티나. 만약 내가 해외에서 근무하고 있었다면, 그녀가 비밀경찰 끄나풀이 아닐 거라는 생각은 들지도 않았을 것이다.

크리스핀은 그네처럼 안락의자를 굴리며 뒤로 몸을 기댄 뒤 구두를 두꺼운 양탄자 위에 부드럽게 한데 내려놓았다.

"내가 대신 설명해줘야 할까?" 그는 물었지만, 어쨌든 설명을 시작했다. "외무성과 관련해서 자넨 끝났어. 언제든 내가 이 녹음을 보내면 그들은 자넬 당장 쫓아낼 거야. 자네가 야생동물작전을 외치고 다니기라도 하면, 다리에서 힘이 죽 빠지겠지. 멍청한 프로빈이 그 고생을 하고 뭘 얻었는지 보라고." 크리스핀은 가볍게 굴리던 의자를 멈추더니 연극적으로 눈살을 찌푸리고 허공을 응시했다.

"그러니 이번 대화의 제2부, 건설적인 부분으로 넘어가세. 자네에게 제안이 있으니, 받든 말든 알아서 선택해. 우리한테는 고용변호사들이 있고, 표준계약서가 있어. 하지만 융통성도 있어. 우린 멍청하지 않으니까. 사안의 가치를 판단하지. 무슨 뜻인지 알겠나? 잘 모르겠군. 우린 자네에 대해 모든 걸 알고 있어. 자넨 아파트를 갖고 있고, 할아버지에게서 물려받은 돈도 약간, 아주 많지는 않지만 굶어 죽지 않을 정도로 있지. 외무부에서는 현재 5만8천 파운드를 받고 있는데 문제만 일으키지 않으면 내년에는 7만5천으로 올라갈 거야. 대단한 부채도 없고. 자넨 올바른 친구야. 여자는 좋아하지만 걸리적거리는 마누라도 없고. 오랫동안 그렇게 살라고. 또 뭐가 있더라? 건강 기록도 좋고, 야외 활동도 좋아하고, 몸도 날렵하고, 좋은 앵글로색슨 혈통, 하층 계급이지만 사회적으로 성공했어. 세 개 언어를 하고, 근무한 모든 나라에서 좋은 평가를 받았지. 현재 자네가 국가에서 받는 급여의 두 배에서 시작하세. 자네가 이사직으로 여기에 합류하면 만 파운드 현금, 원하는 차, 건강보험, 비즈니스 항공권, 유흥비까지 지급할 걸세. 내가 뭐 빠뜨린 게 있나?"

"네. 있습니다." 어쩌면 토비의 시선을 피하려는지, 크리스핀은 현대적인 안락의자를 360도 빙글 돌렸다. 그러나 다시 한 바퀴 돌고 돌아온 뒤에도, 토비는 그대로 서서 그를 응시하고 있었다.

"아직 당신이 왜 날 두려워하는지 말을 안 하는군요." 그는 도전적이라기보다 수수께끼 같다는 투로 말했다. "엘리엇은 엉망이 된 지브롤터 작전을 지휘했지만 당신은 그를 해고하지 않고 눈에 잘 띄는 곳에 데리고 있어요. 쇼티는 여차하면 언론에 터뜨릴지도 모르니 멍청이지만 어쨌든 고용했고, 젭은 강경하게 내부고발을 하고자 했는데, 돈으로 살 수가 없어서 자살한 걸로 해야 했어요. 한데 내가 당신에게 위협이 될 일이 뭐가 있습니까? 말도 안 되지. 왜 나한테 거절하지 못할 제안을 하는 거죠? 도통 이해가 되지 않아요. 혹시 그쪽은 이해가 됩니까?" 크리스핀이 대답할 마음이 없다는 것을 확인하고, 토비는 말을 이었다.

"지금까지 내가 읽은 당신의 상황은 이렇습니다. 젭의 죽음은 지나치게 멀리 나간 조치였기 때문에, 지금까지 당신 뒤를 봐주던 누군가가 앞으로는 당신을 보호하는 데 부담을 느끼고 있다는 것. 내가 이 일을 뒤쫓고 있는 이상 나는 당신의 안전과 평안에 걸림돌이 되기 때문에, 날이 일에서 손 떼게 하고 싶겠지요. 내게는 이것만으로도 이 사건을 계속 추적할 충분한 이유가 됩니다. 그러니 도청 기록은 알아서 하세요. 하지만 추측건대 당신은 이 기록으로 아무 짓도 못 할 겁니다. 두려우니까."

세상이 슬로모션으로 흘러갔다. 크리스핀에게도 그랬을까? 아니면 토비에게만? 크리스핀은 일어서더니 토비에게 모두 너무나 큰 오해라고 서글프게 말했다. 하지만 악감정은 없다, 몇 살만 더 나이를 먹으면 진짜 세상이 어떻게 돌아가는지 알 거라고 말했다. 악수는 어색하니 나누지 말자. 집까지 차로 바래다줄까? 아니, 감사합니다. 그냥 걸어가겠습니다. 토비는 걸어갔다. 오키프 그림이 걸린 테라초 타일 복도, 남녀가 컴퓨터 앞에 앉아 통화하고 있는 반쯤 열린 문들 앞을 지났다. 문간에서 정중한 남자들에게 손목시계와 볼펜, 수첩을 돌려받았고, 둥근 자갈길을 가로질러 초소 앞 열린 대문을 지났다. 엘리엇이나 쇼티, 여기까지 타고 온 아우디, 그 뒤를 따라온 메르세데스는 보이지 않았다. 그는 계속 걸었다. 어쩌면 생각보다 늦은 시각이었을 것이다. 오후의 햇볕은 따뜻하고 친절했고, 이맘때쯤 세인트존스 우드에 늘 활짝 피는 목련은 완벽한 성찬이었다.

당시에도, 이후에도, 토비는 다음 몇 시간을 어떻게 보냈는지, 몇 시간이나 흘렀는지 정확히 기억할 수 없었다. 물론 자신의 인생을 되돌아보고 있었을 것이다. 세인트존스 우드에서 이즐링턴까지 사랑과 인생, 죽음, 자기 경력의 마지막, 교도소까지 생각하면서 걸었다면, 그 외에 무엇을 했겠는가?

그의 계산으로 에밀리는 아직 수술실에 있을 것이고, 전화를 걸기에는 너무 이른 시각이었다. 전화를 건다 해도 무슨 말을 해야 할지 알 수 없었다. 어쨌든 은색 버너도 조심하느라 집에 두고 왔고, 공중전화는 절대 신뢰할 수 없었다.

그래서 그는 에밀리에게도 전화하지 않았다. 에밀리가 나중에 맞다고 확인해주었다.

술집 두어 곳에 들른 건 확실했지만, 그것은 평범한 사람들과 함께 있고 싶어서였다. 위기 상황이나 절망에 빠졌을 때 그는 술을 마시지 않는 사람이었고, 지금이야말로 양쪽 다에 해당되는 순간이었다. 나중에 파카 주머니에서 나온 현금 영수증을 보니 치즈를 추가한 피자를 산 것으로 되어 있었다. 그러나 언제 어디서 샀는지는 적혀 있지 않았고, 먹은 기억도 없었다.

물론 치밀어 오르는 역겨움과 분노를 평소처럼 적절한 수준으로 억누르려는 노력의 일환으로, 그는 악의 평범성이라는 한나 아렌트의 개념을 떠올렸고, 크리스핀은 아렌트의 개념에서 어디쯤에 위치할까 생각했다. 크리스핀은 자기 자신이 생각하듯, 시장 권력을 준수하는 이 사회의 충실한 하인에 불과할까? 그 자신은 그렇게 생각할지 몰라도, 토비의 눈에는 그렇게 보이지 않았다. 그의 입장에서 볼 때 제이 크리스핀은 세상에 흔해빠진 근본 없는, 비도덕적인, 맞춤옷을 차려입고 말주변만 그럴싸한, 제대로 배우지 못한 어린아이, 방법이 무엇이든 돈과 권력, 존경심을 끝없이 갈구하는 어린아이에 불과했다. 지금까지는 좋았다. 크리스핀 같은 인간은 인생의 갈피마다, 평생 근무한 모든 국가에서 수없이 만났다. 그러나 작은 전쟁의 장사꾼으로서 이렇게 성공한 인간을 처음 만났을 뿐이었다.

크리스핀을 위한 변명거리를 찾아보려던 토비는 혹시 그가 사실 그냥 아주 멍청한 사람이 아닐까 생각해보았다. 그렇지 않다면 야생동물 작전이라는 대실패를 어떻게 생각해낼 수가 있었을까? 신은 인간의 어리석음을 상대로 헛되이 싸웠다는, 프리드리히 실러의 거창한 언명이 떠올랐다. 그러나 토비가 볼 때에는 그렇지 않다. 신이든 인간이든, 어리석음은 변명이 될 수 없다. 신과 이성적인 모든 인간이 헛되이 싸운 상대는 어리석음이 아니다. 그것은 자기 자신의 이익이 아닌 타인의 이익에 대한 순전한, 방탕한, 빌어먹을 무관심이다.

이런저런 상념에 젖어 집에 들어선 뒤 아파트로 향하는 계단을 올라 열쇠로 문을 열고 조명 스위치에 손을 뻗는 순간, 젖은 걸레 뭉치가 입으로 들어오더니 두 손이 뒤로 꺾이고 플라스틱 끈으로 묶였다. 직접 보지도 못했고 일이 끝난 뒤에 찾지도 못했으며 끈끈한 냄새만 기억에 남아 있어서 확실치는 않았지만—죄수용 포대 자루가 머리에 씌워지고, 토비가 상상할 수 있는 최악의 폭행이 시작되었다.

어쩌면—나중에 든 생각일 수도 있지만—포대 자루는 손을 대지 말라는 위치 표시일 수도 있었다. 멀쩡하게 남은 유일한 부위가 얼굴이었기 때문이었다. 폭행을 지휘한 자가 누구인지 단서라도 남은 게 있다면, 그것은 지역적 억양 특성이 전혀 없는 낯선 남자 목소리였다. "썹새

끼한테 흔적을 남기지 마." 자신감 있는, 군인 특유의 명령조였다.

첫 주먹이야말로 가장 고통스럽고 가장 충격적이었다. 폭행범들은 척추가, 다음으로는 목이 끊어지는 것 같다는 생각이 들 정도로 그의 목을 붙들었다. 목을 조르려는 것 같다는 생각이 스쳤지만, 그들은 마음을 바꿨다.

배에, 간에, 사타구니에, 그리고 다시 사타구니에 끝나지 않을 것처럼 주먹이 들어왔고, 의식을 잃은 뒤에도 폭행은 계속되었다. 정신이 나가기 전에, 명령조의 낯선 음성은 토비의 귀에 대고 나직하게 속삭였다.

"이게 끝이라고 생각하지 마, 친구. 이건 애피타이저야. 기억해."

홀 양탄자 위나 부엌 바닥에 던져놓고 갈 수도 있었지만, 누군지는 몰라도 나름대로 수준은 있었다. 그들은 운동화를 벗기고 파카도 벗긴 상태로 장의사처럼 정중하게 그를 눕혀놓았고, 침대 옆 라커룸 위에는 물주전자와 텀블러가 놓여 있었다.

손목시계는 5시를 알리고 있었지만, 한동안 그 상태로 멈춰 있었던 것 같았다. 아마 폭행 중에 발생한 부수적 피해일 것이다. 날짜는 숫자 둘 사이에 애매하게 놓여 있었다. 목요일은 분명 그가 쇼티를 만나기로 한 날, 납치되어 세인트제존스 우드로 실려 간 그날이었으니, 오늘은 아마―누가 정확히 알겠는가?―금요일일 것이다. 그렇다면 조수 샐리는 토비의 사랑니가 얼마나 속을 썩일지 궁금해하고 있을 것이다. 커튼을 치지 않은 창밖이 캄캄한 것을 보니 밤이었지만, 그에게만 밤인지 다른 사람들에게도 그런지 알 수 없었다. 침대는 토사물로 덮여 있었고, 바닥도 마찬가지로 말라붙은 토사물과 새로 토한 흔적이 섞여 있었다.

변기에 토하려고 반쯤 구르듯이, 반쯤 기듯이 화장실에 갔던 기억도 났지만, 역사상 용감무쌍한 등반가들이 그랬듯 내려가는 길은 올라가는 길보다 힘들었다.

창문 아래 사람과 자동차의 소리는 한층 잦아들었지만, 토비는 현실이 맞는지, 혼자만의 느낌인지 확인하고 싶었다. 분명 그의 귀에는 시끌벅적한 저녁의 소음이 아니라—지금이 저녁이라고 가정하면—볼륨을 낮춘 듯한 먹먹한 소리만 들려오고 있었다. 보다 이성적인 해답은 이것이었을 것이다. 지금은 회색 새벽, 나는 12시간에서 14시간 동안 쓰러진 채 정신을 잃고 토를 하며 고통을 추스르고 있었다. 그 자체가 시간의 흐름에 상관없는 하나의 활동이었다.

침대 밑에서 고양이 울음 같은 앵앵거리는 소리가 조금씩, 단계별로 들려오기 시작한 것도 그때였다. 은색 버너가 그를 향해 고함을 지르고 있었다. 쇼티를 만나러 가기 전에 스프링과 매트리스 사이에 숨겨놓았던 것이었다. 전원을 왜 켜두었는지는 그에게도 수수께끼였지만, 버너에게도 마찬가지인 것 같았다. 고함 소리는 차츰 믿음을 잃는 것 같았고, 언제라도 입을 다물 것 같았다.

토비는 남은 힘을 총동원해서 침대에서 굴러 내린 뒤 바닥에 쿵 떨어졌다. 스프링을 향해 손을 뻗기 전에 한동안 죽은 듯이 누워 있던 그는 손가락 하나를 스프링에 끼워 넣고 왼손으로 몸을 일으켰다. 오른손으로—감각이 없는 것이 부러진 것 같았다—더듬거리다가 버너를 찾아 가슴에 움켜쥐며, 그는 동시에 왼손을 놓고 온몸으로 바닥에 쿵 내려앉았다.

그는 녹색 버튼을 누른 뒤 최대한 밝은 목소리를 가장해서 '여보세요'라고 말했다. 아무 대답도 돌아오지 않았다. 인내심이 바닥났는지, 에너지가 바닥났는지, 그는 그냥 말했다.

"난 잘 있어요, 에밀리. 조금 녹초가 됐어요. 그뿐입니다. 오지 마세요. 부탁입니다. 난 독극물이에요." 넓은 의미로 자기 자신이 부끄럽다는 뜻에서 한 말이었다. 쇼티의 일은 실패, 평생 최악의 폭행을 당한 것 말고는 얻어낸 것이 없었다. 그녀의 아버지와 마찬가지로 그 역시 실패했다. 그가 아는 한, 이 집은 감시 중이었고, 의사 자격으로든 뭐든 그녀는 절대 여기에 찾아와서는 안 된다.

전화를 끊으면서, 그는 그녀가 이 집 주소를 모르기 때문에 어차피 못 온다는 것을 깨달았다. 그는 이즐링턴에 산다는 말밖에 한 적이 없었고, 이즐링턴은 몇 제곱마일 넓이의 빽빽한 주거지역이었다. 그러니 그는 안전했다. 그녀가 어떻게 생각하든, 그녀 역시 마찬가지였다. 이제 전원을 끄고 잠들어도 되겠다. 토비는 잠에 빠져들었지만, 문득 전화벨 소리가 아니라 현관문을 두드리는 천둥 같은 소리에 다시 잠에서 깨어났다―사람의 손이 아니라 묵직한 기구 같았다. 문 두드리는 소리가 잠시 멈추더니, 자기 어머니를 닮은 에밀리의 높은 음성이 들려왔다.

"난 당신 집 현관 앞에 있어요, 토비." 그녀는 쓸데없는 이야기를 두 번째인가 세 번째인가 하고 있었다. "바로 열지 않으면 아래층 이웃에게 당신 아파트에 들어가게 해달라고 부탁할 거예요. 그도 내가 의사라는 걸 알고 있고, 천장에서 쿵쿵거리는 소리를 들었다고 했어요. 듣고 있어요, 토비? 난 초인종을 누르고 있는데, 내 귀에는 아무 소리가 들리지 않아요."

그녀가 옳았다. 초인종이 듣기 싫은 트림 소리를 내고 있었다.

"토비, 문간으로 올 수 있어요? 대답해요, 토비. 억지로 들어가고 싶지 않아요." 잠시 침묵. "누가 함께 있나요?"

마지막 질문들을 더 이상 감당할 수가 없어서, 그는 '들어오세요' 한 마디만 하고 바지 지퍼를 잠근 뒤 침대에서 다시 굴러 내렸다. 발을 질질 끌며 반쯤 기다시피 비교적 편안한 왼쪽 몸을 움직여서 복도를 지났다.

문간에 도착한 그는 반쯤 무릎을 꿇은 자세를 겨우 유지하고 주머니에서 열쇠를 꺼내 자물쇠에 집어넣은 뒤 왼손으로 두 번 돌렸다.

심각한 침묵이 부엌에 내려앉았다. 침대 시트는 세탁기에서 조용히 돌아가고 있었다. 토비는 그 근처에 실내복 차림으로 꼿꼿이 앉아 있었고, 에밀리는 그에게 등을 보인 채 약국에서 처방한 약과 함께 가져온 치킨수프 캔을 데우고 있었다.

그녀는 그의 옷을 벗기고 전문가의 초연한 손길로 벌거벗은 몸을 씻겼다. 끔찍하게 부어오른 성기 부분도 보았지만 아무 말도 하지 않았다. 심장박동에 귀를 기울이고, 맥을 재고, 손으로 배를 만져보고, 골절이나 상한 인대는 없는지 확인하고, 조르려다 만 목둘레에 남은 바둑판무늬 열상을 살펴보고, 멍든 곳에 얼음 팩을 대어주고, 진통제 파라세타몰을 주고, 토비의 왼팔을 자기 목과 어깨를 두르게 하고 자신의 오른팔로 그의 오른쪽 엉덩이를 받친 자세로 절뚝거리는 그를 부축해서 복도를 지났다.

그러나 지금까지 그들이 나눈 유일한 말은 "제발 가만있어요, 토비" 혹은 "이건 좀 아플 거야", 그리고 "문 열쇠 나한테 주고 내가 돌아올 때까지 움직이지 마세요."뿐이었다.

이제 그녀는 보다 어려운 질문을 시작했다.

"누가 이랬어요?"

"모릅니다."

"왜 이랬는지 알아요?" 애피타이저로. 경고를 하려고. 귀찮게 참견한 데 대한 벌로, 앞으로 참견하지 말라는 뜻으로. 그러나 아직 모든 것이 혼란스럽고 할 말이 너무 많아서, 그는 아무 말도 하지 않았다.

"음, 누가 이랬는지는 몰라도 브래스 너클을 사용했을 거예요." 그녀는 대답을 기다리다 지쳤는지 먼저 말했다.

"손가락에 낀 반지일 수도 있죠." 그는 운전대 위에 올려놓았던 엘리엇의 손을 떠올렸다.

"경찰에 연락해도 되는지 허락을 받아야겠요. 전화할까요?"

"소용없어요."

"왜죠?" 경찰은 해답이 아니니까, 문제의 일부니까. 그러나 이번에도 쉽게 표현하기 어려운 말이었다. 그는 침묵을 지켰다.

"비장에서 내출혈이 있을 수도 있는데, 그러면 생명이 위험해요." 에밀리는 계속 말했다. "병원에 가서 검사를 받아봐야 해요."

"난 괜찮습니다. 멀쩡해요. 집에 가보세요. 제발. 그들이 돌아올 수도 있습니다. 정말이에요."

"당신은 멀쩡하지 않아요. 치료가 필요해요, 토비." 그녀는 신랄하게 말했다. 에밀리의 머리 위 녹슨 양철 상자 안에서 꺽꺽거리는 현관 초인종 소리가 하필 그때 울리지만 않았더라도, 이 생산성 없는 대화는 계속되었을 것이다.

그녀는 수프를 젓던 손을 멈추고 상자를 바라보더니 묻는 눈으로 토비를 쳐다보았다. 그는 어깨를 으쓱하려다 그만두었다.

"나가지 마세요."

"왜요? 누구죠?"

"아무도 아닙니다. 좋은 사람이 올 리 없어요. 제발." 그녀는 싱크대 위 선반에서 그의 집 열쇠를 집어 들고 부엌문 쪽으로 향했다.

"에밀리. 여긴 내 집입니다. 그냥 울리게 놔두세요!"

그러나 초인종은 계속 울리고 있었다. 두 번째 껵껵거리는 소리가 아까보다 더 길게 울렸다.

"여자예요?" 그녀는 부엌 문간에서 물었다.

"여자는 없어요!"

"난 숨을 수가 없어요, 토비. 이렇게 겁먹을 이유도 없고. 당신 몸이 멀쩡하고 내가 여기에 없다면, 나가볼 거예요?"

"당신은 이 사람들을 몰라요! 날 보라고요!"

그래도 그녀는 설득당하지 않았다. "아래층 이웃이 당신 상태를 물어보려고 왔을 수도 있어요."

"에밀리, 맙소사! 이건 착한 이웃 이야기가 아닙니다."

그러나 그녀는 사라졌다.

눈을 감고, 그는 숨을 죽이며 귀를 기울였다.

열쇠 돌아가는 소리, 그녀의 목소리, 교회에서 소곤거리듯 훨씬 나지막한 남자 목소리, 그러나 아무리 집중해봐도 알아들어야 할 것 같은데 알아들을 수가 없었다.

현관문이 닫히는 소리가 들렸다.

그녀는 상대와 이야기하기 위해 밖으로 나갔다

도대체 누구지? 상대가 에밀리를 밖으로 끌고 나갔나? 사과하러 돌아온 건가, 일을 끝내러 온 건가? 날 실수로 죽인 것 같다고 생각하고, 크리스핀이 확인차 보냈나? 그를 사로잡은 공포 속에서는 무엇이든 가능할 것 같았다.

아직 밖에 있었다.

뭘 하는 거지?

자기가 불사신이라도 된다고 생각하나?

에밀리에게 무슨 짓을 했을까? 몇 분이 몇 시간처럼 흘렀다. 하느님, 맙소사!

현관문이 열렸다. 다시 닫혔다. 느리고 신중한 발소리가 복도를 통해 다가왔다. 에밀리의 발소리가 아니었다. 분명 아니었다. 너무 무거웠다.

에밀리를 납치하고 날 처치하러 온 거다!

그러나 그것은 에밀리의 발소리였다. 그녀는 병원에서처럼 주도면밀했다. 그녀가 다시 나타났을 때, 토비는 의자에서 일어나서 탁자를 짚고 식칼을 찾아 부엌 서랍으로 가는 중이었다. 그러다 그는 에밀리가 어리둥절한 얼굴로 끈으로 묶은 갈색 종이꾸러미를 들고 문간에 서 있는 것을 보았다.

"누구였어요?"

"몰라요. 당신이 알 거라던데요."

"맙소사!"

그는 꾸러미를 낚아채고 등을 돌린 뒤—혹시 폭발할 경우 그녀를 보호하겠다는 무용한 의도였다—미친 듯이 꾸러미를 더듬어 혹시 기폭

장치나 타이머, 못, 기타 최대 살상 효과를 발휘할 수 있는 물건이 있는지 더듬었다. 키트의 편지를 접할 때와 비슷한 기분이었지만, 위협감은 더욱 컸다.

그러나 한참을 더듬어도 그가 느낄 수 있는 것은 두툼한 종이 묶음과 클립뿐이었다.

"어떻게 생긴 사람이었습니까?" 그는 숨차게 물었다.

"작았어요. 옷차림이 좋았고."

"나이는?"

"60대."

"그가 뭐라고 했는지 말해주세요. 말 그대로."

"친구이자 옛 동료 토비 벨에게 전하고 싶은 꾸러미가 있습니다. 그리고 정확한 주소를 찾아왔는지 물었고……."

"칼이 필요해요." 그녀는 그가 손을 뻗는 곳에 있는 칼을 건넸고, 그는 키트의 편지를 뜯을 때와 비슷한 방식으로 옆면을 갈랐다. 안에는 흑백과 적색으로 보안 경고가 찍힌 외무성 파일 복사물이 들어 있었다. 그는 표지를 젖히고 믿기지 않는 눈으로 클립에 묶인 페이지들과 지난 8년간 수없이 보아왔던 깔끔하고 눈에 익은 필체를 응시했다. 맨 위에는 편지 형식으로 헤더가 없는 노트 종이 한 장이 있었고, 필체 역시 익숙했다.

친애하는 토비,

서곡은 자네가 이미 갖고 있지만 결말은 확보하지 못한 걸로 알고 있네. 창피한 이야기지만 여기에…….

그는 더 이상 읽지 않았다. 쪽지를 서류 맨 뒤로 돌리고, 그는 첫 페이지를 얼른 훑었다.

야생동물작전 ― 결과 및 권고

심장이 너무나 빨리 뛰고 호흡이 불규칙해서, 이러다 죽을 수도 있겠다는 생각이 들었다. 에밀리도 비슷한 생각을 했는지, 옆에 꿇어앉았다.

"아까 문을 열었죠. 그다음에는?" 그는 더듬거리며 페이지를 미친 듯이 넘겼다.

"문을 여니까……." 에밀리는 달래듯 부드럽게 말했다. "그가 서 있었어요. 날 보고 놀란 것 같았고, 당신이 안에 있느냐고 물었어요. 당신의 옛 동료이자 친구라고 했고, 당신에게 주려고 이 꾸러미를 갖고 왔다고 했어요."

"그래서 뭐라고 했습니까?"

"네, 토비는 안에 있다. 하지만 몸이 좋지 않고, 난 의사로서 당신을 돌보고 있다고 했어요. 방해하는 건 좋지 않을 것 같다, 내가 도울 일이 있느냐?"

"그는 뭐라고 했어요? 계속 말해요!"

"무슨 병이냐고 묻더군요. 유감이지만 당신 허락 없이는 말할 수 없다, 검사를 더 해야 할 것 같다. 구급차를 불러야 한다. 이제 부를 거예요. 듣고 있어요, 토비?"

그는 그녀의 말을 듣고 있었지만, 동시에 복사된 페이지를 미친 듯이 읽고 있었다.

"그래서요?"

"약간 의외인 것 같은 얼굴로 뭐라 말하려다가 날 다시 보더니—약간 수상한 눈빛이었다고나 할까—내 이름을 알 수 있느냐고 물었죠."

"그가 했던 말대로. 실제 그의 표현으로요."

"맙소사, 토비." 하지만 그녀는 부탁을 따랐다. "당신 성함을 물어도 실례가 되지 않겠습니까? 됐어요?"

"그래서 이름을 말해줬겠죠. 프로빈이라고 했습니까?"

"프로빈 박사. 뭐라고 했을 것 같아요?" 그녀는 토비의 눈을 쳐다보았다. "의사는 열려 있는 사람들이에요, 토비. 진짜 의사는 자기 이름을 말해요. 진짜 이름."

"그가 어떻게 받아들이던가요?"

"'의사를 선택하는 취향이 대단하시다고 전해주십시오.' 약간 건방진 말이라고 생각했죠. 그는 내게 꾸러미를 건네줬어요. 전해달라고."

"나한테? 나를 어떻게 지칭하던가요?"

"토비한테! 뭘 어떻게 지칭해요?" 그는 사본 맨 뒤로 밀어놓았던 편지를 다시 꺼내 나머지를 읽었다.

……자네는 놀라지 않겠지만, 기업가 생활이 나한테 어울리지 않는
다는 사실을 깨달았네. 따라서 아주 먼 곳으로 장기간 파견 근무를 가
기로 했어.

친애하는,

자일스 오클리

추신 1. 같은 내용이 들어 있는 메모리 스틱을 동봉했네. 어쩌면 자네가 이미 갖고 있을 자료에 추가할 수 있겠지.

추신 2. 자네가 무슨 일을 하기로 작정했든, 다른 사람이 선수를 칠 기미가 보이니까 신속하게 행동하게.

추신 3. 내 확언을 강조하는 소중한 외교가의 관습은 삼가도록 하지. 어차피 아무도 귀를 기울이지 않을 테니까.

맨 위 페이지 꼭대기에 붙은 투명한 플라스틱 캡슐 안에 '동일 문서'라고 적힌 메모리 스틱이 들어 있었다.

어떻게 거기까지 왔는지 알 수 없었지만, 어느새 그는 부엌 창가에 서서 목을 빼고 거리를 내려다보고 있었다. 에밀리가 옆에서 그의 팔을 붙잡고 있었다. 그러나 매사를 어중간하게 처리하던 외교관 자일스 오클리는 결국 사라지고 흔적도 없었다. 그러나 길 반대편 30야드 정도 떨어진 곳에 서 있는 저 자동차 수리차는 뭐지? 푸조 앞바퀴를 갈아 끼우는 데 왜 덩치 큰 남자가 셋이나 필요할까?

"에밀리, 부탁이 있어요."

"당신을 병원으로 데려간 뒤에 들어줄게요."

"저기 서랍장 맨 아래 서랍을 뒤져서 '브리스틀 대학 졸업파티'라고 적힌 메모리 스틱을 찾아줘요."

그녀가 서랍을 뒤지는 동안, 그는 벽을 짚고 책상으로 향했다. 다치지 않은 손으로 컴퓨터를 켰지만, 아무 일도 일어나지 않았다. 그는 케이블을 확인하고, 메인 스위치를 확인하고, 다시 부팅했다. 아무 일도 없었다.

그동안 에밀리의 수색은 성과가 있었다. 그녀는 메모리 스틱을 높이 들어 보였다.

"난 나가봐야겠어요." 그는 무례하게 메모리 스틱을 잡아채고 말했다.

심장이 다시 두근거리고 있었다. 구역질이 느껴졌지만, 머리는 맑고 정확했다.

"들어봐요. 칼레도니안 로드에 '미미스'라는 가게가 있습니다. '디바인 캔버스'라는 문신가게와 에티오피아 식당 맞은편이죠." 왜 모든 것이 이렇게 분명하게 느껴질까? 죽어가는 걸까? 그녀가 그를 바라보는 시선으로 판단할 때, 그럴 수도 있을 것 같았다.

"있다면요?" 그녀는 물었다. 하지만 그의 시선은 다시 거리로 향했다.

"우선 아직 있는지 알려주세요. 세 인부가 서로 잡담을 하고 있군."

"길거리의 사람들은 늘 쓸데없는 잡담을 해요. 미미스는 왜요? 미미가 누구죠?"

"인터넷 카페. 신발이 필요합니다. 그들이 내 컴퓨터를 망가뜨렸어요. 블랙베리 안에 주소가 있어요. 책상 맨 위 왼쪽 서랍. 양말도. 양말이 필요할 거예요. 남자들이 아직 밖에 있는지 봐주세요."

그녀는 구겨졌지만 멀쩡한 그의 파카를 찾아내고, 블랙베리를 왼쪽 옆주머니에 넣어주었다. 그녀는 그를 도와 양말과 신발을 신기고 남자들이 아직 거기에 있는지 확인했다. 있었다. 그녀는 '이러면 안 돼요, 토비'라는 말을 포기하고 비틀거리는 그를 부축해 복도를 지났다.

"미미스가 이 시간에도 손님을 받을까요?" 그녀는 분위기를 가볍게 하려는 듯 물었다.

"계단을 내려가는 동안만 부축해주세요. 그리고 가세요. 당신은 할 일을 다 했습니다. 정말 훌륭했어요. 정신없게 해드린 건 죄송합니다."

계단 내려가는 일은 에밀리의 위치를 미리 합의만 해두었더라면 덜 악몽이었을 것이다. 위에서 발 옮길 자리를 지시해줄 것인가, 혹시 넘어질 때를 대비해 아래쪽에서 잡아줄 것인가? 토비가 볼 때는 아래쪽에서 잡아주는 건 말도 안 된다, 자신의 몸무게를 감당할 수 없다, 서로 뒤엉켜 바닥에 굴러떨어지고 말 것이라는 생각이었다. 그가 굴러떨어지기 시작하면 뒤에서 고함을 지른다 해도 도움이 안 될 거라는 게 에밀리의 반박이었다.

그러나 이런 말싸움은 아래층으로 내려가서 거리로 나가는 고역의 와중에 잠시 오갔고, 그들은—이제 둘 다—왜 정복 차림의 경찰이 클라우즐리 로드 모퉁이에서 어슬렁거리고 있는지 궁금했다. 요즘 길거리에 혼자 얌전하게 서 있는 경찰을 본 적이 있나? 그리고—이번에는 토비였다—왜 자동차 수리팀은 아직 바퀴를 다 갈아 끼우지 못했을까? 이유가 무엇이든 부디 안전하게 집으로 돌아가 달라, 무슨 일이 있든 절대 당신을 공범으로 만들 수는 없다, 라고 그는 에밀리에게 아주 길고 자세히 설명했다.

하지만 코펜하겐 스트리트로 접어들어 언덕 아래로 달려가려는 순간, 놀랍게도 에밀리는 곁에 남아서 한 손으로는 여자 같지 않은 힘으로 그의 팔을 붙잡고 다른 한 팔은 그의 등을 강철처럼 끌어안고 부축한 채 나란히 그를 이끌고 있었다. 멍을 잘 피해서 붙잡고 있는 것을 보니, 상처가 어디에 얼마쯤 있는지 아주 잘 아는 것 같았다.

교차로에 도착했을 때, 토비는 우뚝 멈췄다.

"젠장."

"왜요?"

"기억이 안 나요."

"뭐가 기억이 안 난다는 거예요?"

"미미스가 왼쪽이었는지 오른쪽이었는지."

"여기서 기다려요." 그녀는 그를 벤치에 앉혔다. 그는 그녀가 얼른 주위를 정찰하고 돌아올 때까지 어지러운 기분으로 기다렸다. 돌아온 에밀리는 미미스가 왼쪽으로 조금만 더 가면 있다고 알려주었다.

그러나 그녀는 약속부터 시켰다.

"일을 끝내면 병원부터 가는 거예요. 됐죠? 이제 문제가 뭐예요?"

"돈이 없어요."

"나한테 있어요. 많아요." 오랜 부부처럼 싸우고 있군, 하고 그는 생각했다. 서로 뺨에도 키스 한 번 안 해본 사이에. 어쩌면 소리 내어 말했는지도 모른다. 에밀리는 미소 지으며 작지만 아주 깨끗한 가게 문을 밀어 열었다. 입구에는 커다란 합판 카운터가 있었고 그 뒤에는 아무도 없었으며, 반대쪽 바에서는 커피와 다과를 팔고 있었다. 벽에는 컴퓨터를 업그레이드하고, 건강 체크를 하고, 데이터 복구를 하고, 악성 바이러스를 퇴치하라는 포스터가 붙어 있었다. 포스터 밑에는 여섯 개의 컴퓨터 부스가 있었고 여섯 명의 고객이 그 앞에 허리를 세우고 앉아 있었다. 네 사람은 흑인, 두 사람은 금발 여자였다. 빈자리가 없어서, 앉아서 기다려야 했다.

그는 탁자 앞에 앉아 에밀리가 차 두 잔을 가지러 가서 매니저와 이야기하는 동안 기다렸다. 그녀는 돌아와서 탁자 맞은편에 앉더니 그의 양손을 붙잡았다—의료적 이유에서인지, 그렇게 믿고 싶었다, 꼭 붙잡지는 않았다. 그러다 남자 한 사람이 자리를 비우고 의자에서 일어섰다.

머리가 어질어질했고, 오른손 손가락은 상태가 좋지 않았다. 결국 에밀리가 대신 메모리 스틱을 끼워주었고, 그는 블랙베리 폰에서 주소를 불러주었다. 가디언, 뉴욕 타임스, 프라이비트 아이, 리프리브, 채널 4 뉴스, BBC 뉴스, ITN, 마지막으로—농담이 아니라—대영제국 외무성 언론정보과.

"이건 아버지를 위해서." 에밀리는 기억하고 있던 키트의 이메일 주소를 적더니 전송 버튼을 눌렀고, 키트가 아직 꿍하고 누워 이메일을 읽지 않을 경우를 대비해서 어머니에게도 복사본을 보냈다. 뒤늦게 토비는 브리지드가 블랙베리에 복사하도록 해준 사진을 기억하고 에밀리에게 그것도 같이 보내달라고 고집했다.

에밀리가 아직 전송 작업을 하고 있는데, 밖에서 사이렌 소리가 들렸다. 처음에는 그를 데리러 온 구급차 소리인가, 그가 안 듣는 동안, 어쩌면 밖에 나가서 오클리와 이야기할 때 에밀리가 몰래 전화를 걸었나 하는 생각이 들었다.

하지만 에밀리가 그에게 말하지 않고 그런 일을 했을 리 없다는 결론을 내렸다. 그가 에밀리에 대해 한 가지 확신할 수 있는 점이 있다면, 속임수라고는 조금도 찾아볼 수 없다는 사실이었다. "미미스에서 일을 끝내고 나면 구급차를 부를게요"라고 말했다면, 에밀리는 1초도 서두르지 않고 정확히 일을 마친 뒤에 전화를 걸 것이다.

다른 생각이 떠올랐다. 자일스를 실으러 오는 거다. 자일스가 버스 아래로 몸을 던진 거다. 자일스 같은 사람이 지금처럼 망가진 정신 상태로 아주 먼 곳으로 장기간 파견 근무를 가기로 했다는 표현을 썼다면, 충분히 어떻게든 받아들일 수 있다.

그러다 이메일 주소를 확인하고 브리지드의 사진을 전송하기 위해 블랙베리를 작동시킨 것 자체가 필요한 장비를 지닌 사람이라면 누구든 행동을 개시할 수 있는, 마음만 먹는다면 로켓을 발사해서 불쌍한 사용자의 머리를 날려버릴 수 있는 신호를 보낸 것이나 다름없다는 생각까지 들었다.

사이렌은 기하급수적으로 커졌고, 단호하고 위압적인 분위기를 풍기기 시작했다. 처음에는 한쪽 방향에서만 접근하는 것 같았다. 한데 합창이 울부짖음으로 발전하고 바깥 거리에서 자동차 브레이크 소리가 들리기 시작하자, 토비는—아무도, 에밀리조차도—더 이상 그 소리가 어느 방향에서 들려오는지 확신할 수 없었다.

〈끝〉

민감한 진실

1판 1쇄 인쇄 2015년 11월 20일
1판 1쇄 발행 2015년 11월 27일

지은이 존 르 카레
옮긴이 유소영

발행인 양원석
편집장 김지연
해외저작권 황지현
제작 문태일
영업마케팅 이영인, 전연교, 김민수, 장현기, 정미진, 이선미

펴낸 곳 ㈜알에이치코리아
주소 서울시 금천구 가산디지털2로 53, 20층 (가산동, 한라시그마밸리)
편집문의 02-6443-8846　　**구입문의** 02-6443-8838
홈페이지 http://rhk.co.kr
등록 2004년 1월 15일 제2-3726호

ISBN 978-89-255-5760-1 (03840)